KB234238

젊은 날의 약속

천성래 장편소설

젊은 날의 약속

지우 LnB

이 도서의 국립중앙도서관 출판시도서목록(CIP)은 서지정보유통지원시스템 홈페이지(http://seoji.
nl.go.kr)와 국가자료공동목록시스템(http://www.nl.go.kr/kolisnet)에서 이용하실 수 있습니다.
(CIP제어번호: CIP2013014768)

젊은 날의 약속

인쇄 / 2013. 09. 12
발행 / 2013. 09. 20
지은이_ 천성래
발행인_ 김용성
발행처_ 지우 LnB
출판등록_2003년 8월 19일
서울시 동대문구 휘경동 187 - 20 오스카빌딩 4층
TEL:02 - 962 - 9154 / FAX:02 - 962 - 9156
ISBN 978 - 89 - 91622 - 42 - 5   03810
www.LnBpress.com

작가의 말

이 시대를 함께 살아가는 우리에게 세상의 경험은 남다를 수가 없다. 당신의 삶이 나의 모습이고, 여러분의 삶이 우리들의 모습이다. 세상을 홀로 등지고 걸으면서 자신만이 고독과 고통 속에 허우적거리고 있는 듯 우리는 착각하고 산다. 하지만 내가 등지고 걸어가는 듯한 바로 거기에서 우리는 동행을 만나고 그 안에서 다양한 인연들을 만나게 된다. 여러분과 내가 열심히 살아가고 있다면 우리는 누구나 지금 동행하고 있는 것이며, 언젠가는 그 길에서 새로운 인연들을 만나게 되리라. 그러니 낙타처럼 외롭게 사막을 걷고 있는, 지치고 각박한 삶이라도 너무 힘겨워 하지 마시라. 때로 만나서 사랑하고 때로 미워하고 때로 이별을 하게 되는 삶들, 삶의 치열한 눈으로 세상을 바라보시라. 이 모든 것들이 나를 위한 우리 자신을 위한 몸부림이었다면 그 얼마나 행복한 일이겠는지.

이 책을 읽는 이들에게 인생의 축복과 위대함이 함께 열리기를. 작가는 인간의 생명을 가장 소중히 여기는 것이 사명이거늘, 이 작품 속에 등장하는 한 인물이 죽음을 택할 수밖에 없었던 것을 두고 두고 마음속에 간직하며 살아갈 것이다. 결국 작가의 의도에 따라 선택한 죽음이 이 책을 읽는 독자 여러분의 속죄양이 되었다고 한다면 이제부터 여러분의 삶은 정말 맑고 숭고한 삶이 되리라. 수없이 작품을 만들어오면서 깨닫게 되는 것은 아, 책이란 결코 재미로 써서도 안 되며, 절대 재미로 읽어서도 안 된다는 것, 그 안에 치열한 삶의 무늬가 없다면 책으로서 가치가 없다는 것. 고백하는 것은 저자 역시 이 작품을 통해 많이 깨닫고 많이 반성하고 많이 사랑하게 되었다는 사실이다.

사랑하는 이들! 모두가 행복하시기를. 새벽의 여명이 터오기 전까지 오늘은 깨어서 이 글을 쓰네. 여러분이 잠든 사이에도 여러분의 행복을 축원하면서……

2013년 8월 15일
소설가 천 성 래 드림

Contents

1

여래는 평등한 사람들과 같고 평등하지 않은 사람들과는
멀리 떨어져 있다. 여래는 끝없는 지혜를 가지고 있으므로
이 세상에서나 저 세상에서나 물들지 않는다 〈수타니파타〉

책을 읽는 마음으로 아내와 살기로 마음먹었다. 하루하루 책장을 넘기듯 단정하고 성실하게 살아보자는 아내와의 약속. 책을 읽는 마음이란 서두르지 않고 행간의 숨은 의미를 찾아내는 일처럼 의미 있으며, 인생의 여정에 감동을 담아내는 일과 같은 것이다. 명재는 책을 만드는 사람으로서 가치와 보람을 느끼며 아내와의 삶 역시 그렇게 꾸려나가리란 생각에는 변함이 없다.

동해 바다에 갔을 때 확 트인 시야를 지켜보며 처음 그렇게 약속했다. 끝없이 펼쳐진 바다처럼 열린 그들의 세계를 아내와 자축하며 한땀한땀 인생의 여정을 엮어나가리라 다짐했다.

— 쏴아

— 쏴아

파도는 감미롭고 물속에 빠진 휘영청 황금빛 달은 밝아서 숨쉬기조차 조심스럽던 그날의 설렘이 손끝에 느껴진다. 파도가 부서

져 소금밭 같던 그 위에 아내의 부끄러운 입술이 머뭇거린다. 명재는 약속 끝에 한없이 아내의 입술에 키스를 퍼부었던 기억을 아직도 지울 수가 없다. 그의 혀가 아내의 혀끝에 빨려들며 마치 잠수하듯 깊게 이끌려 끝내 남성의 상징을 들키고 말았던 부끄러운 밀애의 추억도 간직하고 있다.

모든 것들이 아름답게 달빛 속으로 녹아들던 밤에 명재는 아내와 하나가 되었다. 동해의 작은 여인숙을 그는 잊지 못한다. 귀만 잠시 밖으로 내밀면 쏴르르 파도가 느껴지고 비릿한 갯내가 베갯잇에 깃들어 코끝이 황홀했던 항구는 밤새 너그러운 아내의 영혼처럼 포근해서 아내와의 밤은 더없이 감미로웠다. 먼동이 트기 시작할 무렵에야 아내의 가슴에서 눈을 붙였다. 뿌우우 발치에 우는 뱃고동. 아내의 가슴 위에서 얼마나 행복감에 취했는지 모른다. 서러울 정도의 행복감 같은.

명재는 눈을 감는다.

아내의 살결은 보드랍고 은밀했다. 그 속을 깨물면 박하사탕 같은 단내가 흘러나올 것만 같아 차마 떨리는 손을 건사하지 못하다가 겨우 가슴께로 들이민 손의 떨림은 두고두고 잊지 못할 감동적 순간이다. 생애에 이런 감동의 순간을 추억처럼 간직하며 산다는 것은 생각만 해도 가슴 벅찬 일이다. 아내의 몸속에 흐르는 기운을 그 몸속으로 빨아들이던 순간은 향기에 취해 어질어질할 정도였다. 가끔 지루하고 더딘 생의 길목에서 그 향기를 더듬어 활력을 되찾으리라 맹세했던 기억은 인생의 의미와 가치를 넓고 깊게 이해하도록 만들었다.

아내의 영혼은 맑고 깊다.

　　명재는 아내와 몸을 섞은 여인숙 방에서 순간적이지만 그 영혼의 깊고 맑음을 느꼈다. 그녀의 손놀림 하나하나, 몸짓 하나하나, 숨결 모든 것들이 만들어내는 향연 같은 거라고 생각했다. 아내의 잇새로 삐져나온 낮은 신음소리, 보일락 말락 끌어내린 이마의 조용한 절규, 터져버릴 것만 같은 감정의 충만함 가운데서도 또렷이 살아있는 의식 같은 것을 보았다. 아내의 어떤 행위도 비굴하지 않고 비속해 보이지 않게 하는 그런 의식 같은 것을 말이다.

　　결혼 이전에 명재는 아내와 이미 그런 관계였다. 결혼 전후의 보통 남녀들처럼 그것은 몹시 자연스럽고 흔쾌한 일이라고 생각했다. 아내와 연애기간은 짧았지만 함께 동해의 바닷가에서 인생을 설계하고 밀애의 추억을 만드는 일이 그에게는 더없는 가치와 보람이었다. 아내 역시 이러한 행위를 기쁘게 받아들이는 것 같았다.

　　신혼여행조차 다른 사람들처럼 제주나 홍콩이 아닌 동해를 선택했다. 짧았던 연애기간에 일군 추억을 더듬어 바닷가에 머물거나 횟집, 바다카페, 밤에는 그때 그 여인숙에 들어 사랑의 뜨거운 불을 지폈다. 남들은 초라한 신혼여행을 하고 있으리라 생각했을 터이지만 명재와 아내는 아니었다. 어제의 일은 이미 추억이나 된 듯 그것들을 소중히 여기며 간직했다.

　　― 그때 그 문간방에 들었던 처녀총각 맞습지요?

　　여인숙 할머니가 그들을 알아보고 반갑게 맞아주었다.

　　― 예, 할머니. 일루 신혼여행 왔습니다.

　　아내는 수줍어서 얼굴을 붉혔고 명재가 야지랑스럽게 대구했다.

　　― 신혼여행을 이런 데루왔슴? 거저 색시 뿔나게스리.

　　할머니는 신랑을 나무라는 투였으나 싫은 눈치는 아니었다.

잊지 않고 당신 집을 찾아준데 대한 고마움이 그 말속에서 배어 나왔다.

— 할머니 저 괜찮아요. 제가 이사람 한테 이리루 오자고 졸랐는 걸요.

아내가 들고 나섰다. 결혼을 해서인지 명재더러 '이사람'하고 지칭했다. 명재는 그 호칭에서 까닭모를 뿌듯한 느낌을 받았다. 결혼이란 정말 사람의 관계를 이렇게 호칭으로도 규정짓는 의식이로구나 생각했다. 저번 날 같으면 명재씨, 하고 지칭했을 터이지만, 명재로서도 사실 '이사람'이란 호칭이 낯설기는 해도 싫지 않았다.

— 상숙씨, 고마워요.

아내의 손을 잡고 여인숙 방에서 처음 던졌던 말이다. 아내의 손은 따스했고 여전히 설렘의 기운이 느껴졌다. 명재는 아내 앞에서 그전처럼 진지한 표정으로 책을 읽는 마음으로 살리라 다짐했다. 그리고 책의 중요한 부분에 책갈피를 끼우듯 인생의 순간순간 의미를 부여하고 그 순간순간을 추억하며 살리라는 것도.

신혼여행의 모든 여정은 만족스러웠다. 결혼 전에 아내와 엮은 추억의 갈래를 찾아 나선 길이기도 했고 훗날을 위해 새로운 추억을 빚어가는 여정은 의미 깊으면서도 황홀했다. 장차 삶에 대한 설계와 아이의 출산에 대한 애기까지 상당히 구체적이었다.

명재는 책을 만드는 사람으로서 세상 사람들에게 오래오래 간직되는 책을 만들겠노라고 아내 앞에서 약속했다. 훗날 아이한테도 부끄럽지 않게 내놓을 수 있는 책을 만들겠노라고 말이다. 그의 다짐을 듣는 아내의 표정은 진지했고 표정 속에서는 흡족한 느낌마저 풍겼다.

아내 역시 명재에게 약속했다. 혼수품으로 마련한 경대의 거울 같은 아내가 되겠노라고. 제 모양과 태도를 꾸밈없이 반영하고 진실을 왜곡하지 않는 것. 단정하고 깨끗함에 먼지 끼지 않도록 때때로 몸과 영혼을 거울처럼 닦으리라고 다짐했다. 명재는 눈물겨워 아내를 등쪽에서 꼬옥 껴안으며 '상숙씨, 고마워요. 난 당신을 만난 게 눈물겹도록 행복해'하며 정말 눈가에 눈물이 맺혀 눈시울이 붉어졌다. '어머 명재씨, 울고 있어요? 제 앞에서 처음 보이는 눈물예요. 내 소중한 사람'아내 쪽에서도 감격적인 포옹을 했다.

명재는 아내의 다짐 하나하나에 감격하고 행복해 하는 사람이다. 마른 듯 큰 키는 소박하며 순진하게 보이고 네모반듯한 얼굴은 강한 신뢰를 가지도록 한다. 눈빛은 살아서 그 의지와 신념이 그 눈빛 속에서 강렬하게 살아난 느낌을 풍긴다. 아내는 명재의 이런 점이 더욱 마음에 끌려 자신의 인생을 그에게 맡겼다. 훗날, 아이의 아버지로서 자식에게 부끄럽지 않은 모습을 보여줄 수 있으리라는 믿음 때문이었다. 아내는 자신의 행복보다 훗날 태어날 아이들의 행복이 더 소중하다고 여길 만큼 희생적이며 가정적인 데가 있었다. 아내의 그런 점이 명재 역시 마음에 들었다.

정숙한 성품의 아내, 있는 듯 없는 듯 피워 올리는 은근한 향기를 아내의 몸속에서 느낄 수 있다. 단정한 정장 차림에 어울리는 갸름한 얼굴, 눈매가 주는 따스함, 잘 뻗은 손가락으로 매만지는 코끝은 쳐다보는 것만으로도 감미롭다. 바람소리를 빨아들이는 듯한 눈빛에서 바르고 곧은 기운을 느끼며 고운 부채선 같은 턱 선의 이미지가 만들어내는 자상한 자태는 신비로움을 준다. 명재는 아내를 바라보고 있으면 자신이 마치 선녀를 품에 안은 부목(負木) 같

다는 생각이 든다. 그래선지 아내가 어느 날 그의 곁을 훌쩍 떠나버
릴 것만 같은 조바심에 안타까운 적도 있다. 아내의 옷자락을 세상
다하는 날까지 꽉 움켜잡아야지, 하고 속으로 다짐을 했다. 애틋한
생각을 떠올리지 말아야지, 정말 그래야지, 이렇게 자신을 다독이
고 나서야 겨우 안심을 하곤 했다.

동해에서 돌아와 시작된 본격적 결혼생활은 모눈종이 눈금처럼
똑바르고 규칙적으로 펼쳐진다. 신혼이기도 했거니와 우선 회사가
끝나면 곧장 아내가 기다리고 있는 집을 향해 퇴근을 하고, 아내의
배려에 아침 출근은 언제나 정확했다. 아내와의 호칭 문제도 남들
과는 달리 격식을 차리고 부부간에도 예절을 지키는데 소홀히 하
지 않았다.

— 기분좋은 저녁이예요.

명재가 집에 도착해 현관 벨을 딩동 누르면 가지런한 옥수수결
같은 치아를 곱게 드러내 보일 듯 말 듯 소리없이 웃으며 아내는 그
를 반긴다. 명재는 회사의 골치 아픈 일도 순간 잊어버리게 된다.

— 회사에서 많이 보고 싶었어요.

— 저도요. 명재씨 기다리며 하루종일 책을 읽었지요.

아내의 목소리 뒤로 떨어지는 저녁놀이 붉다. 뒤쪽 베란다 너머
펼쳐진 저녁의 기운은 아내의 목소리처럼 아름답고 아늑한 느낌이
다. 푸르스름한 이내처럼 노을이 시간을 따라 밀려온다. 책을 읽었
다는 아내의 말에 명재는 고맙고 안쓰러워 아내의 길쭉한 손을 감
싸 쥔다.

— 고마워요. 당신이 날 너무 행복하게 해주는군요.

— 천만에요. 명재씨가 책을 만드느라 땀을 흘리고 있는데 아내

가 어떻게 책을 멀리할 수 있겠어요. 당신은 이제 집안의 가장(家長)이구요.

아내의 응대에 감히 어떤 토씨도 붙일 수가 없을 것 같다. 아내는 그의 집안 가장됨을 은근하게 주지시키는 현명한 배려를 아끼지 않는다. 아내의 이러한 배려가 명재는 정말 기특하고 고마울 따름이다. 가장의 의미를 생각하는 명재의 마음은 숙연해지면서 아내를 꼬옥 껴안는다. 황금처럼 눈부신 저녁, 그는 아내를 어떻게 하면 조금이라도 행복하게 해 줄 수 있을 것인지를 염려했다.

결혼해서 적어도 3˜4년 정도는 책을 읽는 마음으로 살았다. 하루하루 아내와 행복한 순간을 확인하지 않으면 하루가 가지 않는 것 같았다. 이것은 그뿐 아니라 결혼한 다른 사람들도 마찬가지일 거라고 생각했다. 아이를 아직 갖지 않은 것을 제외하고는 행복하지 않는 것은 없었다. 책을, 가치있는 책을 만드는 일에 대해 아이한테 자부심을 세울 수 있는 행복감을 누리지 못한 아쉬움을 제외하고는 정말 모든 것이 그에게는 행복한 것이었다. 가장임을 주지시키는 아내의 배려와 결혼한 어른으로서 취할 행동에 대한 지침, 책을 만드는 사람으로서 갖춰야 할 지식과 그 지식인이 지녀야 할 의식을 포함해 자잘한 잔소리 같은 것들까지 아내의 입을 통해 나온 모든 언어는 그를 행복하게 만들었다. 당시 아내의 입은 그를 행복하게 하기위해 존재하는 보물처럼 여겨졌고 아내의 행동 하나하나는 나무랄 데 없이 행복한 하나의 조건이 되는 듯이 여겨졌다. 명재는 그만큼 작은 것에도 눈물겹도록 감동할 수 있는 여린 성격을 가졌던 것이다.

그런데 세상은 참 이해할 수가 없다. 자신과 무관하게 자신의 의지와 전혀 관계없이 어떤 까닭모를 운명을 맞게 된다. 그게 바로 세상의 일이다. 어떤 힘이 누구의 인생에 끼어들어 방해를 하는 그런 일들, 난데없이 어떤 일을 겪거나 느닷없이 찾아오는 어둑한 기운 혹은 그림자 같은 것들. 더구나 그런 기운이나 그림자가 소리 없이 아주 천천히 다가오는 경우 사람들은 가랑비에 옷 젖는 줄 모르듯이 자신의 앞날에 먹구름이 드리워질 징후를 알아차리지 못하게 된다.

설상가상, 달콤하고 감미로운 모습으로 찾아오는 경우, 착란증을 일으킬 정도로 혼돈의 세계에서 갈피를 잡지 못한다. 그것이 어둠의 그림자라는 징후를 깨닫게 될 무렵 이미 그 충격은 더없이 커지고 자신의 인생에 커다란 갈림길을 맞게 된다. 사람들의 운명은 간혹 이런 식으로 결정된다.

명재 역시 이를 운명이라 얘기하기에는 이른 감도 있지만 후자의 경우처럼 달콤하고 감미롭게 그의 곁을 찾아 들었다. 그의 의지와는 전혀 무관하게 전개된 일련의 일들이 그의 발목을 붙들어 매리라고는 생각지도 못했다. 특히 책을 읽듯 하루하루 행복하게 살아가고 있는 아내와의 관계가 서먹해지고 종잡을 수 없는 방향으로 치닫게 될 줄은 감히 꿈에도 상상조차 못했던 일이다.

아내는 이미 잠들어 밤은 깊고, 달도 기울기 시작한 새벽 2시경에 뜻밖의 전화가 걸려왔는데, 자정이 넘어 걸려온 전화는 명재가 가정을 꾸리고서 거의 처음 있는 일이었기에 전화벨 소리 자체가 벌써 정신을 곤두서게 만들었다.

― 누구세요?

전화의 저쪽에서 침묵하고 있었다. 명재는 더욱 긴장되기 시작했다. 혹시 누가 장난전화를 걸어온 것은 아닐까? 새벽 두 시의 전화라면 급한 용무가 분명하지 않겠는가 말이다. 명재는 수화기를 바짝 끌어당겼다.

― 전활 걸었으면 말씀을 하세요.

명재가 짜증 섞인 소리를 높였다. 그제서야 저쪽에서 쭈뼛거리는 소리를 보내왔다.

― 저, 저……

여자의 목소리였지만 여전히 망설이고 있었다. 장난전화가 아니라는 것은 분명했다.

― 말씀하세요. 누구십니까?

아내마저 잠에서 깨어 한밤에 걸려온 전화질에 신경이 곤두서는지 그의 곁에 다가와 엉거주춤 쭈그리고 앉아 있는 게 보였다. 명재는 아내에게 공연히 미안한 느낌이 들었는데 아내와 살면서 자신이 마치 죄를 지은 사람 같다는 생각을 처음으로 해보았다.

― 형부, 저 상희예요.

― 처, 처제?

강릉에 살고 있는 처제의 전화였다. 아내와 사촌간인 처제는 미쓰 강원 후보의 본선에 오를 만큼 빼어난 미모를 지니고 있었다. 아내와는 사촌간이긴 해도 그닥 가까운 사이는 아닌 모양이었다. 결혼 전, 동해바다 여행할 때 아내의 소개로 처음 만나게 되었는데 마치 처제의 남자친구가 동행하고 있었다. 그런데 신기하게도 처제의 남자친구는 명재의 대학 후배였고 방송 아카데미에서 계절학기 강좌를 함께 했던 영훈이란 청년이었다. 영훈은 명재를 만나는 순간 얼굴이 갑자기 붉어졌다. 명재 역시 기분 좋은 자리는 아니라고 생각했다.

— 형부, 밤늦게 죄송해요.

처제의 목소리에 물기가 배어 있고 낮게 가라앉은 목소리였다. 강릉에서 처음 처제를 보았을 때 상당히 당돌하고 저돌적인 여자라는 생각을 했던 기억이 떠오른다. 영훈이 보는 앞에서 형부의 팔짱을 끼고 껴안기조차 했던 처제의 당돌한 행동을 명재는 잊을 수가 없다. 그러기에 더욱 아내에게 미안했고 전화를 받는 지금 순간도 아내에게 무슨 나쁜 죄를 짓고 있다는 느낌이다. 이것은 정말 명재의 의지와 전혀 무관하게 일어나고 있는 낯설음이다.

아내의 태도는 강릉의 상희 처제라는 사실을 알고 침울하고 신경질적이다. 책을 만드는 마음으로 단정하게 살리라는 믿음에 빗금이 가는 순간적인 느낌에서 자유로울 수가 없다. 명재는 옆에 엉거주춤 앉아 있는 아내의 날카로운 시선을 의식했다. 처제와 마치 비밀스러움을 간직하고 있는 것처럼 아내한테 비쳐질지도 모르는 일이다.

— 처제, 무슨 일 있어요?

— 형부, 영훈씨에 대해 말 해줄 수 있어요?

처제의 태도는 갑자기 화급해졌다. 남편 영훈과 불미스런 일이 있었구나, 하고 명재는 순간 생각했다. 처음 만났을 때도 둘의 관계는 그닥 만족스럽지 못한 느낌을 주었는데 명재는 처제의 당돌하고 저돌적인 성격이 그런 느낌을 주는 거라고 생각했던 기억이 있다.

— 영훈이한테 무슨 일이 생겼나요?

— 아뇨, 그런 게 아니에요 형부.

말은 그렇게 했지만 처제한테 분명 무슨 일이 일어나고 있는 느낌이었다.

— 그럼 갑자기 그런 말을 왜 물어요?

— 제 남편이란 사람이 어떤 사람인지 궁금해서 그래요.

처제는 애써 마음을 진정시키는 기색이다. 명재는 영훈에 대해 처제한테 무슨 말을 들려줄 수 있을까 순간 생각했다. 영훈에 대한 명재의 얘기는 어차피 대학시절의 짧은 학기동안 함께 만들었던 추억정도 밖에 되지 않을 것이다. 글쎄, 그때의 일을 추억 정도로 취급하기에는 어울리지 않을지도 모른다. 처제의 입장에서 보면 그것은 엄청난 과거로 받아들일 수도 있지 않을까. 명재로서도 그때의 일을 떠올리고 싶은 것은 아니다. 그로서도 아내가 듣기에 곤란한 추억을 그 무렵 만들었던 것은 사실이니까 공연히 긁어 부스럼내고 싶지 않다는 생각이 들었다.

— 영훈에 대해 형부가 얼마나 알겠어요, 처제?

— 한때 아주 절친한 선후배 관계였다고 들었어요.

처제의 태도는 반드시 영훈에 대해 어떤 비밀 같은 것을 듣고야 말겠다는 듯이 완고했다. 명재는 정말 난처했다. 아내는 바로 곁에서 이제 어이가 없다는 듯이 팔짱을 한 채 처제와의 통화를 듣고 있었다.

— 글쎄, 처제한테 말해줄 수 있는 게 아무 것도 없어요. 그저 강의실 오가면서 함께 수업 듣고 몇 번 같이 미팅에 나가고 그런 것밖에요.

아내의 눈치를 살피며 처제를 설득하려 애썼다. 갑자기 이런 전화 때문에 아내와 불편한 관계를 맺는다는 것은 불행한 일일 것이다. 아내가 처제의 전화를 못마땅해 한데는 나름의 까닭이 있었다. 강릉 바닷가에서 처음 보는 형부를 껴안고 하는 처제의 태도가 아내는 첫째 못마땅했고 '형분 어쩜 그렇게 자상하죠? 영훈씨가 아니면 데이트 신청했을 거예요'하는 적극적인 태도가 두 번째로 못마땅했던 점이다. 그때 아내는 남한테 들키지 않을 정도로 놀라 벌린 입을 다물지 못하다가 끝내 자리에서 빠져나가 파도가 올라오는 모래사장 까지 단숨에 달려가 버렸다. 명재가 계면쩍어 아내한테 갔을 때, 아내는 생전 처음 식식거리는 모습으로 허리에 손을 얹은 채 '버릇없는 년 같으니, 이 자리가 어딘데 함부로 입다구니를 놀려. 제 애인 곁에 놔두구. 명재씨도 그래요. 한 마디 한 마디 받아주니까 우습게 알고 제가 그러는 거라구요'명재는 그때 아내한테 아무런 대꾸도 하지 못했다. 아내에게 그처럼 당찬 구석이 있다는 것도 그때 알게 되었다.

　— 형부도 영훈씨 편이네요.

　— 그런 말이 어딨어요, 처제?

명재는 처제가 어서 전화를 끊었으면 하고 바랬다. 아내의 입장에서 보면 그전처럼 하나하나 받아주고 있는 듯이 보일 것이다. 명재는 상황을 봐서 제 쪽에서 먼저 끊어버릴 계산을 하고 있었다. 아내가 바라는 것도 바로 자신의 그런 행동일 거라고 명재는 생각했다.

　— 형부, 그럼 혜경이란 여자 몰라요?

　— 처, 처제?

그러잖아도 영훈에 대해 말해달라는 심상찮은 처제의 전화를 받는 순간 떠오르는 얼굴이 장혜경이었다. 영훈과 혜경, 대학시절에 이들과 알고지낸 사람들은 영훈이 결혼을 한다면 반드시 그 상대는 혜경이어야 한다는데 이의를 제기할 사람은 아무도 없을 것이다. 명재 역시 혜경이 아닌 처제의 상대가 되어 있는 영훈을 처음 보고 몹시 당황했던 기억이 있었다.

— 형부도 그럼 못써요. 책 읽는 마음으로 언니와 살겠다면서요?

처제의 말투는 비아냥거리는 느낌이었다. 명재는 갑자기 얼굴이 붉어졌다. 당돌한 처제가 무슨 말을 지껄이려고 그러는지 조바심이 생겼다. 더군다나 아내의 새침한 태도가 여전히 그를 당혹스럽게 만들고 있었다.

— 처제, 전화 끊읍시다.

명재는 아내가 보란 듯이 전화를 끊어버렸다. 자다가 홍두깨로 두들겨 맞는 기분이 이런 것일까. 명재는 처제의 전화를 받고 어떻게 처신해야 할런지 망설여졌다. 아내는 처제를 끔찍하게 못마땅해 하지 않던가 말이다. 전화를 끊고 돌아서는데 다시 전화벨이 울렸다.

— 야, 상희 너, 밤늦게 무슨 짓이니? 너 눈에 우리가 만만하게 보여?

— 언닌 빠져. 배신당한 기분을 알기나 해? 언닌 형부한테 숨겨둔 애인이 있다면 그걸 이해하겠어?

— 뭐가 어째? 버르장머리 없는 가시나. 누구한테 화풀이 질이야.

아내는 언성을 높이면서 전화를 끊었다. 아내와 살면서 이처럼 화난 아내의 모습은 처음 보았다. 아내는 전화코드를 불끈 뽑아버리고서 명재를 향해 돌아섰다. 명재는 죄인처럼 머리를 숙였다.

— 당신한테 혹시 숨겨둔 애인 있어요?

— 아니, 당신 무슨 말을 그렇게 해.

아내의 갑작스런 물음에 명재는 발끈했다. 아내와 살면서 최초로 이처럼 발끈 화를 냈을 것이다. 책을 읽는 마음으로 살자던 서로의 약속이 이렇게 한순간에 허물어지는 기분은 정말이지 끔찍했다.

— 아녜요. 제가 흥분했어요. 상희가 그러네요. 언닌, 형부한테 숨겨둔 애인 있으면 이해할 수 있겠느냐구요. 그래서 물은 거예요. 미안해요.

아내는 미안하다는 말을 남기고 돌아섰다. 그래도 아내는 역시 남편에게 만큼 깍듯한 여자라고 명재는 생각했다. 그의 생각에도 아내의 말은 심했는데 자신을 바로 굽히고 미안해하는 아내가 명재는 더없이 고맙다. 그러나 아내의 심정을 명재는 충분히 헤아리고 있었다. 평소 달갑잖던 처제의 전화, 더욱이 상대를 배려하지 못하고 자존심마저 허무는 그런 전화질에 아내의 기분이 어떠리라는 것쯤 명재는 충분히 이해할 수 있었다.

그 후, 전화벨 소리에 깜짝깜짝 놀랄 정도로 신경이 예민해졌다. 아내 역시 마찬가지로, 못내 우울해 있는 적도 많았다. 정서적으로 아내는 매우 여성적이며 사분거리는 축이었다. 명재는 책을 만드는 남자의 아내로서 그만하면 충분히 겸비한 셈이라고 여기고 있었다.

사촌 처제의 전화는 명재의 사무실로도 걸려왔다. 아내의 따끔한 충고에 겁을 먹었는지 처제는 집을 피해 사무실로 전화를 걸어왔던 것이다. 아내가 곁에서 상황을 지켜보고 있지 않는다는 것뿐 그의 마음 부담은 여전했다. 처제는 전화를 걸어 남편 영훈의 과거 얘기를 물고 늘어졌다. 명재는 적어도 자신의 입을 통해 영훈에 대한 어떤 불미스런 얘기도 하지 않으리라 몇 번이고 다짐했다. 그랬다간 일이 어려운 쪽으로 치 닿을 수도 있을 것이기 때문이었다. 남의 얘기를 함부로 입 밖에 냈다가 난처한 일이 벌어질 수도 있을 것이다. 더욱이 남녀 간 지나간 과거에 대한 것은 십중팔구 가정의 문제로 번질 가능성이 높기 때문이다.

— 처제, 남편의 과거를 알아서 뭐해요?

명재는 처제를 항상 다독이는 입장이었다. 사무실 직원들 보기에도 송구하고 민망스러운 적도 여러번이었다.

— 형부, 제가 지금 과거 때문에 이러는 줄 아세요?

처제가 언성을 높였다. 아무리 생각해도 심각한 문제가 분명했다. 사무실까지 전화를 할 정도라니 이미 간파는 했지만 전화에 대고 발끈 화를 내는 처제의 목소리가 실감이 나게 만들었다. 명재는 아무 대꾸도 않은 채 묵묵히 처제의 얘기를 듣고만 있었다. 영훈이 어쩌다 이렇게 되었을까. 처제의 입에서 혜경의 이름이 불릴 정도라면 이미 어떤 회복할 수 없는 일이 벌어진 것은 아닐까?

— 처제, 동서하고 어떤 일이 있는지 몰라도 이런 식으로 흥분하면 안돼요.

— 형부라면 흥분하지 않겠어요? 마누라 몰래 숨겨논 여자가 있었다면요. 그것두 하루 이틀도 아니고 결혼이전부터 쭈욱……

처제는 흐느끼면서 말을 잇지 못했다. 그랬었구나. 명재는 공연히 한숨이 새어나왔다. 영훈은 어째서 혜경을 놔두고 처제와 결혼했으며 결혼 이후 어째서 혜경을 쭈욱 만나왔다는 말인가. 아무리 생각해도 이해하기 어려웠다. 혜경이 영훈의 아내가 되지 않았다는 자체가 잘못된 일일 것이다.

끝내 처제와 이튿날 커피숍에서 만나기로 약속하고 전화를 끊었다. 명재는 처제와 약속하면서 몹시 불안했다. 아내가 처제를 탐탁찮게 생각하고 있기 때문이다. 아내한테 처제와 만나기로 한 사실을 말할 수도 없었다. 아내의 냉갈령은 처제의 전화 이후 두드러졌다. 책을 읽는 마음으로 사는 부부의 단란한 모습을 지키지 못한 죄책감이 문득 꼭뒤를 지르고 간다. 전혀 예측하기조차 어려운 데서 자신과 무관하게 일이 어그러지는 느낌에서 명재는 빠져나올 수가 없었다.

명재는 아내에게 처제에 대한 얘기를 꺼내지 않았다. 아내 역시 처제에 대한 얘기를 더 이상 거론하지 않았다. 그럼에도 처제의 전화 이후 아내와의 관계는 확실히 서먹해져 있었다. 명재는 아내를 지레 떳떳이 쳐다보지 못했다. 아내와 마주치면 자꾸만 영훈과 혜경, 그리고 또 다른 얼굴들이 떠오르는 것이었다. 그 얼굴들 중에는 지울 수없는 얼굴도 있기 때문이었다. 아내에게 숨기고 싶은 그런 얼굴이 말이다.

처제는 약속장소에 제시간 보다 일찍 나와 있었다. 명재가 약속한 두 시 정각에 사무실 근처 커피숍 '은하수'에 도착했을 때 처제는 안쪽 한켠에서 담배를 피워 물고 있었다. 처제가 담배를 피운다는 사실을 처음 알았다. 영훈과의 일 때문에 담배를 피워 물었을 수도 있을 것이다.

— 처제, 일찍 왔나 봐요.

담배를 되도록 의식하지 않으려고 애쓰면서 처제의 표정을 살피며 말했다. 처제는 강릉에서 아마 비행기 편을 이용했을 것이다.

아니면 아침 일찍 고속 편으로 상경했을 수도 있다.

— 앉으세요, 형부. 비행기 편으로 올라왔어요.

처제는 피우던 담배를 그다지 의식하지 않으면서 대꾸했다. 처음 처제를 바닷가에서 보았을 때보다 야윈 듯한 얼굴이었다. 그러나 미쓰 강원 후보에 오를 만큼 그 미모는 섹시하고 관능적인 데가 있었다. 처제의 외모로 보면 남편 때문에 마음고생을 하고 있다는 사실이 전혀 어울리지 않을 것이다.

— 동서하고 무슨 일 있었어요?

명재는 예의를 갖춰 물었다. 영훈을 동서로 칭하는 자신의 행위가 어색했지만, 영훈이, 란 호칭을 사용하지 않음으로써 지금 문제되고 있는 듯한 대학시절의 관계나 일들보다 현재의 관계나 일들이 중요하다는 인상을 주도록 노력했다.

— 형부, 사실대로 말씀해주세요.

명재는 처제의 얼굴을 쳐다보았다. 처제의 태도는 몹시 단호했다. 마치 영훈의 과거를 낱낱이 낚아 올릴 셈인 모양이었다. 강릉에서 비행기를 타고 날아온 것만 봐도 보통 각오는 아닐 것이다.

— 처제, 동서와 무슨 일이 있었는지 모르지만, 형부가 얘기해줄 수 있는 게 아무 것도 없어요. 그리고 처제의 일로 우리 부부까지 심각한 타격을 받고 있단 말예요. 대체 저번 날 전화는 무슨 경우예요? 꼭두새벽에……

명재는 빗금을 긋듯 똑부러지게 말했다. 처제의 일도 처제의 일이지만 자신의 문제가 명재로선 더욱 소중하다고 생각했다. 더욱이 사촌 처제, 아내가 별로 탐탁찮게 생각하는 사촌 처제가 아닌가.

— 죄송해요. 형부는 저를 이해해 주시리라 믿었어요. 더구나 제

인생이 걸린 문제인데 꼭두새벽이면 어때요. 제가 남인가요?

처제는 말해놓고 멍하니 천장을 쳐다보았다. 낙심한 모습이 역력했다. 형부 앞에서 담배를 입에 무는 처제, 명재는 이해하려고 애썼다. 처제의 머리위로 풀풀거리며 올라가는 담배연기가 쓸쓸하게 흔들리고 있다.

— 무슨 대답을 듣고 싶은 거예요, 처제?

영훈과 혜경의 얽힌 일로 그를 찾아올 정도라면 이미 그가 대답해 줄 수 있는 사실을 모두 알고 있을 것이다. 영훈의 대학시절, 아니 이런 표현보다 처제 남편의 숨겨놓은 여자 혜경, 이 정도만 하더라도 처제 입장에선 이미 모든 상황을 꿰뚫어 볼 수 있을 것이다. 한때, 뜨거웠을 처제와 영훈의 사랑, 그리고 사랑에 대한 배신과 모멸, 같은 여자로서 겪어야 될 수치심 같은 것들.

— 형부, 얘기해 줘요. 혜경이란 여자, 영훈 씨한테 어떤 의미였죠?

처제의 물음은 애절했다.

— 처제, 형부가 동서에 대해 얘기해 줄 수 있는 입장이 못돼요. 해줄 얘기 거리도 없구요. 학창시절 한 때의 추억이야 누구든 가지고 있는 거예요.

명재는 작정하고 찾아온 처제에게 함부로 입을 열 수가 없었다. 자칫 잘못하다간 모든 불똥이 자신에게 떨어질 수도 있다고 명재는 생각했다. 처제의 입에서 혜경의 이름이 튀어 나오는 것이 신경에 거슬렸다.

— 추억이라구요? 설마 혜경이란 여잘 모른다고는 못하시겠죠?

— 그래요. 혜경일 부인하지 못해요. 그러나 다 지나간 일이라고 생각해요. 정말 한 때의 추억 같은 것 말예요.

혜경의 존재를 부인할 수는 없었다. 벌써 5년여가 흘렀지만 그들의 기억에 또렷이 되살아나는 것들. 명재는 방송 아카데미의 계절강좌에서 만난 회원들에 대한 기억이 다른 동아리 활동의 기억보다 강렬한 데가 있다고 생각했다. 회원들이 다른 동아리에 비해 개성이 강한 점들 때문에 특히 많은 추억을 만들었다. 문학 동아리의 시 쓰기 회원이었던 명재는 학교에서 명물들만 모인다는 시 쓰기 동아리보다 아카데미 강좌의 회원들이 만들어내는 끼와 개성에 매료되었다. 당연히 모임과 만남이 빈번해졌고 선후배 만남의 MT까지 다녀올 정도였다. 아카데미 회원의 모임에서 영훈과 혜경은 단연 강렬한 인상을 남기면서 회원들의 우상이 되었던 것이다.

처제는 명재의 말에 어이가 없는 모양이었다. 한 때의 추억이란 표현은 정말 처제의 입장에선 허무맹랑한 말장난에 다름없을지 모른다.

— 그렇게 남의 일처럼 말하시는군요. 어떻게 결혼한 부인 몰래 몇 년을 은밀하게 만 나온 추잡한 짓거릴 추억이라고 말씀하실 수가 있죠? 형부네 학창시절은 고작 그런 더러운 짓거리들을 위해 추억을 만들었던가요?

명재는 처제의 말에 대꾸할 용기가 서지 않았다. 처제의 말이 그르지 않기 때문이었다. 학교 서클이나 동아리에서 만나 결혼을 하는 경우도 많았다. 대개 동료들의 눈에 두드러지는 캠퍼스 커플들은 십중팔구 결혼으로 연결되는 경우가 대부분이지만, 간혹 영훈과 혜경처럼 뜻밖의 경우가 발생하기도 했다. 학교를 마치고 한동안 직장을 잡지 못해 떠돌았던 적이 있다. 직장을 잡고서도 생활에 바쁘다 보니 후배들의 근황을 한동안 알지 못했다. 더러 쭈욱 연결되는 동료들이 많지만 명재의 경우 직장을 잡고 나서 거의 소식이 끊겼고 만남 역시 이루어지지 않았던 것이다. 처제를 처음 만나는 장소에서 정말이지 대학 졸업 이후 영훈을 다시 보게 된 셈이다.

처제는 거푸 담배를 피워물었다. 담배 피우는 폼이 어딘지 모르게 어색하다. 영훈의 외도를 접하면서 홧김에 피우는 담배임이 분명해 보였다. 처제가 활달하고 젊다보니 정도에 벗어나는 행동을 하는지 몰라도 사람 자체는 나빠 보이지 않았다. 경우없이 되바라지고 인지상정의 범위를 벗어나는 무례는 범치 못할 품성으로 보였다. 아내와의 사이는 사촌으로서 좋아 보이지 않았지만 딱히 처제를 탓할 수만은 없다는 생각이 들었다. 처제의 성격상 처음 보는 형부를 껴안을 수도 있고 데이트 운운한 것은 농삼아 꺼냈던 얘기이거니 생각되었다. 아내가 처제의 행동에 너무 과민반응을 보였던 것은 아닐른지 모르겠다. 그저 대수롭지 않게 여기면 그만일 수도 있는 일이 아닌가. 또한 꼭두새벽의 전화는 누구라도 그러했으리라. 남편의 외도를 알아차리고서 그런 전화질쯤이야 당연한 일이 아닐까. 명재는 되도록 처제를 이해하려고 마음먹었다.

— 세상에 어떻게 그럴 수가 있지요? 형부, 말이나 돼요? 제 생일날도 혜경이란 여자를 만났더군요. 결혼기념일에도 그 여자를 만났구요. 이건 저를 사이에 두고 둘이서 은근히 즐겼던 거예요. 형부, 뭐라고 말 좀 해봐요. 기가 막혀서 말이 안 나와요. 형부, 저 지금 너무 슬픈 거 있죠. 사람 좋은 형부 앞에서 실컷 울고 싶어요 지금. 전 생애에 이런 경험 처음이예요. 어떻게, 어떻게 이런 일이 나한테……

처제는 끝내 울음을 터뜨렸다. 주위의 눈치 때문에 울면서도 아

주 조심스러웠다. 그러나 처제가 말한 대로 그 슬픔의 무게가 묻어
나는 울음이었다. 작은 흐느낌에도 그토록 슬픈 감정의 무게를 실
을 수 있다는 게 신기할 정도로 처제의 울음은 조심스럽고 깊은 것
이었다.

　명재는 먼저 혜경을 만나봐야겠다고 생각했다. 영훈을 만나는
일도 중요하겠지만 영훈을 당장 만나볼 자신이 서지 않았다. 그에
대한 실망감은 지금 명재에게는 이루 말로 다할 수 없었다. 영훈을
보는 일이 역겹기 그지없을 것이기에. 그리고 처제에 대한 영훈의
배신은 명재 자신에 대한 영훈의 배신에 다를 바 없기 때문이다. 혜
경을 우선 만나서 일의 자초지종을 묻고 해결책을 찾아야 하리라
고 생각했다.

　처제의 행동으로 보아 정말 심상찮은 일이 분명해 보였다. 명재
의 어떤 변명, 어떤 위로도 지금 처제에게 도움이 되지 못할 것이
다. 정확한 내막은 모르지만, 처제를 통해 얻은 결론은 영훈과 혜경
이 불륜을 맺고 있는 게 사실이고 이미 추억 따윌 운운하는 것은 처
제를 기만하는 일처럼 여겨질 것이라는 점이다. 명재는 처제를 다
독이는 쪽으로 태도를 바꿨다.

　— 처제, 진정해요. 형부가 무엇을 도울 수 있을지 한번 얘기해
봐요. 내가 영훈일 만나 따끔하게 한번 혼내줄까요?

　— 아녜요 형부. 그러실 필요 없어요. 그 사람은 이미 나를 배신
했다구요. 형부, 저는 배알도 없는 여잔 줄 아세요? 제 생일 때도
그 혜경이란 여잘 만나고 들어온 사람예요. 그런 사람을 어떻게 이
해할 수 있겠어요.

　영훈에 대한 처제의 생각은 단호했다. 누구의 상식을 가지고도

처제의 말대로라면 영훈의 행동은 정도가 지나쳤다. 혜경을 만나더라도 그날만은 피했어야 옳았을 것이다. 아니, 솔직히 아내의 생일날 숨겨둔 여자를 기분 좋게 만날 수는 없었으리라. 다른 여자를 선택했으면 혜경이는 마땅히 지워야 하고 일절 만나지 말았어야 옳은 일이다.

둘의 사이가 아무리 돈독했다 해도 그럴 수는 없는 법이다. 결혼 전의 일만 가지고는 처제도 옹졸하게 트집을 잡지는 않았을 것이다.

— 그럼 처제가 형부한테 원하는 게 뭡니까? 강릉에서 비행기를 타고 단숨에 날아왔다면 형부한테 원하는 게 있을 거 아녜요.

— 네 그래요. 형부한테 바라는 게 있지요.

처제는 탁자 위에 놓인 물잔을 꿀떡꿀떡 소리가 나도록 들이켰다. 처제가 아무리 발랄하고 저돌적인 데가 있더라도 지금의 행동은 몹시 분하고 화가 치밀었을 때나 보일 수 있는 행동이었다. 명재는 계면쩍어 역시 물잔에 손을 가져갔다. 그리고 어서 말해보라는 식으로 처제를 빤히 쳐다보았다.

— 캠퍼스에서 대체 그들은 어떤 커플이었나요? 그 혜경이란 여자가 즐겨 입던 옷, 자주 부르던 노래, 좋아하는 음식은 어떤 거였어요? 어떤 책을 읽고 어떤 영화를 보고, 어떤 커피, 가방은 어떤 것을 메고 다녔지요?

처제는 비교적 빠른 목소리로 음미하듯 또박또박 말했다. 명재는 처제가 하소연의 말상대로 자신을 여기고 있다고 생각했다. 처제의 말을 꼬박꼬박 듣는데 충실하리라 명재는 속으로 다짐했다. 명재는 길게 한숨을 내쉬며 처제의 얼굴을 살피듯 올려다보았다. 처제의 심정을 이해하려고 노력했다.

— 그 여잔 영훈 씨한테 어떤 존재였죠? 강의실 오가면서 어깨를 둘렀나요? 두 사람이 정말 어울리는 커플이었던가요? 도서관에도 나란히 드나들고 햇볕 좋은 벤치에 마주 앉기도 했겠죠?

명재는 처제의 하소연에 한마디 말시답도 보내지 못했다. 어떤 말로 처제를 위로해야 할지 몰랐다. 남편의 외도에 민감하지 않는 아내란 없을 것이다. 처제는 마치 자학을 하듯 영훈과 혜경의 과거 행적을 상상했다. 어떻게 보면 거의 의도적이라는 생각이 들었다. 여자의 심리란 모두 그런 것일까. 남편의 외도를 받아들이는 순간 심리적으로 강해지기 위해 바람난 여자와 남편의 관계를 아주 섬세하고 세심하게 넘겨짚어 보는지 모른다.

— 형부, 왜 아무 말씀이 없죠? 무슨 말이든지 해보세요. 저, 강한 여자 되기로 마음 먹었어요. 보세요, 이렇게 웃을 수도 있어요. 남자 하나 때문에 상처받고 스스로 인생의 족쇄를 만드는 그런 여자들과는 다르다구요.

처제는 의도적으로 웃으려고 애썼지만 그 웃음 뒤엔 쓸쓸함과 허허로움이 묻어 있는 모습이었다. 남편의 외도에 의연한 모습을 보이려고 애썼지만 배신에 대한 원망과 미움까지 완전히 감추지는 못했다. 처제의 이러한 모습이 명재가 보기에는 한편으로 안타깝게 느껴졌다. 처제는 그런 식으로 자신을 위로하며 남편의 외도에 따른 위기를 극복할 방법을 모색하고 있는지도 모른다.

— 그래요. 처제는 극복할 수 있을 겁니다. 제 도움이 필요하면 언제든지 얘기해요. 사무실로 오셔도 되구요. 언니한텐 이런 사실 비밀로 해줘요. 언니는 솔직히 처제에 대한 감정이 좋지 않나 봅니다. 집으로 전화하는 것도 삼가셔야 할 거예요. 서로 마주쳐서 좋

을 것은 없잖아요.

처제의 입장을 이해하고 마음을 배려하면서 조심스럽게 말했다. 아내가 이런 사실을 안다면 역시 화가 치밀 것이다. 끔찍하게 싫어하는 처제를 자기 몰래 만나 은밀히 이런 얘기를 나눴다는 자체만으로도 아내는 까무러칠 것이다. 출근길에 아내는 현관문을 쪼르륵 걸어나오면서 처제와 가까이 하지 말기를 당부했었다. 그러면서 처제와의 사이에 일어난 사실을 숨기지 말고 자신에게 얘기해 달라고 아내는 덧붙였다. 처제와 이렇게 커피숍에 마주하고 앉아 있는 사실을 알면 아내는 정말 배신감에 펄쩍펄쩍 뛰지 않을지 염려스러울 정도였다.

— 알고 있어요. 상숙 언니는 늘 저한테 그랬어요. 형부, 미안한 말씀이지만요, 언닌 어렸을 때부터 저한테 열등감을 느낀 사람이라구요. 그런 사람이 저에 대해 할 수 있는 게 뭐겠어요. 헐뜯고 비아냥대고 괜히 미워하는 거라구요. 제가 형부를 바닷가에서 처음 봤을 때, 왜 껴안은줄 아세요?

명재는 갑자기 얼굴이 붉어올랐다. 그때의 장면이 눈앞에 스쳐갔다. 처제의 쭈욱 뻗은 몸이 그의 가슴을 밀착해 들어올 때의 짜릿했던 기억이 떠오른다. 처제는 마치 의도적이듯 자신의 몸을 명재 쪽으로 밀착시켰다. 볼록한 젖무덤의 감촉 역시 짧은 순간이었지만 감미로웠다. 처제, 아니 사촌 처제에게 그런 감정을 느낄 수 있다는 사실이 명재를 오히려 당혹스럽게 만들었다. 아내와 영훈에게 동시에 부끄러웠던 그날의 기억은 영원히 지우지 못할 일이다.

명재는 아내가 처제한테 어릴적 부터 열등감을 느끼고 있었다는 말에 새삼 놀랐다. 아내가 결코 그처럼 속 좁은 사람은 아니라고 생각했다. 처제의 괜한 우월감 때문인지도 모른다. 아내가 처제보다 못한 것이 무어란 말인가? 아내는 처제보다 훨씬 여성적이고 인간미가 넘치며 속도 깊다고 생각했다. 남편을 껴안은 처제를 마뜩찮게 여기는 것은 여자라면 누구나 가지는 질투심 같은 것이 아닐까. 명재는 대체 처제가 바닷가에서 그토록 열정적으로 자신을 껴안은 이유를 알지 못했다. 아니, 그저 대수롭지 않게 처제의 감정이 남들보다 열정적이며 노골적인 성격 때문으로 여겼던 것이다.

— 화가 나서 그랬어요. 나보다 나을게 없는 상숙 언니가 형부 같이 근사한 남자를 만난 게 은근히 부아가 났어요. 까닭 없이 헐뜯기 좋아하고 나를 은근히 무시하는 언니가 얄미워서요. 그래서 일부러 형부를 끌어안았던 거예요. 그때 당황해 하던 언니 모습에 저는 만족했어요. 영훈씨와 뒤에 불협화음이 있기도 했지만, 저는 형부를 껴안았던 사실을 후회하지 않아요. 아뇨, 훌륭한 추억이라고 생각하죠. 화난 상숙 언니 떠올리면 괜히 통쾌해지니까요.

명재는 갑자기 서글퍼졌다. 언니와 동생 사이에 어떻게 이런 식의 감정이 생길 수가 있는가 말이다. 사촌간이기에 이런 경우가 가능할지도 모른다. 그러나 처제의 경우 좀 심한 데가 있는 것 같았다. 명재는 처제의 화풀이 상품으로 이용당한 생각을 하자 까닭 없이 기분이 씁쓸해졌다. 그러나 한편 근사한 남자, 라는 표현에는 마음 저 뒤쪽에서 은근히 뿌듯한 감정의 굴곡을 느꼈다. 그래도 형부로서 체통을 세우기 위해 근엄한 태도를 잃지 않았다.

— 처제 그러면 나빠요. 언니한테 그러는 법이 어딨습니까? 언니가 처제를 왜 미워한 다고 생각하세요. 제 아내, 참 겸손하고 착하고 성실한 여잡니다. 경우도 바르고요.

집사람 같았다면, 영훈이 앞에서 이런 식으로 처제를 모욕시키지 않을 겁니다. 두둔 하지는 않더라도......

처제가 명재의 말을 무찔렀다.

— 형부는 그러니까 우물 안 개구리라구요. 하나 밖에 모르신다는 말씀이죠. 형부의 말처럼, 상숙 언니가 그런 사람이라면 처음 본 제부 될 사람한테 그따위 망발을 지껄였겠어요, 형부?

명재는 머리를 한 대 엊어 맞은 느낌이었다. 대체 아내가 영훈에게 무슨 말을 했기에 처제의 입에서 망발 어쩌고 하는 소리가 터져 나온단 말인가. 명재는 상기된 얼굴로 처제를 빤히 쳐다보았다.

— 상숙 언니가 영훈 씨한테 뭐라 그런 줄 아세요? 상희 제 데리고 살려면 속꾀나 썩을 거예요. 말괄량이 제 어떻게 만났어요? 세상에, 제부 될 사람 처음만나 이렇게 지껄이는 사람이 바로 상숙언니라구요.

처제는 분에 겨운 태도로 어깨를 들썩이며 씩씩거리는 모습이었다. 명재는 아내가 설마하니 처제의 말처럼 첫대면 때에 그렇게 행동했다는 게 믿어지지 않았다. 설령 그런 행동을 했다해도 어찌보면 원인은 처제가 제공한 것인지도 모른다. 처제가 먼저 자신을 껴안으며 아내의 염장을 질렀다고 명재는 생각했다. 그렇지 않고서야 공연히 아내가 처제를 모함하지는 않을 터이었다. 사람이 아무리 선량이라도 자신이 무시당하고 있다면 충분히 그런 행동도 가능하지 않을까.

명재는 더 이상 대꾸하지 않았다. 어차피 하소연할 목적으로 찾아온 처제가 아닌가. 얘기를 들어주고 판단은 스스로 하면 된다. 자칫 중심을 잃으면 나중에 더욱 난처한 곤경에 빠질 수도 있다. 처제의 성격이나 지금의 태도로 보아 충분히 그러고도 남을 것이다. 아내에게 이같은 사실을 솔직히 고백하는 편이 나을 성싶었다. 괜히 아내에게 비밀로 했다가 처제로부터 아내가 이런 사실을 전해 듣는다면 배신감 같은 기분을 느낄 것이다. 명재는 집에 돌아가서 먼저 아내를 진정시킨 다음 처제가 사무실 근처로 찾아왔더라는 얘기부터 고백할 생각이었다. 처제를 만난 사실이며 나눈 얘기들을 아내한테 만큼 비밀로 하리라는 그의 생각이 옳지 않았음을 깨달았다. 만약 그랬다간 처제의 성격을 보아 뒷탈이 벌어질 것이 분명해 보였기 때문이다.

처제는 계속해서 아내를 헐뜯는 말을 늘어놓다가 명재가 대꾸하지 않자 무연스레 커피숍 천장을 쳐다보며 담배를 피워물었다. 처제의 담배 태우는 솜씨는 여전히 서툴고 얼굴에선 긴장감이 느껴졌다. 영훈과 혜경의 문제로 자신을 찾아와서 언니의 흉을 늘어놓는 처제의 처지가 가엾게 느껴지기도 하였다. 사실 처제가 영훈과 혜경에 대해 자신에게 얻을 수 있는 정보 따위, 애초에 관심 밖이었는지도 모른다. 명재로서도 두 사람의 관계에 대해 처제에게 무슨 얘기를 들려줄 수 있겠는가. 결론은 이미 나와 있는 것이다. 영훈과 혜경의 말하자면 불륜, 처제를 배신한 영훈, 앞으로 닥칠 이들의 앞날이 어떻게 전개될 것인지가 이제 관심사라면 관심사가 될 것이었다.

끝내 처제가 흐느끼기 시작했다. 제 설움을 담고 있는 흐느낌. 이런 기분은 정말이지 명재로서도 유쾌하지 않다. 비가 오기 직전의 날씨처럼 우울하고 개운치 못한 느낌, 표현하기조차 어려운 감정의 얽힘. 대체 어째서 이런 일이 그의 곁에서 일어나고 있는지 명

재는 원망스럽다. 책을 읽는 마음으로 단아하게 살아보자던 아내
와의 약속이 자꾸만 멀어지는 듯한 불안함, 제 잘못 하나 없는 순백
의 공간에 의지와 관계없이 어떤 기운이 다가와서 검은 그림자를
만들어내는 이 허탈함, 삶이라는 것이 결코 진지한 것은 못된다고
명재는 순간 생각했다.

　— 처제, 진정해요. 처제 맘 다 이해할 수 있어요. 처제 스스로
보통 여자들과는 다르다고, 다르게 살 거라고 다짐했잖아요. 내가
영훈일 한번 만나볼게요. 제가 아는 영훈 후배, 아니 동서는 의협심
이 강하고 처제를 배신할 그런 사람은 아니예요. 처제가 오해하고
있는 부분도 있을 수 있겠고, 만약 영훈이 잘못을 저질렀다면 금새
제 잘못을 뉘우치고 옛날로 돌아올 친구라구요.

　명재는 처제를 다독거렸다. 영훈에 대한 표현도 후배, 라는 표현
을 고쳐 동서, 라고 했다. 후배,라는 호칭은 자꾸만 대학시절을 떠
올리게 되고 그러면 혜경이란 여자가 처제의 기억 속에 나타날 수
도 있을 것이기 때문이었다.

　처제는 고개를 내저었다. 형부가 그래봐야 아무런 가망이 없을
거라는 도리질은 명재로 하여금 더 이상 처제를 설득할 생각을 접
게 만들었다. 처제는 이미 영훈과 끝장낼 각오를 다지고 있는지도
모른다. 처제의 성격에 외도한 남편을 받아들인다는 기대는 너무
가당찮은 착각은 아닐까. 쉽게 만나고 쉽게 헤어지는 것이 요즘 젊
은이들 사이에 팽배해 있는 문화적 현상이다.

　영훈이 휴대폰을 깜박 잊고 출근했던 날 걸려온 한 통의 이상한
전화, 벨이 울리자 처제는 남편의 휴대폰을 열었는데, 이쪽에서, 여

보세요, 하기도 전에, 자기 나야, 하는 멘트에 당황했다는 처제. 잘못된 전화이거니 생각했는데, 영훈씨 나야, 하는 멘트가 재차 정확히 흘러나왔다고 했다.

― 누구시죠?

하는 여자 목소리에 당황한 저쪽, 머뭇거리다가, 누가 우리 영훈씨 휴대폰을 받고 있는 거죠? 했다.

― 아내 되는 사람인데요. 그쪽 누구죠?

― 친굽니다.

뜻밖에 당당한 저쪽의 기세에 처제는 입이 다물어졌다고 했다. 겨우 정신을 가다듬은 뒤, 친구라구요? 우리 영훈씨, 라고 했나요 지금?

― 그래요. 분명히 그렇게 말했어요. 뭐가 잘못 됐는가요?

그쪽 여자의 말에 처제는 두 말 없이 전화를 끊었다고 했다. 갑자기 당한 일이라도 대체 믿어지지 않았다고. 세상에 어떻게 이런 일이 생기지, 하면서 찍힌 휴대폰 번호로 다시 전화를 넣었다고 했다.

― 김영훈씨 아내되는 사람인데요.

― 말씀하세요.

하는 그쪽의 말에 막상 무슨 말을 할지 떠오르지 않아 당황했다고. 그러자 오히려 그쪽에서 아주 방자한 태도로 이렇게 묻더라고.

― 결혼생활, 행복하신가요?

― 네, 요즘 행복해 죽을 지경이죠.

하도 기가 막혀 속으로는 욕설을 내뱉고 싶었지만 영훈씨 체면을 위해 참았다고 했다.

그러면서도 이런 일이 갑작스레 자신에게 일어나고 있다는 사실에 당황하고 의아했다고. 제발 여기서 멈춰졌으면 하고 바랐다고. 그런데 자기와 무관하게 일이 이상한 쪽으로 자꾸만 악몽을 꾸듯 가지를 치며 흘러가더라고.

— 영훈씨도 그렇게 생각하나요?

정말 기가 막혀서 한참동안 송수화기를 든 손이 후들거릴 정도로 떨리고 이미 핏기가 이마까지 벌겋게 치솟았다고 했다.

— 그래요. 확신해요.

겨우 이를 사리물고 또박또박 대답했다고. 그러자 저쪽에서 천박한 웃음을 입술 끝에 매달면서 대꾸하더라고.

— 순진한 여자들은 모두 그렇게 생각하죠. 제 남편이 행복할 거라구요. 사랑한다, 행복하다, 하는 값싼 고백에 그렇게 믿어버리죠. 자기 지금도 날 사랑해? 더러 이렇게 묻기도 하죠. 아아, 오늘 웬지 연애하는 기분이야. 당신은 역시 아름답다니까, 하면 우리 여자들은 그냥 그 꿈속에 푹 젖어버리죠. 그런데 사실, 남자들은 말예요. 십중팔구 그렇게 말하는 사람들은 말예요. 머리에 딴생각들을 많이 하고 있다는 거죠.

밑도 끝도 없는 얘기를 듣고 있는 자신이 우스꽝스러웠는데 이상하게 저쪽 여자의 얘기에 끌려들더라고 했다.

— 제가 독신을 고집한 이유도 거기에 있죠. 처음엔 누구나 행복해요. 하지만 그건, 봄날에 흐드러진 꿈같은 얘기구요. 결혼하면 봄날 꿈같은 기대는 이미 끝나는 거죠.

마치 마을 버스가 정해진 노선을 하루종일 돌고 있는 것과 마찬가지죠. 따분하고 지루하기 그지없어요. 그게 결혼한 여자들 인생이라구요. 안 그래요 그쪽?

처제는 한참동안 아무런 대꾸도 하지 못했다고. 영훈 씨가 이런 여자와 알고 지낸다는 사실이 치욕스럽게 느껴졌다고. 독신의 여성과 남편의 관계, 처제는 머리가 어질어질 복잡해지기 시작했다고. 우리 영훈 씨, 라고 말하는 당돌한 독신의 여자한테 영훈 씨의 존재는 무엇인가? 갑자기 궁금해지더라고 했다.

— 영훈 씬 댁한테 무슨 존재죠?

전화의 저쪽 여자는 그 물음에 아까 번처럼 호들갑스럽게 웃으면서, 영훈 씬, 댁한테는 어떤 존재예요? 하고 똑같이 물어오더라고 했다. 처제는 순간 자신이 남편에 대해 남처럼 여겨지더라고 했다. 마치 저쪽 여자가 영훈씨의 진정한 주인인 듯 낯설은 어색함에서 머리가 어지러움을 처제는 느꼈다고 했다. 끝내 눈가에 번진 눈물을 닦아내며 처제는 전화를 끊을 수밖에 없었다고.

한번 풀리기 시작한 처제의 얘기는 멈출 기미가 보이지 않았다. 오후 네 시가 넘어서야 명재는 처제를 돌려보내고 사무실로 돌아왔다. 사무실 책상위에 뜻밖에 아내로부터 걸려온 전화의 메시지가 놓여 있었다. 들어오는 대로 집으로 전화 넣어달라는 메시지를 보는 순간 명재는 심호흡을 했다. 사촌처제와의 만남에 대해 어떻게 해야 할른지 망설여지기 때문이었다. 아내한테 거짓말을 하고 싶지 않았다. 그렇다고 아내가 우두망찰 놀랄 일을 부러 말하고 싶은 것도 아니었다. 명재는 갑자기 혼돈에 빠져들기 시작했다.

편집장님, 집에서 전화 여러 차례 왔습니다, 하고 편집부 미쓰박이 걱정스런 표정으로 말했다. 한 번도 아니고 여러 차례라니 아내는 그의 부재에 화가 대단히 났던 모양이라고 명재는 생각하며 송

수화기를 집어 들고 아내한테 전화를 넣었다. 이번에는 아내가 부재중이었다. 명재는 공연히 책상위에 놓인 단행본 광고 문안을 뒤적거리며 안절부절 못했다.

삼 십분 이후에 명재는 아내와 연결되었다. 아내의 부재를 확인한 이후에도 몇 차례 전화를 넣었다가 실패하고, 편집부 직원들과 일간지에 게재될 단행본 광고문안의 카피를 두고 열띤 토론을 하고 있을 때에 아내로부터 걸려왔던 전화였다. 직원들과 토론 중에도 명재의 가슴 한켠에는 사실 불안감이 자리 잡고 있었다.

— 당신이예요?

아내의 목소리는 예전과 확연히 달랐다. 책을 꼼꼼히 읽듯 정갈하고 부드러운 목소리는 이미 차갑고 혼탁하게 변한 느낌을 풍겼다. 대체 아내한테 무슨 일이 있었던 것일까, 명재는 의아했다. 혹시 그 사이 처제가 전화라도?

— 여보, 미안해요. 잠깐 외출을 했어요.

— 잠깐이라구요? 당신, 두 시 이전에 사무실 비웠어요.

아내는 그의 부재시간을 정확히 알고 있는 모양이었다. 그렇더라도 예전 같으면 이런 식의 가시 돋친 말투는 아니었을 것이다.

— 미안해요. 사실은……

하고 처제와 만났다는 사실을 거짓 없이 고백하려고 했으나 아내 쪽에서 성미 다급한 태도로 그의 말을 잘라버렸다.

— 제부가 그러네요. 오늘, 상희가 당신 만나러 상경했다고요. 대체, 당신한테 요즘 무슨 일이 벌어지고 있는 거예요?

처제를 만난 사실을 제 쪽에서 먼저 아내한테 얘기하는데 실패했다. 영훈의 전화로 아내는 자신이 처제와 만난 사실을 알고 있다는 것을 알아차렸다. 영훈이 처형되는 아내한테 전화를 넣었던 것을 보면 분명 처제와 영훈 사이에 심각한 일이 벌어지고 있음을 알 수 있었다.

— 그게 어떻게 됐냐면, 처제가 사무실 근처로 찾아왔어요. 얘기 들어보니까, 동서하고 심각한 문제가 생긴 모양예요. 그래서 딱히 거절 못하고 몇 시간 처제 얘기 들어줬어요. 당신한테 얘기할 생각 였는데 당신이 먼저 알고 있네요. 우리와는 관계없는 일이니까 마음 놓도 돼요. 처제 참 안 됐더라구요.

명재는 아내의 마음을 굽어 살피듯 차분한 목소리로 말했다. 처제가 안돼 보이는 것은 사실이다. 혜경이 한테 영락없이 당한 형편이었다. 혜경이 그렇게 암팡진 데가 있었을까, 의아스러울 정도로 학창시절의 혜경이는 남색 한복을 잘 갖춰 차려입은 듯이 정갈하고 올바른 축에 들었다. 혜경이가 정말 그렇게 변했을까? 결혼한 남자와 관계를 맺고 남자의 아내한테 그런 행동을 보일만큼 무경우한 여자였을까, 명재는 정말 이해할 수 없는 일이었다. 처제가 거짓말을 하고 있다면 모를까, 그렇지 않다면 분명 대단히 놀라운 변화일 것이다.

— 어떻게 당신 그렇게 말씀하세요? 우리와 관계없는 일이라뇨. 제부가, 아니 당신 후배가 풍전등화 파경직전인데 마음을 놓도 된다구요? 상희가 아무리 안 돼 보여도, 내 앞에서 당신은 그런 식으로 말하면 안 되는 거예요. 걔가 나를 어떻게 생각하는 애인데 그래요.

아내는 제부, 아니 영훈은 두둔하면서 처제는 비난하고 있었다. 명재는 아내한테 더 이상 대꾸하지 않았다. 전화상의 대꾸는 말싸움 밖에 되지 않을 터이고 사무실 직원들 보기에도 민망한 노릇이기 때문이었다. 명재는 미안하다, 는 말을 남기고 아내와의 전화를 끊었다. 그리고 퇴근을 서둘렀다. 이미 아내한테 고백할 일은 자연스럽게 물 건너 가버렸으니 명재로선 혜경을 만나는 일이 시급하다고 판단되었다. 그리고 가능하다면 영훈이도 만날 생각이었다. 혜경은 정보에 의하면, 모(某) 쇼핑채널의 쇼호스트로 일하고 있다고 들었다. 영훈과 혜경을 만나는 일은 시간문제일 뿐 그리 어렵지는 않을 것 같았다. 조금이라도 빨리 이들을 만나는 게 급선무라고 생각하며 명재는 사무실을 빠져나왔다.

2

모든 부처와 중생은 한 마음일 뿐이다. 마음은 시작없는 옛날부터 나고 죽는 바가 없고 푸르거나 누렇지도 않고 형상도 없고 모든 이름과 말과 자취와 관계를 초월한 본체이다. 〈황벽〉

혜경의 연락처를 당장 수소문 했다. 그녀의 홈쇼핑 회사에 먼저 전화를 넣었다. 쇼호스트 장혜경을 찾는다고 말했다. 전화의 저쪽 여자는 혜경의 부재를 전하며 무슨 일로 그녀를 찾는가를 물어왔다. 명재는 순간 망설여졌다. 영훈과 자신이 동서가 되었다는 사실을 혜경은 영훈을 통해 이미 알고 있을 것이다. 그런 상황에서 명재의 전화를 별로 달갑잖게 여길 것은 당연한 이치다. 학교 선배라는 메모와 더불어 명재는 그의 휴대폰 전화번호를 남겨두었다. 여자는 이름을 자꾸 물었으나 명재는 그저 한(韓)선배라고만 전했다. 여자는 혜경이 나오는대로 그리 전하마고 약속해주었다.

그러나 그날, 혜경의 전화는 걸려오지 않았다. 귀가해 아내와 한 차례 찌그럭거린 이후 자정이 넘도록 전화는 없었다. 아내는 예상했던 대로 그가 처제와 만난 사실을 문제 삼고 나왔다. 명재는 아내의 생각이 부당하다고 말했다. 처제를 만나는 것이야말로 자연스런 일인 것이며, 하물며 지금 처제는 위기에 처해 있기 때문에 도움이 된다면 만날 수 있는 일이 아니냐고 따졌다. 아내는 예전의 모습은 없고 오직 처제의 나쁜 점만을 입에 담았다.

― 당신을 껴안은 여자예요. 제애인만 아니면, 데이트 신청하고 싶다고 지껄인 뻔뻔스런 애란 말예요.

― 처제의 행동이 그렇게 당신의 자존심을 짓밟았나요? 처제가 형부한테 그런 말 좀 우스개소리로 하면 어때서 그래요, 당신? 이해할 수 있잖아요.

아내 앞에서 처음으로 짜증 섞인 목소리로 말했을 것이다. 적어도 아내와 다툼 같은 것은 애당초 생각조차 못했다. 아니, 아내 앞에서 언성을 높인다는 것은 그의 사전에 쓰여 있지 않은 명목이었다. 그런데 자꾸만 아내와 언질이 붙고 있어서 스스로도 안타까운 느낌이 들었다. 책을 만들고 책을 읽는 마음으로 살자던 애초의 약속이 자꾸만 버그러지는 느낌에 명재는 정말 야속하고 안타까웠다. 삶이란, 행복한 삶이란 이렇게 허물어지기 위해서 존재하는 것인지도 모른다는 생뚱맞은 생각도 들었다.

　— 당신은 정말 상희를 모르죠. 제가 이런 얘기 안 하려고 했는데 아무래도 해야 할 것 같네요. 고등학교 다닐 적 일예요. 사실, 제가 사귀는 남학생이 있었죠. 그런데 상희가 우리 사이에 끼어들었어요. 제 남자친굴 껴안고, 언니만 아니면 데이트 신청했을 거라고 그때처럼 말했어요. 그리고 제 남자 친구한테 노골적인 접근을 했죠. 그 친군 저를 끝내 배신했어요. 상희가 그런 애라구요, 당신.

　아내의 말에 명재는 놀라웠다. 아내가 처제를 탐탁찮게 여기는 것도 당연하다는 생각이 들었다. 더욱 놀란 점은 아내한테 그런 이력이 있었다는 점이다. 명재는 아내의 과거 남자에 대해 생각해 본 적은 없었다. 철없던 시절의 일임에 사실이지만 아내한테 남자친구가 있었다는 사실에 놀랐다. 갑자기 아내의 옛 남자에 대해 생각하게 되었다.

　아내는 자신을 만나기 전에 다른 남자를 사랑한 적은 없을까 하고. 그러다가 부러 고개를 내저었다. 망령된 생각은 하지 말아야지. 아내는 적어도 우물처럼 맑고 깨끗하게 살아온 여자라고. 고교 시절의 일쯤이야, 누구나 가지고도 남을 소박한 추억 같은 것이라고 생각했다. 그럼에도 처제의 행동은 비난받을 일이었다. 제 또래들로선 크나큰 충격일 수도 있었다.

　— 그런 일이 있었군요. 당신이 처제를 경계하는 이유를 알겠어요. 여자들로선 예민한 부분이기도 하구요.

　명재는 아내를 되도록 두둔했다. 가능하면, 처제의 일로 아내와 서먹한 사이가 되기 싫었기 때문이다. 아내의 입장에서 보면 처제와 얽힌 일이 반갑지만은 않을 것이기 때문이다. 느닷없이 날아든 돌멩이 같은 경우 아닐까? 자신의 고교시절 남자친구에 대한 일까지 스스로 언급할 정도라면 아내가 처제한테 지니고 있는 감정 따위 충분히 이해할 수 있을 것 같았다.

— 처제라고 부르지도 말아요. 친동생이면 그따위 행동을 하겠어요? 제가 십 년도 넘은 고교시절 일가지고 이러는 건 아니라구요. 제부가 전화에 대고 그러네요. 상희가 당신을 만나 달라진 것 같다나요?

— 아니, 그건 또 무슨 소리예요? 날 만나 처제가 어쩐다구요?

명재는 황당했다. 아내의 말은 결코 좋은 쪽이 아니었다. 처제와 함께 싸잡아 몰아붙이는 느낌을 주고 있었다. 불손한 느낌 같은 것.

— 당신도 놀라시잖아요. 제입장에선 어떻겠어요. 제부입장에선요. 상희가 당신을 껴안았을 때, 너무 느낌이 좋았대요. 걔, 제부하고 결혼하고서도 그 느낌에 대해 여러 차례 들먹였다고 그래요. 그러면서 우두커니 창가에서서 그 순간을 회상한다나요. 제부, 아니, 당신 대학 후배가 얼마나 배신감 느꼈겠어요. 걔가 그렇게 버르장머리 없는 가시나라구요, 당신.

아내의 말은 더욱 그를 황당하게 만들었다. 그와는 아무런 관계 없이 불거진 이런 일들이 정말 믿어지지 않았다. 처제의 행동 역시 믿기지 않는다. 처제가 그런 순간의 경우 없는 일에 집착할 정도로 어리석지는 않을 것이다. 처제가 그런 데는 모르긴 해도 영훈의 책임이 클지도 모른다. 처제와 결혼을 하고서도 혜경과 그런 관계를 유지하고 있었다면, 처제의 행동을 결코 탓하지 못할 것이다. 명재는 아내의 말끝에 어떤 대응도 하지 않았다. 얘기해야 처제를 두둔하는 식으로 비칠 것이다. 아내의 마음을 조금이라도 다치게 하고 싶지 않은 게 명재의 솔직한 심정이었다.

— 상희가 무슨 일로 당신을 찾아간 거예요? 제부는 또 왜 당신을 급히 만나려고 하는지 제게 모든 걸 말씀해 주세요. 저 말고 무슨 일이 당신 주위에서 일어나고 있는 거 맞죠, 당신?

아내의 말에 명재는 망설여졌다. 처제의 일을 대강 눈치는 챘을지 몰라도 정확한 내력은 알고 있지 못하는 모양이었다. 아무려나, 처제나 영훈이 스스로 그런 불미스런 일을 토해내지도 않을 것이었다. 아내는 어서 숨기고 있는 비밀을 말해보라는 듯이 그를 빤히 쳐다보고 있었다. 명재의 가슴 한켠에 은근히 두려움도 자리 잡고 있었다.

영훈과 혜경을 떠올리게 되면 자꾸만 떠오르는 얼굴이 있기 때문이었다. 그때, 학창시절을 함께 했던 동료들은 모두 기억할 것이다.

영훈과 혜경의 커플처럼, 명재 역시 누구나 인정하는 커플이 있었다. 박은숙, 귓전에 들리는 소문에 의하면, 그녀는 나이 서른인 지금도 싱글로 지내고 있다고 했다. A고등학교의 국어선생으로 재직하고 있다는 사실까지 명재는 알고 있었지만 대학을 졸업해 취직한 이후 그녀와의 연락은 두절되었다. 지금도 마음만 먹으면야 당장 그녀를 만날 수도 있겠지만 아내를 놔두고 그러고 싶은 마음은 추호도 없었다.

생각하면, 그리 오래된 추억도 아니다. 은숙과 헤어진 동기도 없다. 캠퍼스를 떠남과 동시에 자연스럽게 그리 되었던 일이다. 영훈이 혜경과 당시 어떤 식으로 교제를 했는지는 몰라도 명재 쪽에선 은숙을 그저 여동생처럼 여겼다. 누가 봐도 오누이 같았을 것이다. 따라서 누가 봐도 은숙 외에는 다른 여자를 가까이 하지 않을 것처럼 보였을지도 모른다.

은숙도 그랬다. 호칭도 오라버니, 하고 사람들 들으라는 식으로 강조했다. 대학을 마치고 직장을 바로 잡지 못해 한 두 해 시간이 흘러서 은숙의 나중 졸업식에도 참석할 여유가 없었다. 그리고 출판사를 전전하는 사이 아내를 만났고 은숙과는 아득한 추억으로 멀어지게 되었던 것이다. 그 후, 은숙이 어느 고등학교에서 교편을 잡고 있다는 소식을 들었고, 여전히 싱글이며, 무슨 여류소설 공모에 당선했다는 후문, 모두 그뿐이었다.

은숙에 대한 그의 정보는 아무리 머리를 짜도 이쯤 된다. 아내 앞에서 괜히 학창시절 얘기를 꺼내 은숙의 존재를 들킬까봐 명재는 사실 은근슬쩍 겁이 났던 게 사실이다.

만약 아내가 이런 대학시절 얘기를 알게 되면, 혼겁을 하고 말 것이다. 아내 역시 제 남편 만큼 대쪽 처럼 바른 사람으로 여기고 있기 때문이다. 그가 아내를 우물처럼 정갈한 여자라고 생각 하듯이 아내 역시 남편을 대처럼 곧고 청아하게 살아온 사람으로 자부하고 있으리라 명재는 확신했다.

— 미안해요, 당신. 동서가 잠깐 한눈을 팔았던 모양예요.

명재는 숨기지 않고 말했다. 아내는 상황을 전혀 눈치 채지 못한 태도다. 말하면서 동서가 그의 대학 후배라는 사실 때문에 명재는 마음에 걸렸다.

— 그랬군요. 저번 날 상희가 전화질 할 때 짐작은 했어요. 상희한테 당신이 그랬던 것 같아요. 강의실 오가면서 함께 수업 듣고 미팅하고 그랬다구요. 제부가 당신 아는 여자한테 한눈을 팔았던 거예요?

아내는 뜻밖에 거기까지 기억을 하고 있었다. 그의 기억에도 분명히 처제한테 그런 식으로 이해를 시켰던 것 같았다.

— 그런 모양이에요. 동서하고 대학시절에 아주 가까웠다는 말을 듣고 나한테 전활 넣어 확인하려 했던 겁니다.

— 제부가 만난 여자, 당신이 정말 아는 여자 맞아요?

아내는 성미 급한 여자처럼 물었다. 그가 마치 영훈과 공범이 되어버린 느낌이었다.

그는 숨기지 않고 사실대로 말했다.

— 그래요. 아는 여자였어요. 혜경이란 후배예요. 동서가 결혼을 하고서도 그 후배와 인연을 끊지 못하고 가까이 지낸다는 사실에 놀랐어요. 아직 정확한 내막은 모르지만 처제의 말이 사실이라면, 이건 분명 잘못된 일이죠.

— 그건 그렇군요. 제부 보니까 사람이 좋아 뵈던걸요. 아마 상희 걔가 그렇게 만들었을 거예요. 남잔 여자하기 나름이라잖아요. 걔가 제부 아마 들들볶았을 거예요. 강릉 바닷가에서 상희가 당신 껴안았을 때 기억하죠? 그게 다 제부 염장 질렀던 거라구요.

결혼하고서도 그렇죠. 제 남편한테 형부 껴안은 느낌이 어떻다느니 이게 말이나 되는 소리예요? 당신이 제부라도 바깥으로 돌 수밖에……

아내는 여전히 제부를 두둔하고 처제를 비하시켰다. 명재는 묵묵히 고개를 끄덕여 아내 생각에 동조하는 뜻을 비쳤다. 그러나 영훈과 혜경의 관계를 처제가 알게 된 것은 강릉의 바닷가에서 처음 만남을 가진 뒤의 일이다. 처제가 자신을 껴안은 것은 아내의 말처럼 동서의 염장을 지르기 위해서 저지른 행동이 아니라는 것이다.

명재는 그러나 아내에게 이런 사실을 따지지 않았다. 처제의 그런 행동이 의도적이었다면 그건 예전에 아내가 했던 말처럼 야내의 염장을 지르기 위해 저지른 행동이라고 할 수 있을 것이다.

아내의 태도가 비위에 거슬렸지만 명재는 괘념치 않았다. 그의 입장은 여전히 아내와 책을 읽는 마음으로 지속되기를 바랐다. 그런데 아내가 자꾸만 예전의 그 순수했던 느낌에서 멀어지면서 자기도 모르는 사이에 그 설렘과 기쁨, 행복감 같은 것들이 달아나는 듯한 아쉬움이 일었다. 순전히 동서와 처제의 일로 이처럼 변할 수 있다는 사실에 명재는 놀람을 금치 못했다. 그러면서 한편 두려웠다. 그가 영훈과 혜경처럼 은숙이란 후배와 누구나 인정하는 절친한 파트너 관계였음을 아내가 알게 되지나 않을까 해서였다. 처제의 일에 자신이 관여되는 것을 그는 정말 원치 않았다. 아내로서도 마찬가지 입장일 터이다.

아내는 영훈과 혜경이란 여자가 대학시절에 대관절 얼마나 가까운 관계였느냐고 물어왔으나 명재는 끝내 말해주지 않았다. 영훈과 혜경이 현재 어떤 관계를 맺고 있는지는 몰라도 명재로선 오래 전의 일이요 의미 없는 일이었다. 과거를 들먹여서 좋을 것이란 전혀 없잖은가 말이다. 그가 함구하자, 보통사이가 아니었던 모양이군요. 그래서 당신 부러 입 다문 거 아네요? 하고 핀잔 섞인 소리를 한다. 당신도 혹시 제부처럼 그렇게 숨겨놓은 애인 있는 거 아네요? 하는 말에 명재는 정말 입을 꽉 다물어버렸다. 갑자기 불안한 마음과 함께 불길한 느낌마저 들었던 게 사실이다. 그의 의지와 상관없이 자꾸만 수렁으로 빠져드는 운명 같은.

그가 일체 대꾸하지 않자 아내 역시 심드렁해졌다. 아내와 다투는 생활은 스스로 용납할 수가 없었다. 더욱이 의식주 해결을 위한 생활고에 관한 다툼이 아니고 근면하고 성실하게 살아가는 사람들에게는 겉치레에 다름 아닌 남녀관계의 일이 아닌가. 책을 만들고 책을 읽는 마음으로 세상을 살아가려는 본래 의도가 이러한 현실 앞에서 얼마나 민망할 노릇인가 말이다.

3

가까이 있으면서 보기 어려운 것이
나의 마음이며, 작아도 하늘에 가득찬
것이 부처의 마음이다. 〈비장보약〉

혜경의 전화는 다음날 오후에 걸려왔다. 한 선배라고만 메모해 놓았을 뿐인데, 혜경은 한명재 선배라는 사실을 이미 짐작하고 있었다. 혜경의 목소리는 학창시절 방송 아카데미에서 느낀 그대로 톡, 톡 튀는 듯한 톤을 지니고 있었다. 휴대폰으로 전화가 걸려 와서, 여보세요? 하자마자, 저쪽에서, 한명재 선배님 맞죠? 하고 톡, 톡 튀는 소리로 물었던 것이다.

— 그래요, 혜경씨.

— 한 선배님, 행복하시다구요?

혜경은 전혀 양심의 가책을 느끼고 있지 않은 모양이었다. 그가 전화를 걸어 메모를 남기게 된 근본적 이유를 분명 모르는 행동 같았다. 만약 그런 걸 눈치 챘더라면 이런 식의 자연스런 태도는 보이지 못할 것이다.

— 그래요, 혜경씨는요?

처제를 생각하면 화가 먼저 치솟을 일이지만 오랜만에 듣는 혜경의 목소리는 대학시절의 한 때를 생각나게 만들었다.

— 좋아요. 근데 한 선배님, 혜경씨가 뭐예요? 예전처럼 불러요 그냥. 혜경아, 이렇게요. 그게 어려우면 혜경 후배, 이렇게라두요.

혜경은 역시 감상적인 데가 있었다. 명재의 기억에 혜경은 분위기를 몹시 좋아했다. 학교앞, 창 넓은 카페에서 떨어지는 은행잎 감상하는 것을 특히 좋아했다. 영훈과 혜경, 그리고 은숙과 카페에서 만나면 강의시간 되는 줄도 모르고 분위기에 빠져들었다. 은숙 역시 마찬가지였다. 은숙은 이브 몽땅의 고엽 듣기를 즐겨했다. 은숙은 이브 몽땅을 들으면서 안치환을 얘기하거나 송창식을 얘기했다. 같은 또래의 대학생들이 대중가수, 서태지의 열풍에 빠져있을 때, 은숙은 기성세대의 가수를 흠모했다. 신중현을 좋아하고 양희은도 좋아했다. 혜경과 은숙 둘 다 소위 뜻이 담긴, 의미 있는 노래를 좋아했다.

캠퍼스에 데모가 사라진 후에, 실은 대학생들이 할 수 있는 것은 없었다. 그저 이런저런 문화예술에 빠져드는 것이 유일한 낙이었다. 그래도 그들은 뚜렷한 목적의식이라는 게 있었다. 대학을 졸업하고 방송, 혹은 광고계에 진출하는 목적. 혜경은 어떤 면에서 그 꿈을 이루었다고 할 수 있을 것이다. 어떻든 쇼호스트 역시 방송인은 방송인이니까. 영훈 역시 비록 지방이지만 광고 마케팅 일을 하고 있으니 뜻을 이룬 셈이다. 명재 역시 방송 아카데미의 꿈은 이루지 못했지만 문학 동아리의 꿈은 이루었다고 볼 수 있다. 아주 권위 있는 문예지는 아니지만 문예지에 추천을 받아 시인이 되었고 출판사 업무는 아무려나 글을 다루는 직업이다. 그런 면에서 은숙은 동아리 때가진 꿈을 그보다 훨씬 이룬 사람이다. 고등학교에서 국어를 가르치고, 권위 있는 여성지의 소설공모에 당선까지 했으니 말하자면, 여류 소설가의 반열에 들어서는 영광을 얻은 셈이었다.

— 그래, 혜경 후배.

— 봐요 한 선배님. 그러니까 정말 옛날 생각나잖아요.

혜경은 불과 5년여 세월인데 추억에 깊이 빠져드는 듯했다. 명재 역시 그리 길지 않은 세월이었지만 혜경의 튀는 목소리를 대하니 감회가 무르익었다. 그러나 지금의 상황은 그런 감상적 분위기에 빠져서는 안 될 노릇이었다. 명재는 감정을 누르면서 마음을 가다듬었다.

— 혜경 후배, 지금 나 좀 볼 수 있을까?

명재는 내처 본론을 말해버렸다. 혜경에게 전화를 했던 목적. 혜경은 잠시 망설이더니 입을 열었다.

— 그래요. 선배님을 한 번은 만나야 될 것 같았어요. 영훈씨 하곤 동서지간이 되셨다구요?

혜경은 이내 그의 의도를 파악했다. 예전의 추억 따위는 순간 자취를 감추고 설명하기 어려운 묘한 기운이 분위기를 압도하는 듯했다. 명재는 감정의 갑작스런 전이에 당황하면서도 심지를 잃지 않으려고 애썼다.

— 글쎄, 들어서 알겠지만 그렇게 되었어. 사촌 동서지간이지.

근데 어디서 만나면 좋을까, 혜경 후배?

명재는 멋쩍어 사촌간이란 사실을 강조했다. 솔직히 이런 식의 관계조차 그는 반갑지 않았다. 영훈이 동서가 되어 자신의 옛날 모습과 행동 들을 기억하고 있다는 사실이 명재는 몹시 거슬렸다. 또한 동서가 되어버린 영훈의 과거를 그가 알고 있다는 사실 역시 심적인 부담이 되었다. 그리고 결국 같은 추억을 가진 동료들과의 사이에 벌어진 온당치 못한 일들.

― 제가 선배님 있는 데로 갈게요. 사무실 근처 커피숍 '은하수' 있죠? 상희,라는 처제 거기서 만나지 않았던가요?

명재는 혜경이 커피숍 은하수를 알고 있다는 게 믿어지지 않았다. 더욱 놀란 것은 처제를 그 커피숍에서 만난 사실에 대해 알고 있다는 것이었다. 혜경이 이러한 사실을 어떤 통로를 통해 알게 되었을까?

― 혜경 후배가 커피숍 '은하수'를 알고 있다니 놀랍군. 그건 그렇다치고 내가 거기서 처제 만난 사실을 어떻게 혜경 후배가 알고 있지?

― 선배, 그걸 제 입으로 꼭 얘길해야 돼요? 선배님은 절 이해하시리라 믿어요. 시간은 언제가 좋겠어요, 선배? 다섯 시, 아니 당장 그쪽으로 갈 수 있어요, 선배.

― 좋아. 그럼, 당장 '은하수'로 오지. 지금 가서 기다릴테니까.

― 선배, 화났……

명재는 혜경의 말을 모두 듣지 않고 전화를 끊어버렸다. 혜경의 말처럼 정말 화가 나서 견딜 수가 없었다. 혜경의 태도가 명재는 사뭇 못마땅했다. 미안하고 죄송스런 한가닥 기미조차 찾아보지 못했다. 처제의 말처럼 혜경의 태도는 뻔뻔하다 못해 당당해 보였다. 이런 사실이 서글펐다. 그가 아는 혜경은 결코 그런 식의 경우 없는 후배가 아니었는데 어떻게 이런 식으로 변할 수가 있을까? 그간 처제의 마음고생이 얼마나 심했으리라는 것쯤 충분히 짐작하고도 남을 것 같았다.

명재는 잠시 마음을 가다듬었다. 혜경을 어떻게 이해하란 말인가? 선후배간이라고 해서 모든 것을 이해할 수는 없는 법이다. 어떻게 처제와 '은하수'에서 만난 사실을 알게 되었냐는 물음에 그걸 꼭 입으로 얘길 해야 되느냐는 혜경의 말이 얼마나 서운하고 얼척없었는지 모른다. 처제가 과장을 해서 얘기했거니 생각했지만 이제 처제의 처지를 더욱 이해할 수 있을 듯하다. 가엾은 처제.

명재는 편집부 직원들에게 몇 가지 단행본 출간에 대한 시놉시스를 작성하도록 지시하고서 사무실을 빠져나왔다. 혜경이 이럴 수는 없는 법이다. 영훈 역시 처제한테 이래서는 아니 될 말이다. 혜경과 지속적인 만남을 가지고 있었더라도 명재와 동서지간이 된 사실을 알았다면 일이 터지기 이전에 정리했어야 옳은 일이다. 적어도 최고학부를 나온 지성인들이 아닌가 말이다.

커피숍 '은하수'에 명재보다 혜경이 먼저 도착해 있었다. 편집부에서 시놉시스에 대한 얘기가 생각보다 길었던 모양이다. 오랜만에 보는 혜경은 그 때보다 숙녀답고 성숙한 여인처럼 보였다. 처제 못잖게 매력적이고 섹시해 보였다. 키는 크고 가느다란 몸매는 날아갈 듯 가벼워 보인다. 쇼호스트라서 그런지 얼굴 화장도 진해 보이고 의상 역시 많은 맨살이 드러날 정도로 과감했다. 한눈에 봐도 사내들의 눈이 그쪽으로 돌아갈 만큼 혜경은 변해 있었다. 처제에 비해 키가 조금 작다할 뿐, 뒤지는 구석이라곤 찾아볼 수가 없었다.

— 선배, 여기예요.

혜경을 이미 알아차리고 발걸음을 세듯 음미하며 걸어들고 있는데 혜경이 그를 향해 손을 흔들며 말했다. 그런 행동은 마치 학창시절, 아카데미 활동을 할 때나 다를 바가 하나도 없다. 명재 역시 순간적이지만 옛날 학창시절로 돌아가듯 손을 들어 답례하고 반가운 마음에 성큼 걸어가서 혜경에게 손을 내밀었다.

— 혜경 후배, 정말 오랜만이야.

— 선배, 반가워요. 이게 정말 얼마만예요?

혜경과 마주하고 앉았는데 혜경이 그의 얼굴을 꼼꼼히 살핀다. 명재는 객쩍어 물잔을 들어 단숨에 들이켰다.

— 선배가 분명한가 쳐다본 거예요. 어쩜 그렇게 세상과 담을 쌀 수가 있어요? 은숙 선배 졸업식에는 설마 볼 수 있으려니 했는데…… 그렇게 바빴어요, 선배?

명재는 갑자기 얼굴이 붉어지기 시작했다. 혜경을 만나면 당연히 은숙에 대한 얘기가 오가려니 짐작은 했지만 만나자마자 은숙의 얘기라니 당황한 마음이 들었다. 아내한테 문득 죄스런 마음이 앞선다.

— 그래, 살다보니 여기까지 왔네. 세상에 나가서도 헤어지지 말자고 약속했던 적이 엊그저께 같은데 말이야. 혜경인 어른스러워졌어. 아주 사회인이 다 된 듯 보여. 쇼호스트 생활은 할만한가?

명재는 은숙과 있었던 옛 기억을 떨쳐버리려고 혜경의 근황으로 관심을 돌렸다.

— 네. 마음에 쏙 들어요. 꿈꾸던 방송국 아나운서는 되지 못했

지만, 지금은 만족해요. 이래봬도 100대 1, 경쟁률 뚫고 들어간 자리예요. 선배, 전 톱클라스 호스트라구요. 불과 2년 밖에 안됐지만, 상품은 제일 많이 판다구요. 웬만한 아나운서 보다 그러니까 돈도 더 벌죠.

— 그래, 축하해. 요즘 그 자리 들어가기 어렵다고 들었어. 혜경이가 만족하고 있다니까 다행이야. 나중에 채널이나 가르쳐 줘. 혜경이가 얼마나 일을 잘하는지 한번 지켜보고 싶으니까. 자, 우리 커피 시키자.

— 그래요 선배. 선배는 블랙이죠? 은숙 선배와 언제나 블랙 마셨잖아요. 전 영훈씨와 비엔나 커피를 마셨구요.

명재는 살짝 미소를 띠면서 고개를 끄덕였다. 커피를 마시는데도 추억이 담겨 있다는 사실에 명재는 놀랐다. 더욱 놀란 것은 이처럼 사소한 것들이 그리움을 가져온다는데 있었다. 은숙은 커피의 뒷맛이 개운하다며 블랙 마시기를 즐겼다. 명재 역시 은숙처럼 블랙에 빠졌다. 같은 커피를 마신다는 사실만으로도 마음의 일치를 보던 그런 시절이었다. 영훈과 혜경은 은은한 비엔나 커피를 마시며 똑같이 눈을 갠소롬히 뜨고 향을 음미하며 행복에 젖었고. 은숙은 거의 어김없이 이브 몽땅의 '고엽'을 청해 들었다. 계절에 관계없이 그 노래를 은숙은 즐겼고, 명재 역시 그후 같은 습성이 몸에 배어 커피를 마시며 그 노래 듣는 것을 좋아했다. 아내와 결혼해서야 명재는 그런 습관을 배척했다. 아내와 차(茶)를 마시다가 갑자기 옛 생각에 빠져들며 얼굴을 붉히거나 당황해 했다. 그러나 아내는 이런 그의 행동을 눈치채지 못했다. 명재는 아내와 나란히 앉아 차를 마시는 상황을 처음 한동안 꺼려했다. 그럴 때마다 아내한테 자꾸만 죄를 짓고 있다는 자책감에 빠졌다. 지금은 그런 상황에서 놓여났지만 새삼 혜경을 만나니 옛날의 감회가 그리워진다.

커피를 시키고 잠깐 아무 말 없이 객쩍게 앉아 있었다. 여자 종업원이 차를 내오는 짧은 시간이 무료하게 느껴졌다. 혜경과 어쩔 수 없이 맞닥뜨려야만 하는 통과의례 같은 절차를 무시할 수는 없었다. 오늘 만남의 목적을 그는 되새겼다. 괜한 추억에 빠져 본연의 의무를 그르치고 싶지 않다. 명재는 혜경에게 따끔한 충고를 하고 싶었다.

영훈과의 만남을 끊어야 한다는 것을 반드시 짚고 넘어가리라 다짐했다. 넘어야 할 산을 넘는 과정이 쉽지 않으리란 예상은 하고 있었다. 그들이 젊은 학창시절의 한 때를 같이했고 그 만큼 돈독한 관계로 연결되어 있기 때문이다.

내어온 커피를 마시면서 명재는 어떻게 허두를 꺼내야 하나 망설였다. 혜경은 마치 학창시절로 돌아간 것처럼 눈을 지그시 감으며 커피향을 음미하고 있었다. 명재는 혜경이 눈치채지 못하게 가늘게 숨을 내쉬었다. 저토록 아름다운 모습을 하고서 어떻게 그런 불경스런 관계를 맺고 있는지 믿어지지 않는다.

― 은숙 선배 있었음 그 이태리 민요 신청했을 거예요, 선배.

― 그래, 그랬겠지. 어서 마셔.

혜경도 이내 생각이 났던 모양이다. 은숙과 혜경 둘 다 유별나게 분위기를 탔다. 커피한 잔을 마시는 것도 아무렇게 마시지 않았다. 명재는 그때 이들과 함께 자리하고 있으면 마치 성대한 만찬을 즐기고 있다는 느낌이 들었다. 특히 은숙은 작은 것에 의미 부여하기를 좋아했다. 가령, 음식점에서 같은 메뉴를 시키거나 상의 옷 색깔이 우연히 같은 색깔이었을 때 그냥 지나치지 않고, 와, 오늘 의미 있는 날예요. 명재 선배랑 나랑 이 옷색깔 봐요, 하거나, 으흠, 이 맛 환상적이죠. 선배도 지금 저와 같죠? 하는 식이었다. 그럼 영훈과 혜경이 장난삼아, 맞아 맞아요. 선배들 지금 은근히 기분 째지죠? 아예 살림을 차려라 살림을, 하고 입술을 실룩거렸다. 영훈씨, 우린 뭐예요? 혜경이 어리광 부리듯 교태를 떨면, 영훈은 어른스레 미소를 지으며 혜경의 손목을 꼬옥 잡아주곤 했다.

— 선배, 은숙 선배 소식 듣고 있죠?

혜경이 엉뚱한 소리를 한다. 명재는 정말 이런 식의 분위기를 원치 않고 있다. 아내를 생각하면 뒷맛이 개운치 않은 일이다. 아내 몰래 대학 후배 만나 옛사람에 관한 얘기를 한다는 자체가 명재는 용납되지 않는다. 진정코 아내를 사랑한다면. 더욱이 이 자리가 누구를 위한 자리인가?

— 혜경아, 지난 얘기는 하지 말자. 한 때 추억일 뿐이야. 과거에 너무 집착하면 못써. 은숙 후배는 내게 한 때 동생 같은 사이였을 뿐야. 그 이상 그 이하도 아냐. 지나간 옛 일로 입장 난처할 수도 있다는 거 명심해라.

명재는 앞으로 벌어질지도 모를 난처한 상황들을 대비해 혜경의 뇌리에 심어주듯 정확하게 말했다. 처제의 일로 자꾸만 예기치 못한 일들이 터질 것만 같은 불안함이 엄습한다. 이런 자리에 아내가 동석하지 말라는 법은 없다. 한 때의 추억을 함께 가지고 있는 사람들은 한 자리에 모이면 그때를 회상하게 마련이다.

— 선배, 그렇게 얘기하지 말아요. 은숙 선배가 지금 누구 때문에 방황하고 있는데 그런 식으로 말해요?

　혜경은 전혀 뜻밖의 말을 꺼냈다. 대학 졸업한 이후, 한 번도 만난 적 없고, 전화통화 조차 한 일이 없는 후배일 뿐이다. 캠퍼스에서 아무리 돈독한 관계였다 하더라도 그건 정말 선후배간의 정리였고 같은 써클 동료로서의 우애였을 뿐이다. 특히 은숙과는 오누이처럼 다정했을 뿐이다, 라고 명재는 자위했다.

　— 혜경아, 그건 또 무슨 얘기야?

　명재는 상체를 반쯤 일으켜 세울 정도로 흥분하고 있었다. 처제의 일을 상의하러 왔다가 엉뚱한 쪽으로 흘러가는 어색한 분위기. 혜경을 뚫어지도록 명재는 쏘아보았다.

　— 사람이 어떻게 그럴 수가 있어요? 선배가 결혼하기 이전에 은숙 선밸 적어도 한번 쯤 만나야 옳았어요. 영훈 선배한테 결혼소식 전해 듣고 은숙선배가 어땠는줄 아세요? 자살을 시도했어요. 예, 정말 믿기지 않는 일이죠.

　혜경이 울먹이는 소리로 말했다. 명재는 갑자기 머리에 쥐가 나는 느낌이었다. 실은 은숙에게 너무 무관심했다. 이것은 솔직히 고의적인 것은 아니다. 환경이 그렇게 만들었던 것이다.

　— 은숙 선배한테 무책임 했어요. 예, 정말 무책임이죠. 캠퍼스에서 어깨동무 하고 팔짱도 끼고 노래도 불렀죠. 생각나요? 아카데미 실습 겸 야유회 나갔을 때, 두 사람 없어져서 동료들 모두 당황했던 거. 두 사람 어디서 뭐하고 있었어요? 근처 숲속 바위에다 촛불 켜놓고 기도하고 있었죠? 그날, 선배가 그랬다면서요? 은숙아, 우린 죽어도 헤어지지 말자구요. 너를 동생으로만 생각지 않는다고 말예요. 어떻게 은숙 선배가 이런 일을 잊을 수가 있겠는가요,선배?

명재는 혜경에게 아무 대꾸도 할 수가 없었다. 혜경의 말은 모두 사실이기 때문이다. 그때, 은숙의 눈가에 맺힌 이슬 같은 눈물을 기억한다. 고맙다고, 명재 선배가 그렇게 생각해줘서 고맙다고, 은숙은 그의 가슴에 고개를 떨군 채 기쁨의 눈물을 흘렸던 것이다. 그리고 잠깐 동안의 짜릿한 입맞춤, 명재는 아내와 입을 맞추면서도 은숙과의 일이 떠올라 얼굴을 붉혔던 적이 있다. 아내는 그가 수줍어서, 사람이 순수해서 그러는 거라고 생각했을 터이다. 혜경 앞에서 명재의 체면은 말이 아니었다. 혜경을 따끔하게 충고할 목적을 가지고 왔다가 오히려 그녀한테 발목을 잡힌 격이다. 명재는 입술이 타서 쩍, 쩍 입맛을 몇 번 다시고 나서 가까스로 말했다.

— 미안해 혜경 후배. 하지만 내가 무책임 한 건 아니야. 우리가 결혼을 약속했던 것은 아니거든. 이런 얘기 어떻게 들릴지 모르겠는데, 난 책임질 만큼 은숙과 가까운 사이는 아니었어. 학창시절에 그런 약속쯤이야 누구든 할 수 있다고 생각해. 세상을 모르던 시절이었잖아. 한 순간의 기분이 중요하던 시절이었어. 특히 남녀 간에 일어나는 그런 일들은 말이야. 내말 틀렸니?

— 한 순간 기분을 위해 은숙 선밸 가지고 놀았나요? 책임질 만큼은 아니었다구요? 그게 무슨 의미죠? 은숙 선배와 육체적 접촉이 없었단 말씀인가요? 그래서 책임질 일은 없다는 거예요? 선배, 정말 그것 밖에 안 되는 선배였어요?

혜경이 거침없이 내뱉았다. 명재는 알고 있었다. 은숙에게 만큼 그가 얼마나 상처를 주었는지. 비록 육체적으로 잠자리는 하지 않았을지라도 그는 은숙을 범한 것과 충분히 같았다는 것을. 축제 때, 학교 뒤쪽 숲정에서 끌어안은 채로 잠들었던 일을 어찌 잊을 수 있으랴. 그런 일이 있은 후, 학교에서 만나면 서로 객쩍어, 우린 오누이, 라고 동료들 앞에서 호언장담을 했다. 동료들과 함께 있는 자리에서도 눈만 마주치면 불타듯 빨려들었던 기억, 수치심에 이성적 애정냄새를 가까스로 피해가며 주고받은 대학노트의 편지들. 점심 식사를 기다리는 동안 서로를 위한 배려, 도서관에서의 침묵가운데서 오간 내면의 소리들, 이 모든 것들은 사실 사랑의 징표였다. 그때만 해도 은숙이 없는 삶은 의미가 없을 거라고 생각했다. 은숙 역시 그랬다. 오빠, 어디 있다 이제 나타나는 거야? 난 오빠 안보여서 무슨 일 난줄 알았단 말야, 하며 눈물까지 글썽이던 은숙의 모습이 눈앞에 아른거린다. 그때, 이틀인가, 동료들한테 예고도 없이 시골 집에 내려갔던 기억이 정말 여전히 새롭다.

— 선배는 몰라요. 은숙 선배가 얼마나 선배를 그리워했는지 말예요. 결혼 소식 듣고 오죽하면 목숨을 끊으려 했겠어요. 제 일도 확고하게 가지고 있는 선배가 말예요. 은숙 선밴 자신이 애처러워 선배한테 매달리지 않았다구요. 알아요 그거?

명재는 묵묵히 고개를 숙이고 있었다. 혜경의 얼굴은 달아올랐고 명재의 흘러내린 앞머리를 쓸쓸히 바라보고 있었다. 명재가 물먹은 목소리로 말한다.

— 혜경아, 그만하자. 이런 소리 듣기위해 만났던 거 아니잖아. 내가 혜경 후배 만난건……

— 그래요,선배. 아주 말 잘했어요. 영훈씨 애기 하려고 했던 거죠. 그런데 선배, 이건 분명히 해줘요. 그건 우리들 문제예요. 선배가 끼어들 게재가 못된단 말씀이죠. 제가 선배 연락처 전해받고 만남을 서두른 이유가 무언지 아세요? 선배는 물론 영훈씨 일로 제가

선배한테 부랴부랴 전화했던 거라고 생각하시겠죠, 그렇죠? 선배, 그건 착각예요. 정말 그렇게 생각했다면 큰 착각인 거예요. 제가 한 선배님 만나려 했던 것은 은숙 선배 때문예요. 은숙 선배 생각하면 화가 치밀어서 서둘러 만난 거라구요. 언젠가 한번 만나서 얘기해야지 했는데 선배가 회사로 전홧 몸소 넣을 줄 상상하지 못했거든요. 이제 속이 후련해요. 정말 후련해요.

은숙의 문제로 갑자기 돌멩이 하나가 가슴에 박히는 느낌이었다. 대수롭지 않게 생각했던 일이었다. 혜경이 이처럼 펄쩍 뛰는 행위가 명재는 자못 당황스럽고 염려스럽기까지 하다. 여적 가만 있다가 갑자기 불거지는 이 느낌, 마치 날아가는 새가 이마에 분뇨를 갈기고 가는 듯한 어처구니없음. 은숙이 그에게 한 번의 전화라도 했던가? 그를 만날 생각을 가졌다면 충분히 가능했을 터이다. 그는 솔직히 대학졸업 이후 은숙의 마음을 전혀 알지 못했다. 그토록 그리워했다면 어째서 팔짱 끼고 가만있다 이제서야 튀어나오는가 말이다. 정말 황당할 노릇이다. 인생이 이토록 어처구니 없어도 된다는 말인가? 그렇다면 인생은 참으로 허무맹랑한 것이다.

명재는 혜경을 만나 하려고 했던 말을 정작 한 마디도 꺼내지 못하고 있었다. 혜경이 지름길로 그를 무찔러 앞서버린 느낌이다. 어이없고 황당한 이 순간에 그가 할 수 있는 일은 잠자코 감정의 수위를 조절하는 일이다. 여기서 폭발하면 일이 정말 엉망으로 꼬여버릴른지도 모른다. 이제 더는 혜경 앞에서 처제의 문제를 꺼내지 못할 것만 같았다. 영훈을 만나 타이를 수밖에. 그리고 되도록 이들과 마주치지 않아야 하리라고 생각했다. 그런데 자꾸만 아내를 생각할수록 불안한 마음이 앞선다. 만약 아내가 이러한 사실을 알게 된다면 책을 읽는 마음 같은 가정은 유지하기 어려울 것이다. 책을 읽고 책을 만드는 가정 처럼이 다 무엇인가? 가정 자체를 꾸려나가기 조차 어려울지도 모를 일이다. 명재가 뒤늦게 깨달은 일이지만 아내의 성격도 경우에 따라 불같이 일어설 수 있다는 점이다.

— 이제 가겠어요, 선배. 은숙 선배가 소설 데뷔한 건 알고 있죠? 그 데뷔 작품은 읽어 보셨나요? 믿어지지 않겠지만, 그게 선배들 얘기에요. 아니, 우리들 얘기라구요. 자, 이거 받아요. 은숙 선배 연락처예요.

혜경은 핸드백을 챙겨 일어서며 쪽지를 내밀었다. 명재는 물끄러미 혜경을 바라보았다. 꼭뒤를 잡힌 기분이 이럴까.

— 어서 받아요, 선배. 이것마저 거절하실 건가요? 은숙 선배를 만나고 안만나는 건 선배 자유예요. 그러나 사람이 도리는 지켜야 한다고 생각해요. 책을 만드는 선배가 그 정도야 나보다 위겠죠. 저 역시 은숙 선배한테 해줄 수 있는 일을 지금 이렇게 하고 있는 거예요. 그 선배 깜냥으론 평생 한 선배한테 전화 한 통화 못넣을 거니까요. 그렇게 약한 사람이 은숙 선배예요. 자, 이거 어서 받아요.

명재는 겨우 손을 뻗어 혜경이 전해준 쪽지를 부여잡았다. 손이 부르르 떨리기 시작했다. 혜경을 똑바로 쳐다볼 수 없었다. 과거 한 때의 일이 이처럼 발목을 붙들어버리는 경우도 있구나, 명재는 꼼짝도 하지 못했다. 이대로 돌이라도 되어버린다면 그리고 싶을 만큼 아무 생각조차 하기 싫었다. 혜경을 만나려고 했던 길이 부끄러운 오후의 행보가 되고 말았다.

혜경이 찬바람 일으키며 그의 곁을 빠져나간 뒤에도 명재는 거의 한 식경쯤 앉은 자리에서 움직이지 못했다. 받아든 쪽지는 여전히 부르르 떨리고 있었고 그의 머리는 쥐가 난 듯 아무런 생각도 할 수가 없었다. 평소 알고 지내던 여자 종업원이, 편집장님, 혼자 왜 그러고 계세요? 정신나간 분 처럼요, 라고 말했을 적에야 겨우 정신을 가다듬으며 자리에서 일어섰다.

— 계산 됐어요,편집장님.

혜경이 계산을 했던 모양이다. 명재는 고개를 떨구며 밖으로 나왔다. 오후의 해가 저물기 시작했다. 쪽지를 꺼내 살펴보았다. 은숙의 학교 전화번호와 휴대폰 번호, 그리고 전자메일까지 상세히 적혀 있었다. 혜경의 성실한 배려에 명재는 갑자기 눈물이 나올 지경이었다. 이렇게 되고 보니 자꾸만 예전의 일들이 새록새록 떠오른다. 감상에 빠져서는 안 되는데. 어쩌다가 여기까지 오게 되었을까. 그의 의지와 관계없이 일어난 일이다. 일의 책임을 그는 어디까지 떠맡아야 하는지 아연하기만 하다. 혜경의 말을 부인할 명목을 그는 찾지 못하고 있었다. 은숙과 아내의 얼굴이 번갈아 떠오른다. 혜경의 호된 목소리가 귀를 때린다. 어쨌거나 은숙을 한번은 만나야겠지. 여전히 청산할 것이 남아 있다면 반드시 청산해야 할 일이다. 그래야만 아내와 나란히 앉아 책을 읽을 수가 있을 것이다. 아내와의 행복한 삶을 그는 무엇보다 소중히 여기고 있는 사람이었다. 처제의 일로 그러잖아도 아내한테 미안한데 은숙의 일이라니, 이건 정말 상상만 해도 기가 막힐 노릇이다.

명재는 가방을 챙겨 사무실을 빠져나왔다. 은숙의 전화번호가 담긴 쪽지를 연신 아랫주머니에서 만지작거렸다. 발걸음이 집을 향해 떨어지지 않는다. 은숙에게 전화를 넣어야 할지 말아야 할지 망설여졌다. 편집부 미쓰박에 의하면, 아내한테 그가 사무실에 없는 동안 두 번이나 전화가 왔었다고 한다. 휴대폰 까지 사무실 책상 서랍에 넣어두고 나왔던 길이었다. 사무실의 부재를 어떻게 아내한테 설명할까? 아내를 간단히 속여 넘길 수야 있는 일이지만 아내를 속인다는 자체가 그는 용납되지 않았다. 처제의 문제로 혜경을 만났다고 하면, 아니 당신 지금 제정신이에요? 하며 아내는 아마 눈을 휘둥그렇게 떠버릴 것이다.

명재는 술집을 찾았다. 소주를 오랜만에 마셨다. 아내를 만나고서 거의 끊다시피한 술이다. 한잔 두잔 마실수록 쓸쓸함이 몸에 밴다. 아내를 생각하면 자신이 한없이 미워서 슬프다. 처제를 생각하면 이상하게 허무한 느낌. 영훈과 혜경은 모든 생각을 어지럽고 혼란스럽게 한다. 그리고 은숙, 한때 미치도록 사랑했던 기억을 부인할 수 없는 은숙을 생각하면, 가슴이 찢어지는 아픔을 느끼게 된다. 도대체 어디서부터 잘못된 것일까?

주머니의 쪽지를 수없이 들여다보았다. 그의 목소리를 들으면 아마 은숙은 당장에 이리로 달려올 것이다. 예전에도 그랬던 기억이 있다. 방학을 마치고 상경한 그의 목소리를 듣는 순간, 선배, 지금 거기 어디야? 내 당장 그리로 갈게, 하고서 곧장 버스를 타고 그가 있는 데로 달려온 은숙이었다. 그를 보자마자, 눈물을 글썽이며 가슴으로 파고들었던 기억이 새롭다.

얼굴이 벌개진 채로 술집에서 나왔다. 여전히 은숙에게 전화는 넣지 못했다. 술이 들어가면서 내면의 한켠에선, 어서 전화를 해, 하고 윽박질렀으나 그는 용케도 참고 있는 중이었다. 지금의 기분으로 은숙을 만나면, 정말 헤어나지 못할 데로 빠져들 것만 같은 불안감이 앞선다. 위태로운 순간을 슬기롭게 버텨내야지, 명재는 이를 앙다물었다.

이 터널에서 빠져나가면 예전의 평화로운 바다가 기다리고 있으리라. 명재는 심호흡을 하며 집을 향해, 아내가 기다리고 있을 집을 향해, 한발짝 한발짝 걸음을 떼기 시작했다. 거리의 네온 불빛들이 그의 마음처럼 흔들거린다.

아파트 현관문 앞에서 당당하게 벨을 누르지 못했다. 아내를 똑바로 쳐다볼 용기가 서지 않는다. 현관 열쇠를 꺼내 살며시 집어넣는다. 찰칵, 자물쇠 열리는 소리에 조마조마 가슴이 타들었다. 아내는 책을 읽고 있을까? 아니면, 잠에 빠져들었을까? 집안에 발을 들여놓는 그의 마음은 두근대기 시작했다. 불은 꺼져 있었다. 불을 켜고 안방 문을 슬며시 열어본다. 아내는 보이지 않는다. 그의 서재로 가보았다. 아내는 평소 그의 서재에서 책 읽는 일을 즐기기 때문이다. 그런데 아내는 서재에도 보이지 않는다.

그의 마음은 더욱 불안감에 조여들었다. 사무실의 부재에 대해 아내가 크게 화가 났는지도 모른다. 처제가 찾아왔을 때에도 그랬잖은가 말이다.

아내는 집에 없었다. 정갈한 모습으로 퇴근 후의 그를 반기던 아내의 정겨운 모습, 몇날 며칠 헤어진 사람들처럼 퇴근 후의 해후가 감미로웠는데 서서히 사이가 벌어지고 있는 이 느낌이 야속하다. 스물일곱에 결혼해 5년이 흘렀지만 한결같던 아내는 지금 어디서 누구를 만나고 있을까? 새삼스런 생각이 가지를 치기 시작했다. 아기 갖는 것을 차일피일 미루다 이제야 피임을 끝내고 아이를 가져보자던 약속은 지켜질른지 또한 의문이었다.

— 당신 서른 전에는 아이를 가져야 되는 거 아녜요?

하는 아내의 말에, 한 두 해 있다 가져도 늦지 않아요. 아직 결혼 하지도 않은 친구들도 있는데요 뭘. 작은 거라도 우리 집을 구해서 아이를 낳고 싶어요. 이제 곧 그리 되겠지요, 아내를 위로했던 적도 있었다. 그래서 명재는 회사 일이 끝나면, 열심히 시를 썼고, 열심 히 번역도 했다. 간혹 전기도 대필하기도 했다. 아내의 존재가 이 런 모든 것들을 가능하게 했음을 그는 부인할 수가 없다.

아내를 생각할수록 가슴이 타들었다. 동시에 오랜만에 마셔본 소주 탓에 갈증이 나서 입술이 닿으면 쩍, 쩍 소리가 났다. 주방 한 켠에서 묵묵히 잠자고 있던 냉장고가 잠을 깨듯 윙윙 울기 시작했 다. 그는 냉장고 문을 열어젖히고 허리를 반쯤 숙여 안을 살펴보았 다. 늘상 느끼는 거지만, 냉장고 안은 잘 정돈된 서랍장 같았다. 음 료와 물, 야채, 육류, 과일 등속이 질서정연하게 대기하고 있다. 주 인이 부르면 언제라도 튀어나와서 기분을 맞춰줄 신하 같다는 생 각이 들었다. 그런데 오늘따라 냉장고 내부는 평소의 질서가 깨져 버린 듯해 보인다. 우선, 이상하게도 여적 보이지 않던 술병이 보였 다. 그도 그럴 것이, 보통의 술병이 아닌 소주병이다. 아내가 언제 소주를 마시던가? 그와 기분나면 맥주 한 컵 정도 마시는 게 아내 의 주량이다. 제자리를 고수하던 음식의 종류는 마치 휴가 나온 병 사들처럼 어지럽게 널려있다. 대체 어찌된 영문일까? 명재는 갈수 록 두려운 생각이 들었다.

아내는 자정이 넘어서 귀가했다. 예상대로 술에 취해 있었다. 아 내의 술 취한 모습은 처음이었다. 인사불성은 아니지만 몸을 가누 기 어려운 듯 심하게 흔들거렸다. 집에서 술을 마시다가 밖에 나가 다시 마신 술이 분명했다. 혹은 누가 찾아왔는지도 모른다. 아내를 부축하려고 허리에 손을 가져갔다.

— 내 몸에 손대지 마, 당신.

혀 구부러진 소리로 아내가 말했다. 아내의 몸은 흔들리고 있지만 의식은 또렷했다. 갑자기 아내가 아주 멀리 있는 느낌이었다. 그는 다시 손을 가져가 아내를 부축하려다 그만두었다. 아내는 단단히 화가 난 모양이었다. 그의 사무실 부재가 이런 결과를 가져올 만큼 아내를 상심하게 했을까? 그가 모르는 다른 문제가 아내한테 있는지도 모른다고 생각했다.

— 당신한테 무슨 일 있었어요?

조마조마한 가슴으로 물어보았다. 그의 입에서도 소주 냄새가 풍기는 것을 스스로 느낄 수가 있었다. 선물 꾸러미처럼 소중해 보이던 가정이 갑자기 헝클어지고 있는 듯한 이 불길함. 대체 어디서부터 잘못된 것일까? 아내의 반항은 또한 무슨 일로 이처럼 전개되고 있는지, 지금 주변에서 벌어지고 있는 이러한 상황 때문에 사람들은 운명을 얘기하는지도 모른다.

— 흡, 무슨 일 있었냐고 물었어요 지금?

여전히 혀 구부러진 목소리. 몸을 뒤틀면서 노려보는 아내의 눈빛이 탄다. 그를 원망하고 증오하는 듯한 눈빛. 아내의 시선을 가까스로 피하면서 명재는 깊은 숨을 내쉰다. 아내가 아주아주 멀리 달아나고 있는 듯한 낯설음과 서먹서먹함. 그의 몸을 당장 어디에 두어야 할지 망설여진다.

— 당신, 은숙이란 여잘 만나고 왔던가요?

아내의 입에서 튀어나온 말이 그를 당황하게 만들었다. 처음에 그의 귀를 의심했다. 아내가 은숙을 입에 되 뇌이고 있다는 게 믿기지 않았다. 그는 술기운이 화닥닥 달아나며 등골이 갑자기 서늘해지는 것을 느꼈다. 그러면서 아내를 물끄러미 바라보았다.

아내는 가누기 힘든 몸을 침대에 아무렇게 부리면서도 발음은 비교적 정확하게 하고 있었다.

— 당신한테 숨겨둔 여자가 있었다구요?

아내가 대체 어떻게 이런 사실을 알았을까? 아내한테 분명히 무슨 일이 벌어졌던 모양이었다.

— 취했어요, 당신. 대체 누구하고 이렇게 술을 마신 거예요?

— 왜, 나는 취하면 안 된다는 법이라도 있어요? 누구하고 술을 마셨느냐고…… 제부하고 마셨어요. 당신 잘난 후배라고 했죠?

아내는 얼굴을 침대시트에 묻은 채 훌쩍거리며 말했다. 영훈이 서울에 올라와 아내를 만났다는 생각이 들었다. 은숙에 관한 정보는 영훈이 노출시켰는지 모른다. 자발없는 자식. 선배를 놔두고 길래 일을 저지르고 말았군. 명재는 영훈을 당장 만나 혼쭐을 내버리고 싶었다.

— 당신 책상 위에 놓인 선물 봤던가요? 오호, 그렇게 잘난 여류작가를 숨겨두고 있었다 이거죠? 세상에…… 당신이 날 어떻게…… 어떻게 이런 일을 저지를 수가 있단 말예요? 은숙이란 여자, 사진보니 얼굴도 예쁘데…… 그런 여자가 당신 애인이었다고……

아내의 목소리가 가르릉거리더니 마침내 잠들어버렸다. 그는 서재로 돌아와 책상을 살펴보았다. 아까 들렀을 때에 그저 아내의 모습이 보이지 않아 무심히 넘겨버렸는데 책상 위에 자세히 보니 책이 놓여 있었다. 신예작가 박은숙의 소설 "축배"라고 쓰여진 단행본이었다. 은숙의 책이 어떻게 여기에 놓여 있을 수 있는지 명재는 놀라울 뿐이었다. 그 역시 말만 들었을 뿐 처음 접하는 책이다. 은숙의 파리한 얼굴과 함께 약력이 상세히 적혀 있었다. 그런데 명재가 놀랐던 것은 책의 위쪽에 붙은 캡션의 글귀였다. 봄날, 피우지 못하고 스러진 목련 같은 사랑을 그리워하며 쓴 작가의 자전적 소설, 이라는 캡션이 명조체로 뚜렷이 부각되어 있었다.

혜경의 음성이 귀에 또릿하게 들리는 느낌이었다. 선배들 얘기, 아니 우리들에 관한 얘기,라고 소리를 높였던 혜경. 명재는 책장을 한 장씩 넘기다가 다시 놀라지 않을 수가 없었다. 그의 이름이 소설 가운데 박혀있는 것이었다. 한명재, 분명 이렇게 얘기하고 있었다. 그리고 뒤이어 등장하고 있는 인물들의 이름, 마치 유치한 장난 같은 느낌이 들었다. 박은숙, 김영훈, 장혜경, 이런 이름들이 앞서거니 뒤서거니 하고 일렬로 달리고 있는 느낌이 들었다. 대체 아내는 이 책을 누구한테 건네받았을까?

은숙은 무슨 의도로 실명(實名)을 그대로 사용했는지 모른다. 소설의 줄거리 가운데 그들이 한때 함께한 장면들이 모자이크 되어 있었다. 소설이 어떤 식으로 엮어져서 어떻게 전개되고 피날레는 어떤 모습으로 장식되는지 모르겠지만 은숙이 실명까지 거론해가며 자전적 소설을 발표한 자체가 마음에 들지 않았다. 아내가 적어도 화가 난 이유를 짐작할 수 있을 것 같았다.

명재는 책을 덮고 아내가 잠든 침대 곁에 가서 앉았다. 세상에서 가장 착한 여자,라고 믿었고 세상에서 가장 행복하게 해주리라 믿었던 그의 바람이 이처럼 꺼져 들어가고 있다는 게 믿어지지 않았다. 아내의 잠든 모습이 이처럼 측은해 보인 적은 없다. 아내의 이

마에서 신열이 느껴졌다. 이제 아이를 가져보자고 세운 계획이 무색하게 아내가 마치 다른 여자처럼 여겨진다. 그런데 정말 믿을 수 없는 일은 아내가 대체 은숙의 책을 어떻게 알게 되었는지의 여부다. 그의 머릿속에 우선 떠오르는 얼굴은 혜경이었다. 아내가 깨어난 아침이면 모든 게 밝혀질 터이지만 '은하수'커피숍에서 혜경이 그에게 했던 말들을 되새겨 보면 아마 틀림없을 터이다.

　명재는 서재로 돌아와 생각에 잠긴다. 아내가 영훈을 만났다는 사실도 의아함으로 남아있다. 영훈이 어떻게 선배되는 그를 먼저 만나지 않고 아내를 먼저 만나게 되었는지도 의문스럽다. 명재는 날이 밝으면 영훈에게 우선 연락을 취할 생각이었다. 혜경과 영훈의 일보다 이제 은숙의 일로 영훈을 만나야 하는 것이다. 명재는 눈꺼풀이 흘러내릴 때까지 생각을 거듭하고 은숙의 책을 뒤적거리다 책상 앞에 앉은 자세 그대로 잠이 들어버렸다.

4

─ 영훈이냐?

출근하자마자 영훈의 폰으로 전화를 넣었다. 출근 무렵에도 아내는 침대에서 일어나지 못했다. 명재에게는 오히려 다행한 일이다. 아내를 당장에 똑바로 쳐다보기 어려울 것이다.

─ 선배님.

영훈의 목소리를 듣자 명재는 부르르 몸을 떨었다. 아직 잠에서 완전히 깨어나지 못한 듯한 영훈의 목소리는 몹시 신경질적이었다.

─ 지금 서울에 있지?

─ 네 선배님. 일찍 무슨 일이세요?

영훈이 자리에서 일어나는 듯한 목소리로 물어왔다. 아내와 함께 늦도록 술을 마셨다면 밤새 서울을 떠나진 못했으리라 명재는 생각했다.

─ 지금 어디에 있어?

명재는 대답하지 않고 다그치듯 물었다. 아내를 데리고 술을 마신 영훈, 아니 동서가 내심 마음에 내키지 않았다.

─ 버스 터미널 부근 숙소에요 선배님.

─ 나좀 만나줘야겠어. 지금 터미널 부근으로 갈테니 그리 알고 있어. 도착해서 전화 넣을테니까.

명재는 화가 치밀어 영훈의 대답을 듣기도 전에 전화를 끊어버렸다. 강릉에서 광고회사에 적을 두고 있는 영훈이 회사 일도 미루고 서울에 올라온 데는 분명 그럴만한 이유가 있을 터이다. 그런데다 선배인 자신이 아닌 아내를 만났다는데 명재는 분하고 화가 났다. 더욱이 술에 흠뻑 취해 비틀거리며 들어서던 아내를 생각하면 영훈의 뺨을 당장에라도 올려붙이고 싶다. 처제의 일이야 제들 일이라 치더라도 말이다.

사무실을 나와 택시를 타고 터미널로 향했다. 터미널에 도착해 내처 영훈에게 전화를 넣어 약속장소를 터미널 커피숍으로 정했다. 영훈은 당당한 체격을 하고 터미널 커피숍에 곧장 들어섰다. 창가 쪽으로 붙어 앉아 바깥을 바라보고 있던 명재는 황당했다. 혜경이 영훈과 동행하고 있었기 때문이다. 여관에서 함께 잠을 잤던 게 분명했다. 이런 광경을 보자니, 처제의 가련한 모습이 눈앞에 어른거렸다. 가엾은 처제. 아내는 처제를 버릇없는 것쯤으로 매도해 버리지만, 처제의 입장도 이해해야 한다는 생각이 들었다.

─ 너희들, 이래도 되는 거야?

자리에 앉기도 전에 명재가 퉁을 주었다. 나란나란히 걸어 들어오는 모습이 너무도 뻔뻔스럽게 보였다. 차림새는 멀쩡했지만 마치 인생을 포기한 사람들 같았다. 사람의 도리를 등져버린 두 사람, 혜경의 화사한 차림이 속내와 너무도 뚜렷이 대비되는 것을 남들은 느끼지 못할 것이다.

― 선배, 우리들 일은 간섭하지 말라고 했잖아요?

혜경은 정말 많이 변했다. 학창시절 혜경의 모습은 한 군데도 찾아볼 수가 없다. 꾸밈없고 예의 바르고 청순한 모습이 그리 길지도 않은 세월의 무게에 눌려버렸단 말인가? 아니면, 세상이 이처럼 물들게 만들었을까? 영훈을 앞질러 탁한 소리로 대꾸하는 혜경의 태도가 명재는 황당할 뿐이다.

― 혜경이 너는 잠자코 있어. 선배님, 죄송합니다.

영훈이 혜경을 단도리 하고 예의를 갖춘다. 나란히 앉아 있는 것은 학창시절과 같다. 모르는 사람들은 보기 좋은 모습으로 보일 터이다. 명재에겐 그 모습이 역겹고 독약이 담긴 선물꾸러미 처럼 무섭다.

― 혜경 후배는 잠깐 자리 좀 비켜줘야겠어.

― 한 선배님, 나 모르는 무슨 비밀 얘기가 있어요?

혜경이 턱을 빠끔히 쳐들어 묻는다. 그러자 영훈이 옆쪽 테이블로 가라고 턱짓을 한다. 혜경의 손가락 사이엔 이미 담배가 끼워져 있었다. 영훈도 무료했던지 주머니를 만지작거리더니 이내 담배를 꺼내 조심스럽게 피워 물었다. 혜경이 자리에서 일어나 옆 테이블로 간다.

― 영훈아, 우선 묻자. 아니, 동서라고 정식으로 호칭하지. 자네, 어제 우리 집사람을 만난 걸로 알고 있는데……

후배 앞에서 이런 얘기를 꺼내는 게 명재는 치욕적이다. 영훈은 고개를 모로 틀고 뻑뻑 담배를 피운다.

― 네 선배님.

― 아냐, 난 선배 자격으로 이 자리에 앉아 있는 게 아냐. 자넨 내 동서 자격으로 여기 앉아 있는 거야. 난 자네 손위 형님 자격이고.

명재는 분명히 못을 박아버렸다. 어디까지 집안 형님의 자격으로 지금부터 영훈을 대할 생각이었다. 그의 판단에 학교 선후배 보다 집안 동서지간의 서열이 도덕과 윤리를 논하는데 적격일 것이기 때문이다. 그의 못을 박는 말에 영훈은 빈정거리는 투로 힐끔 쳐다볼 뿐 대꾸하지는 않았다. 명재는 그러거나 말거나 단호한 태도로 입을 열었다.

― 동서가 우리 집사람 만난 이유가 뭔가? 처형되는 사람을……

― 그게 뭐 잘못 됐습니까?

영훈은 자세를 고쳐 잡으면서 되물었다.

― 내 말은 동서가 우리 집사람을 만나기전에 의당 형님인 나한테 전화라도 넣었어야 한다고 생각하네.

아내의 입에서 영훈을 만나 술을 마셨다는 소리를 듣는 순간 마치 배신을 당한 느낌이었음을 명재는 아직도 부인할 수가 없다.

― 사무실로 전화 넣었습니다. 부재중이시더군요. 알고 보니 선배님은 혜경일 만나고 있었어요. 선배님 모시고 처형을 함께 만날 생각이었는데 그럴 필요 없겠다 싶어 처형한테 전화 드렸던 거구요.

영훈이 저간의 사정 얘기를 했다. 명재는 여전히 분이 풀리지 않는다. 아내와의 관계가 이들 때문에 소원해졌다는 생각을 하면 울컥 화가 치밀었다. 영훈이 담배를 뻑뻑 빨아댄다. 영훈은 아직도 선배라는 호칭을 쓰고 있다. 형님, 이란 호칭을 의도적으로 쓰지 않고 있다는 느낌. 이것은 반항의 의미라고 명재는 생각했다. 그래서 신경질적으로 다시 되짚었다.

― 선배가 아니라 형님의 자격으로 자넬 만나고 있다고 했지? 지금은 나를 선배라 부르지 말라니까. 그러니까 동서가 우리 집사람 만날 화급한 이유라도 있었다 이건가?

― 실은 처형을 만나 여쭤볼 게 있었습니다.

영훈은 담배를 중간쯤 태우다 재떨이에 짓이겼다. 이러한 행동 역시 명재로선 신경질적인 도전으로 밖에 보이지 않았다. 그게 뭔가, 하는 표정을 해보였다.

― 제 집사람, 아니 상희씨란 여자에 대해 궁금한 게 있었거든요.

― 처제를 지금 그런 식으로 표현하는 건가, 동서?

명재의 목소리가 커졌다. 혜경은 이쪽으로 아까부터 신경을 곤두세우고 있었다. 동서,라는 호칭에 명재는 은근히 악센트를 높였다. 혜경이 들으라는 짐짓 태도였다.

― 죄송합니다. 상희씨가 만나고 다녔다는 남자를 처형도 아는 사람이라기에 처형을 만났던 것입니다.

― 그건 또 무슨 소린가? 처제가 누구를 만나고 다녀?

명재는 영훈의 말이 믿기지 않았다. 처제가 만나고 다닌 남자라니? 그리고 아내가 어떻게 처제가 만나고 다니는 남자를 알고 있다는 말인가? 영훈은 또 어떻게 이러한 사실을 알고 있는지도 의문이었다.

― 모르고 계시는 건 당연하죠. 처형과도 얽혀있는 일이거든요. 과거라 하기엔 좀 뭐하지만 처형의 남자친구가 상희씨 애인이 되

었답니다.

영훈의 입에서 불경스런 얘기가 튀어나오다니 명재는 순간 자존심이 구겨지는 느낌이 들었다. 그러는 중에도 떠오르는 게 있었다. 지난번 아내한테 들었던 얘기. 고등학교시절 남자친구를 처제가 꾀여서 아내를 배신했던 이야기. 영훈이 바로 그걸 두고 하는 얘기가 분명할 터이다. 그런데 모를 일은 겨우 고등학교 시절의 일이다. 그런 일이 지금까지 연관되어 있다면 정말 놀랄 일이 아닌가 말이다.

— 그 얘긴 나도 대충 집사람한테 들어서 알고 있네.

명재는 구겨진 체면을 세우기 위해 영훈의 말을 가로챘다. 그러면서도 내심 그는 당황하고 있었다. 혜경을 만났을 때 깎인 체면을 영훈을 만나서도 그런 식이 된다면 안 되겠기에 머리카락이 뻣뻣하게 일어설 만큼 신경을 곤두세웠다. 그래서 내처 말을 잇고 나왔다.

— 그게 언제적 얘긴가? 여고시절 얘기라고 들었네. 비약하지 말게, 과거는 무슨 과거야. 학창시절 한때 추억 같은 거 누구나 있는 일이지. 집사람한테 그 소리 듣고 난 놀란 것도 있지만 웃음이 나오더만. 내가 놀란 거는 처제의 당돌한 행동 때문이지. 비록 사촌이지만 언니의 남자친굴 가로챈다는 건 여고생으로서도 보통 일은 아니거든. 그나저나 그딴 일이 무슨 문제가 된다는 말인가? 근데 처제가 그때 그 남잘 만나고 다녔다고 했어?

명재는 말을 하면서도 아내한테 누가 되지 않으려고 애썼다. 처제의 당돌한 행동을 강조하므로써 영훈의 기(氣)를 꺾고 싶을 뿐이었다. 더욱이 이쪽으로 아까부터 신경을 곤두세우고 있는 혜경은 눈에 가시 같은 존재처럼 여겨져 '은하수'커피숍에서 하고 싶은 얘기는 해보지도 못하고 당한 억울함 같은 것을 만회하고 싶었다.

— 저도 상세히는 모릅니다. 상희씨 메모노트에 그렇게 적혀 있었어요. 그 남잘 창 넓은 카페에서 만났는데 느낌이 좋았다구요. 그래서 계속 만나고 싶다구요. 이게 최근의 그 여자 심정이란 말입니다.

영훈은 아예 호칭을 삼가고 있었다. 형님이란 호칭은커녕 선배라는 칭호도 이제 쏘옥 빼버리고 있었다. 대화중에 자기도 모르게 그러는 경우도 있겠지만 명재로선 민감하게 반응하고 있는 탓인지는 몰라도 그처럼 여겨지는 것이었다.

— 나쁜 사람 같으니. 동서 그러면 나빠, 아내한테 그런 호칭이 어딨어? 그리고 사람이 어떻게 와이프 메모노트까지 훔쳐보나. 아무리 부부라 해도 지켜줄 거는 지켜줘야 한다고 나는 생각하네. 여자들도 사적인 권리라는 게 있잖나. 부모가 제 자식 일기장도 봐서는 안되는 게 세상의 룰이야. 사람이 룰은 지키고 살아야잖겠나?

명재는 내친김에 호박 굴러가듯 쏟아버렸다. 혜경이 저쪽에서 안달하고 있다가 끝내 자리에 다시 합류하고 나섰다. 그리고 눈을 똥그랗게 뜨고 한마디 내뱉았다.

— 선배, 말 잘하시네요. 세상에 룰이 있다구요? 그럼, 선배는 세상의 룰을 부끄럼 없이 지키고 살았던가요? 은숙 선배 일은 룰 안에 있는가요, 아님 룰 밖에 있는가요? 현명한 판단가지고 한번 대답좀 해봐요.

명재는 갑작스런 혜경의 끼어듦에 당황했다. 혜경은 마치 세상이 끝날 때까지 은숙의 일을 언급할 사람처럼 거들먹거리고 나선다. 그가 더 이상 혜경에게 대꾸하는 것을 포기해버리자 영훈이 혜경을 밀쳐 저쪽으로 보내버린다. 영훈은 입맛을 쩍, 쩍 다시면서 담배를 다시 꺼내서 피워물고 있다.

― 죄송합니다. 혜경이도 요즘 신경이 날카로워졌어요.

여전히 호칭을 삼가며 영훈이 말한다. 명재 역시 목이 타는지 혀를 움직일 때마다 쩝, 쩝 소리가 난다. 물컵의 물을 들어 단숨에 비워낸 명재는 되도록 빨리 얘기를 마무리 지어야겠다고 생각했다.

― 동서한테 시간 끌지 않고 말하겠어. 소시적 얘기 들춰내자고 우리 집사람 불러내서 늦도록 술을 마셨어? 사람이 분수가 있어야지, 마시지도 못한 술을 동서가 그렇게 마시게 했단 말인가? 이건 정말 이해가 안 돼.

― 모르는 말씀입니다. 처형은 저를 만나기 전에도 약간 취해 있었어요. 속상한 일이 있어 술 한 잔 사달라고 하시는데 어떡합니까? 저더러 그래요. 책을 만들고 책을 읽는 마음으로 살자던 약속이 자꾸만 어그러드는 것 같다구요. 그래서 불안해서 못 견디시겠답니다. 처형이 애처롭고 안 돼 보였어요.

영훈의 눈빛이 따갑게 명재를 쏘아보았다. 아내의 잘못을 자신에게 돌리는 영훈의 눈빛을 명재는 견뎌내지 못하고 시선을 떨궜다. 영훈이 목이 타는지 여종업원이 가져다준 물잔을 단숨에 비웠다.

아내가 영훈을 만나기 전에 술을 마신 건 분명해 보였다. 냉장고 안에 반나마 비워져 박혀 있던 소주, 그러니까 아내는 은숙의 소설 '축배'를 받아보고 그 충격에 술을 마시다가 영훈의 전화를 받았던 모양이었다. 대체 은숙의 소설을 어디서 구했는가? 명재의 추측으로 혜경이 관련되어 있으리라 여겨졌다. 혜경을 만났을 때에 은숙이 썼던 소설에 대해 특히 강조한 것도 혜경이 아니던가.

― 우리 아내한테 동정을 했다 이거로구만. 동서, 참 뻔뻔한 사람이야. 지금 당장 위로 받을 사람이 누구야. 지금 가장 외로운 사람이 누구냐고, 처제가 얼마나 힘들어 하는 줄 알기나 해? 자네, 결혼 전부터 혜경일 만났다면서? 아니, 사람이 어떻게 그렇게 맺고 끊는 데가 없어? 동서가 사람이야, 어떻게 인간의 탈을 쓰고 처제한테 그런 식으로 할 수가 있어. 자네, 처제 생일날에도 혜경일 만났다면서?

명재는 쇠뿔은 단김에 빼라는 말을 상기하며 내처 몰아붙쳤다. 혜경일 만났냐고 비웃장 상하게 말하는 대목에서도 눈치를 살피지 않았다. 혜경이 듣거나 말거나 하고자 하는 말을 해버렸던 것이다. 혜경은 제풀에 참지 못하고 쭈루루 달려왔으나 영훈이 손을 뻗어 저지하자 다시 제자리로 가버렸다.

― 한 선배님, 아니 형님.

내내 호칭을 삼가더니 영훈이 예의를 갖췄다. 명재는 이러한 예의가 이제 달갑지 않았다. 빈정거리는 투의 예의다. 영훈이 태도를 바꾸는 듯 호칭까지 부르며 살가운 모습을 보이자 명재는 의아해 물끄러미 바라볼 뿐이다.

― 형님이 상희를 그렇게 생각하시다니 놀랍군요. 제가 볼 때, 위로 받아야 할 사람은 상희가 아니라 처형입니다. 처형이야말로 외로운 여자라구요. 형님, 그거 알아요? 찰떡같이 믿었던 사람한테 받는 배신감이 어떤 건지 아시냐구요?

― 뭐야? 동서가 우리에 대해 뭘 안다고 입을 놀려. 내가 아내를 배신이라도 했단 말이야 지금? 적반하장도 유분수지, 제마누라 두고 딴 짓 한 게 누군데 동서가 나한테 그런 불경스런 말을 지껄인단

말이야.

　명재의 목소리가 거세졌다. 영훈의 얘기에 피가 거꾸로 치솟는 치욕스러움을 느끼는 듯했다. 제부 되는 사람이 이런 상황에서 어떻게 처형의 외로움을 입에 담을 수 있다는 말인지 상식으로는 이해되지 않는다.

　— 형님, 처형한테 직접 물어보세요. 지금 처형이 어떤 처지에 놓여 있는지 형님이 몰라서 그럽니까? 가식적으로 포장하지 마세요. 저도 다 고상하게 살고 싶은 놈입니다.

　네 그렇죠. 우리가 캠퍼스에서 뭐라고 했습니까? 형님이 자주 쓰시던 말 기억나요? 책을 읽는 마음처럼, 또 학처럼 고고하게, 뭐 이런 거 말입니다. 그런데 지금 뭡니까? 형님은 그걸 지켰나요? 환상이었어요. 주제는 못되면서 그런 척 흉내만 내고 다녔던 거죠. 우리는 모두 가식적이예요. 은숙이가 지금 어떻게 됐습니까? 걔, 결혼도 포기해버렸어요. 지키지 못할 약속은 왜 했습니까? 그러면서 고상한척 하지 마십시오. 대학시절의 약속, 이상, 야망 따위 한낱 우상이요 객기에 지나지 않았어요. 그 신성한 성역을 가장 먼저 오염시킨 사람이 누굽니까? 대체 누구냐구요?

　영훈은 마치 기다렸다는 듯이 열린 포문에 불을 붙였다. 캠퍼스 벤치 혹은 교정의 뜨락에서 이상과 현실, 학문 혹은 가치 같은 것들에 대해 많은 논객들이 열을 올릴 때와 흡사했다. 명재를 위시한 일행들은 강의시간 전후에 틈만 나면 이러한 시간들을 가졌다. 80년대의 시대를 향한 고함은 사라지고 학내에서 인생과 학문에 대한 진지한 담론들이 쏟아졌다. 90년대에 대학을 다닌 이들에게 이러한 자리가 유일한 낙이요 희망이었다.

학문은 진리에 닿으면 비로소 자유를 얻을 수 있다는 얘기도 그때 나왔다. 명재는 이러한 것들을 생생히 기억하고 있다. 결국 영훈의 화살이 그에게 떨어지고 있음을 명재는 알고 있었다. 은숙을 저버린 일이 이처럼 발목을 붙들 줄은 꿈에도 상상하지 못했다. 그게 정말 성역을 오염시킨 경우였을까? 명재는 아직도 의아할 뿐이다. 신념을 가진 약속이 깨어져 이처럼 상처가 되어 박히는 기분은 정말이지 난감하다.

명재는 영훈에게 한마디 대꾸도 하지 못했다. 눈언저리가 뜨거워지는 것을 보니 저도 모르게 눈물을 흘렸던 모양이다. 영훈 역시 더 이상 입을 열지 않았다. 혜경은 이미 이쪽으로 건너와 영훈의 곁에 다소곳이 앉아 있는 게 보였다. 한참 뒤에 혜경이 이윽고 말문을 열었다.

— 선배님, 우리가 어떻게 여기까지 왔어요? 무엇이 우리를 이런 수렁으로 빠져들게 했느냐구요? 이게 뭐예요. 우리들의 숭고한 약속이 대체 어디로 간 거예요. 우리가 왜 삶의 낙오자가 되어야 하는 거죠?

— 그만해 혜경아. 지난날 우리들의 이상, 우리들의 숭고한 약속, 모두 없는 거야. 이제 그런 약속 따윈 중요하지 않아. 우린 우리대로 살면 되는 거야. 맞아, 우리가 언제 이상 같은 게 있었냐? 지켜질 약속은 이미 없었던 거지.

영훈이 혜경에게 말하고 있지만 짐짓 자신한테 들으라고 하는 소리란 걸 명재는 모를 리가 없었다. 그도 생각해 보면 잘했던 일은 아니다. 대학을 떠나고서 그가 무심했던 것은 사실이다. 그럼에도 처제를 생각하면 영훈이 뻔뻔스럽다는 생각에는 여전히 변함이 없다.

― 나를 그런 식으로 매도하지 마라. 날 아주 파렴치한 취급하는
구나. 네들, 정말 이래도 되는 거야? 영훈이 너, 당장 혜경이 끊어.
혜경이 너도 정신 바짝 차리고 말야. 가정을 일궜으면 가정에 충실
해야지. 대체 뭐하는 짓들이야. 그래, 말이 나온 김에 아주 다해 버
리자구. 네들이 지금 터놓고 사귀겠다는 거냐? 세상에 법도가 있는
데 꼴사납게 여관에나 들락거리구. 네들이 대체 무슨 자격으로 날
매도하는 거냐. 난 적어도 상식 밖의 행동은 하지 않았어. 은숙이
일만 해도 그렇다. 내가 은숙이를 뭘 어쨌는데 네 들이 날 몰아세우
는 거야? 내가 무슨 열녀냐 열부냐. 학창시절 한때 했던 약속, 내가
그 약속 못 지켰다고 네들이 이러는 거냐? 네들 자신을 되돌아봐.
대체 어떻게 했니?

영훈이 너, 처제하고 결혼을 왜 했어? 지금 소꿉장난 하는 거냐?
너도 나이가 서른쯤 됐겠지. 맞아, 내가 서른둘이니 그렇게 됐겠
다. 혜경이 너도 그래. 너가 결혼하는 영훈이 못 붙들었으면 너도
책임 있는 거다. 결혼할 때 왜 붙들지 못하고 이런 꼴을 보이고 있
는 거야? 혜경이도 스물여덟 쯤 이면 어린 나이 아니야. 너, 언제까
지 결혼 안할 거냐? 집안 어른들이 지금 이런 사실을 알고 있어? 대
학선배 유부남 만나 가정 망가뜨리고 같은 여자 상처준 거 알고 있
냐고. 같은 여자한테 그래서는 안되는 법이지.

그럼 안돼고 말고. 상희 처제한테 들어서 나도 대충 알고 있다.
영훈이 너 휴대폰 놔두고 갔을 때, 처제가 휴대폰으로 걸려온 혜경
이 전화 받고 얼마나 황당했다는 것도 다 알고 있어. 혜경이 어떻게
했다는 것도 들어서 모두 알고 있단 말야. 네들이 함께 공부했던 학
교 후배들이란 게 난 정말 부끄럽다. 혜경이 아까 말 잘하더라. 정

말 내가 후배들한테 한번 물어보자구. 대체 우리가 어째서 여기까지 오게 되었니?

명재는 더 이상 말을 잇지 못했다. 지금 자신의 처지가 생각할수록 어이없고 한스러울 뿐이다. 그가 더 이상 말을 않자 영훈이 불끈 자리에서 일어섰다.

— 선배님, 일어서겠습니다. 한쪽면만 보고 사물을 판단하지 마십시오. 혜경아, 일어나. 우리가 한때 함께한 기억은 이 순간부터 모두 지우겠습니다. 저도 선배님한테 할 얘기 많습니다. 오늘은 이제 끝내죠. 저도 회사 일자리 알아 봐야죠. 하나만 선배님한테 물어보겠습니다. 선배님, 근자에 외박하신 적이 있습니까?

명재는 영훈을 날카롭게 쳐다보았다. 난데없는 외박이라니 대체 무슨 얘기를 하려는지 기분이 젬병이었다. 그는 아예 응대를 하지 않아버렸다. 혜경이 저주하는 눈초리로 명재를 쏘아보고 있었다.

— 영훈씨, 나가요. 이제 선배 마주칠 일 없었으면 좋겠어요. 선배야말로 저희들을 매도하지만 진실은 남아 있다고 생각해요. 누구든 제자신이 가장 그 진실을 잘 알고 있는 법이네요? 영훈씨, 가요. 늦겠어요.

혜경이 부러 그러는지 영훈의 팔짱을 끼었다. 명재는 깊게 숨을 내쉬었다. 등을 보이고 돌아서는 이들을 명재는 불러 세웠다. 진즉에 물어보았어야 옳은데 뒤로 쳐진 얘기를 명재는 마지막에서야 꺼낸다.

— 너희들한테 하나만 묻자.

혜경이 등을 보인채로 떼던 걸음을 멈추었다. 영훈은 혜경한테 팔짱을 잡힌 채로 고개만 뒤로 슬며시 돌려 버릇없는 태도로 바라보았다.

— 은숙이 얘기, 영훈이 너가 우리 집사람 한테 했어?

영훈이 물끄러미 바라보았다.

— 처형이 이미 알고 계셨어요. 선뜻 저를 만나신 건 그걸 상세히 알고 싶어서였겠죠. 처형만나 선배 체면 먹칠할만한 행동 하지 않았어요. 선배, 그게 걱정되신가요? 저 역시 처형 만나 상희 남자 친구라는 사람에 대해 몇마디 물었을 뿐이고 그게 목적이었죠. 이제 됐습니까?

— 혜경이 너지? 아내한테 은숙이 소설 귀띔했거나 보낸 장본인, 네가 맞지?

명재의 결론은 이제 혜경이었다. 영훈이 아니라면, 혜경이 밖에 그럴 만한 사람은 없지 않은가? 비열한 행동, 짓거리들을 생각하면 당장 헛구역질이 올라와 매슥거리는 기분이다. 세상에 이런 일이 벌어지다니, 명재는 세상이 무섭다고 생각했다.

— 그건 무슨 말씀인가요? 제가 뭘 어쨌다구요? 선배 집사람, 알지도 못하는데 내가 감히 뭘 어쨌다구요?

혜경이 빽 소리를 지르듯 말했다. 사람들의 시선은 이미 안중에도 없었다. 모두를 무시하고 아주 자연스런 좌석에서 얘기하듯 거침없이 얘기했던 것이다. 명재 역시 주위의 눈치를 살피면서도 감정을 억제하지 못하고 소리를 높였던 것이다. 혜경의 태도는 그 일과 관련해 떳떳하다는 표정이었다. 혜경은 벌린 입을 가까스로 다물고는 찬바람을 일으키며 휘익 걸어가 버렸다. 혜경의 뒤를 영훈이 따라서 나갔다. 명재의 머리는 더욱 복잡해졌다. 처제의 일로 처음 불거진 것들이 내처 자신에게 화살이 되어 꽂히는 기분에 명

재는 세상이 원망스러웠다. 옛날 어른들 말씀이 제 뜻대로 되지 않
는 게 세상일이라고 했다. 명재는 이 말의 의미가 확연히 박혀들었
다. 대체 아내가 어떻게 은숙의 책을 알게 되었을까? 그는 오늘 당
장 집에 들어가 아내와 마주칠 일이 걱정되었다.

아내는 이미 상당한 상처를 입었을 것이다. 그의 진실을 알릴 수
만 있다면, 속이라도 정말 뒤집어 보이고 싶은 심정이었다.

5

출판사 사무실로 돌아온 명재는 일이 손에 잡히지 않았다. 회사
동료들이 그를 우려하는 눈빛으로 바라보았다. 편집장이란 사람이
예전에 없이 사무실을 비우고 얼굴에는 곰팡내 피우듯 불안기를
머금고 있으니 당연한 일이다. 사촌 처제의 전화를 받고서부터 이
리 되었던 일이다. 아마 이러한 사실을 사장이 알게 된다면 당장 사
표를 받을 줄도 모른다. 명재가 근무하는 출판사는 책을 만드는 일
도 중요하지만, 우선 개인적인 인격의 도야를 중시했다. 한때 작가

를 꿈꾸었던 사장은 글은 쓰지 않고 있지만 글쓴이의 의식은 지키려는 사람이었다. 사람들의 얘기를 하기 전에 먼저 자신이 사람들 앞에 당당하고 떳떳한 삶을 살기를 갈구했다. 보수적인 사고를 가지고 있으면서도 새로움에 대한 변화를 배척하지 않았다. 원래 전문서적만 고집하던 출판사의 기본방향에서 우회하여 단행본, 특히 대중을 겨냥하는 단행본의 출판에 손을 대게 된 것도 보수적이면서 새로움을 추구하는 사장의 성격을 반영하고 있다.

사장은 출판에 있어서 대개는 모든 것들을 편집장인 명재에게 맡겼다. 책을 만드는 일을 평생의 사명으로 받아들이는 명재의 됨됨이를 기특하게 여긴 탓일 것이다. 명재는 사장의 이러한 의도를 알고 있는 터에 책을 하나 만들 때마다 모든 힘을 거기에 다 쏟아부었다. 역사인물 시리즈를 기획해 성공시켰고 생활에 필요한 전문서적의 출간은 그의 역작이었다. 이러한 업적 때문에 사장은 명재에게 많은 권한을 부여했고 여적까지 사장의 기대에 어긋나지도 않았다.

2년 전에는 단행본에 눈을 돌려, 국내 굴지의 문장가들을 섭외해 적어도 한해동안 여섯권 이상을 출간했고 모두 독자의 좋은 반응을 얻어냈다. 출판사 이름만 봐도 이제 독자는 신뢰할 수 있는 정도가 되었다. 그의 데스크에는 항상 최고의 작가들 연락처와 일정들이 대기하고 있을 정도로 단행본 분야도 호황을 이루었다. 어떤 작가는 저자의 인세를 받지 않을테니 귀사(貴社)의 명의로 출판만 하게 해달라는 경우도 있었다. 출판사 동료들은 이처럼 출판사가 성장하게 된 배경에 책을 만들고 책을 읽는 삶을 중요시 하는 철학이 있었기 때문이라고 말을 한다.

명재 역시 이러한 말에 그 인식을 달리하지 않는다. 책을 만들고 책을 읽는 마음으로 세상을 살자던 아내와의 약속 또한 여전히 유효하다고 그는 생각한다. 책을 사랑한 만큼 아내 역시 사랑하고 있기 때문이다. 아내가 믿지 않더라도 그는 결코 이런 자신의 마음에는 변화가 없을 거라고 생각한다.

― 편집장님, 요즘 무슨 문제 있죠?

편집부 미쓰박의 말이다. 그의 곁에서 수족처럼 일하는 여직원. 그녀의 눈에도 명재가 정상이 아니게 보이는 모양이다. 평소 말이 없는 여자가 이런 말까지 꺼내는 걸 보면 명재 역시 혼란스런 심사를 부인하기 어렵다.

― 아냐, 미쓰박. 계절을 타서 그러지.

단행본 광고카피를 쭈욱 훑어보며 명재가 말했다. 편집장의 방까지 직접 들어와 이런 얘기하는 미쓰박의 태도가 별쫑나다 싶어 힐끗 쳐다본다. 미쓰박의 폼이 계속 뭔가 따져물을 사람 같다.

― 편집장님한테 그런 데도 있었나요? 아니, 계절을 타신다구요?

― 미쓰박 답지 않게 오늘 왜 이러나? 내 방까지 들어와 가지고서. 미쓰박은 계절 안타? 남자친구라도 생겼나?

미쓰박의 행동이 그러나 밉다거나 싫지 않다고 생각했다. 미쓰박을 보면 잘 정돈된 서랍을 보는 느낌이 든다. 일을 함께 하면서 그가 원하는 부분을 적시에 내놓는 순발력과 준비성이 돋보인다고 생각했다. 누구든 남자는 미쓰박 같은 여자와 결혼하면 행복할 거라고 믿었다. 그런데 웃기는 게 지금의 처지에도 미쓰박에게 농담을 걸 여유가 어디에 있었는가 하는 점이다. 아내를 생각하면 명치부터 턱 막혀 죽을 지경인데 이런 상황에 내뱉은 농담의 성격은 어떤 걸까, 몹시 혼란스럽고 어처구니 없기도 하는 것이다. 아마, 사랑하는 배필을 관속에 눕혀놓고서도 문상객을 만나면 더러 웃는 모습을 보일 수도 있다고 했던가? 인간이 가지는 보편적 마음이란 그걸 두고 일컫는 것인가, 하는 잡다한 생각들이 가지를 치고 일어선다. 사랑하는 사람의 죽음 때문에 장례기간 내내 문상객들 앞에서 그럼 눈물만 흘려야 하는 것도 어려울 것이다. 울지 않는다고 속마음까지 슬프지 않는 것은 아닐 것이다.

— 편집장님도, 농담까지 하시고. 남자친구가 어딨어요? 말씀드렸잖아요. 저는 책이 애인이라고요. 편집장님도 책을 만들고 책을 읽는 마음으로 사신다면서요. 언젠가 회식 자리에서 하신 말씀, 지금도 기억나요. 그땐 정말 환상적이었어요, 그 말씀. 지금도 그 생각 변함없으신 거죠?

미쓰박의 사분사분한 성격이 명재는 언제나 고맙다. 오늘처럼 마음이 허전할 때에 그녀의 말 한 마디가 크게 위로가 되는 느낌이다. 업무에서도 빼어난 미쓰박에게 명재는 한 번도 짜증난 태도를 보이지 않으려고 노력한다. 미쓰박한테 만큼 조직의 생리를 드러내고 싶지 않은 배려 때문이다.

그녀의 끝말이 뇌 속을 자극한다. 책을 만들고, 책을 읽는 마음으로 살자. 이 말을 떠올리니 아내가 마음에 맺혀 가슴이 시리다. 마음의 상처를 입었을 아내가 안타까울 뿐이다. 아내는 지금 무슨 생각을 하고 있을까? 염려되는 것은 은숙의 책이었다. 그가 은숙의 책을 모두 읽어보진 못했지만 아내는 소설의 내용을 액면 그대로 받아들일 것임에 틀림없을 터이다. 만약 은숙이 실제 사실을 뛰어넘어 픽션을 가미했다면 아내의 오해는 더욱 심해질 것이다. 대체

아내는 어떤 경로를 통해 은숙의 소설을 알게 되었으며 그 소설책
을 손에 넣게 되었을까, 여전히 의아함만 더해갔다. 혜경은 관계없
는 일이라고 펄쩍 뛰지 않았던가?

그런데 명재의 추측처럼 미쓰박이 공연히 편집장실에 들어온 것
이 아니었다. 미쓰박은 약간 쭈볏거리는 태도를 보이더니 이내 조
심스럽게 말문을 열었다.

— 편집장님, 이런 말씀 어떻게 여기실지 모르겠지만 여류작가
박은숙 선생의 베스트셀러 소설 '축배'말예요.

명재는 미쓰박의 말에 갑자기 얼굴이 화근닥거린다. 눈을 휘둥
그렇게 뜨고 말갛게 그녀의 얼굴을 바라보았다.

— 사람들이 이구동성 그럽니다. 편집장님에 대한 얘기라구요.
박은숙 선생이 대학시절 애인이었다는 게 사실이예요?

— 아냐 아냐. 공연히 이름이 같을 뿐이지. 사람들이 소설과 현
실을 착각하고 있는 거야. 소설이 픽션이라는 거 미쓰박 알지?

명재는 안에서 솟구치는 감정을 겨우 누그러뜨리면서 자차분한
태도로 말했다. 그러나 미쓰박은 물러서지 않고 계속 말을 꺼낸다.

— 편집장님, 하지만 그 소설은 자전적 소설이잖아요. 말하자면
실화소설 같은 거라니까요. 틀림없어요. 거기서도 남자 주인공 한
명재라는 이가 출판사 편집장으로 등장하고 있어요. 여자 주인공
이름도 박은숙,하고 직접 쓰고 있던데요 뭐. 아니, 편집장님, 아직
그 소설 안 읽어 보셨어요?

명재는 여유자적한 모습을 가장하며 실긋 웃어보였다. 작정을
하고 미쓰박이 그의 방에 들어온 모양이었다. 은숙의 소설에 관심
을 가진다는 자체가 아내한테 죄를 짓는 것만 같아 명재는 그다지

그 소설에 관심을 두지 않았던 것이다. 그래서 미쓰박을 향해 고개를 저었다.

— 박은숙이란 여자가 소설 속에서도 베스트셀러 작가가 돼서 출판사에서 일하는 옛날 애인한테 당당히 나타난다고 쓰고 있어요. 작가로 성공해서, 떠나간 남자의 관심을 사구요 끝내 제남자로 만든다니까요. 그러니까 소설처럼 된다면 편집장님이 사모님하고 이혼한다는 거예요.

— 미쓰박, 이제 그만 해. 우리가 소설처럼 사는 사람들은 아니잖아. 그리고 박은숙이란 소설가 내가 전혀 모르는 사람이야. 남자 주인공이 공교롭게 내 이름과 같거나 출판사 근무하는 인물이기 때문이지. 그게 전부야. 아니, 소설대로라면 내가 지금쯤 이혼을 해야 되는 거 아냐 그럼?

명재는 미쓰박의 말을 일축해버렸다. 그러면서 내심 불안한 생각이 들었다. 미쓰박 말대로라면 대단히 위험한 일이었다. 은숙이 그런 식의 소설을 썼단 말인가? 그렇다면 은숙은 언젠가 그에게 접근하기 시작할 것이다. 아내는 이런 소설의 내용을 이미 알고 있을 거라고 명재는 생각했다. 벌써 소설을 모두 읽었겠지. 특히 문학작품 읽기를 좋아하는 아내가 아닌가.

— 사람 일은 모르죠. 편집장님은 부인하시지만 우리 출판사 식구들도 모두 믿고 있어요. 여성 잡지 인터뷰 기사에도 작가의 옛날 애인이 출판사에 근무하고 있는 걸로 나와 있어요. 이니셜 보니까 우리 출판사 분명해 보이던데요. 우리는 잘된 일이라고 생각하고 있는데요. 편집장님 모르시는지 몰라도 그 작가 요즘 인기상승세에요.

미쓰 박의 계속된 설교에 명재는 사무실을 나와버렸다. 출판사 식구들이 모두 알고 있는 내용을 쉬, 쉬 하고 있었던 모양이다. 은숙이 여성지에 그런 인터뷰까지 했다는 생각을 하니 가슴이 답답해지기 시작했다. 은숙이 소리 없이 그의 숨통을 조여오는 느낌이었다. 어쩌면 의도적 일지도 모른다는 생각에 미치자 소름이 돋았다. 이건 정말 전혀, 전혀 뜻밖의 일이다. 설마 죽은 듯 수년간 일말의 조짐도 보이지 않던 은숙이 이런 황당한 일을 저지를 수가 있을까?

2년 전, 단행본에 손을 대면서 국내 작가들에 대한 관심을 키웠다. 지금까지 거쳐간 굴지의 작가들도 상당한 수에 이르고 있다. 은숙이 새롭게 베스트셀러 작가에 합류했다고 하나 명재는 은숙에 대해 외면했다. 여류소설 공모에 당선했단 소식을 듣고도 자세한 내막을 알려고 하지 않았다. 마음만 먹었다면 그녀가 어떤 소설을 썼으며 소설의 줄거리는 뭐며 문단에서 그녀의 평가는 어떠하며 현재 어떤 작품을 집필하고 있는지를 충분히 숙지할 수 있을 것이다. 출판사를 거쳐간 굴지의 작가들의 근황을 누구보다 잘 알고 있으며 작가적 배경까지 훤히 꿰뚫고 있는 그가 아닌가 말이다.

은숙의 성공은 고마운 일이다. 솔직히 만나지 못한 수년 동안 가슴 속에서 그녀를 완전히 밀어내지 못했다. 문득문득 은숙의 얼굴이 떠올라 아내 앞에서 얼굴을 붉힌 적도 있었다. 옆에 누워있돈 아내를 은숙으로 상상한 적도 있었다.

그러면서 인간의 내면을 숨김없이 비출 수 있는 거울을 생각해 보았다. 만약 그런 거울이 발명된다면 세상이 흔들릴 거라고 생각했던 기억. 그래서 간혹 드러나지 않고 숨어있는 것들 때문에 세상이 존재하고 있는지도 모른다는 발상을 해본 적도 있었다. 내면에선 그 어떤 생각도 자유스럽다는 것, 이거야말로 진정한 인류의 자유인 줄도 모른다.

노출되지 않는 비밀은 때로 모든 존재를 의미있게 하는 활력소. 사람들은 그 속에서 기대를 만들어 가고 내일의 이상을 열어가는 것이라고 명재는 생각했다.

그는 커피숍 '은하수'를 향해 걷고 있었다. 시야에 은하수라는 녹색간판이 눈에 들어오고서 저도 모르게 그리로 걷고 있었음을 알았던 것이다. 예전의 병, 바로 추억 병이다. 학창시절에도 그랬고 아내를 만나서도 그랬다. 지나간 것은 하루 전이라도 모두 아름다운 추억처럼 여기는 추억병 혹은 향수병 같은 것. 혜경을 만나 은숙의 얘기를 들었던 바로 그곳을 명재는 추억삼아 벌써 찾아가고 있다.

커피숍, 바로 그 자리에 앉아 블랙을 시켜서 마시며 음미한다. 그들이 지난날 나누었던 얘기들, 약속들, 그리고 미래. 지금 그들은 어떻게 되었는가? 모든 것들이 지켜지지 못한 약속, 물거품이 되고 말았다는 죄책감이 가슴을 누른다. 아내와의 약속마저 허물어질 위기에 직면해 있다. 내일은 정말 태양이 뜰까? 유치한 상념도 가지를 친다.

그는 종업원을 시켜 이브 몽땅의 '고엽'을 청해서 듣는다. 바쁜 시간에 추억을 더듬는 이런 행위가 정말 바람직한 것인가? 지나친 사치행위라고 생각했다. 아내를 생각하면 이건 수위를 넘는 사치 같은 것이 분명하다. 그러나 감미로운 목소리는 여전하고 블랙의

맛이 혀끝에서 자극한다.

  셋윈느 샹송 끼누레 썸블루
  눈빛 속에서 피어난다. 고요한, 아주 고요한 움직임.
  메라비쎄 빠르 쓰끼 쎔므
  은숙이 그의 어깨에 기댄다. 그들 앞엔 찐한 커피향.
  레빠 데자멍 데쥬니
  음악이 끝나면 눈가에 글썽인 눈물이 뜨겁다. 기댄 채로 흘러가
는 시간, 창밖에 구르는 낙엽, 그녀 따스한 체온이 노래처럼, 노래
보다 더 오래오래 여운을 두고 감미롭다. 해 저문 오후. 그림자 끌
리우는.

  눈을 감고 사색에 빠져들었다. 종업원이 물잔을 다시 가져오고
서야 현실로 돌아왔다. 현실과 상상의 세계는 크게 차이가 없다는
생각이 든다. 눈만 감으면, 음악과 함께 건져 올려지는 상상의 세계
혹은 회상의 기억들. 아득할수록 눈감으면 가까이에서 어룽거리는
묘한 울림이 있다. 겨우 물잔의 물을 모두 비우고서야 정신을 가다
듬는다. 그러고서 미쓰 박에게 행선지를 알린다. 명재는 휴대폰을
사용하기 싫다. 특별한 경우가 아니면 그래서 휴대폰을 열어놓지
않는다. 사무실에선 아내의 전화를 염려해 열어놓을 뿐 그 밖의 필
요에 의한 것은 없다.
  휴대폰은 마치 괴물이다. 음성을 삼켜서 저장한다. 명재는 그게
싫다. 사람들은 경우에 따라 휴대폰에 지배된다. 까닭모를 족쇄가
되고 사소한 것들로 분쟁을 야기한다. 컴퓨터도 그렇다. 가상의 공

간에 사람들은 거주하면서 생활한다. 철저한 익명이 보장된 그곳은 따지고 보면 비밀창고 같은 것이다. 거기에 상주하는 네티즌들은 결국 자신이 그 창고에 갇혀 지내는 사실을 깨닫지 못한다. 사이버 공간이 제아무리 정보의 천국이며 정보화 사회의 핵심이라 해도 결국 부품의 집합인 괴물의 노예였음을 알게 될 때는 이미 몸은 망가져버린다. 그래서 그는 한사코 노예가 되지 않으려고 노력한다. 작가의 원고를 받을 때에도 되도록 페이퍼 위에 복사본을 요구한다. 디스크나 전자메일로 원고를 건네받은 경우, 반드시 페이퍼에 인쇄해서 출판 작업에 들어간다. 신체의 전부가 감옥이란 데에 감금되는 것보다 정신의 일체가 사이버 공간에 감금되는 것이 따지고 보면 진짜 감옥이다. 누구도 이러한 사실을 모른다. 혹자는 신속함과 편리함을 부추긴다. 세상은 그런데 신속함만으로 사는 것도 아니며 편리함 만으로 사는 것도 아니다.

신속함은 간혹 죽음을 부른다. 편리함은 간혹 절차를 거치는 과정으로부터 얻는 소중한 것들을 느끼지 못하도록 만든다. 명재의 이러한 생각 한 모퉁이에는 사람들이 아무리 쉽고 편리하고 신속한 것들을 원하는 시대에도 느리고 더딘, 절차가 까다로운 것들에 대한 그리움 같은 것이 배어 있다. 그래서 텔레비전을 보고, 인터넷 매체를 통해 영상을 접하고 시각적인 데에 익숙한 사람들 속에서도 종이로 만들어진 향기 나는 책을 향수하는 사람들이 영원히 존재하리라는 믿음을 가지고 있다. 책은 그래서 영원히 존재하는 것이고 그런 책을 명재는 진지하게 만들려고 하는 것이다.

휴대폰이 울린다. 사무실을 비우는 경우 간혹 열어놓는 휴대폰. 괴물은 울면서 그를 계속적으로 호출한다. 아내이거나 사무실일 것이다. 확인결과 예상대로 사무실에서 걸려온 전화다. 명재는 괴물의 몸통을 연다.

— 편집장님, 아직 '은하수'예요?

미쓰 박이 괴물의 뱃속에서 묻는다.

— 그래. 무슨 일이야, 미쓰 박?

— 네. 사장님이 찾으세요. '은하수'에 계실 거라 했더니 그쪽으로 갈테니 거기서 나오지 말고 기다리래요.

— 이쪽으로 사장님이 오시마고? 왜, 무슨 일이 있으신가?

사장님이 커피숍으로 그를 만나러 직접 오신다니 무슨 일일까?

— 모르겠어요. 일 때문에 그러실테죠 뭐. 기다리세요.

— 아, 알았어. 다른 데서 나 찾는 전화는 없고?

아내가 생각나서 물어보았으나, 네, 찾는 전화 없었어요, 하고 박이 말한다. 아내한테 먼저 전화할 엄두가 나지 않는다. 아내는 지금 집에 있을까? 집에 있다면 뭘 하고 있을까? 예전 같으면 아내의 일거수일투족을 훤히 꿰뚫었을 것이다. 아내는 베란다 창가에 앉아 해바라기 하며 책을 읽고 있을 터이다. 책을 읽다 혹은 갈피를 접어둔 채 거실에 앉아 차를 마시며 음악을 듣거나 뜨개질을 할 것이다. 행복에 젖어 전화기를 들고 그의 사무실로 전화를 넣을 준비를 할지도 모른다. 얼마 전만 같았어도 전화를 걸어, 여보, 지금 뭐하고 있어요? 디자인 레이아웃 좋아요? 김 작가님 책 교정은 모두 끝났어요? 아아, 책을 계속 읽었더니 졸음이 오네요. 이렇게 말했을 것이었다.

사장님이 문을 열고 큰 체구를 성큼성큼 떼며 그가 있는 데로 걸어왔다. 명재는 근무 중에 커피숍에 앉아 있다는 게 객쩍어 얼굴이 붉어졌다. 처제의 일이 불거지기 전엔 감히 상상할 수 없는 일이다. 사장 역시 명재의 이러한 모습을 처음 볼 터이다.

─ 한 선생, 아니 요즘 무슨 일 있어요?

편집장이란 호칭을 그에게 사장은 잘 사용하지 않는다. 명재가 시인이란 사실을 사장은 늘상 존중한다. 존폐의 위기에 있던 출판사를 일으켜 세운 것도 실은 그였기에 사장으로선 명재를 고맙게 여기는 것도 당연한 일일 것이다. 비록 편집장 일을 맡고 있지만 그를 작가로서 예우하려는 사장의 마음 역시 명재는 고맙게 여기고 있다.

─ 아닙니다. 그냥 커피 생각이 나서요.

여전히 멋쩍은 마음에 둘러댄다. 사장은 모처럼 나란히 앉은 이런 분위기가 싫지 않은 눈치다. 명재 역시 사장과 어려운 시기를 지난 이후 이처럼 자리를 함께하는 것이 오랜만인 터라 감개가 무량할 수밖에.

─ 한 선생한테 이런 면도 있었습니까? 아니, 커피 생각나면 미쓰 박한테 타달랠 수도 있을텐데, 뭐, 걱정거리 있는 게 분명한데요?

사장은 진심으로 염려하는 태도를 보인다. 문학을 하다가 겨우 데뷔하고 글 쓰는 일을 포기한 사장이다. 생각보다 책을 쓰는 일이 힘들더라는 사장은 비록 글을 직접 쓰지 않지만 훌륭한 학자와 작가들이 땀 흘려 써낸 원고를 정성스레 다듬어 책을 출판하는 일도 못잖게 보람 있다는 사실을 깨달으신 분이다. 한 주(週)를 시작하는 월요일 아침, 조회 시간에 빠지지 않고 책을 만드는 보람에 대해 말씀하시는 일도 잊지 않는 분이 바로 사장이다.

— 아, 정말 아니라니까요. 이봐, 아가씨. 여기 주문 받아요.

명재는 부러 종업원을 불렀다. 출판사 근무하며 비교적 친하게 지내는 나이어린 여종업원이 사뿐사뿐 걸어온다.

— 사장님, 오랜만에 오셨네요.

— 어, 그래. 한 선생 여기 있다기에 들렀지. 아가씬 더 예뻐졌구만.

사장이 여종업원 얼굴을 히뜩 쳐다보며 말한다. 종업원이 무릎을 굽히고 어깨를 낮추며 예의를 갖춘다.

— 고맙습니다. 근데 편집장님, 오늘 무슨 날이예요?

종업원이 명재를 향해 물어왔다. 명재는 고개를 젖혀 종업원을 쳐다보았다. 사장 역시 고개를 비스듬히 틀고 종업원을 바라본다. 종업원이 계속 입을 연다.

— 아뇨, 괜히 분위기를 잡으니까 그렇죠. 블랙커피 시켜놓고 무슨 외국 음악까지 신청했잖아요. 저번에 그 아가씨 생각하는 거 아니에요?

사장이 입가에 갈매기 같은 주름을 만들며 웃는다. 명재는 얼굴이 화끈거리는 느낌에 물잔을 들어 단숨에 비웠다. 종업원의 말에 한마디 이의를 달지 못했다. 커피 시켜놓고 음악도 시킨 게 사실이기 때문이다. 혜경에 관한 것은 종업원이나 사장 앞에서 구태여 변명하지 않는게 나을 것이다. 사장이 명재에게 시선을 주자 명재는 객쩍어 물잔을 비잉비잉 돌리고 있었다.

— 한 선생, 여기서 나 모르는 아가씨 만났어요? 참 좋을 땝니다.

— 아, 아닙니다 사장님. 아가씨가 괜히 그러는 거예요.

사장이 그에게 말문을 던져오자 명재는 변명하고 나섰다. 그러면서 종업원을 향해서 주문이나 받으라고 투정을 부렸다. 사장은 명재의 기분을 상하게 하지 않으려고 조심스레 눈치를 보면서 커피를 시켰다. 커피를 홀홀 불어 마시면서 사장은 명재에게 뭔가 꺼내려고 하는 눈치다. 종업원은 카운터 저쪽에 비켜서서 그들이 있는 쪽으로 무료하게 시선을 박고 있었다. 명재는 사장이 커피를 완전히 마실 때까지 아무런 말도 하지 않았다. 이윽고 잔을 비워내던 사장이 명재에게 말문을 열었다.

— 한 선생, 출판사 사장으로서 하나 부탁합시다.

명재는 무슨 부탁? 하는 식으로 입을 반쯤 벌리고 사장을 쳐다보았다. 사장의 이런 태도, 명재는 익숙치 않다. 사장의 자격으로 그에게 정중히 부탁한 경우는 여적 한 번도 없었기 때문이다. 그가 출판에 관한 기획서를 정중히 올리면 검토한 연후에 가능성을 대화로서 타진하는 정도였다. 말하자면, 부탁은 그가 사장한테 한다는 표현이 옳다는 말이다.

— 지금 출판계 사정이 어려워요. 인터넷인가 뭔가 하는 거 나와 가지고 갈수록 출판사 들이 힘들어질 거라는 얘기가 있어요. 사실 지금 어렵지 않은 출판사는 한 군데도 없을 겁니다. 그래도 우리는 한 선생 덕분에 좋은 책들 기획해서 아직은 견딜만 하지만 우리도 무슨 획기적인 상품을 하나 만들지 않으면 안 될 것 같아요. 굵직한 출판사들이야 돈들 있으니까 그걸로 밀어부치면 되겠지만 우리넨 그렇지들 못하니까 지금부터 손을 쓰지 않으면 안 될 거란 생각이 들어요.

사장은 마음속에 갈무리 해둔 말을 꺼내놓고 있었다. 그런 생각에는 편집장인 명재 역시 같다. 출판계가 갈수록 힘들어질 것이며 이제 상품의 질을 높이고 대중을 겨냥한 상품을 개발하지 못한 출판사는 문을 닫게 될 거란 사실. 출판사들도 이제 방향을 바꿔서 다양한 컨텐츠를 구축해야 한다는 사실을 진즉부터 깨닫고 있었다. 명재는 이러한 고민의 와중에 황당한 사건들과 맞닥뜨린 것이었다.

— 제 생각도 사장님과 같습니다. 그래서 실은 요즘 그 일로 고민 좀 하고 있습니다. 며칠 내로 기획서 올릴 생각하고 있었고요.

— 그래요. 한 선생은 역시 믿을 만해요. 그런데 내가 하나 제안하고 싶은 것이 있어요. 우리 출판계 어렵지만 어떤 책을 출판하느냐에 따라서 상황이 달라질 수 있다는 점이예요. 말하자면, 누구의 책을 출판하느냐, 이게 중요하죠. 특히 단행본 말입니다.

출판은 뭐니 해도 단행본을 해야 돈을 벌 수 있다는 거 한 선생도 잘 아실테죠. 그래서 얘긴데, 요즘 잘 나가는 여류작가 하나만 건지면 우린 더욱 기반을 굳힐 수가 있겠다 이 말입니다. 듣자하니, 박은숙, 이란 여류작가가 요새 독자들한테 어필되고 있는 모양인데, 한 선생이 한번 컨텍 해봤으면 어떨까 해서……

명재의 눈치를 살피며 사장이 조심스레 얘기를 꺼내고 있었다. 명재는 사장의 말에 뜻밖에 놀라면서 황당한 느낌이 들었다. 은숙의 얘기를 꺼내는 자체에 놀랐고 그가 앞으로 어떤 행동을 해야 하는지 황당했던 것이다. 그렇다면, 사장 역시 다른 직원들처럼 그가 은숙과 관련되어 있다는 사실을 알고 있다는 얘기였다.

— 사장님, 그 작가가 얼마나 독자한테 어필되고 있는지 모르지만, 저희 출판사는 기본적으로 어느 정도 경륜있는 분들 작품을 내고 있습니다. 그가 독자한테 어필되고 있다는 명목만으로 출판해선 안될 것 같다는 생각이 듭니다.

― 한 선생, 경륜 있는 작가들, 이제 그들도 독자를 끌기 어렵다
는 거 누구보다 잘 알고 있잖습니까? 듣자니까, 박은숙,이란 작가
도 역량있는 작가로 평가받고 있습디다. 경력은 오래되지 않았지
만, 벌써부터 이상문학상이니 동인문학상이니 후보에 오를 정도랍
디다. 예술창작 세계에 경륜이 그리 대단합니까? 평생 가도 책 한
권 출판하지 못한 나 같은 사람도 있어요.

명재는 사장의 말에 더 이상 대꾸를 하지 못했다. 문학창작에 경
륜을 무시할 수는 없지만 절대적인 것은 아닌 것이다. 경륜이 높은
사람일수록 감각이 떨어져 식상한 작품에 그치는 경우도 많다. 특
히 오늘날 독자층의 절대적 다수를 차지하는 이 삼 십대 독자들로
부터 외면받는 경우가 비일비재한 것이다. 그러니까 문단에도 세
대교체 바람이 불고 있다는 말이다. 지금까지 경륜있는 작가들의
중후한 작품을 출간해 비교적 적잖이 덕을 본 그들 출판사지만 이
제 서서히 준비를 해야 하는 것도 사실이다. 그러나 명재는 출간할
작가의 대상에 은숙을 생각해 본 적은 없다. 그가 마치 구걸하는 꼴
이 되는 것과 같기 때문이다. 글쓰기를 같이 시작해 그는 아직 인정
받지 못하고 은숙은 제법 문단의 알아주는 작가의 반열에 또한 올
랐다는 점 때문이다. 이러한 것들이 그의 자존심을 허락하지 못하
도록 만들었다. 거기에다 그는 지금 은숙을 배신한 파렴치한 남자
처럼 되어버렸던 것이다.

― 한 선생, 책임지고 그 작가 한번 컨텍해 봐요. 듣자하니, 한
선생과 전혀 남남은 아닌 모양이던데, 이 기회에 한번 만나볼 수도
있잖습니까? 그쪽에서도 은근히 기대하고 있는지도 모르는 일이
고. 에 이건 하늘이 내린 호기(好機)가 틀림없어요. 굵직한 출판사

에서도 접근이 쉽지 않다고 그래요.

  사장은 명재의 손을 덥석 잡았다. 믿는 구석이 있다는 신념을 보이는 손잡음이다. 그가 기획서를 올리면 크게 따져보지 않고 언제나 따라주던 사장이다. 이처럼 편집장인 자신에게 애절하게 부탁하는 경우는 매우 드문 일이다. 명재는 사장의 투박한 손이 의외로 따스하다는 생각을 속으로 하고 있었다. 나이 쉰이 넘도록 자신의 저서 하나 갖지 못한 사장, 남의 책은 수없이 출간하면서도 정작 자신의 책하나 내지 못한 작가의 설움은 이루 말 할 수 없을 것이다. 명재는 이러는 사장의 부탁을 단칼에 자르기 어렵다는 것을 알고 있다. 그래도 자신을 편집장으로 서라기보다 한 문학가로 존중해주며 출판사내에서도 그의 위치를 확고히 다져주신 분이다. 그는 지금 입장이 정말 난처하다. 체면을 생각하면 확고히 거절해야 하고 출판사를 생각하면 수긍해야 하는 진퇴양난의 입장에 섰다. 사적인 체면과 공적인 명분 앞에서 어느 쪽을 선택해야 할지 정말 쉬운 결정은 아니기 때문이다.

  ― 사장님, 그 문제는 며칠 여유를 두고 생각해 보시죠. 그 작가, 솔직히 제 대학후배입니다. 같은 동아리에서 문학을 시작했어요. 그 작가 책을 출판하는 쪽으로 결정이 내려지면 원고 받아내는 일이야 그리 어렵지 않을 겁니다. 그러기 전에, 서점이나 독자들에 대한 시장조사가 먼저 이루어져야 합니다. 잘나가는 작가라도 사전에 치밀한 준비없이 덤볐다간 낭패보는 경우도 적지 않습니다. 사장님께서 그 문젠 더 잘 아시잖습니까?

  사장한테 은숙과 대학 선후배 사이임을 시인했다. 그가 공적으로 은숙을 시인하는 셈이다. 발뺌을 한다고 묻어질 성질이 아니다.

은숙과 언젠가는 만나야 할 관계가 아닌가. 책을 쓰는 직업과 책을 만드는 직업, 역시 뗄래야 뗄 수 없는 관계이다. 은숙은 그를 납작하게 해주기 위해 의도적으로 작가의 길을 걸으려 했던 걸까? 생각할수록 궁금한 것들이 새록새록 튀어나온다. 은숙은 그와의 상처로 결혼까지 거부한 처지임에도 여태 겨울잠을 자듯 그에게 침묵했단 말인가? 그리고 이제 와서 뜻밖의 분란을 일으키는 저의란 대체 무엇인가 말이다. 어디서부터 잘못 되었는지 전혀 이해할 수없는 이 불가사의함, 가리사니를 어떻게 잡아가야 할지 아득했다.

　― 한 선생 말도 동이 닿는 말이에요. 나도 나름대로 시장조사 해봤는데 그 작가라면 염려할 거 없어요. 그 작가가 발표한 단편이 실린 문예지가 벌써 몇 판째를 찍었어요. 그런데 요즘 그 작가가 장편 탈고를 눈앞에 두고 있다는 후문이 있어요. 물론 그 작품 잡으려고 굴지의 출판사들이 눈독을 들이고 있답니다. 만약 우리가 그 작품만 잡아버리면 만사형통이에요. 그간 작가들한테 공들인 탑을 그 작품으로 충분히 쌓을 수 있지 않나 싶어요. 한 선생, 내가 한 선생 입장 대충 이해해요. 하지만, 지금 나는 출판업 이 십년 동안 제일 중요한 시기이자 기휩니다. 한 선생만 도움을 주신다면 이룩할 수 있어요. 암, 장담합니다, 한 선생. 신경 좀 써봐요.

　사장은 비장한 각오로 말하고 있었다. 출판업 이 십년 동안의 기회라는 말에 가슴이 뭉클했다. 잘나가는 작가 한 명 얻기 위해 출판사들이 눈에 불을 켠다고 했다. 은숙이 그런 존재라면 그녀를 컨택하는 일쯤 어려운 일도 아닐 것이다. 그가 체면만 생각하지 않는다면 충분히 가능한 일이다. 그런데도 섣불리 덤벼들고 싶진 않다. 은숙에 대한 그의 체면은 제외하고라도 아내를 생각하면 정말 힘든 일이다.

　명재는 사장한테 똑부러지게 대답을 하지 못했다. 당장 자신의 내일 일도 기약할 수없는 처지가 아닌가? 지금도 그의 주머니 속에는 은숙의 전화번호가 들어있다. 혜경이 적어준 전화번호. 쪽지를 보고 몇 번을 주저했다. 아내와 은숙 사이에서 흔들리고 있는 자신을 발견했다. 은숙에 대한 미련 때문이 아니다. 풀지 못한 문제가 있었다면 의당 풀어야 한다는 게 그의 생각이었다.

　사장과 사무실에 들러 같은 얘기를 나누다가 퇴근했다. 미쓰 박이 알고 있는 내용을 사장 역시 상세히 알고 있었다. 자기 직원에 대한 관심 때문이거나 회사의 생존을 위한 직업의식에서건 사장은 은숙과 관련한 내용을 숙지하고 있는 건 분명했다. 은숙의 소설을 모두 읽었는지도 모른다. 자전적 소설이란 타이틀을 달고 있는 작품만 읽으면 충분히 상황을 파악할 수 있을 것이다. 아니, 봄날 피우지 못하고 스러진 목련 같은 사랑을 그리워하며 썼다는 겉표지의 카피는 전체적 레이아웃을 파노라마처럼 보여주는 역할을 하고도 남을 것이다.

　아파트 현관 앞에 서서 잠시 망설인다. 벨을 누를 자신이 서지 않는다. 예전 같으면 벌써 아내는 문을 열고 함박꽃 같은 미소를 밖으로 보냈을 터이다. 몸소 지니고 다니던 키로 문을 열고 살며시 몸을 들이밀었다. 기척을 느낄 수가 없다. 안방과 서재, 뒤쪽 베란다를 모두 살펴보았지만 아내의 모습은 보이지 않는다. 아내는 외출을 했던 모양이다. 명재는 순간 책을 만들고 책을 읽는 마음으로 살자던 그들의 약속이 이미 저쪽 강을 건너가 버린 느낌에 사로잡힌

다.

아내는 어디로 갔을까?

서재의 책상위에 놓여있던 은숙의 책도 보이지 않는다. 아내가 책을 가지고 나갔구나. 명재는 휑뎅그렁하게 서서 멀리 어둑한 잔영을 드러내는 관악산 산마루를 물끄러미 바라본다. 먼지가 피어나듯 살풋 들리는 소음들, 지친 노루의 울음처럼 허기가 밀려온다.

6

죄업이 발붙일 곳은 없다. 허공도 바다도 아닌 깊은 산 바위틈에 숨는다 해도, 일찍이 네가 지은 악업의 재앙은 이 세상 어디에도 피할 곳이 없다. 〈 법구경 〉

아내의 전화가 두려웁지만 예전처럼 전화가 걸려오기를 은근히 바라면서 긴장 속에 휴대폰을 열어놓았다. 대화를 가져야 아내의 오해로부터 벗어날 수 있는 것이었다. 명재는 아내를 실망시킬만한 일도 한 적 없고 앞으로도 그럴 거라고 생각했다. 아내와의 생활을 그는 몹시 만족하고 있었다. 처제의 일이 불거지기 전에 아내 역시 적어도 그와 같은 생각일 거라고 믿었다. 그는 여전히 희망을 버리지 못했다. 아내를 만나 대화를 통해 반드시 예전의 관계를 회복할 수 있으리라 믿었기 때문이다. 그는 은숙의 관계, 아니 관계라는 표현 자체가 부적절하지만, 이토록 고통받고 비난받을 만한 정도는 못된다고 생각했다. 한때, 그런 약속 정도야 누구나 할 수 있지 않겠는가 말이다. 그럼에도 가파른 산비탈로 추락하는 듯한 이 경우는 어디엔가 분명 풀리지 않은 매듭이 지워져 있기 때문인지도 모른다. 그 매듭을 찾아 풀어가는 일이 아내나 처제, 은숙과의 관계를 새롭게 정립할 수 있는 방법일 것이다. 서둘러 그 방법을 찾는 일이 무엇보다 시급하리라 믿고 있었다. 모든 것들이 그의 의지와 전혀 관계없이 일어난 일이기에 마음만 먹으면 가능하지 못할 일도 아니다.

그는 처제에게 전화를 걸었다. 아내가 아니라 남 취급 하던 영훈의 태도를 보면 처제한테 분명 중대한 일이 벌어졌을 것이다. 그리고 혜경과 얽힌 처제의 문제는 은숙과 아내와 얽힌 그의 문제이기도 했기 때문이다.

— 처제, 지금 어딨어요? 강릉예요?

음악소리가 요란하게 들린다. 째즈풍의 섹스폰 소리 가운데 와글대는 개구리 같은 소리가 수화기에 박힌다.

— 형부, 저 서울에 있어요. 거기 지금 어딘가요?

처제의 목소리는 뜻밖에 당당했다. 남편과 문제가 발생한 여자의 목소리가 아니라 뭔가 새로운 기대에 들떠 있는 듯한 목소리. 어둡고 혼란스런 터널을 막 통과할 때의 설렘과 희망, 명재한테는 그런 느낌처럼 전해온다.

— 집이예요. 언닌 어디 나갔나 봐요.

─ 예. 만나고 싶어요 형부, 지금 당장.

명재는 약간 멈칫거리지 않을 수가 없었다. 처제를 끔찍이 싫어
하는 아내를 생각하면 처제를 만나서는 아니 될 것이다. 그러나 처
제를 만나 알아야 할 문제도 있다. 그가 처제를 만난다면 이건 어디
까지나 아내한테 예전처럼 가깝게 가기 위해서인 것이다. 아내와
의 문제를 해결하기 위한 작은 선택이다.

─ 좋아요, 처제. 거기 어딥니까?

─ 여기 신촌에 있는 째즈 카페에요. 친구만나 술을 한잔 마시고
있어요.

처제 역시 힘든 시기일 것이다. 친구, 라는 말에 퍼뜩 영훈이 하
던 말이 떠올라 물어보았다.

─ 남자 친구, 여자 친구?

─ 대학 친구요.

─ 그럼, 됐어 처제. 그리로 지금 갈게, 기다려.

명재는 정확한 위치를 물은 다음 전화를 끊었다. 그리고 외출을
서둘렀다. 처제가 대학친구와 함께 있다는 말에 적이 마음이 놓였
다. 여자대학을 나온 처제가 아닌가? 그러니 남자는 아닐 것이었
다. 그렇다면, 영훈이 말하던 처제가 남자를 만난다는 그 남자는 적
어도 아닌 것이다. 처제가 만나는 남자? 명재는 자신이 그런 사람
과 마주한다는 자체가 불쾌하다는 생각이 들었다. 한 때나마 아내
의 관심을 독차지한 남자, 를 만나는 일, 생각만 해도 끔찍한 일이
아닐 수가 없다. 일의 내막은 아직 자세히 모르지만 말이다.

카페는 섹스폰 소리로 가득했다. 널찍한 공간은 젊은 남녀들로
가득 차 있었다. 담배연기가 자욱히 천장을 떠돌고 잔 부딪는 소

리가 음악가운데 섞여 차가운 소리를 내고 있었다. 대화를 주고받는 사람들은 입을 귓가에 대고 소리치듯 말하고 있었다. 숫제 어지간해선 대화를 주고받기 어려울 듯해 보였는데 사람들은 분위기에 익숙한 탓인지 매우 자연스런 태도들이었다.

그를 알아보고 가운데서 처제가 손을 흔들었다. 처제의 옆엔 친구로 생각되는 갸름한 여자가 앉아 있었다. 그는 손을 들어 답례하고 가운데로 걸어갔다. 담배 연기가 불빛들 속에서 뜻밖에 환상적으로 보였다. 공중을 떠돌다 빛 속에 동화되어 소리로 내려오는 듯한 분위기가 연출되고 있었다. 그러나 명재는 이러한 분위기를 원치 않았다. 어떻게 이런 속에서 의미전달이 가능할지 아득하게 여겨졌다. 그런데도 사람들은 제각각 손짓, 몸짓 움직이며 쏼라거리고들 있는 게 신기했다.

― 인사해라, 우리 형부야.

이렇게 처제가 그를 친구에게 소개하는 것 같았다. 그의 청력(聽力)으론 정확하게 알아듣기가 어려웠다. 그는 입을 열어 상대가 말을 할 때마다 이마를 찌푸리거나 시야를 한군데 고정하고 귀를 열어야 할 형편이었다. 처제의 친구와 목례하며 눈인사를 나누었다. 처제와 친구는 손가락에 담배를 끼우고 있었다. 비잉 둘러보니 거의 모든 남녀들이 손가락에 담배를 쥐고 있었다. 어떤 사람은 한쪽 손에 담배, 한쪽 손에 술잔을 들고 마치 그런 자신의 폼을 즐기는 듯이 뽐내며 술을 마시는 것처럼 보였다. 차림새도 독특해 보이고 머리 스타일도 개성이 돋보였다. 이 공간에 있다는 하나만으로도 저들은 젊음을 만끽하고 행복한 밤을 보내는 걸로 생각하듯 모두가 발랄하고 명랑해 보였다. 명재는 한참동안 주위를 둘러보며 이런저런 생각에 자신이 마치 낯선 세계에 발을 들여놓은 것처럼 느껴졌다.

처제는 종업원을 시켜 술과 잔을 내오게 하더니 그에게 술을 가득 따라주었다.

― 형부, 요즘 힘드시죠. 쭈욱 드세요.

처제는 자기의 잔과 그 친구의 잔에도 술을 가득 따르더니 건배를 제의했다. 영훈과 파경의 직전에 있는 여자라곤 믿어지지 않았다. 명재는 목소리를 내는 게 오히려 부담이 될 것 같아 제스처로 건배제의를 받아들였다. 첫잔을 쭈욱 들이켜고서 처제를 쳐다보았다. 처제가 불빛 아래서 흰 이를 드러내놓고 웃었다. 음악소리 등 주위의 소리가 너무 커서 하고 싶은 말을 꺼내기가 부담스럽다. 목청을 다스린 다음 큰 목소리로 처제에게 말했다.

― 동서를 만났어요, 처제.

― 상숙 언닌 어디 갔나요?

처제가 그의 몸쪽 테이블로 고개를 쭈욱 내밀고 물었다. 영훈에 대한 얘기를 충분히 들었으리라 믿었는데 아내 얘기를 꺼내고 있었다.

― 모르겠어요. 퇴근 후 집에 와보니 텅 비어 있었어요. 처제, 서울 올라온 거 동서도 알고 있는가요?

목청을 돋구어 말하자 사람들이 시선을 그쪽으로 돌렸다. 처제는 주위 사람들은 전혀 개의치 않는다는 태도였다.

― 형부, 그 자식 관심없어요. 근데 상숙 언니하고 무슨 문제 있어요?

― 아, 아냐. 일은 무슨 일. 그냥 사소한 다툼이 있었어요.

　마치 아무도 없는 산속에서 임금님 귀는 당나귀 귀를 외치는 느낌이었다. 여기서는 뜻밖에 거침없이 큰 목소리도 튀어나왔다. 처제의 표정도 크게 외치니 속이 후련하다는 듯했다. 처음에 쳐다보던 사람들도 역시 큰 목소리로 자기들만의 얘기들을 하고 있었다. 아내의 얘기를 처제한테 소극적인 자세로 하던 자신이 명재는 순간 가엾다는 생각이 들었다. 지금 이런 시간에 아내와 나란히 앉아 차를 마시면 얼마나 행복할까, 생각하면 안타까움만 늘었다.

　— 형부, 세상 되게 웃기죠.

　— 뭐, 세상이 어떻다고? 세상이 어때?

　처제의 말을 완전히 알아듣지 못했다. 음악이 절정에 이르면서 소리들이 한꺼번에 손님들을 향해 반항해오는 느낌이었다. 처제는 그가 목을 쳐들고 물어오자 고개를 힘없이 내저었다. 그리고 술 취한 사람처럼 고개를 완전히 숙여버렸다. 처제의 대학친구가 담배를 재떨이에 비벼 끄면서 상희야, 너 취했어, 이제 그만 나가자, 하고 말했다.

　명재는 얼굴이 화끈거렸다. 처제를 만나러 이런 데에 들어온 자신이 밉다. 그들의 문제에 대해 진지하게 얘기하고자 찾아온 자리, 처제는 여전히 머리를 떨구고 있었다.

　친구는 처제를 그에게 부탁하면서 돌아갔다. 처제는 상당히 취해 있었다. 실내에서 바깥으로 나오자 취기가 더욱 올라오는 모양이었다. 바닷가에서 그랬던 것처럼 그의 팔짱을 부러 끼면서 어깨를 기댔다. 명재는 수줍은 태도를 보였지만 처제는 결코 팔짱을 풀지 않았다.

　뒤편의 조용한 레스토랑에 들어갔다. 종업원에게 얼음물을 부탁

해 처제에게 마시도록 했다. 그리고 물티슈를 가지고 이마를 만져
주었다. 이마가 후끈거리며 뜨거운 감촉이 느껴졌기 때문이다.

— 형부, 고마워요.

— 처제, 술을 많이 마셨어요.

처제의 처지를 이해한다. 영훈이 처제를 남 대하듯 말했다.

— 언니하곤 정말 아무 문제없나요, 형부?

— 처제, 그런 물음이 어딨어? 형부가 언니와 무슨 문제라도 생
기기 바라는 거예요?

— 바라는 것보다 그렇게 생기지 않았는가요 지금?

처제의 말이 명재는 의아스러웠다. 손아래 처제라는 사람이 한
다는 소리가? 그리고 처제가 그들에 대해 뭘 안다고 이런 말을 하
는지 놀랄 일이다.

— 영훈이 그자식이 어제 누굴 만난 줄 알아요, 형부?

처제도 영훈을 숫제 남처럼 대했다. 남보다 더한 원수처럼 표현
하고 있었다. 명재는 아무런 대꾸도 못하고 물끄러미 바라보았다.
영훈이 어제 아내를 만나지 않았는가.

— 언니를 만났다구요, 언니를요.

— 그건 나도 알고 있어, 처제. 그게 뭐 잘못 되었어요?

— 웃기잖아요. 형부는 처제를 만나고 언니는 제부를 만나고요.

명재는 가족이기 때문에 그러는 거라고 말했다. 처제는 입술을
실죽거리며 비아냥거리듯 웃음소리를 냈다.

— 그자식이 언니를 왜 만났는줄 아세요? 내 과거 캐러 만난 거
예요. 혹시 형부, 들었나요? 한때, 언니 애인이기도 했고 내 애인이
기도 했던 남자가 있었어요.

처제의 표현이 거칠다고 생각했다. 누구나 경험할 수 있는 고등
학교적 남자친구 혹은 여자친구. 영훈의 얘기로 처제가 그 남자를
만나고 다닌다고 했다. 한때 아내의 남자친구이기도 했던 그 남자,
그래서 영훈은 아내한테 그 남자에 대해 궁금한 것들을 묻기 위해
만남을 가졌다고 했다.

　— 언니의 애인? 그런 말을 함부로 하는구만 처제. 형부 앞에서
그러면 못쓰죠. 처제가 그 남자 만나고 다닌다면서?

　— 예, 저라고 남자 만나지 말란 법 있나요? 영훈이 그자식이 날
이렇게 만들었어요. 그 자식, 죽여버리고 싶어요. 제 맘속에 딴 여
자 놔두고 왜 나하고 결혼을 해요. 결혼 했으면 정리라도 했어야 옳
지 않은가요? 그런데 버젓이 만나고 다녔어요. 예, 제 마누라 생일
날도 만나고 결혼기념일에도 만나고 다닌 놈예요. 그런데 어떻게
저만 당하고 살라구요? 그리는 못하죠 형부. 억울해서요. 제가 그
래서 그 남잘 만난 거예요. 저한테 돌멩이라도 던지실 거예요, 형
부?

　처제의 말에 응대하지 못했다. 명재의 입에서 저도 모르게 길게
한숨이 새어나왔다. 일이 어쩌다 이 지경이 되었나, 야속했다. 고
요한 바다에 몰려오는 갑작스런 태풍 같은, 처제와 첫 대면 하던 바
다도 고요했는데 그 바다에 태풍이 일고 있다. 태풍은 시간이 지나
면 다시 평정을 되찾지만 그러기까지 많은 상처를 주는 것이다. 바
다는 또 다른 모습이 된다. 거기 사는 사람들에게는.

　— 그런데요 형부, 저는 왜 이렇게 슬프죠. 그 남자, 한 때 언니
의 애인이던 그 남자가 저보다 언니를 더 보고 싶어 했어요. 언니
연락처를 묻잖아요. 남자들은 왜 그래요?

나쁜 자식, 옛날 애인이 전화했다고 제 여잔 줄 착각하고 있어. 기껏 회사 대리 주제에 차에 태우고 그럴듯한 데에 데리고 가서 밥 사주고, 은근히 제 몸을 탐내더라니까요.

남자들은 그렇게 단순한 동물인가요? 옛날 애인이 전화하면 몸을 맡길 의사가 있는 거라고들 착각하고 있는 모양예요. 그렇죠?

명재는 물잔을 비잉비잉 돌리며 처제의 얘기에 귀를 기울이고 있었다. 처제가 자신의 입장을 허심탄회하게 얘기해주는 것이 고맙다는 생각이 들었다. 처제 앞에서 남자인 자신이 갑자기 부끄럽고 창피스러운 느낌이었다.

― 그자식이 그래요? 내가 옛날 애인 만나고 다닌다고? 하, 그랬겠죠. 내 입으로 직접 얘기했으니까요. 학교 다닐 적 내가 가로챈 언니 애인이라구요. 참, 세상이 그래요. 세월이 흐르니까 그립긴 하더라구요. 그래서 한번 만난 거예요. 아니 한 번은 아니죠. 여러 차례 만났어요. 하지만 저 형부, 몸뚱일 함부로 내맡기는 그런 여잔 아니거든요.

처제는 하던 말을 멈추고 갑자기 고개를 푹 숙였다. 그러더니 고개가 가볍게 흔들리고 있었다. 처제는 울음을 참고 있는 게 분명해 보였다. 여자로서의 생각이 똑바른 말을 하는 처제의 지금 심정은 어떨까? 남편의 외도에 화가 나서 옛날 애인한테 전화를 해서 만났다. 그래도 여자의 정조는 파기하지 않는다는 처제의 당당한 태도가 갑자기 그를 숙연하게 만들었다.

― 형부, 저만 불행한 게 화가 났어요. 십년 만에 만난 그 자식은 제 몸을 탐내면서도 가만보면 언니만 궁금해 하구요, 언니 안부만 물어요. 연락할 데를 묻기까지 하더라구요. 그게 슬펐어요. 영훈이

그자식이 날 불행하게 만들었어요. 사람이 어떻게 갑자기 이렇게 허물어질 수가 있죠? 인생이 이렇게 허무한 거예요, 형부? 형부는 시인이니까 그거 잘 아시겠네요. 그런 거예요?

숙이고 있던 고개를 쳐들더니 처제는 다시 말을 풀어놓기 시작했다. 조명 아래서 보는 처제의 모습은 아름다웠다. 아내보다 어디로 보나 외적으로 매력 있고 남자로서 탐낼만한 인물이었다. 영훈이 이런 처제를 배신하다니 부부의 일이란 정말 두 사람 말고는 알 수 없는 건지도 모른다. 처제의 물음에 명재는 고개를 떨구었다. 갑자기 아내의 애인이었다는 남자에 대한 증오심이 일어나기 시작했다. 그는 한때 은숙과 가까운 사이였지만 결혼과 동시에 머리에서 모두 걷어냈다. 문득문득 떠오를 때, 명상을 하듯 마음을 평정하고 그리움의 가지를 쳐내버렸던 것이다. 지금, 혜경은 그를 비난하고 있지만, 그래도 견딜 수 있는 것은 맹세코 은숙의 육체를 범하지 않았다는 점 때문이다.

— 형부, 사람들은 저를 이해하지 못해요. 아니, 이해하지 않으려고 해요. 옛날 남자 만나서 점심만 먹었다고 하면, 그걸 믿지 않아요. 네가 설마 그랬겠다, 이거죠. 우리 집안 사람들도 그래요. 상숙 언닌 조신하고 나는 덜렁대고 헤픈 여자처럼 생각하죠.

상숙언닌 언제나 저보다 인정받았어요. 나는 서울에서 알아주는 여자대학 다니고 언닌 별볼 일 없는 지방대학 다닌 데도 사람들은 언니만 인정해요. 대체 상숙 언니가 어디가 그렇게 잘났는가요? 형부, 언니 어디가 저보다 잘났어요?

처제는 마음에 품어둔 생각을 계속 끄집어내고 있었다. 언니에 대한 질투심을 처제는 키워온 모양이었다. 아내가 처제보다 정말 어디가 잘났을까, 명재는 생각해 보았다. 사람들의 눈을 가지고 객관적 잣대로 봐도 아내가 처제보다 나은 점은 쉬이 드러나지 않을 것이다. 아내는 다만 여성스럽고 이지적이라는 것뿐, 아내인 상숙을 명재는 그쯤 생각하고 있었다.

대학졸업 이후, 처음 회사에서 바닷가 야유회를 갔을 때에 만났던 아내, 그래서 그들은 유독 바닷가를 즐겨 찾는다. 아내를 만나면서 은숙을 생각하지 않는 건 아니지만 은숙과 소위 세상 사람들이 생각하는 그런 육체적 약속이 있었던 것도 아니고 회사에 다니는 선배가 학교로 여자후배를 찾아가는 것도 보기 좋은 모습은 아니라고 생각했다.

은숙 역시 그가 절실하지 않았기에 학교에 찾아오지 않는 그를 수소문 하지 않았다는 생각을 명재는 지금도 하고 있었다. 변명 같지만 적어도 명재의 생각은 그런 것이었다.

모랫사장에서 회사 사람들과 족구놀이를 하는데 그가 찬 족구공에 가슴을 얻어맞은 사람이 아내였다. 아내는 숨을 한참동안 쉬지 못하다가 겨우 허리를 일으켜 세우며 그를 원망하듯 쏘아보았다. 명재는 그때 민망한 나머지 어떤 말을 해야 할지 몰라 마치 부모한테 지청구 듣는 아이처럼 무릎을 꿇어버렸다. 아내는 역시 성품이 고운 사람인지 명재가 그렇게 나오자 제 쪽에서 당황해 그를 일으켜 세웠고 그런 일이 계기가 되어 백사장에서 파도를 따라 오르면서 얘기하게 되었다. 명재는 비록 짧은 시간이었지만 바다가 주는 인간에 대한 그리움에 대해 말했고, 시인의 생각을 하고 있군요, 하기에 사실 시로 데뷔까지 한 시인이라고 소개했다. 아내는 관심을 보이면서 서울에서 친구들이 찾아와 민박집에 함께 묵고 있다고

해서, 명재 역시 그들 회사 사람들이 묵고 있는 민박집을 말해주었
다. 뜻밖에 바로 옆집의 민박집에 아내는 묵고 있었고 자연스럽게
저녁에도 시간을 가질 수가 있었다.

　그들은 서로 연락처를 주고받으며 바닷가에서 헤어졌다. 헤어지
던 그들의 뒤로 떨어지던 저녁노을의 찬란함을 기억한다. 그때 그
저녁놀은 인간에 대한 기대와 희망을 가져다주는 신비롭고 환상적
인 분위기를 연출했다. 저녁놀이 그처럼 아름다운 적은 적어도 그
의 기억에는 아직 없다.

　그 후, 아내가 서울에 올라와서 회사로 전화를 넣어주었고 둘의
사이는 더욱 돈독해졌다. 살결이 배꽃처럼 하얀 순박한 여자의 모
습에 명재는 쉽게 빨려들었고 급기야 서로 사랑하는 사이가 되었
다. 회사를 그만두고 한때 잠시지만, 시 쓰기만 하던 그에게 희망과
용기를 주었던 사람도 바로 그녀였다. 그녀는 그가 지치고 힘들어
할 때마다 변함없이 가까이에서 용기와 격려를 주고 용돈까지 챙
겨주는 배려를 아끼지 않았다. 결혼한다면 이런 여자와 결혼해야
지 하고 속으로만 생각하다가 날잡아 강릉에 올라간 그가 그녀를
그때 그 바닷가로 불러, 내 인생의 반려자가 되어주십시오, 하고 청
혼을 했던 것이다.

　여자는 크게 놀라거나 당황하는 기색없이 입가에 미소를 머금은
듯한 태도로, 드러나진 않지만, 이미 약속된 거 아니었나요? 하지
만 정중히 말씀하시니까 저도 정중히 대답 드릴게요. 박명재 시인
의 청혼을 기꺼이 받아들이겠습니다, 하면서 박꽃처럼 화사하게 웃
는 것이었다. 그때 푸른 물감을 풀어놓은 듯한 바다를 배경으로 명
재는 아내를 힘껏 끌어안았던 기억이 아직도 생생하다. 지금껏 그

때처럼 감동적인 순간은 다시 경험하지 못했다. 이건 맹세코 정말이다. 아직도 그때의 선택을 그는 후회하지 않는다.

— 거봐요, 잘난 데가 없으니까 말씀 못하잖아요. 그런데 사람들은 어째서 나보다 언니를 좋아할까요? 내가 훨씬 예쁘고 키도 쭉 뻗고 좋은 대학도 다녔는데두요. 미쓰 강원 후보에도 올랐어요. 어렸을 때부터 사람들은 나보다 언니를 좋아했어요. 그게 저는 죽도록 싫었구요. 그러니까 큰어머닌 상숙 언니가 정말 잘난 줄 알고 위세가 당당했고 제자식이 별 볼일 없는 지방대 들어갔는데도 기가 죽지 않았어요. 고등학교 때, 언니 남자친굴 가로챘어요. 그때 처음 언니를 이겼다고 생각했죠. 형부를 처음 바닷가에서 봤을 때도 저는 형부의 관심을 사려고 노력했어요. 아니, 솔직히 말하면 언니 기를 꺾고 싶었을 거예요.

처제는 맥주를 시켜 꿀꺽꿀꺽 마셨다. 처제의 기분을 이해하려고 명재는 애썼다. 사촌자매간에 벌이는 자존심의 대결인가? 갑자기 유치하다는 생각이 들었는데 명재 역시 처제가 가득 따라준 술잔을 단숨에 비웠다. 그러다가 처제의 일침에 그는 우뚝 망부석처럼 동작을 멈춰버렸다.

— 형부도 그럼 못써요. 언니가 솔직히 싫지만 형부도 언니한테 그럼 못 쓴다구요. 남자들은 대체 왜 그러는지 모르겠어요. 똑바로 앞만 보고 나아가지 못하고 사내들이란 가끔 뒤를 돌아본단 말예요. 제 말 무슨 말인지 형부 이해할 수 있어요?

명재는 멈췄던 숨을 내쉬며 처제를 쳐다보았다. 이제 처제의 화살이 그의 가슴에 꽂히기 시작하고 있었다.

— 형부, 은숙이란 후배, 버린 거예요?

― 누가 그딴 소리를 해, 처제?

그가 버럭 소리를 높였다. 은숙의 일을 그런 식으로 매도하면 그
도 참을 수가 없었다. 그런데 처제는 어떻게 이런 사실을 알고 있는
가?

― 변명하지 마세요. 남자들은 모두 그렇다니까요. 함께 있을 땐
세상을 모두 사줄 것처럼 달콤하게 얘기하지만, 떨어져 있으면 아
니란 말예요. 형부도 그랬잖아요. 은숙이란 후배와 약속을 저버리
고 상숙 언니 만난 거 아니에요? 그 여자 대단한 여자예요.

세상에 그런 남자 어디가 좋아서 결혼을 포기해요. 형부는 그런
사람이라구요. 아무리 고상한 척 하지만 들여다보면 그것 밖에 안
되는 사람이죠. 은숙이란 후배가 쓴 소설, 형부 알고 계시죠?

그의 머리를 한 생각이 퍼뜩 스치고 갔다. 아내한테 은숙의 존
재를 알린 사람이 그럼 처제란 말인가? 처제는 어떻게 이런 내력을
알게 되었을까?

― 처제가 집사람한테 그 소설 얘기 꺼냈어요?

― 예, 형부. 제가 언니 앞으로 그 소설 보냈어요. 언니도 알고
있어야 하겠기에요. 사람이 남들 다 아는데 정작 당사자가 모르면
얼마나 억울해요. 언니를 좋아하진 않지만 그건 용납이 안돼요. 솔
직히 말할까요? 언제나 잘난 척 고상한 척한 언니가 무너지는 것을
보고 싶었죠.

명재는 더 이상 대꾸하고 싶지 않았다. 처제의 황당한 행동, 그
의 가정이 허물어진다면 그 책임의 절반은 처제의 몫이라고 명재
는 생각했다. 나쁜 년 같으니라구. 명재는 속으로 처제에게 욕설을
퍼부었다.

　— 형부도 대가를 치뤄야죠. 상숙 언니도 멍청한 건 아니니까 생각이 있겠죠. 언니라고 고상한 품성만 있는 건 아니라구요. 사람이 닥쳐봐요. 무슨 짓을 못하는가요. 질투라고 매도하지 마세요 형부. 사람이 괜히 미워하고 괜히 질투를 하느냐구요? 그럴만한 뭔가가 있으니까 그러는 거예요. 제가 영훈이 자식한테 그랬죠. 형부 품에 안긴 순간 그 느낌이 너무너무 좋았다구요. 형부는 참 고상하고 따뜻한 사람인 것 같다, 이렇게 말하니까 대번에 그러네요. 고상한 척한 사람이 더 무섭다, 이렇게요. 그러면서 여류작가 박은숙,의 얘기를 꺼냈어요. 베스트셀러 작가인줄은 전에도 알고 있었지만 형부하고 그런 관계를 맺고 있는 줄은 전혀 상상도 못했거든요. 형부, 그럼 못써요. 그 여자 평생 머리에서 지워버릴 수 있겠어요? 그게 가능한 일이예요? 그러니까 사람은 첫 단추를 잘 끼워야 한다구요. 시인이니까 그거 나보다 잘 아실테죠. 형부, 우린 이제 끝났어요. 영훈이 그 자식 뭐라 그런 줄 아세요?

　그를 뚫어져라 응시하며 처제는 말을 이었다. 그는 처제의 얘기 속에 저도 모르게 빨려들어 입이 타는 줄도 잊어버리고 있었다.

　— 세상에 이게 말이예요? 잘난 네 형부 따라가던지 옛날 애인을 붙어먹던지 하래요. 방귀 뀐 놈이 성화댄다더니 그자식이 그래요. 이제 정말 헤어질 순간이 왔다나요? 네년도 정숙한 척만 했지 외간 놈 만나고 다녔던 거 아니냐? 피차일반이니 깨끗하게 끝내자, 하, 이런 자식예요. 자기가 먼저 마누라 속에 불질러 놓고 누구한테 화풀이 하는 거예요, 형부?

　처제는 크게 흐느끼기 시작했다. 영훈이 그런 식으로 말했다니 듣는 명재의 기분은 씁쓸할 뿐이었다. 비감한 느낌마저 일어나는

젊은 날의 약속　119

듯했다. 처제는 영훈과 헤어지기로 마음먹었다고 했다. 영훈은 회사에 이미 사표를 내고 서울에 취직자리를 알아보고 있는 중이라고 처제는 말했다. 광고회사에 다녔으니 혜경의 힘을 빌면 취직하는 일이야 그리 어렵지 않을 것이다. 그러나 하나의 가정이란 틀이 이렇게 허무하게 깨질 수도 있구나, 하는 사실에 명재는 가슴이 미어지기 시작했다. 정말 어디서부터 누구서부터 잘못되었는지조차 모르게 일이 갈피를 잡지 못하게 번졌다는 느낌뿐이었다. 이러다간 자신의 가정 역시 걷잡을 수 없이 휘말리게 될지도 모른다는 생각이 들자 명재는 몸을 부르르 떨었다.

처제 역시 강릉의 생활을 청산하고 서울로 거처를 옮길 모양이었다. 처제는 벌써 대학친구를 통해 일자리를 알아놓았다고 했다. 보습학원에서 아이들을 가르칠 생각이라고 처제는 당당하게 말했다.

— 저도 할 수 있어요. 예, 이제부터 새로 시작하면 되는 거예요. 그 자식 보다 몇 배 똑똑한 남자도 만나고 돈도 많이 벌어볼 거예요. 쥐꼬리만한 월급 가져와서 유세를 얼마나 떨었는지 형부, 알기나 해요? 알아보니까, 서울에 업무 차 올라간다는 게 절반은 거짓이었어요. 회사 사람들도 대충 알고 있는 눈치였죠. 헤어지는 마당이라니까, 동료들이 얘길하대요. 혜경이란 여자, 무슨 쇼핑몰 쇼호스트라나요? 그 여자가 강릉에 직접 만나러 내려온 적도 있대요. 여자를 집까지 끌어들인 거나 같죠. 이게 형부, 되는 소린가요? 남자들, 정말 이래도 되는 거예요?

처제는 흐느끼며 모든 남자들을 매도했다. 명재는 처제에게 대꾸하지 못했다. 영훈을 후배로 둔 자신에 대한 죄책감도 일었다. 은숙의 문제로 처제 앞에서 그 역시 당당해질 수 없는 입장이었다.

그는 한없이 초라해지는 이 처참함을 감당하기 어려웠다. 그가 살아온 내내 이처럼 참담하게 추락하는 자신을 경험하지 못했다. 남자라는 사실이 부끄럽게 느껴지는 당혹스러운 순간도 처음이다.

처제와 레스토랑을 나왔다. 젊은 남녀들이 밤이 깊었는데도 불야성을 이루었다. 현란한 사이키 조명등 같은 네온싸인들의 불빛 속에 휘청거리는 서울의 도심을 보았다. 은숙과도 똑같은 이 길을 걸었다. 인파에 밀려 떠내려가며 밤새 젊음을 만끽하던 일들이 떠오른다. 손팔짱을 하고 사람들 틈에 섞여 찬란한 밤거리를 배회했다. 80년대를 지나 데모가 사라진 대학가는 밤새 한데 어울려 마시고 춤을 추는 일이 추억의 전부라고 해도 좋았다.

도서관에서 파하면 모이는 데가 이러한 유흥가였다. 젊은 동료들과 어울려 무작정 거리를 배회하는 것만으로도 낭만적이던 지난 시절, 이제 한없이 뒤로 밀려간 과거가 되었지만 여기에 다시 서니 감회마저 새롭게 느껴졌다. 그런데 이러한 느낌조차 그는 지금 사치로 여겨진다. 아내보다 은숙과 이런 추억의 경험들이 많다는 사실이 그를 또한 난처하게 만들었다. 이제 어서 여기를 빠져나가야지 하고 명재는 생각했다. 아내에 대한 배려를 스스로 실천하고 싶었기 때문이다.

처제를 보내고 거리를 거슬러 올라갔다. 처제는 약간 비틀거리는 모습으로 타박타박 사람들 사이를 빠져나갔다. 곧게 쭈욱 뻗은 몸이 번쩍번쩍한 불빛을 등지고 멀어져서 시야에 그 모습이 사라졌을 때 명재는 희번덕거리는 골목의 모퉁이에서 잠시 궁리에 몰두했다. 집에 가면 아내는 있을까? 그러다가 문득 처제에게 끝내 묻지 못한 말을 남기고 말았다는 아쉬움이 일었다. 처제는 한때 애인한테 아내의 연락처를 알려주었는지 묻지 못했던 것이다.

그의 입에서도 약간 알콜 냄새가 났다. 택시 안에서 운전사의 눈치를 보았을 정도로 속이 메슥거렸지만 아파트 단지를 걸어 오르면서 진정되었다. 주머니 속에 만져지는 은숙의 연락처가 적힌 쪽지, 그는 여태 혜경이 건네준 쪽지를 버리지 못했다. 마음 한켠에선 당장 찢어버려,하고 고함치듯 종용하는데, 막상 버릴려고 손을 집어넣으면 아쉬움에 쭈뼛거리는 행동, 이게 그의 진짜 속내인줄도 모른다. 그러나 쪽지를 버리는 게 무슨 대수인가? 마음만 먹으면 은숙의 연락처는 손바닥에 쥘 수 있다. 은숙이 문단에 나왔을 바로 그때에도 그 정도는 가능했던 일이다.

현관 문 앞에서 잠시 숨을 고른 다음 조심스럽게 문을 열고 들어갔다. 전등 스위치를 더듬어 눌렀다. 아내는 집에 돌아오지 않았던 모양이다. 자정이 훌쩍 넘었는데 아내는 어디로 갔을까? 휴대폰을 갖고 있지 않은 아내다. 조용한 성품의 아내한테 휴대폰 제의를 해보았는데 아내는 그보다 더 휴대폰을 싫어했다. 거의 매일을 집에서 책을 읽는 일로 소일하던 아내인터라 필요성조차 느끼지는 못했다. 괴물처럼 여기는 휴대폰을 주머니에 넣고 다니는 자신도 회사 일이 아니면 당장 휴지통에 처박았을 터이다.

장모님 댁에 전화를 넣으려다 그만두었다. 강릉에서 이태전에 서울로 거처를 옮긴 처가댁은 그의 집에서 버스로 너댓 정거장이면 도착하는 곳이다. 그러나 평소 아내는 친정에 가는 것을 꺼려했다. 장인, 장모는 아내의 결혼을 몹시 반대했던 사람들이기 때문이었다. 시를 쓴다는 그의 직업에 무조건적으로 반감을 드러냈다. 딸자식 고생이 불 보듯 뻔하다는 구실을 삼았다. 결혼 당시 직장생활을 하고 있었음에도 명재는 자신이 마치 시인이란 명함을 드러내지 않으면 세상에 무의미 하고 질식되어 죽어버릴 것만 같은 불안감에 직장은 그저 마지막 생계의 수단 정도로 치부하고 시를 쓰는 일에 대해 적극적으로 어필했던 것이다. 배부른 돼지 보다 가난한 소크라테스, 말하자면 아무 의미도 목적도 없이 배부르게 사는 것보다 비록 가난하지만 배고픈 지식인의 반열에 드는 삶에 더욱 자부심을 가졌기 때문이다. 그러나 세상은 그의 생각처럼 호락하지 않았다. 세상을 빌어오지 않더라도 가장 가까운 제살붙이들조차 그를 이해하지 못했다. 처가댁 식구들의 괄시는 그와 아내의 자존심을 꺾어버렸다. 그후, 명재는 시를 쓰는 일에 대해 되도록 외면에 노출시키지 않았다. 그저 출판사 편집장 노릇이나마 남들처럼 열심히, 아내와 가정을 위해 사는 자신의 모습만을 보여주었다.

그가 아내와 문제가 발생한 사실을 알게 되면 가장 반길 사람들이 아내의 친정댁 사람들 일지도 모른다. 아내는 섣불리 이런 불경한 일을 친정댁에 발설할 사람이 아니다.

더욱이 사촌 처제로부터 비롯된 일이다. 처제와 아내가 오래전부터 보이지 않게 대립하고 있다는 사실을 처가댁 식구들이 모를리가 없는데 아내가 스스로 불경스런 일을 입에 올린다면 아내의 체면에 먹칠을 하는 셈이 된다. 확신하지만, 아내는 친정에 가지는 않았을 것이다. 그럼, 대체 자정이 훨씬 넘은 시간까지 어디서 누구를 만나고 있다는 말인가? 혹 그 남자와 연결되어 만나고 있는 건 아닐까? 그는 역시 고개를 가로 저었다. 아내가 아무리 지금 그에게 화가 나있다고 해도 그런 행동을 서슴없이 벌일 막무가내는 아니다.

아내는 새벽이 되어서야 들어왔다. 눈꺼풀이 풀려 지치고 힘든 모습인데다 움푹 패인 눈가의 주름이 뜻밖에 깊어 보였다. 서른 살의 나이답지 않은, 며칠 사이에 변해버린 듯한 아내의 모습이 명재는 애처로웠다. 그래도 아내는 남편 앞에서 연거푸 흐트러진 모습을 보이지 않으려고 기를 쓰는 듯했다. 그와 시선이 마주치자 아내는 적의를 품은 태도로 휙 몸을 돌려버렸다. 명재는 더 이상 기다릴 수가 없어 가늘게 떨고 있는 아내의 몸을 뒤쪽에서 끌어안았다.

— 여보, 용서해요. 터놓고 얘기합시다. 문제가 있으면 대화로 풀어 봅시다.

명재는 애절한 목소리로 아내의 몸을 끌어안은 채로 말했다. 아내가 몸을 뒤척이며 그의 팔에서 빠져나오려고 애를 썼다. 그럴수록 명재는 아내를 힘껏 끌어안았다. 그의 팔과 가슴을 통해 아내의 몸에 끝없는 사랑의 정이 퍼지도록 했다. 아내는 그 뒤에도 몇 번 몸을 뒤채이며 새장에서 빠져나오려고 새처럼 퍼덕이는 몸짓을 해 보였지만 끝내 지쳐 날기를 포기한 새처럼 그의 품에서 고요했다. 아내의 귀밑으로 약간 내비친 알콜 냄새에 명재는 더욱 가슴이 아팠다.

침대로 극구 올라가려는 아내를 거실 소파로 밀치듯 데려왔다. 아내의 눈가에 눈물기가 비친듯해 보였지만 차가운 시선은 여전히 날카롭고 적의에 가득차 있었다. 소파에 억지로 아내를 앉히고 안타깝게 쳐다보았다.

— 당신 맘 아픈 거 알아요. 하지만 이 모든 일들이 내 의지와 관계없이 일어난 일들예요. 당신이 더 잘 알잖아요. 처제의 일도 그렇고……

그는 차마 은숙의 이름은 입에 담지 못했다. 아내의 오해는 은숙의 일로 불거진 것이었다. 처제한테 밤늦게 걸려온 전화 이후 싫어하는 처제를 만난 일에 대해 아내는 불만을 가진 것뿐인데 은숙의 소설책 이후 영훈과 술을 마시고 집을 나가 새벽녘에야 나타났던 것이다. 그의 말에 아내가 바늘침 처럼 날카로운 시선을 보냈다. 아내의 시선이 어찌나 날카롭던지 명재는 고개를 떨군 채 휴우 숨을 내쉬었다.

— 당신, 누굴 만나고 다녔죠?

아내가 물어왔다. 아내의 입에선 여전히 알콜 냄새가 느껴졌다. 화장기 없는 민낯한 얼굴에는 술기운이 마른 곰팡이처럼 번져서 그의 마음을 서글프게 했다. 퍼머기가 풀린 머리결은 메말라 보였고 몸은 핼쑥해서 초라해 보였다. 불과 얼마 사이에 사람이 이렇게 변할 수 있다는 게 믿기지 않았다. 아내의 물음에 명재는 고개를 쳐들었다. 이제 아내한테 어떤 것도 숨겨서는 안 된다고 생각했다. 모든 것을 마음을 열고 대화를 통해 풀어나갈 생각이었다. 그는 여전히 아내를 사랑하고 아내와의 만남을 축복하고 아내와의 미래에 대한 희망을 간직하고 있기 때문이었다.

— 처제를 만나고 왔어요.

— 상희, 그 가시날 당신이 왜요?

아내의 말투에는 여전히 가시가 박힌 느낌이었다.

— 동서네 일이 염려 되었어요. 아무래도 파경직전 같아서……

그는 말하고서 파경,이란 표현을 썼던 것을 후회했다. 그러나 영훈과 처제의 태도에서 그런 느낌을 받았었다. 처제를 만난 것은 아내에 관해 무슨 얘기를 들을 수도 있지 않을까 하는 기대 역시 떨쳐버리지 못했던 것이다.

— 파경, 예, 당신 말 잘했어요. 누가 제부넬 그렇게 만들었어요?

아내는 목에 힘줄이 불거지도록 세게 말했다. 말속에 단단한 참나무 같은 심지가 박혀 명재는 거의 파고들 엄두를 내지 못했다. 아내는 처제의 불화를 그의 책임으로 돌리는 발언을 하고 있었다. 명재는 순간적으로 온몸을 파르르 떨었다.

— 아니, 당신이 어떻게 그런 말을……

— 그런 말이라구요? 더한 말을 해볼까요?

아내는 거의 키발을 세워 턱을 그의 관자놀이 시작부위 까지 쳐들었다. 시선은 날으는 화살처럼 단숨에 그의 동공에 꽂혀 경을 치게 만들었다. 아내와 이런 식의 대화는 처음이다. 바로 앞에 있는 아내가 아주 멀리에 있는 것처럼 느껴졌고 마치 낯선 여자를 보는 듯한 느낌이 들었다.

— 당신 취했어요. 대체 내가 당신한테 뭘 잘못했는지 말해봐요. 동서네 일은 의지와 관계없이 일어난 일이라고 했잖아요.

— 의지와 관계없다구요? 그런 사람이 늦은 시간에 처제를 만나고 다녀요? 당신이 먼저 전화해서 상희 그 가시나 만난 거 아닌가요?

명재는 아내의 말에 반문하지 못했다. 아네의 말은 정말 사실이다. 그런데 그의 처지에서 할 수 있는 일은 처제한테 전화하는 일이었다. 부재중의 아내, 처제와 혜경의 문제, 거기다가 은숙의 문제까지 번져 당장 처제를 만나보는 게 당시로선 최선의 방법이라고 생각했다. 그럼에도 그가 전화를 걸어 처제를 만난 사실을 아내가 속속 알고 있다는 게 의아했다. 적의에 찬 눈빛으로 아내가 내처 말했다.

　― 제발 그러지 말아요, 당신. 후배한테 부끄럽지도 않은가요?

　― 함부로 말하지 마시오. 당신 나를 그렇게 몰라요? 내가 처제한테 뭘 어쨌다고 그런 말을 하는 거요? 밤새 제부되는 사람하고 술 마시고 비틀거리는 당신은 뭐요? 나한테 불만이 있으면 말을 해야 될 게 아뇨?

　명재 역시 적의를 담아 말했다. 될 수록 아내한테 이러지 말아야지, 하고 생각했는데 아내가 지나친 말을 하자 참을 수가 없었던 것이다.

　― 제부가 뭐랬는줄 알아요 당신? 세상에, 저한테 그러네요. 형님 저번 날 외박하지 않았냐구요. 그런 걸 왜 묻느냐니깐 그럽니다. 상희가 외박을 했다구요. 세상에, 당신이 어떻게 행동하고 다니길래 그런 걸 제부가 물어요?

　아내의 얼굴이 창백하게 보였다. 번진 술기운이 확 달아나버린 듯한 느낌. 입에 담기조차 흉한 의미의 말을 입에 담는 아내의 마음을 명재는 이해할 수 있을 것 같았다. 그러나 영훈이 아내한테 그런 물음을 하다니 갑자기 앞이 캄캄해졌다. 커피숍 '은하수'에서 처제를 만난 그날, 처제는 집에 들어가지 않았구나, 그와 헤어져 강릉으로 곧장 올라갔을 거라고 생각했는데 말이다.

　영훈이 엉뚱한 생각을 했던 모양이다. 그러고 보니, 영훈과 혜경을 버스터미널 커피숍에서 만났을 때에 헤어지면서 영훈이 그에게 물었던 말이 떠오른다. 영훈은 그에게 근자에 외박한 적이 있느냐고 똑똑히 물었던 것이다. 명재는 얼굴이 화끈거렸다. 세상이 아무리 말세라고 그런 어처구니없는 생각들을 하는지 모르겠다. 떠올릴수록 영훈이 괘씸하고 증오스러웠다. 대체 그를 얼마나 우습게 봤으면 이런 경우가 있는가 말이다. 명재는 이번 일 만큼 반드시 짚고 넘어가리라 마음을 다잡았다.

— 여보, 당신까지 날 매도하지 말아요. 세상에 처제와 나 사이를 의심하고 있다 이 말 아닌가 말이요. 아무리 입바른 소리도 좋지만 하지 못할 말도 있는 법이예요. 처제가 누굽니까? 당신 동생이에요. 당신은 처제한테 언니노릇 잘하고 있다고 생각해요? 언니라면 한번 대범해봐요. 마음을 좀 넓게 써보라 이말이에요. 처제가 지금 파경 직전인데 언니라는 사람이……

명재는 아내를 이해하려고 노력했지만 생각대로 되지 않았다. 아내 앞에서 처제의 일로 무너지는 체면을 용납할 수가 없었다. 자신의 행동이 그만큼 떳떳하다고 생각했기 때문이다. 아내의 일방적인 태도와 모략 앞에서 그는 자신의 의사를 똑똑히 밝히고자 마음먹었다.

— 지금 누굴 두둔하고 있어요 당신. 언니노릇 잘 하느냐구요? 예, 말 잘 하셨어요. 당신은 형부 노릇 하느라고 처제만나 술을 마시고 다녀요? 제부가 그걸 알면 당신을 어떻게 생각하겠어요? 그러고도 당신이 선배예요? 제부는 당신을 괘씸하게 생각하고 있는데 내놓고 처제를 만나고 다니느냐구요.

— 그런 식으로 비하하지 말아요. 나는 형부 입장으로 처젤 만난 거예요. 동서가, 아니 당신 제부라는 사람이 누굽니까? 대학 후배잖아요. 두 사람 사이 문제 있다는데 내가 나서지 않으면 누가 나서요? 당신, 처제하고 어떤 감정으로 얽혀 있는지 모르지만 나보다 당신이 처제만나 힘 되어 주고 위로해야 옳아요. 처제, 좀 황당한

데가 있어서 그렇지 생각보다 순수한 사람예요.

아내를 향해 다그치듯 말했다. 예전엔 전혀 상상도 못했던 일이다. 부부싸움이란 그래서 일종의 감정싸움이 되는 모양이었다. 아내가 그에게 조금만 고개를 숙였더라도 일이 이처럼 번지지는 않았을 것이다.

― 오호, 그래요? 당신이 처제를 그렇게 잘 알아요? 아니, 걔가 순수하다구요? 나한테 억하심정 가지고 눈벌개가지고 미쳐 날뛰는 걔가 순수하다고 했어요, 당신? 이것 봐요. 걔가 나한테 어떤 짓을 저질렀는지나 알고 이래요?

명재는 대응하지 않고 아내를 쳐다보았다. 아내의 술기운 번진 얼굴이 창백해지더니 이제 다시 화다닥 불이 붙는 것처럼 벌겋게 충혈되고 있었다.

― 당신이 숨겨 논 여자가 있다고 말한 장본인이예요. 박은숙이란 여류작가, 당신이 숨겨놓은 여자라고 아예 그 여자가 쓴 책까지 부쳐왔습디다. 그거 알아요, 당신? 지금 당신들이 나한테 무슨 짓을 하고 있는 줄이나 아세요? 세상에, 어떻게 그렇게 감쪽같이 시치미를 뗄 수 있었죠? 당신, 그래서 그 잘난 여류작가 만날 셈으로 출판사에 여적 적(籍)을 두고 있었던가요?

명재는 이제 정말 올 것이 왔구나고 생각했다. 처제의 문제는 사실 아무 것도 아니다. 아내가 처제의 일로 그를 비난한다면 처제와의 체면 싸움에서 비롯되었을 것이다. 그러나 은숙의 문제는 그 성질이 사뭇 다른 것이었다. 아내의 입장에서 보면 충분히 오해를 사고도 남을만한 경우임에 틀림없는 일이었다.

아내는 정말 단단히 오해를 하고 있었다. 책을 만들고 책을 읽는 마음으로 살자던 그들의 약속을 한낱 공허한 노름에 지나지 않는 것처럼 말하고 있었다. 세상의 한 귀퉁이에서 묵묵히 책을 만드는 장인정신을 거울삼아 하루하루를 살아보겠노라던 한 때 숭고히 여겼던 그 다짐을 아내는 고작 과거 한 여자를 만나기 위한 방편처럼 일축해버리고 있었다.

부부의 신뢰 역시 깨지는 건 한 순간이구나, 하고 명재는 생각했다. 그가 세상에서 가장 믿고 의지할 수 있는 사람이 바로 아내가 아니었는가 말이다. 세상의 모든 것들이 깨어져 흩어진다 해도 그들만은 결 붙은 나무뿌리의 견고함처럼 함께 하리라고 자부했었다. 한없이 뻗어 흘러 굽이굽이 흘러, 바다에 이르는 강물처럼 되자고, 끝까지 한데 몸을 담그고 몸을 눕히자던 약속은 어디로 갔는가? 어제 다녀온 데가 추억의 장소가 되듯 벌써 엊그저께 같은 일들이 주마등같은 추억으로 남아있는 듯했다.

— 그건 오해예요. 당신까지 정말 왜 이래요? 내가 한낱 과거의 여자, 아니 과거는 무슨 과거, 대학시절 알고지낸 동생 같은 여자 만날 셈으로 출판사에 적을 두고 있다니 정말 망측한 말입니다. 당신, 나를 그렇게 몰라요? 나를 아직 몰라서 그래요? 당신 입으로도 처제가 경우없고 되바라진 여자라고 했잖아요. 그런 처제가 쑤셔 놓은 불구덩에 당신이 길래 빠져들 셈인가요?

명재는 아내의 흔들리는 모습이 안타까웠다. 그를 여적 겪어 봤던 아내가 자신을 이처럼 밖에 신뢰하지 못한다는 게 섭섭했다. 은숙의 문제와 관련해, 비난받을 행동을 하지 않았기에 아내한테 목에 힘을 주어 당당하게 말했는데 아내는 그의 진실을 믿으려고 들지 않았다.

― 당신은 아무리 그렇게 말하지만 보세요. 세상에 자전소설이
란 타이틀에 어떤 얘기를 해놨는지 보시라구요. 당신은 나한테 그
여자에 대해선 한 마디도 언급하지 않았어요.

출판사에 있으면서, 그 여자가 한때 당신하고 아는 사이였다면,
나한테 언급하고도 남았을 일이죠. 뭔가 찔리는 데가 있으니까 여
적 비밀로 했던 거 아닌가요? 세상에 비밀은 없다구요. 보세요, 당
신 비밀도 결국 이렇게 발가벗겨졌잖아요.

아내는 둘러멘 가방에서 책을 꺼내면서 흥분된 어조로 말했다.
은숙의 책이었다. 아내의 이러한 태도에 그는 객쩍어졌다. 은숙의
얘기만 나오면 이제 그는 기가 죽을 것이었다. 아무리 변명을 한다
해도 아내의 오해는 너무나도 골이 깊어진 것임에 틀림없다. 사무
실 미쓰 박에 의하면, 은숙의 소설에서 주인공 은숙은 끝내 명재를
자신의 남자로 만든다고 했다. 아내의 입장에서 황당하고 기가 막
혔을 것이다. 명재 역시 그런 마음에는 아내와 같다.

― 제부도 당신더러 나쁘다고 했어요. 상희와 헤어지는 마당에
아무 것도 숨기고 싶지 않대요. 당신이 은숙이란 후밸 지켜줄 줄 알
았답니다. 두 사람, 누구도 헤어질 줄 몰랐다고 하더군요. 대체 얼
마나 두 사람이 가까웠으면 그런 생각들을 할까요?

― 미친 자식 같으니. 아니 당신은 동서가 어떤 사람이라는 걸
몰라요? 처제 놔두고 옛날 여자 끌어들인 자식이예요. 동서가 감히
어떻게 나를 욕할 수가 있다고 생각해요? 당신도 똑 같아요. 자기
동생 버리고 딴 여자 보고 돌아다니는 사람, 어디가 좋아 밤늦도록
술을 마시고 두둔까지 하고 있는 거예요. 처제 말들어보니까, 세상
에 혜경일 강릉까지 불러 올렸다고 합디다. 이게 말이나 되는 소리

요? 출장간다 핑게대고 절반은 딴일 보러 서울 올라왔구요. 동서
가 이런 사람인데 대체 몰라서 지금 그놈을 두둔하고 있어요?

명재가 가시박힌 목소리로 쏘아부쳤다. 처제를 생각하면 지금도
영훈이가 원망스럽고 죽이고 싶을 정도였다. 혜경이 까지 가세해
제 잘못들 모르고 그에게 공격의 화살을 날리던 뻔뻔스런 행위. 명
재는 대학시절 그들의 일은 머리에서 모두 걷어내 버릴 결심을 하
고 터미널 커피숍을 빠져나왔었다. 이제 다시 지난 일로 마음의 상
처를 받는 어리석음을 범하지 않으리라 각오를 다졌던 것이다. 그
런데도 지난 시절의 일로 허우적거리고 있는 자신을 내심 책망하
고 있었다. 어서 이 어둡고 답답한 터널을 빠져나가야지 하고 명재
는 속으로 기도하고 있었다.

— 모르는 소리 하지도 말아요 당신. 나도 혜경이란 당신 후배
만나 보았어요. 그 후배 만나서 상희 그 가시나가 얼마나 나쁜가를
똑똑히 확인했어요. 남의 남자를 먼저 가로챈 게 누군지나 알아요?
상희 그 가시나라구요. 옛날 버릇 버리지 못한다더니 길래 숙녀가
돼서도 그 짓을 했더군요. 내가 말했죠. 걔가 내 남자친굴 가로챈
되바라진 가시나라구요. 그런데 세상에 그런 짓을 서슴없이 저지
르다니……

아내가 혜경일 만났다는 말에 명재는 당황했다. 혜경은 그를 만
나자마자 은숙을 배신했다고 매도한 여자가 아닌가 말이다. 영훈
이 만나 술을 마실 때에 함께 만났던 것임에 틀림없다. 처제를 끔찍
히 싫어하던 아내 앞에 제부의 애인이 나타났으니 아내가 얼마나
속으로 고소해 했을까. 함께 만나 처제를 합세하여 까라뭉갰을 것
이 분명했다. 갑자기 영훈과 혜경, 그리고 그의 아내가 한통속이 되

어 그에게 덤벼들고 있는 느낌이 들었다. 막막한 심정이란 이런 것을 두고 일컫는 모양이었다.

아내의 입에서 남자친구, 라는 말이 튀어나오자 명재는 처제의 말이 생각났다. 처제의 남자가 아내의 안부와 연락처를 물었다고 했다. 바로 처제가 고등학교 시절에 아내로부터 빼앗아간 그 남자가 말이다. 세월을 훌쩍 뛰어넘었지만 다시 만남이 이루어질 수 있다는 사실에 명재는 또한 놀람을 금치 못했다. 그는 은숙을 솔직히 아내를 만나면서 영원히 만나지 않을 생각을 했던 것이다.

아내는 귀가하기 전 누구를 만났을까? 그런 궁금증까지 속에서 들쑤시고 일어났다. 술 냄새 까지 풍기며 나타난 아내, 아내한테 예전의 여성다운 느낌을 되찾을 수 있을지 명재는 정말 의문이었다.

— 처제가 설령 혜경이 한테서 동서를 가로챘다 하더라도 처제와 동서는 부부가 되었어요. 아내가 있는 남자를 혜경이 만나고 다니는 건 옳지 않는 일이예요. 말이 나온 김에 합시다. 당신, 그럼 내가 은숙 후배 만나고 다닌다면 그걸 이해할 수 있겠소? 여자로서 이해할 수 있겠냐구요?

명재는 아내한테 아픈 얘기까지 서슴없이 늘어놓았다. 말이 나온 김에 확실히 해 두는게 나을 것이었다. 이제 처제나 은숙의 일로 다시는 아내와 왈가왈부 하지 않기 위해 선을 확실히 그어놓을 생각이었다.

— 은숙이란 여자를 한번 생각해 봐요. 당신이 얼마나 그리웠겠어요. 오오, 세상에 얼마나 외롭고 그리웠으면 그래 소설 속에서 그 사랑을 추구하고 있을까요? 당신이 근무하는 출판사 모퉁이에 서서 출근하고 퇴근하는 당신모습을 지켜보았다고 합디다. 세상에

우리 결혼식장에도 왔었대요 그 여자가. 어떻게 사내들은 약속을
그렇게 헌신짝처럼 버릴 수가 있죠?

아내의 말에 명재는 얼굴이 새빨갛게 달아올랐다. 그가 갑자기
엄청나게 나쁜 죄를 지은 사람처럼 여겨졌기 때문이다. 아내의 태
도 역시 그를 당황하게 만들었다. 차라리 아내가 은숙을 노골적으
로 비난이라도 한다면 그가 아내의 비난을 달게 받을 수가 있을 것
이었다. 그런데 아내는 은숙을 비난하긴 커녕 같은 여자로서 은숙
을 동정하고 있는 것이다. 혜경을 이해하고 은숙을 이해하는 아내
의 내면에는 어떤 생각들이 자리잡고 있을지 의아했다.

은숙이 정말 그랬을까? 그의 출판사 주변에서 기웃거리고 그의
결혼식장에도 몰래 참석한 게 사실이란 말인가. 정작 그의 앞에 한
번도 모습을 나타낸 적이 없는 은숙이 아니었는가 말이다. 어째서
이런 일들이 한꺼번에 그 앞에 밀어닥치고 있는지 정말 알 수 없는
노릇이다. 그토록 간절했다면 은숙은 어째서 속내를 그에게 한 번
도 내비치지 않았는가 말이다.

— 너무 그러지 말아요. 소설 속에서 일어나고 있는 일예요. 소
설 내용을 가지고 그런 식으로 받아들이면 글쟁이들은 모두 이혼
감이라구요. 어떤 시인이 며칠 전에 이혼을 당했는데 그 사유가 뭔
지 알아요? 학문을 여성으로 이미지화해서 학문에 대한 열정을 포
기하지 않겠다고 썼는데 마누라 쪽에선 오해를 했답니다. 밤새 너
의 단단한 옷꺼풀을 끝내 포기하지 않고 벗겨내겠다,뭐 이런 표현
이 발단이 돼서 심각한 부부싸움으로 발전했답디다. 당신도 고작
소설 줄거릴 가지고 내게 그런 식으로 말하는 거는 정말 경우 없는
태도라구요.

글을 쓰는 동료들의 경우 이런 식의 문제가 발생하는 경우도 있었다. 아내의 배려와 이해가 작가에겐 특히 필요하다고 명재는 생각했다. 아내의 오해는 작가로선 거의 치명적일 수도 있다. 그만큼 상상력의 폭이 제한된다는 것은 작가로선 불행이요 문학의 발전에도 큰 장애요소가 될 거라고 믿고 있었다.

— 내가 소설 내용가지고 이러는줄 아세요? 혜경이란 후배한테 실제 들었던 얘기라구요. 제부도 그렇게 말했어요. 당신이 결혼하고서 은숙이란 여잔 죽음까지 생각했다구요. 내 입장이라도 그랬겠죠. 그리고 그 여자가 쓴 소설은 하나도 꾸미지 않고 실제 있었던 것과 똑같은 내용이랍디다. 당신 이름도 똑같고 제부도 그렇고 혜경이란 여자도 쇼호스트로 묘사되고 있어요. 그러니까 자전소설이라는 타이틀이 붙었겠죠.

그거야 나보다 당신이 더 잘 알겠네요. 출판사 이니셜도 봐요. 누구든 당신이라고 생각할 수 있어요. 더욱 확실한 걸 얘기할까요? 선배의 아내, 그러니까 나를 말하는 거겠죠. 상숙이란 여잔 얼마나 행복할까? 이런 식으로 쓰고 있다구요. 이건 현실이라구요. 현실을 있는 그대로 활자화해서 책 위에 옮겨놓은 얘기라니까요.

아내는 물러서지 않았다. 어떻게든 설득을 해서 이해시킬 생각을 하고 있는 명재에게 아내의 태도는 정말 너무 심하다는 생각이 들었다. 이렇게 가다간 끝내 아내와의 결별도 이루어질 수 있으리라 불안감마저 앞서게 되었다. 명재는 심호흡을 하며 고개를 떨군 채 현관문을 밀치고 나왔다. 엘레베이터를 타고 밖으로 나와 올려다본 하늘은 거짓처럼 맑은 모습으로 별들을 끌어안고 있었다.

청소차가 차임벨을 울리며 지나간 새벽의 아파트 단지 화단에 누워 머리 속을 비워내고 있었다. 은숙의 모습을 지우려고 애썼다.
벌써 몇 년이 흘렀는가. 아득한 세월 저켠에 있는 은숙의 모습이 머
리에서 더욱 어룽거리기 시작했다. 아내의 입에서 은숙의 이름이
튀어나왔을 때에 그 묘한 감정의 굴곡을 느꼈다. 자꾸만 새로운 모
습으로 닥쳐오는 듯한 은숙에 대한 그리움 같은 것들, 그는 여태 혜
경이 건네준 은숙의 연락처를 주머니 속에서 털어내지 못하고 있
었다.

은숙이 마치 그의 곁에 성큼 다가선 느낌이 들었다. 예전의 대학
시절 캠퍼스에서 그랬던 것처럼 손만 뻗으면 닿을 수 있는 듯한 느
낌, 벅찬 가슴을 지그시 누르면서 부러 이러는 자신을 책망했지만
하나 둘씩 떠오르는 은숙과의 추억들, 도시의 하늘답지 않게 오늘
따라 무수히 박힌 별들보다 많을 것만 같은. 그 추억의 한가운데서
빠져나오려고 안간힘을 썼지만 허사였다.

7

아내와의 관계는 설상가상 악화 되었다. 그도 이제 아내를 예전처럼 신뢰하지 못하는 입장이 되어버렸다. 부부의 관계가 이처럼 변화하리라곤 예상하지 못했다. 아내와의 사이가 소원해지긴 했다더라도 그간 구축한 신뢰를 송두리째 허물어뜨릴 수는 없는 일인데 걷잡을 수 없이 막다른 골목에 서게 되었다. 사무실로 걸려온 처제의 전화는 아내를 비난하는 일에 모든 힘을 기울이고 있는 듯했다.

— 형부, 세상에 지금 상숙 언니가 누굴 만나고 있는 줄 아세요?

처제가 가쁘게 숨을 쉬며 말했다. 지금 큰일 났다는 느낌을 주는 태도로 말하고 있었는데 명재의 머리에 순간 떠오르는 사람이 있었다.

— 처제, 무슨 일인데 그렇게 숨이 넘어가요?

그 역시 처제의 말에 당황하면서도 짐짓 의연한 태도로 말하고 있었다. 그렇지만 속에선 벌써 아내와 얽히기 시작하는 사내에 대한 생각으로 분주히 움직이고 있었다. 처제가 가로챘다는 그 남자가 분명할 터이다. 이런 생각을 해야만 하는 자신이 명재는 어처구니없고 한심하게 여겨졌다.

— 형부, 놀라지 마세요. 예, 정말 놀라시면 안돼요.

처제는 본인이 놀랄만한 소식을 전하면서 자꾸만 놀래서는 안된다는 앞 뒤 맞지 않는 소리를 하고 있었다. 명재는 이미 처제의 마음을 훤히 꿰뚫어보고 있었다. 아내와 처제는 어떻게든 상대의 체면에 흠집을 내려는 사람들이었다. 어렸을 적부터 라이벌 관계를 거치면서 서로 적대적이게 되었을 것이다. 명재는 아무리 그가 문학을 하면서 인간의 심리에 대한 많은 생각들을 해오지만 아내와 처제의 관계는 쉬이 이해가 되지 않았다. 사촌만 아니었더라도 자매간에 이런 식의 태도를 보이기는 쉽지 않을 것이라고 생각했다. 부모의 피를 나눈 친형제가 그래서 소중한 것인지도 모르는 일이다.

— 어서 얘기해요, 처제. 나보다 지금 처제가 더 놀라고 있어요. 대체 언니한테 무슨 일이 일어났습니까? 언니가 누구를 만나고 있다구요, 지금?

— 그 남자요 형부. 내가 만난 남자 말예요. 언니 안부를 묻고 연락처를 물어온 바로 그 남자를 언니가 지금 만나고 있단 말예요. 솔직히 형부, 그 남잔 지금도 저한테 관심 없어요. 상숙언니 한테만 관심 있다니까요.

처제의 목소리는 흥분되어 있었다. 성미 급한 아가씨 같은 목소리로 처제는 참새처럼 주절거렸다. 남편 되는 그의 반응을 은근히 즐기면서도 긴장을 늦추지 않는 처제의 태도가 마치 장난기 많은 여고생처럼 느껴졌다. 결혼해 가정을 이룬 부부들에게 과거 이성의 문제는 몹시 중차대한 일이다. 그런데 서슴없이 이런 말을 꺼내는 처제의 행동에 명재는 당혹스럽고 놀라웠다.

— 처제가 그 남자한테 언니 연락처 건넸던가요?

— 아, 아뇨. 형불 어떻게 보고 제가 그런 짓을 하겠어요. 더욱이 한때 제 애인이기도 했던 남자한테 말예요.

처제의 말은 뜻밖이었다. 그러나 처제의 말을 어디까지 믿어야 할런지도 모른다. 지금까지 처제의 태도로 봐선 충분히 처제가 그런 일을 저지를 수도 있을 것이었다.

— 언니가 그 남자 만나고 있다는 사실은 어떻게 알았죠, 처제?

처제는 약간 머뭇거리더니 이내 자신 있는 목소리로 의기양양하게 말했다.

— 실혼 형부, 상숙 언니한테 들었어요. 언니하고 통화 했거든요. 전화에 대고 그럽니다. 오현섭 씨 한테서 손떼라구요. 그러면서 오늘 그 남자 만나 함께 점심 먹을 거라고 했어요. 롯데호텔 한식집에 언니 지금 그 남자하고 같이 있어요. 제 두 눈으로 들어가는 걸 똑똑히 봤어요. 언니한테 함께 점심 먹기로 했다는 소리 듣고 그 남자한테 확인전화 넣어봤어요. 그랬더니 아주 폼재는 말투로 롯데호텔 한식집에서 만나기로 했다고 얘기해줬어요. 저는 그래서 확인하려고 호텔 출입구에서 망을 보았죠. 사이좋게 손잡고 들어가는 걸 똑똑히 봤어요, 형부.

처제가 아내와 전화를 했다는 말이 믿어지지 않았다. 아내는 처제를 끔직히 싫어한 사람이 아닌가 말이다. 말끝마다 되바라진 가

시나,를 입에 매다는 아내였다. 그런데 아내가 처제한테 그런 말을
순순히 뱉어낼 수가 있다니 정말 놀랄 일이다. 그런 일이 설령 있더
라도 아내의 성격상 누가 알까 두려워 조심조심 행동했을 터인데
말이다.

— 처제도 나빠요. 언니 비밀을 지켜주는 게 동생된 도리 아니에
요? 처제는 우리 부부가 잘못 되길 바라는 모양입니다. 자존심 대
결을 하는 것도 분수가 있지 정도를 넘는 건 죄악이예요. 언니하고
그래서 얻는 게 뭐가 있습니까, 처제?

명재는 마음속에 담아둔 말을 내뱉았다. 아내와 처제의 갈등은
사소한 자존심 대결에서 비롯되는 거였다. 사촌간이었던 아내와
처제는 어렸을 적부터 보이지 않는 경쟁의 상대자였다. 학창시절,
아내의 남자친구를 처제가 가로채면서 두 사람의 관계는 극도로
악화 되고, 외모는 물론 객관적으로도 아내보다 내세울만한 처제를
집안사람들은 그닥 인정하고 대접해주지 않았다. 처제가 그만큼
거만하고 도도했던 것이다. 반면에 아내는 여자다운 품성이며 행
동 때문에 처제보다 언제나 인정을 받은 축이었는데 이런 것들이
아내와 처제 사이에 뿌리깊은 알력으로 작용하고 있는 것이었다.
명재는 오래전에 이들의 적대적 관계를 짐작할 수가 있었다.

처제는 그의 말을 잠자코 듣고 있다가 변명처럼 말했다.

— 형부 생각해서 그러는 거예요. 바보처럼 살면 안되잖아요. 자
기 부인이 무슨 일을 하고 다니는지는 알아야죠. 나처럼 믿는 도끼
에 발등 찍히면 되겠어요, 형부? 나는 형부가 나처럼 불행해지는
걸 원치 않아요. 정말이에요.

처제의 마음은 고맙게 받아들이겠다면서 전화를 끊었다. 아내의

남자, 처제와 교묘하게 얽혀 있는 관계. 생각할수록 화가 났다. 아내가 다른 남자를 만나리란 생각은 감히 상상조차 못했던 일이다. 더구나 고등학교 때 만났던 남자친구를 십 년도 지난 뒤에 만날 수 있다는 게 믿어지지 않았다. 처제가 괜한 소리를 하고 있다고는 생각되지 않았다. 되바라진 데는 있어도 없는 얘기를 꾸며내진 않았으리라.

오현섭, 이라 하던가? 아내가 지금 만나고 있는 남자, 그 사내는 어떻게 생겼을까? 아내는 무슨 마음으로 그 사내를 만날까? 그때의 감정이 되살아난 걸까? 잡다한 생각들이 가지를 치고 일어나기 시작했다. 그는 사무실에서 나왔다. 편집장님, 무슨 근심거리 있어요? 하고 사무실 미쓰 박,이 물었지만 심드렁히 미소를 지어주었다. 그는 태연하려고 애썼지만 다른 사람의 눈에는 전혀 그렇게 보이지 않는 모양이었다. 지금 내가 어디로 가는 거지? 하고 명재는 스스로에게 되묻곤 했다. 자꾸만 가슴 한쪽이 내려앉는 듯한 기분이었다.

택시를 잡아타고 그 택시가 호텔 로비 입구에 도착했을 때에야 명재는 아내가 사내를 만나고 있는 장소로 향했음을 깨달았다. 세상에 그에게 이런 일이 벌어지고 있다니 어리둥절 했다. 호텔 로비를 거쳐 음식점들이 자리한 데로 걸음을 옮기면서 불현듯 처제의 말이 떠올랐다. 자기처럼 불행해지는 걸 원치 않는다는 처제, 그런데 그는 자꾸만 불행의 계곡 속으로 걸어가고 있는 느낌이 들었다.

처제가 일러준 한식집 입구에서 멈칫거렸다. 안으로 들어갈 용기가 서지 않았다. 아내와 마주치면 입장이 난처할 것이었다. 다른 사내와 함께 있는 아내라면 더욱 그러할 것이었다. 그런데 어쩌자고? 그는 발걸음을 되돌리고 싶었다. 아내와 막다른 골목에 이르는 일은 생기지 말아야 한다. 그러기위해선 아내의 입장을 난처하게 해서는 안된다. 처제의 의도대로 아내와 자신이 빠져들고 있는지도 모른다는 생각마저 들었다. 처제의 행동을 보면 마치 그들을 파멸하기 위한 것처럼 보인다. 은숙의 소설책을 아내 앞으로 보낸 거나, 아내가 사내를 만나고 있는 것을 알려주는 행위 등에서 처제의 본심을 파악할 수가 있지 않는가 말이다.

명재는 발걸음을 돌려 호텔을 빠져나왔다. 사무실에 들어오자마자 사장의 호출이 있었다. 사장은 은숙의 섭외 문제로 그를 불러들였는데 며칠 이내로 출판계약을 성사시키기를 바라고 있었다. 시기를 놓쳐서는 안된다고 사장은 말뚝을 박듯 말했다. 명재는 월급을 받는 직원의 자격으로 사장에게 가부(可否)를 말해야할 상황이었다. 그런다고 출판사를 그만둘 수는 없는 노릇이다. 그는 어렵겠지만 한번 시도해 보겠노라고 대답했다. 그러자 사장의 얼굴에 생기가 넘치기 시작했다.

— 한 선생 고맙습니다. 이제 됐어요. 우리 한번 해봅시다.

그는 솔직히 은숙에게 접근할 용기가 서지 않았다. 그가 섭외하러 접근한다 해도 은숙이 어떤 태도로 나올지도 모르는 일이었다. 그런데도 사장은 이미 계약체결을 성사시킨 것처럼 들떠 보였다. 그가 은숙과 한때 가까운 관계였다는 사실 때문에 사장은 자신하는 모양이었다.

— 백 퍼센트 보장은 못합니다. 다만 한번 시도해 보겠다는 말씀은 드릴 수가 있습니다. 사장님께서도 너무 기대는 마십시오. 만약 실패한다면 실망이 크실 것입니다.

— 무슨 말인지 알아요 한선생. 돌다리도 두드려보고 건네라는 말이 있어요. 그저 매사에 신중해야 된다 이 말이죠. 하지만 기회가 왔는데도 잡지 못하면 안됩니다. 지금은 아주 적절한 기회라고 생각해요. 신중하되 바로 데쉬해 나가야 한다 이 말입니다. 한 선생, 알아듣겠죠?

그는 난처한 느낌이 들었지만 사장을 향해 고개를 끄덕여주었다. 사장은 여전히 흔쾌한 표정으로 명치 끝까지 고개를 깊게 숙여 흔들어댔다. 이제 사장과의 약속을 지키기 위해서라도 그는 은숙을 만나지 않으면 안될 것이다. 가슴 한켠에선 설렘과 불안이 동시에 가지를 치고 있었다. 은숙을 그가 어떻게 태연하게 만날 수가 있을까? 은숙을 만나면 무슨 말부터 해야 옳을까? 은숙은 그에게 어떤 태도를 보여올 것인가? 이러한 생각들이 불안하게 가슴을 억눌렀다.

그는 먼저 미쓰 박을 통해 은숙에게 접근할 생각이었다. 작가를 섭외하는 과정은 마땅히 출판사 사장 아니면 편집장이 하는게 도리이다. 중요한 작가를 섭외하는데 편집부 직원을 보낸다는 거는 작가에 대한 모독처럼 받아들여진다. 그의 출판사 경우, 거의 모든 섭외를 편집장인 그가 맡고 있었다. 물론 사장과 사전에 의견의 일치를 보고난 연후에 직접적인 섭외의 행동에 들어가지만 말이다.

그는 미쓰 박을 불러 여류작가 박은숙에 대한 독자성향을 먼저 분석하도록 지시했다. 그리고 작품성향과 앞으로 출간할 소설의 내용과 의미 역시 검토해 보는 게 좋을 것이라고 말해주었다.그의 의견에 거의 이의를 달지 않는 미쓰 박은 그를 그만큼 신뢰하고 있다는 의미이기도 한데,은숙의 경우 더욱 물을 것도 없다는 듯이,당

장 편집장님 지시에 따르도록 하겠습니다, 하고 응대했다. 미쓰 박,
역시 사장처럼 은숙의 소설을 자신의 출판사에서 출간하기를 몹시
희망하고 있다는 사실을 명재는 얼마전부터 알고 있는 터이었다.

은숙에게 명재는 직접 나설 용기가 서지 않았다. 그래서 먼저 미
쓰 박,을 보낼 생각이었다. 작가에대한 예의는 아니지만, 그의 입장
이 난처할 수밖에 없기 때문이다. 은숙 역시 이러한 상황을 충분히
이해해 줄 수 있을 거라고 생각했다.

그래서 미쓰 박,에게 그의 명함을 주어서 보냈다. 직접 나서지
못하고 명함을 보낸 그의 심정을 헤아려 달라는 의도였다. 그리고
명함을 미쓰 박,에게 건네므로써 편집장인 그가 여류작가를 섭외하
고 있는 절차라는 최소한의 예의를 표현했던 것이었다. 물론 사장
은 편집장인 그가 직접 작가를 만나고 있는 것으로 알고 있었다.

그런데 뜻밖의 상황이 벌어졌다. 미쓰 박,이 거의 문전박대를 당
하고 심드렁한 모습으로 사무실로 돌아왔던 것이다.

— 어떻게 되었어 미쓰 박?

미쓰 박을 보내놓고 명재는 사무실에서 전전긍긍 했다. 은숙은
그의 명함을 건네받고 어떤 태도를 보일 것인가? 그런데 염려했던
일이 벌어졌던 것이다.

— 편집장님, 직접 오시래요.

미쓰 박이 보냈던 명함을 다시 그에게 건네주었다. 은숙이 본인
한테 직접 받겠다는 얘기를 했다는 것이었다. 미쓰 박이 거절당하
고 돌아온 사실을 사장 역시 알아차리고 편집장인 그에게 퉁을 주
었다.

— 한 선생, 아니 편집장님, 이건 사활이 걸린 문젭니다. 직접 데

쉬해야 해요. 지금 듣자니까, 다른 출판사들도 섭외하고 다닌다고 합디다. 하여간, 이번에 성사시키지 못하면 사표 제출할 각오 하세요. 편집장 들어올 젊은이들은 많아요.

사장의 목소리는 다소 신경질적이었다. 다 잡은 고기 놓치는 건 아닌가, 하는 우려 때문인지 사장의 표정도 어두웠다. 사표제출 얘기까지 들으니 갑자기 마음 한구석이 텅비어왔다. 속에선, 당장 사표를 써버려, 하고 또다른 자신이 성화를 부렸지만, 그럴 용기도 없고 그럴 입장도 아니었다. 가뜩이나 취직하기 어려운 판국이 아닌가 말이다.

그의 주위에 여러 친구들이 일자리가 없어 끙끙대고 있는 것을 그가 모르는 것도 아니었던 것이다. 더욱이 그가 사표를 제출한다면 못난 짓일 것이다. 한낱 한 때의 여자친구 때문에 평생에 일할 터전을 버린 소심한 인물 정도 밖에 되지 못한다는 자책감에 평생을 시달려야 할지도 모르는 일이다.

그는 직접 작가를 섭외해 보겠다고 사장한테 약속했다. 은숙과 연결될 수밖에 없는 이같은 상황이 마치 그의 운명처럼 받아들여졌다. 아내는 옛날 남자친구를 만나고 그도 역시 대학시절 가까운 여자를 만나게 된다. 이분법적인 설정이 정말 예견된 그의 운명처럼 여겨지기 시작했다. 영훈이 처제와 끝내 헤어지고 혜경과 새로운 시작을 하게되지 않을까, 하는 우려는 자신도 역시 아내와 헤어지고 은숙과 새롭게 시작할지도 모른다는 등식을 생각하게 만들었다. 대학시절 그들의 약속을 한 번의 실수 끝에 다시 지키게 되는 업보 같은 운명이다. 만약 그렇게 된다면 말이다.

그는 조금 일찍 서둘러서 사무실을 빠져나왔다. 집으로 향하는 그의 걸음은 몹시 무겁고 마음은 침울하게 가라앉아 있었다. 아파트에 도착했는데 역시 아내는 집에 들어오지 않고 있었다. 그는 처제한테 전화를 넣으려다 그만두었다. 처제하고 통화해봐야 그의 마음만 상처를 입을 것이었다. 아내가 싫어하는 처제와 몸소 통화를 하고 싶지는 않았다. 그는 아직도 아내를 힘들게 하고 싶지 않았다. 아내가 그를 이해하고 예전처럼 돌아온다면 다시 새로운 각오로 책을 만들고 책을 읽는 마음으로 세상을 열어갈 수 있으리라 자부했다.

아내는 밤 열 한 시가 지났는데도 귀가하지 않고 있었다. 오현섭,이란 사내라고 했던가? 그의 입에서 맴돌고 있는 외간 사내의 이름이 이국(異國)의 항구처럼 그를 낯설게 만들었다. 낯선 세상에 서게 되리라고 감히 상상조차 못했던 일이다. 그는 지금 그 항구에 서서 배의 키를 어디로 향할지 모르는 난파당한 선장같은 심정이었다. 발을 내려놓는 순간에도 자신 앞에 어떤 일들이 벌어질지 모르는 불안과 공포와 두려움의 절박한 상황. 전화 수화기를 들어 처제한테 전화를 한번 넣어보려다가 그만두었다. 며칠전 비몽사몽간에 꾸었던 꿈이 뇌리에 스쳐간다. 아내를 잡으려고 다가갈수록 자꾸만 멀어지는 아내, 손을 뻗으면 금방 잡힐 듯한데 뻗쳐보면 그만큼 거리에서 웃고 있던 아내였다. 불현 듯 소름이 돋는다. 꿈같은 상황이 현실에서 벌어질지 모른다는 되다만 생각들이 불쑥불쑥 산그림자 처럼 머리 속을 헤집고 달아난다.

아내는 자정이 한참 지나서야 귀가했다. 그는 소파에 앉아 아내를 기다리다가 잠이 들었던 모양이다. 인기척을 느낀 그가 눈을 떴을 때에 아내는 현관문을 열고 들어와 안방으로 걸어가고 있는 중

이었다. 그는 아내를 곧장 뒤따랐으나 안방문을 닫고 찰칵 잠금장
치까지 하고 있었다.

— 당신 정말 이럴 거예요?

명재는 화가 머리끝까지 치올라 빽 소리를 질렀다. 아내 쪽에서
충분히 그의 화난 감정을 느낄 수가 있을 것이었다. 아내 쪽에선 가
벼운 바람 지나가는 소리조차 새어나오지 않았는데 부러 침묵하고
있는지도 몰랐다.

— 어서 문좀 열어봐요. 제발 이러지 맙시다. 문제가 있으면 대
화를 통해서 풀어 나갑시다, 여보. 대체 나한테 무슨 불만인지 말해
봐요. 당신이 아는 은숙이란 여자, 철저히 오해예요. 나는 하늘에
맹세코 떳떳한 사람입니다. 당신의 남편으로 살면서 한 번도 비난
받을 행동 같은 것 한 적 없소. 어서 이 문좀 열어봐요.

명재는 문의 손잡이를 잡고 실랑이를 벌이고 있었다. 아내 쪽에
선 여전히 묵묵부답으로 일관하고 있었다. 생각할수록 자신의 이
러한 행동이 역겹게 느껴졌다. 아내에 대한 배신감이 느껴지기 시
작했다. 외간 사내를 만나고 들어온 아내로부터의 따돌림 받는 자
신을 감히 상상이나 했겠는가? 아내의 행동은 그야말로 유치할 뿐
이다. 처제와 얽힌 남자를 만나고 다닌다는 것이 마치 젖비린내가
나는 듯했다. 세상을 장난처럼 여기는 진지하지 못한 자세, 인간이
결국 그것 밖에 되지 못하는 존재,임을 증명이나 하듯 한 행동은 그
한계를 넘으면 용서마저 받지 못할지도 모른다. 명재는 자꾸만 생
각이 감정의 굴곡을 겪으며 또 다른 양상으로 치닫고 있는 듯한 느
낌을 받고 있었다.

아내의 태도에 화가 났다. 처제와의 갈등이 그에게 결국 흙탕물

을 튀긴 셈이다. 영훈은 처제와의 갈등을 만들어내고 처제는 아내한테 묵은 감정의 찌꺼기를 배설하는 악순환의 고리가 되었다. 혜경은 은숙을 들먹이며 그와 갈등을 만들었고 아내는 처제와 관련된 한 때 친구를 만나며 그에게 도전하고 있었다. 은숙은 소설작품을 통해 또한 그를 흔들 준비를 하고 있는 것이었다. 사방에서 모든 기운이 그를 억누르며 달겨드는 느낌이었다. 가도 가도 끝없는, 먼지 풀썩이는 사막의 황톳길에 그는 서 있었다.

대체 누구를 만나서 자정이 넘어 귀가 하느냐고 따져묻고 싶었지만 참았다. 처제의 말이 맞다면 오현섭,이란 사내를 만나고 들어온 아내, 호텔 한식집 입구에서 망설이다 끝내 되돌아선 그의 심정은 칼날 위를 걷는 기분이다. 차마 그의 눈으론 아내가 만나는 사내를 쳐다볼 수가 없어서 주춤주춤 물러서버린 나약함, 처제라면 멱살을 잡고 실갱이를 벌였을 터이다.

그날, 명재는 끝내 아내와 한 마디의 대화도 하지 못했다. 부부 사이에 대화가 단절된다는 게 얼마나 치욕스러운 일인지 절실히 깨닫게 되었다. 그전엔 아주 사소한 것이라도 아내와 도란도란 의견을 주고받았다. 그가 쉽게 결정할 일도 아내한테 의견을 물음으로서 아내의 위치를 확인시켜 주었고, 아내 역시 집안살림을 꾸려나가는 거나 가계부를 기록하는 주부의 일도 살갑게 그의 토론을 유도했다.

— 추어탕을 끓일 생각예요. 당신은 통째로가 좋아요 아님 갈아넣는 게 좋아요?

하고 아내가 물으면, 난, 통째로 먹는 게 좋아요, 하고 대답한다. 그럼 아내는 실긋 웃음을 지면서, 난 갈아먹는 게 좋은데 당신 뜻에 따르겠어요, 하는 아내였다. 아내의 미소가 백합 천 송이 보다 화사하다는 사실을 명재는 깨달았었다. 이러한 그의 느낌과 깨달음을 시(詩)로 승화시키기도 했었다.

아내를 보지도 못하고 출근해서 사장과 마주 앉았다. 사장은 애가 닳은지 그보다 먼저 출근해서 그가 나오기만 학수고대 하고 있었던 모양이다. 사무실에 들어오자마자 그를 사장실로 불러들였다. 오늘은 어떤 일이 있어도 여류작가 박은숙의 섭외를 마무리 지어라고 했다. 미쓰 박,한테 편집장을 직접 오라고 했던 것을 보면, 은숙이 의도적으로 행동하고 있음을 알 수 있을 것 같았다.

— 한 선생만이 그 일은 할 수 있어요. 너무 고집부리지 말고 한 번만 고개 수그립시다. 한 선생 입장, 십분 이해 할 수 있소. 그러나 지금은 체면이나 자존심보다 일이 우선 이예요. 내가 한 선생 입장이라면, 그쪽에서 안만나준다 해도 필사적으로 쳐들어갈 것이오. 이건 주인의식이오. 한 선생도 우리 문화사업의 주인된 입장 아닙니까. 따지고 보면 그렇지 않습니까? 무엇보다 경쟁에서 이기는 것도 필요한 시대라는 거 누구보다 잘 아실거요. 자, 입장 난처하면 내가 동행 하겠소.

사장의 말은 구구절절 옳은 말이었다. 주인의식,이라는 말을 듣고 명재는 부끄러웠다. 문화사업의 주인된 입장, 그러나 결코 거창한 얘기는 아니다. 그는 평소 책을 만드는 일을 문화사업 중의 가장 가치있는 일로 규정하고 있었다. 사람은 책을 만들고 책은 사람을 만든다는 게 그의 지론이었다. 세상을 비록 가난하게 산다해도 책을 만드는 일을 평생의 직업으로 삼는 게 그의 희망이었다. 교사 자리가 나기도 했고 광고회사의 기획실로부터 함께 일하자는 제의를 받은 적도 있었지만 책을 만드는 일만큼 소중한 보람도 없다는 생각에는 지금도 변함이 없다. 열심히 일할 나이의 젊은 사람들이 일자리를 구하지 못한 한 가지 원인은 어렵고 생활이 힘든 직업을 회피하고 있기 때문으로 그는 생각하고 있었다.

— 제가 먼저 작가를 찾아뵙겠습니다.

명재는 생각 끝에 결심을 굳혔다. 적어도 은숙을 공적인 입장에서 만날 생각이었다. 작가와 출판사 편집장의 관계, 은숙은 어떤 식으로 받아들일지 모르지만 그는 마음을 굳게 다졌다. 서로 세월의 간극을 의식하지 않을 수는 없겠지만 대학시절을 생각하면 그리움의 자락들이 한올 한올 의식의 수면위로 떠오를지도 모른다. 그러나 명재는 되도록 과거의 기억들을 떠올리지 않을 생각이었다.

— 한 선생, 그렇게 하는 게 좋을 것 같소. 내가 옆에 있어봐야 긴한 얘기 나눌 수도 없지 않겠소? 한 선생 마음 다 이해 합니다. 그럼요, 난 그저 젊은 시절 그런 추억도 없이 긴 세월을 건너왔어요. 한 선생처럼 한때 가까이 지낸 여자가 뭐 시인이 되긴 했지만 그저 동네 작가일 뿐이고, 그쪽에서 날 기다리는 것도 아니고 뭐랄까

자기도 글을 쓰는 여자가 글을 쓰는 남자하곤 절대 결혼하지 않는다는 주의였으니까요. 생각하면 서글퍼요. 오오⋯⋯

사장은 책상 앞을 두 손으로 번쩍 들어올릴 듯 부여잡은 채로 몸을 뒤로 잔뜩 젖히며 탄식하듯 말하고 있었다. 사장은 눈을 지그시 감은 채 마치 옛날 일을 상상하고 있는 느낌이었다. 사장이 이런 모습을 보인 적은 명재가 출판사에 적을 둔 이래로 보지 못한 일인데 이런 행위조차 명재를 위로하는 행위로 생각되었다. 사장이 함께 동행하는 것을 명재는 솔직히 바라지 않았다. 그 또한 말할 수

없는 어색한 분위기를 연출할 것이었다. 사장을 떠나 누구한테도 그가 은숙과 만나는 장면을 엿보이고 싶은 마음이 아니었다. 명재는 자신조차도 은숙의 만남을 눈여겨 보고 싶지 않았다. 그녀를 만나면 무엇보다 감정의 절제가 필요하다는 생각을 했다. 여자는 특히 감정에 약하기 때문에 자기 쪽에서 컨트롤 하지 않으면 안될 것이었다. 그녀와의 일은 한 때의 추억에 지나지 않는다. 정말 한 때의 즐겁고 기억할 만한 추억이다. 명재는 속으로 이렇게 생각을 하고 있었다. 그는 가장이다. 아내를 거느린 가장, 아내와 사이가 벌어지기 시작했지만 엄연히 그는 가장이고 호적상에 상숙이란 여자가 또렷하게 아내로 입적되어있는 것이었다. 은숙을 만나는 것은 오직 작가와 출판사 편집장의 관계, 이하도 이상도 아니다. 그는 몇 번이고 다짐을 하고 또 다짐을 했다.

출판사를 나와 잠시 궁리했다. 은숙이 재직하고 있는 학교로 찾아갈 것인가? 아니면 전화를 넣어 밖에서 만날 것인가? 처음부터 결정하는데 따져볼 게 많았다. 그는 갑작스런 전화가 은숙을 당황하게 할 줄도 모른다고 생각해 학교로 찾아가기로 우선 마음먹었다. 또한 지금 이 시간엔 수업에 열중하고 있는지도 모른다.

택시를 잡아타고 은숙이 교편생활을 하고 있는 A고등학교로 향했다. 교문에서 잠시 망설이다가 이내 걸음을 옮겨놓기 시작했다. 학교는 웬만한 대학을 상상할 만큼 웅대한 모습이었다. 교정의 숲에서 우지지는 새소리, 마치 대학 캠퍼스 잔디에 누워 새소리를 은숙과 함께 듣던 느낌이 들었다. 운동장 한켠에서 체육시간인지 학생들이 운동복을 입고 뛰기를 하고 있었다. 남자 학생들의 체격은 어른을 능가했다. 앞에서 뛰는 지도교사 보다 뒤에 뛰고 있는 학생들이 반 뼘쯤 커보였고 덩치도 우람했다. 은숙의 존재는 학생들에게 어떤 존재일까? 뜻밖의 생각들이 스쳐간다.

학생한테 물어 교무실로 향했다. 교무실 문을 열고 들어가자 수업이 없는 몇몇 선생들이 앉은 채로 출입구 쪽으로 시선을 보냈다. 그는 정중히 인사를 올린 다음 박은숙선생님을 만나러 왔다고 용무를 말했다.

— 잘못 오셨습니다.

— 예? 여기 근무하는 걸로 알고 있는데요?

— 얼마 전에 그만두셨어요. 전업 작가로 나선 모양입니다. 하긴 베스트셀러 작가니 사는 거야 어렵지 않겠죠. 애들하고 씨름하다 보니 쓰고 싶은 글도 제대로 쓸 수가 없었을 겁니다.

사 십대 중반 되어 보이는 머리 벗겨진 선생 하나가 말했다. 선생질엔 이골이 났지만 따분함을 견딜 수 없는 짜증스럼이 묻어 있는 표정을 하고 있었다. 은숙이 이미 학교를 그만둔 뒤였지만 명재는 학교로 찾아온 걸 후회하지 않았다. 은숙이 걸었던 교정을 밟아 보는 일도 싫지 않은 느낌이었다. 넓은 잎사귀 플라타너스 흔들거리는 교정을 밟으면서 은숙은 무슨 생각을 했을까? 대학 캠퍼스 교정에도 같은 종류의 플라타너스 넓은 잎사귀들이 바람을 따라 사각거렸다. 은숙과 팔짱을 끼고 캠퍼스를 걷다가 플라타너스 사각거리는 소리에 걸음을 멈추고 가만히 귀 기울이던 기억이 떠오른다. 도서관에서 늦도록 공부하던 날은 달빛이 나뭇잎사귀에 어른거려 눈부시던 기억, 캠퍼스 어디선가 풍물패 동아리 애들의 등, 둥 북치는 소리가 들리면, 제 들봐, 북치고, 장구치고 제일 신나는 애들이라니까, 하고 은숙이 말하던 기억도 새롭다. 세월이 얼마간 흐르긴 했지만 마치 신경이 꿈틀꿈틀 살아 일어서는 것처럼 그때의 기억들이 연이어 떠오르기 시작했다.

그는 아주 천천히 교정을 걸어내려 왔다. 과거로 기억을 돌리지 않으려고 해도 자꾸만 생각은 과거 언저리서 배회하고 있었다. 오랜만에 은숙이 그의 곁에 성큼 닥아와 있다는 느낌이 들었다. 교정이 가져다주는 환경이 당시의 분위기를 생각나게 해서인지 모른다. 정문에서 뒤돌아 교정을 바라보는데 누구인가 그를 부르는 소리가 귓전에서 흐릿하게 느껴진다. 선배, 선배, 하는 듯한 갸냘픈 여자 목소리 같다. 그러나 아무리 주위를 살펴봐도 그를 부르는 사람은 보이지 않는다. 그때를 떠올리자 갑자기 환청에 빠져들었는지도 모른다.

그는 다시 사무실로 돌아왔다. 은숙과 당장 만날 자신이 서지 않았다. 사무실에서 마음을 가다듬은 뒤에 만날 생각이었다. 물밀 듯이 밀려오는 은숙에 대한 그림움을 잠재우고 싶었을 것이다. 한번 꿈틀대기 시작한 은숙의 생각은 마지막 열정을 다해 물을 거슬러 모천에 회귀하는 연어처럼 스러지지 않고 지속되었다. 은숙과 함께한 지난 추억들이 자신이 태어난 어머니 뱃속같은 그리움이 되어 달겨들었다.

학교에 들렀다가 헛탕을 쳤다고 말하자, 미쓰 박은 자신의 부주의함을 탓했다. 학교를 사퇴하고 전문적으로 소설만 쓰고 있다는 정보를 편집장한테 제공하지 못한 소홀함을 스스로 힐책했다. 그러면서, 편집장님은 당연히 알고 계실 줄 알았는데요. 휴대전화 번호는 아시겠죠? 하고 물었다. 명재는 물끄러미 바라보며 고개를 끄덕여주었다.

은숙의 거처까지 알고 있지 못했는데 뜻밖에 그의 동네에서 버스로 두 정거장쯤 되는 오피스텔을 작업실로 사용하고 있다는 사실을 미쓰 박,으로부터 듣고 알게 되었다.

해가 끌리기 시작한 오후 네 시경에 사무실을 나왔다. 겨우 마음을 진정시키고 나선 발걸음은 다시 떨리기 시작했다. 그의 동네에서 버스로 두 정거장 되는 곳에 은숙이 살고 있다. 모르는 가운데 그녀를 지나친 발걸음도 있었을지 모른다. 아무려나 놀랍고 믿어지지 않는 일이다.

전화를 넣지 않고 곧장 은숙의 오피스텔이 있는 데로 향했다. 만날 양이면 뜸을 들일 필요도 없겠고, 전화를 넣어 서먹한 목소리의 대화보다는 얼굴을 마주하고 나누는 대화가 훨씬 마음이 편할 것만 같아 먼저 연락하지 않고 바로 그리로 향했던 것이다. 떨리는 마음이야 이루 말할 수가 없다.

오피스텔을 찾아 308호실 벨을 눌렀다. 그것도 문 앞에서 한참을 망설인 끝에 눌렀던 것이다. 안쪽에서 곧장, 누구세요? 하는 여자 목소리가 들려왔고, 그 목소리 끝에 명재는 바로 대답을 보내지 못했다. 그러자 안쪽에선 다시 잠잠해져버렸다. 그저 지나가는 장사꾼 정도로 생각했는지 모른다. 그는 담배를 하나 꺼내 절반쯤 피우다 복도 쓰레기통에 쑤셔넣고 다시 308호 벨을 딩동, 딩동 두 번 눌렀다. 가슴이 떨리고 뭉클하면서 눈물이 나오려는지 눈언저리가 뜨거워지는 것을 느꼈다.

― 누구세요?

여자의 목소리는 이제 신경질적으로 들렸다. 그 목소리가 은숙의 목소리인지 알아들을 수 없었다. 세월의 켜가 목소리에 대한 기억마저 흐릿하게 만들었던 모양이다.

— 박은숙 작가님 작업실 맞습니까?

명재는 떨리는 목소리로 예의를 갖춰 이렇게 물었다. 그가 생각해도 학창시절 자신의 목소리보다 중후해진 톤의 목소리였다. 은숙이 그의 목소리를 기억해내기는 쉽지 않을 것이다. 더구나 대학 졸업 이후 서로 목소리를 들을 수 있는 기회는 거의 갖지 못했다.

낯선 여자의 목소리처럼 들렸듯 낯선 사내의 목소리 정도로 은숙에게도 들리고 있을 것이었다.

— 그런데요. 출판사에서 오셨나요?

— 예, 출판사에서 찾아왔습니다.

출판사,라고 말하는 순간 거의 번개치듯 느껴지는 결코 낯설지 않는 목소리. 은숙이 분명한 모양이었다. 찰라의 시간에 한 시기의 모든 이미지들이 뇌리에서 꿈틀거리며 일어선다. 한때, 한 날 한 시도 떨어지려 하지 않았던 그 끈끈함이 번개처럼 낯익은 기억을 떠올리는 순간, 안쪽에서도 그처럼 똑같은 이미지를 깨닫고 기억해내기라도 하듯 한참동안 아무 말이 없다.

그리고 아주 천천히 현관문이 열리고 있었다. 서류봉투를 옆구리에 끼고서 문이 열리는 모습을 지켜보는 그의 마음은 감동과 눈물과 두려움으로 범벅이 되어버린 느낌이었다. 은숙을 얼마 만에 보게 되는 건가? 문이 완전히 열렸을 때, 숙였던 고개를 쳐들어 정면을 바라보았다. 그리고 아아, 화사한 모습의 은숙, 마치 기다림에 설레어 짓붉어진 진달래 같은 모습의 은숙을 보게 되었던 것이다.

— 은숙 후배, 오랜만이네.

객쩍은 마음을 겨우 진정시켜 말을 건넸다. 은숙은 대학시절 보다 훨씬 매력적인 모습을 하고 있었다. 학창시절의 수수한 모습보다 익은 석류처럼 매력적인 외모를 뽐내고 있는 듯했다. 몸의 살갗에 그의 손을 가져다대면 주저없이 툭 터져버릴 것 같은 풍만함과 팽팽함에 그는 압도되고 말았다. 갑자기 입술이 마르는 듯했고, 그녀의 몸이 한없이 부풀어 올라 그의 호흡을 이내 막아버릴지도 모른다는 생각에 빠져들었다.

은숙은 놀란 모습을 감추지 못하고 섰다가 그에게 어색하게 손을 뻗었다. 명재 역시 어눌한 동작으로 손을 뻗어 수인사를 나누었다. 은숙을 잡은 손이 가느다랗게 떨렸고 그의 손을 잡은 은숙의 손도 부르르 떨고 있는 게 느껴졌다. 서로 손을 잡은 채로 서서 상대의 얼굴에서 한참동안 시선을 떼지 못했다. 지금보다 젊던 시절, 달빛 아래 나뭇잎 사각대는 백양나무 아래서 그윽히 쳐다보던 눈빛의 황홀함을 그는 잊을 수가 없었는데 지금 마치 그때 같은 기분이 들었다.

— 축하해, 작가로서 성공한 거.

하고 명재 쪽에서 먼저 분위기를 눅이기 시작했다. 작가의 반열에 들기도 어려운 판국에 독자들로부터 사랑과 관심을 독차지 하고, 문단의 주목을 받고 있는 은숙이 명재는 너무도 기특하고 대견하게 여겨졌다.

— 생각해둔 말이 고작 그거예요? 정말 선배, 나한테 하고 싶은 첫마디가 그거였느냐구요? 네, 정말 그런 거예요?

은숙의 목소리가 갑자기 땅속으로 꺼져들었다. 그러나 물기 머금은 목소리는 위험한 고비를 넘긴 후에 감격에 벅찬 나머지 쏟아내는 그런 것이었다. 은숙의 말에 명재는 선뜻 대꾸하지 못하고 고개를 떨구었다.

― 선배, 날 피하지 말아요. 똑바로 쳐다보세요.

은숙이 이렇게 말하자 명재는 천천히 고개를 쳐들어 바라보았
다. 은숙의 눈가에 눈물이 그렁그렁 맺혀 있는 게 보였다. 구슬처
럼 맑은 눈빛은 여전했다. 목선이 훤히 드러난 파란색 홈스웨터를
입었는데 젖가슴이 예전보다 더욱 도드라져 보였고 잘록한 허리선
밑의 둔덕은 고혹적이었다. 고개를 쳐들어 바라보던 그의 시선에
가지런히 들어온 옥수수알 같은 이빨은 빨간 루즈빛과 대조를 이
루어 선명하게 보였다. 머리끝이 턱선을 따라 흐르다가 한쪽으로
날렵하게 짧아지며 올라간 언발란스식 단발머리는 여류작가의 분
위기를 한껏 고조시키고 있는 듯했다.

― 선배가 결국 오지 않을 거라 생각했어요.

은숙은 말하면서 그를 안쪽으로 안내했다. 열 댓평쯤 되어 보이
는 오피스텔은 벽을 책장이 가득 둘러싸고 있었다. 대학시절, 함께
도서관의 서가에 등을 기대고 마주앉아 문학과 예술과 사회과학
등의 얘기를 나눌 때와 같은 분위기처럼 여겨졌다.

그런데 은숙이 앉아 소설을 썼을 책상머리에 스케치식 초상화가
눈에 들어왔다. 그는 눈을 의심할 정도로 깜짝 놀랐다. 대번에 그
의 모습을 닮은 초상화라는 사실을 깨달을 수 있기 때문이었다. 은
숙이 그를 이렇게 까지 생각하다니, 정말 믿기지 않는 현실이 펼쳐
진다는 게 의아했다.

― 선배 맞아요. 놀라실 거 없어요. 이것마저 누릴 권리가 없었
다면 오늘의 나는 존재하지 않았을 거예요, 선배.

탁자를 앞에 두고 소파에 앉은 명재는 오직 놀라고 있을 뿐이다.

여적 그를 한번 수소문도 하지 않은 은숙이 이토록 그를 향한 열정을 가지고 있었다는 게 의아했다. 그의 결혼 소식도 들었다면서 어떻게 자신의 내면을 여태도 숨기고 있었을까? 맹목적이며 무모한 행동이라고 생각했다. 은숙이 이런 날이 오리라는 것을 훤히 꿰뚫어보고 있었던 것도 아닐 터이다.

은숙은 잠시 눈을 감은 채로 침묵하고 있더니 침착한 태도로 차를 내어왔다. 탁자에 두 개의 찻잔이 놓였다. 그때 학교 앞 카페에서 함께 마주하고 앉아 차를 마시는 때와 똑같은 분위기 같았다. 은숙은 묻지도 않고 그때처럼 블랙커피를 내어왔으며, 어김없이 이브 몽땅의 '고엽'이 흘러나왔다. 은숙은 혼자서도 이렇게 소파에 앉아 커피를 마시며 음악을 감상했던 모양이다.

― 선배, 이 음악 생각나요?

은숙의 물음에 그는 묵묵히 고개를 끄덕여주었다. 은하수 커피숍에 앉아 부러 이 음악을 청해놓고 감상한 적이 엊그저께 아닌가. 혜경을 만나고서 옛 생각에 젖어 추억을 더듬은 센티멘탈리스트. 그는 이제서야 자신이 은숙을 마음 한구석에 몹시 그리워한 존재로 담아두었음을 깨닫게 되는 느낌이었다. 아내의 사려깊고 자상함 때문에 그의 내면에 차오르는 이런 기억들을 부러 외면해 왔던 것인지도 모른다.

― 음악이 흐르면 선배는 손을 뻗어 내 손을 꼬옥 감싸쥐었어요. 다른 동료들 있건 없건 그랬죠. 은숙아, 사랑한다, 이런 말도 했죠.

은숙은 그때처럼 두 손으로 커피잔을 꼬옥 감싸 쥔 자세로 말하고 있었다. 말을 할 때는 지그시 눈을 감았다가 뜨곤 했다.

― 그리고 또 무슨 말을 한줄 아세요?

명재는 은숙의 촉촉히 젖은 눈망울을 그윽히 바라보며 지난날을 떠올려 보았다. 그의 기억에도 생각났다. 세상에 나가서도 헤어지지 말자, 은숙에게 그는 이런 말을 다짐하듯 버릇처럼 말했던 기억이 새롭게 되살아났다. 그러나 명재는 말하지 않고 한숨만 토해내고 있었다.

— 세상에 나가서도 헤어지지 말자. 선배, 생각나요 네?

은숙의 기억은 여전했다. 어떻게 그때 순간을 잊을 수가 있겠는가. 은숙은 그의 기억을 당장에 되찾아줄 것처럼 간절함을 담아서 말하고 있었다. 그는 세월의 켜 속에서 멀어지고 시들어버린 그들의 약속이 허허롭게 느껴지기 시작했다. 이처럼 살아서 꿈틀거리고 있는 그들의 약속을 저버린 매정함.

— 미안해, 은숙아.

— 됐어요. 예전처럼 그렇게 내 이름을 불러주면 돼요.

은숙은 시선에서 그를 놓치지 않으려는 듯 뚫어지게 직시하고 있었다. 그녀의 눈가에 맺힌 눈물이 그렁그렁 눈에 들어온다. 명재는 예전처럼 손을 뻗어 은숙의 손을 잡아주었다. 오랜만에 예전의 감각기관들이 새롭게 눈을 뜨기 시작한다. 외적으로는 그전보다 훨씬 화려하고 매혹적으로 보였지만 손을 잡은 순간 지난날 함께한 기억들의 공감대는 되살아나고 있었다. 홀로 힘들게 여기까지 올라선 은숙이 한편으로 대견해 보이기도 했다.

— 날 찾을 생각 왜 한 번도 안했니?

— 선배 찾을 생각을 왜 안했겠어요. 내 졸업식 때도 모습을 안 비친 선배 마음이 변한 줄 알았죠. 선배를 찾아 나설 용기도 형편도 못 되었어요. 학교졸업 하고 바로 어머니, 아버지 돌아가셨죠.

명재는 히뜩 놀랐다. 아직은 돌아가실 연세가 아니라고 생각했다. 여름방학을 맞아 한번 동료들과 은숙의 시골집에 내려갔다. 그에게 유별나게 따뜻이 대해주시던 두분에 대한 기억이 새롭다.

— 놀라실 거예요, 선배. 언젠가 농활 나간다고 우리 집 내려갔던 적 있었죠? 그때, 우리 부모님이 선배 보고 흐뭇해했어요. 선배가 졸업하고 학교 떠났을 때, 부모님이 그래요. 그때 그 선배는 자주 만나느냐구요. 그런다고 했죠. 언제 같이 내려오너라, 하시더군요. 선배 소식도 모르고 있는데……

은숙은 입술을 꾸욱 깨물었다. 당장 그의 앞에 울음을 쏟아낼 것만 같은데 은숙은 겨우 참고 있는 모양이었다. 명재는 은숙을 제대로 쳐다볼 면목이 서지 않았다. 얼굴을 비스듬히 돌린채 은숙의 어깨를 다독여 주었다.

— 나도 힘든 시기였어. 대학을 졸업하고 직장을 잡지 못해 떠돌던 시절, 나뿐 아니라 많은 동료들이 시름에 젖은 시기였지. 내가 은숙이 만나러 어떻게 학교에 드나들었겠어. 분수 안맞는 사치놀음이지. 그랬던 거야. 은숙이 한테 나설 용기도 서지 않았어. 대학 시절 열정은 간데없고 탄식만 늘고 무력한 자신이 밉고……

명재 역시 목이 막혀왔다. 힘든 시기임에 틀림없지만 은숙을 간절히 원했다면 열 번도 넘게 학교로 찾아갔을 것이다. 이것저것 신경쓰다 보니 은숙에 대한 열정도 사그라드는 모닥불처럼 되었는지 모르지만, 그땐 정말 연애질이란 한없이 분수에 넘치는 사치로밖에 생각되지 않았다. 그리고 겨우 들어간 회사, 업무를 익히고 세상과 부딪치다보니 제대로 숨쉴 겨를조차 없었다. 그러다가 새로운 여자, 아내를 만나고 은숙의 기억은 책갈피 속에 갈무리 해둔 추억처럼 남았을 뿐이었다. 그리고 어느 날, 책을 넘기다가 그 책갈피 속에 은숙의 기억을 발견해 냈을 뿐이다. 지금은 마치 은숙을 꿈속에서처럼 만나고 있는 것일테고. 정말 꿈을 꾸고 있는 것은 아닌가, 하는 생각마저 들었다. 은숙은 몽롱한 의식 속에 뿌우옇게 떠있는 아름다운 백조 같다. 만지면 달아나버릴 것만, 자꾸만 멀어져버릴 것만 같은 안타까움이 밀려들기도 한다.

― 이해해요, 선배. 하지만 다른 여자와 결혼한 건 너무했어요. 선배가 어떻게 나와의 약속을 저버릴 수가 있어요? 결혼 결정하기 전에 한번쯤 나를 만났어야 옳아요. 만날 생각 있었다면 무슨 수를 써서라도 만날 수 있었을 거예요. 선배 결혼한 거 다 지켜봤어요. 참 우습죠? 혜경이도 영훈이 결혼한 거 다 지켜봤대요. 선배, 나도 그랬어요. 그때 참담했던 심정, 끔찍해요. 세상에서 조용히 사라져 버리고 싶은 충동, 선배는 세상 살면서 그런 기분 느낀 적 있었나요?

은숙이 그랬었구나. 오직하면 스스로 목숨을 끊으려고 했을까. 그의 결혼식을 모두 지켜보았다는 건 뜻밖이었다. 혜경과 영훈이 그를 몰아세울 충분한 이유가 있었다는 생각이 들었다. 그는 세상 사람들과는 달랐어야 했다. 은숙과의 사소한 약속 하나라도 그만은 소중히 지켰어야 옳았다. 은숙의 심정, 이제 충분히 이해하고 남을 듯싶다. 남들처럼 몸을 함부로 놀렸던 그들이 아닌데도 은숙은 그와의 약속을 지키려고 보이지 않는 노력을 했었구나.

― 은숙이 나에 대해 그렇게 순수한 마음을 지니고 있었다니 고맙구나. 난 단지 너를 범하지 않았다는 사실 하나만 가지고 세상에 나와서도 구속받지 않았는데. 그저 젊은 날의 아름다운 추억 정도

로 생각했어. 내가 미안하다. 너를 생각하면 갑자기 그 때 내가 너
무 경솔했던 게 아닌가, 하고 후회가 되기도 했지. 은숙아, 지금 나,
너무 힘들다.

　― 나를 범하지 않았다? 그게 그렇게 중요한 거였어요? 적어도
나는 선배와의 약속은 지나가는 약속이라도 소중히 여겼어요. 내
가 그랬죠? 선배가 이 동생 버리고 딴 여자한테 가더라도 난 선배
를 잊지 않을 거라고. 곁에서 언제나 맴도는 존재로 남아 있을 거라
고 커피 마시면서 얼마나 얘길 했던가요. 선배, 그거 잊었어요?

　그는 대답하지 못했다. 은숙의 그 말을 그가 어떻게 잊을 수가
있겠는가? 은숙은 마치 어리광을 부리듯 그런 소리를 입에 올리곤
했다. 그때마다 명재는, 그런 소리 하지마라, 은숙아. 세상 사람들
이 다 너를 외면해도 나는 그렇게 하지 못해. 너 내맘 누구보다 잘
알잖니? 하고 말하곤 했다. 이제서야 그때의 기억들이 꿈틀거리며
머릿속에서 비집고 나온다. 그는 한참 만에 고개를 끄덕여주었다.
은숙의 그를 쳐다보던 시선은 역시 날카롭고 열의에 차있는 모습
이다. 은숙은 그런 사소한 약속을 지키고 있는 셈이 되었다. 그의
곁에서 그럼 은숙이 지금 맴돌고 있다는 의미인가?

　― 그래 은숙아. 기억하고 있지. 하지만 이제 부질없는 일이야.
서로 갈 길이 다르고 가야할 길도 이미 정해졌는데 과거에 연연해
서 우리가 뭘 얻을 수가 있겠니? 한때 좋은 추억으로 생각할 수는
없겠니?

　내처 마음속에 가둬둔 말을 쏟아냈다. 은숙과는 이제 완전히 가
야할 길이 다르다고 생각했다. 그는 이미 한 여자의 남편이고 은숙
은 국내에서 잘 나가는 여류작가가 아닌가 말이다.

― 그럴 수가 없어요. 나는 이제 시작예요 선배. 내가 이 날을 얼마나 오래오래 기다려왔는지 알기나 해요? 선배를 바보처럼 놔주지 않을 거예요. 과거의 기억을 안고 혼자서 끙끙 앓는 기분, 정말 더러워요. 하루에도 선배 집에 몇 번씩 쳐들어가고 싶었어요. 선배네 집, 여기서 불과 몇 분 거리예요. 여기 고개만 넘으면 선배 아파트가 있죠. 혼자 있게 하지 말아요 선배, 제발. 예전처럼 선배 옆에서 책을 읽고 글을 쓰게 해줘요. 마음만 먹으면 못할 것도 없지 않나요?

은숙이 갑자기 그를 힘껏 포옹했다. 명재는 이래서는 안 된다고 생각했다. 출판사 편집장 신분으로 작가의 집필실을 들렀던 것이다. 그런데 분위기가 아득한 옛날 추억 속으로 환상처럼 빠져들고 있었다. 아직도 그는 아내를 배신할 생각은 없다. 아내와 함께 했던 책을 만들고 책을 읽는 마음으로 한세상을 행복하고 숭고하게 살자는 약속이 은숙과의 지난날 약속보다 소중하다고 생각했다.

― 은숙아, 모두 지나간 일이야. 이러지 말자. 은숙이 처럼 훌륭한 작가가 고작 출판사 편집장 한테 인생을 걸을 셈이니? 내가 달라붙어도 네 쪽에서 펄쩍 뛰어야 해. 그게 세상 사람들의 정서야. 너한테 얼마나 많은 화려한 날들이 기다리고 있겠니? 그걸 생각해 봐라. 네가 장차 만날 남자도 한번 생각해 보고. 지금은 숭엄하고 고상하던 시절이 아냐. 여적 그때 그 기분에 빠졌다면 넌 바보지. 네 인생을 한번 새롭게 열고 나가길 바란다. 너야말로 마음만 먹으면 얼마든지 가능한 일 아니냐?

― 모두 지나간 일이요? 세월이 흘렀다고 약속마저 사라지는 건 아니에요. 세상 사람들 정서가 뭔데요? 선배 착각예요. 지금도 여

전히 숭고한 시절이라고 나는 생각해요.

은숙의 생각은 단호했다. 명재는 아무런 반문을 하지 못했다. 은숙 앞에서 허물어지는 그의 의식을 보았다. 작고 초라한 자신의 모습에 그는 낯이 붉어졌다. 은숙을 똑바로 쳐다보지 못하고 고개를 숙여버렸다.

한참동안 침묵이 흘렀다. 명재는 출판에 관한 얘기를 꺼내지 않을 수 없었다. 편집장으로서 사장의 명을 받고 찾아온 목적을 얘기했다. 은숙은 5년여 만에 고작 세상 부탁가지고 자기를 만나러 온 사실을 서운해 하면서도 거절하지 않았다. 명재는 차라리 출판에 관해 은숙과 말하는 게 훨씬 수치가 덜했다. 절망과 패배와 자책의 터널에서 빠져나온 느낌이 들었다. 은숙은 예전의 기억 속에 매료된 듯 자꾸만 과거의 터널 속으로 들어가고 그는 터널의 어둠과 무게를 감당하기 어려워 빠져나오려고 애썼다. 밖의 눈보라와 찬바람이 거셀지라도 현실을 감당하며 숨을 쉬기에는 터널 밖이 훨씬 수월하다는 생각이 들었다.

은숙의 오피스텔에서 일어서려는 중이었는데 현관의 벨이 울렸다. 은숙은 눈을 지그시 감은채 소파 등받이에 기대고 있다가 시계를 보더니, 벌써 이렇게 되었네, 하며 문 쪽으로 걸어갔다. 은숙이 현관문을 열었을 때에 명재는 깜짝 놀라면서 당황했다. 거기 낯익은 두 사람의 얼굴이 보였기 때문이다. 정말 여기서 만나리라곤 생각도 못할 만큼 뜻밖이었다. 은숙이 말했다.

— 오늘 녹화 끝냈니?

— 어, 선배. 다음 녹환 모레 오후야.

이렇게 말한 사람은 다름아닌 혜경 후배였다. 혜경을 뒤따라 들

어오는 사람은 바로 영훈이었다. 혜경과 영훈은 은숙의 오피스텔
에 있는 그를 보고 몹시 놀라는 눈치였으나 표시내지 않으려고 애
를 쓰는 것 같았다.

　- 옛날 생각나네, 정말.

　은숙이 치아를 드러내며 웃는 낮으로 말했다. 그의 생각에도 옛
날처럼 넷이서 이렇게 만나는 게 꿈만 같았다. 파트너들끼리 만나
다보니 더욱 옛날 생각이 간절해서 그 분위기에 빨려드는지 서로
들 번갈아 쳐다보고 있었다.

　혜경은 며칠 전 그와의 서먹한 관계임에도 말끔히 잊어버린 듯,
한 선배, 이봐요. 우리가 대체 얼마 만에 이렇게 만난 거죠? 은숙
언니 곁에 다정하게 좀 앉아봐요. 우리처럼 이렇게요. 자, 우릴 봐
요 선배, 하고 넉살좋게 말했다. 그의 눈치를 보면서도 영훈은 혜경
과 나란히 앉아 노골적으로 팔을 두른다.

　- 작품 일로 왔어. 그럼, 나 먼저 일어설게. 영훈아 잠깐 나 좀
보자.

　명재는 자리에서 일어서며 말했다. 아내를 둔 남자가 학창시절
파트너 오피스텔에 찾아온 모습이 마음에 걸려 작품 핑계를 댔다.
은숙은 그게 서운한지 그를 아쉬운 눈빛으로 쳐다보았지만 명재로
선 어쩔 수 없는 일이었다. 영훈과 선후배를 떠나 동서의 관계를 맺
고 있는데, 둘다 다른 여자의 품안에서 놀아날 수 없는 일이었다.

　명재가 자리에서 일어서자 혜경이 곁눈질로 불쾌하다는 듯 쳐
다보았고 은숙은 직접적인 표현은 안해도 아쉬움이 얼굴에 가득했
다. 명재를 따라 나서며,그럼 선배, 언제 들를 수 있어요? 작품은
탈고된 게 있지만, 지금 당장 드릴 순 없을 것 같고 밤새 손을 본다

면, 내일은 가능할 거예요, 하고 말했다. 명재는 고개를 끄덕이며 알겠노라고 말하면서 밖으로 나왔다. 영훈이 바로 그를 뒤따라 나왔고 은숙은 명재의 시선을 일별한 다음에 예의를 갖춰 고개숙이고 들어가 버렸다.

— 동서, 정말 이렇게 행동해도 되는 건가?

영훈을 쳐다보며 그가 말했다. 영훈은 잠시 객쩍은듯 서있더니 역시 형님,이란 표현은 하지않고 반문했다.

— 한 선배님, 제 일은 제가 알아서 합니다. 선배님이나 저나 다를 게 뭐가 있습니까? 선배님도 이렇게 은숙이 찾아왔잖습니까?

— 착각하지 말아. 난 출판사 편집장 자격으로 찾아온 거야. 작가의 작품을 섭외하러 공적인 사명 띠고 온거라구. 내게 학창시절 감상 같은 건 사라진지 오래야. 지금 때가 어느 땐데 허우적이고 다녀? 처제는 대체 어떡할 거야?

— 선배님, 우린 끝났습니다. 예, 보기 좋게 이혼할 거라구요. 이미 서류도 모두 꾸며놨어요. 오해하지 마십시오. 저보다 이혼을 더 원하는 건 상희 그 여자라구요. 선배가 애지중지 하는 바로 그 처제 말입니다.

— 자네, 실수하지 말게. 형부가 처제 다독이는 건 당연한 거야. 그걸 어떻게 비아냥거린단 말인가? 처제나 자네나 안타까워서 이러는 거야. 혜경이 하고 저렇게 노골적으로 다니는 거 보기좋지 않아. 자넨, 아주 나쁜 사람야. 사람이 도리라는 게 있지……

— 예 선배. 말씀 잘하셨습니다. 도리라는 게 있어서 선배는 상희 데리고 술마시고 잠까지 여관에서 자게 놔뒀습니까? 선배가 상희 재워줬다면서요?

명재의 눈에서 순간 퍼뜩 불꽃이 일었다. 지금 영훈의 입에서 무
슨 말이 터져 나왔는가. 입이 절로 벌어져서 다물어지지 않았다.
아내한테 이와 비슷한 얘기를 들었었다.

영훈이 저번 날 얼핏 내비친 말의 모양새와도 비슷했다. 외박한
적이 있느냐고 물었던 것도 이런 오해에서 비롯되었을 것이다.

— 그건 오해야. 그런 일이 있을 수도 없고 있어서도 안 되겠지.
물론 처제만나 술을 함께 마신 적은 있지. 동서네가 염려돼서, 난
집안 형님 된 도리로서 어떻게든 두 사람 사이 제자리에 가져다 놓
으려고 말이야. 그런데 뭐라고? 내가 처제하고 잠을 자기라도 했다
고 생각하는 거야 동서, 지금?

영훈은 입을 열지 못했다. 은숙이 현관문을 살짝 열어놓은 채로
둘의 대화를 듣고 있었다. 명재는 은숙에게 자신의 이런 모습을 보
인다는 게 몹시 자존심 상했다. 얼른 여기서 도망치고 싶었다. 그
래서 영훈과 더 이상 말을 하지 않고 곧장 오피스텔 건물을 빠져나
왔다.

어둑한 저녁 하늘이 노랗게 물들어 있었다. 사람들은 제각기 목
적을 가지고 어디론지들 바삐 걸어가고 있었다. 그러나 명재는 갑
자기 방향감각을 상실해버렸다. 어디로 가야 할른지, 지금 어디에
그가 서 있는지조차 알 수가 없었다.

술기운을 떨어내지 못하고 아파트에 도착했다. 아내가 현관 앞
에서 허리춤에 바싹 손을 얹은 채로 그를 노려보았다. 아내의 눈초
리를 보는 순간 은숙의 얼굴이 떠올랐다. 출판사 일로 만났지만 아
내한테는 책잡힐 일이었다.

― 당신, 지금 누구 만나고 오는 길이죠?

아내는 꼬투릴 잡을 셈인지 되차게 따져 물었다. 명재는 순간 망설였지만 사실대로 말을 하지는 못했다.

― 출판사 일로 작가를 만나고 오는 길이요.

― 예, 그 여자가 생각났겠죠? 옛날처럼 파트너들 넷이 만난 소감이 어땠나요?

아내는 이미 알고 있는 모양이었다. 아내는 어떻게 이런 사실을 알고 있을까? 생각하다가 내린 결론은 영훈,아니면 혜경이었다. 그는 아내를 놀란 눈으로 쳐다보았다.

그를 시기하는 어떤 신적 존재가 마치 그의 앞길을 가로막고 훼방을 놓고 있는 기분이 들었다. 그렇지 않고서야 이 같은 곤경에 빠지지는 않을 터이다.

― 매도하지 말아요. 작품 섭외하러 억지로 만난거니까.

빠져나올 구멍이 될 수는 없지만 사실대로 말하는 수밖에 없었다. 아내가 이미 알고 있는 것을 눈치 챈 마당에 발뺌을 하려해봤자 더 옹졸하게만 보일 것이었다.

― 섭외요? 지금 세 살 먹은 애기 취급해요, 당신? 하고많은 작가 중에 하필 그 여자예요? 왜 그래야 하죠? 세상에, 바로 옆 동네다 오피스텔 얻어놓고 당신들, 무슨 짓을 벌이고 있는 거예요?

아내는 역시 그를 이해하지 못했다. 아니, 이해를 바라는 자신이 분에 넘치는 것이라고 명재는 생각했다. 누구라도 이해하기 어려운 상황일 것이다.

― 미안해요. 일이 그렇게 꼬였어요. 실은 사장이 그래요. 그 작가 섭외하지 못하면 아예 그만둘 생각하라고요. 작품 하나 받으려

고 목을 매는데 편집장이란 사람이 그 정도도 못해줘요? 사무실 미
쓰 박,을 먼저 보냈어요.

　— 네 그래서 거절당했죠. 옛날 내 남자 보내라, 이거 아니었어
요? 그래서 당신 헐레벌떡 쫓아간 거구요. 커피 앞에 놓고 옛날 함
께 듣던 음악 듣고, 눈 맞추고 껴안고 뭐 그거 아니었어요?

　아내는 모든 과정을 꿰뚫어 보고 있는 여자 같았다. 명재는 아내
한테 맹목적으로 당하고 있는 자신이 한심해 보였다. 이제 제발 그
만해, 하고 소리를 빽 질렀다. 아내는 수그러들지 않고 더욱 기세좋
게 덤벼들었다.

　— 상희 그 가시나 만나 뭘 했어요? 날 못 잡아서 안달인 가시날
어디가 좋아서 그렇게 만나고 다녀요, 당신? 상횔 여관에서 재워
줬다구요?

　— 대체 그게 무슨 소리들이야? 당신들 정말 미쳤어. 세상에 입
에 담을 말이 있지 형부가 처제 데리고 여관 잠이라도 잤다는 거야
뭐야?

　그는 발로 소파를 걸어찼다. 아내한테 처음으로 존대말을 사용
하지 않았다. 과격한 행동을 보인 것도 처음 있는 일이다.

　— 그거야 보지 않았으니까 모르죠. 당신이 그런 오해받을 짓을
왜 하고 다니냐 이 말입니다 내 말은. 감쪽같이 애인을 숨겨둔 사람
인데 무슨 짓인들 못하겠어요? 내 말 틀렸어요?

　그의 행동에 아내는 놀라는 기색이 없었다. 그러나 예전에 보지
못한 그의 행동을 보고 당황한 눈치였다. 명재는 더 이상 물러설 수
만은 없다고 생각했다. 그가 주춤주춤 물러서면 아내는 그게 약점
이 있어서 그러는 거라고 오해할 것이었다.

— 당신도 행동 조심해요. 오현섭이란 남자 숨겨놓고 다닌 사람
이 누군데 함부로 지껄이고 난리야? 내가 모르는 줄 알아? 호텔 한
식집에서 그 자식 만난 거 다 알고 있단 말이야. 그게 뭐하는 짓이
야?

아내는 이미 각오를 했는지 감추려 하지 않았다.

— 그래요. 당신도 알고 있으니 오히려 편군요. 나는 옛날 친구
만나면 안 된다는 법이 라도 있나요? 남의 여자 만난 남자들 기분
어떤가 하고 만나봤어요. 예, 그거 대단히 좋더라구요. 그런 기분
도 있구나, 생전 처음 깨달았죠. 그래서 당신들이 옛날 애인들 숨겨
놓고 그 짓들 하고 다니는구나, 알았죠.

— 처제하고 언제까지 그런 식으로 지낼거요? 유치한 짓거리 하
지 말아요. 사촌 간에 남자 하나 가지고 대체 그게 뭡니까? 이제 나
이도 먹을 만큼 먹었으면서……

— 당신은 나일 먹어서 그런 행동 하고 다녀요? 언제까지 상희
가시날 두둔하려고 그러세요? 걔가 사분사분 하니까 당신이야말로
제정신 아닌 모양인데요, 이것 봐요. 상희가 어떤 년인줄 알아요?
신촌에서 당신 만난 거 제 입으로 나팔 불고 다닌 애에요. 오피스텔
에서 은숙이란 여자 만나는 것도 다 그 가시나가 전해준 소스라구
요. 당신, 이제 알겠어요? 우릴 파멸시키려고 작정하고 다닌 가시
나라구요. 그런 가시날 당신이 감싸고돌아요?

그가 은숙의 오피스텔로 찾아간 사실을 처제가 아내한테 알려주
었다는 말은 정말 믿어지지 않았다. 처제가 어떻게 그런 사실을 알
았을까? 아내의 말대로 처제는 정말 그의 가정을 깨뜨릴 작정을 하
고 있는 것인가? 머리가 복잡해지기 시작했다.

─ 그럼, 당신의 행동은 뭐예요? 처제의 속내를 뻔히 들여다보면서 날 이해하려고하지 않고 겉으로만 돌았잖아요? 그리고 오현섭이란 남잘 왜 만납니까?

처제가 오현섭에게 아내의 연락처를 가르쳐 주었다고 그는 생각했다. 아내는 그를 날카롭게 쳐다보았다. 그가 심지를 넣어 말했다.

─ 그건 나한테 반항한다는 의미인가요?

─ 좋을대로 생각 하세요. 내가 여태 당신한테 한번이라도 반항한 적 있나요? 당신이 완벽해서가 아니었어요. 회사에서 고생하는 남편, 집에서라도 편하게 해드리자, 이게 아내 된 도리라고 생각했기 때문이죠. 장차 우리 아이가 태어나면 그 아이의 아버지자 가장이다, 그리고 무엇보다 시를 쓰는 지식인이다, 그래서 존중했던 거죠. 그런데 당신도 역시 남자였어요. 세상의 여자들이 생각하는 뻔한 남편이요. 고상한 척 하면서 겉으론 호박씨 까는 남자, 남의 여자한테나 침 흘리고 옛날 여잘 부인 몰래 만나는 그런 속된 남자, 제 말이 틀렸나요? 그래서 나도 당신처럼 세상의 아내들처럼 살기로 했어요. 책을 읽고 책을 만드는 마음으로 살면 누가 알아준대요? 나도 적당히 남들처럼 타협하고 적당히 바깥세상도 즐길 거예요.

아내는 바깥세상이란 말에 유난히 힘을 주어 말했다. 아내의 말처럼 아내가 그에게 반항한 적은 없었다. 회사에서 퇴근하면 언제나 그를 반기며 다소곳하던 아내. 비록 많은 돈을 벌지는 못해도 그가 책을 만든다는 사실에 자부심을 갖던 아내이고, 시인의 삶을 되도록 존중해주려던 아내였다.

아내한테 바깥세상이란 호기심을 끌기에 충분할 것이다. 외출을 거의 하지 않고 볕드는 베란다나 소파에 등을 기대고 앉아 책 읽는 것을 일처럼 좋아하던 아내, 그런 아내가 이제 바깥 세상을 즐길 거라는 공식적인 선언은 그를 몹시 긴장하게 만들었다.

— 그래서 오현섭이란 사낼 계속 만나겠다 이건가요?

명재의 마음에는 여전히 오현섭,이란 사내가 마음에 걸렸다. 남편 앞에서도 바깥세상을 즐기겠다는 의미는 남편으로서 자존심도 상하고 껄끄럽게 느껴진다. 그의 되받는 말에 아내는 더 이상 대꾸하지 않고 들어가 버렸다. 아내가 오현섭,이란 남자를 호텔음식점에서 만난 사실을 알고 있는데도 아내는 어떻게 그 사실을 알았는지조차 그에게 물어오지 않았다. 처제한테 그러한 정보를 들었다는 사실을 이미 훤히 꿰뚫어보고 있기 때문인지도 모른다.

8

땅에 씨를 뿌리면 싹이 나고 드디어 열매를
맺어 끝없이 반복되듯, 닭이 알을 낳고 알에서
닭이 생김이 끝이 없듯 땅에 그린 원에 시작과
끝이 없듯 우리 인생의 이 같은 연속에도 끝이
없다. 〈미란타왕문경〉

출판사 사장에게 여류작가 박은숙의 소설을 출간할 수 있을 것

같다고 보고했다. 은숙은 그의 제의에 기다리고 있기라도 했다는
듯 크게 망설이지 않고 승낙해주었다. 작품에 대한 본격적인 이야
기를 나누지 못했지만 은숙의 승낙이 떨어졌다는 것은 사장 입장
에서 보면 대단한 행운이었다. 사장도 그렇게 생각한 탓인지, 한 선
생, 잘했어요. 그럼, 구체적인 출간일정을 잡도록 해요, 하면서, 소
설 출간의 수입금중 3%를 한 선생한테 드리리다, 하고 다짐했다.
명재는 사장의 결정에 너무 놀랐다. 출판사 사장이 편집장에게 이
런 결정을 내린다는 것은 보기 드문 일이었기 때문이다. 그를 충분
히 이용할 가치가 있다고 판단한 때문인지 모른다. 그만 잘 구슬리
면 박은숙 작가의 소설이야 얼마든지 출간할 수 있을 거라는 장기
적인 계획에서 비롯된 것인지 모른다. 명재는 사장의 이런 호의에
더욱 책임감이 커지는 기분이었다. 그는 편집부의 회의를 열어 은
숙의 소설 출간 일정을 잡고 전체적인 개요와 더불어 구체적 시놉
시스까지 준비했다. 그리고 편집부 미쓰 박,을 대동하고 은숙의 오
피스텔로 향했다. 이제 작품원고만 받아오면 된다. 플로피 디스크
나 CD에 담아놓은 스크립트를 편집하고 표지디자인을 제작하고
광고 카피를 만드는 일과 각종 잡지와 신문, 기타 미디어 홍보계획
서를 작성하면 되는 것이다.

　은숙의 오피스텔에서 사무실 미쓰 박,으로 하여금 일정과 계획,
홍보 과정 등에 대한 브리핑을 하도록 했다. 미쓰 박,의 브리핑에
은숙은 매우 세심한 주의를 기울였다. 출판사측에서 작성한 개요
와 일정, 광고시안 등에 대해 은숙은 크게 만족하는 표정이었는데
은숙은 작품에 대한 열의가 대단했다. 명재는 편집장으로서 먼저

소설을 한번 읽어볼 필요성이 있다고 느꼈으나 미쓰 박,에게 위임했다. 은숙의 소설 읽기가 그는 은근히 겁이 났다. 작가의 작품 속에 반영되는 의식, 말하자면 은숙이 그의 의식에 파고 들어와 그를 무력하고 형편없이 무너뜨릴지도 모른다고 생각했기 때문이다. 소설의 내용을 감당할 자신이 솔직히 서지 않았다. 은숙의 소설 '축배'와 같은 맥락의 줄거리라면 더욱 그러할 것이었다.

업무를 마치고 미쓰 박,이 먼저 은숙의 오피스텔을 나갔다. 명재는 미쓰 박,과 함께 나갈 생각을 했으나, 은숙이 미쓰 박,에게 넌지시 눈치를 주었는지 작업공정에 대한 얘기가 끝나자마자 곧장 자리에서 일어서며, 편집장님, 먼저 일어섭니다. 선생님과 좀 더 말씀 나누시다 나오세요. 사장님한텐 곧장 퇴근했다고 말씀 드릴테니 사무실 부러 들르실 필요 없구요, 하고 말했다. 명재는 어쩔 수 없이 은숙의 오피스텔에 남게 되었다.

둘만이 남자, 의례건 음악과 커피를 나누었다. 은숙은 마치 과거의 기억을 한 올 한 올 낚아내는 즐거움을 취미로 삼고 있는 사람처럼 보였다. 명재의 생각에 위험한 정사를 꿈꾸는 여자처럼 느껴졌다. 은숙이와 가까워진다면 누가 생각해도 위험한 정사가 될 것이었다. 그는 아내가 있는 유부남의 신분이다. 그리고 은숙은 잘 나가는 여류작가, 공인이다. 사람의 일이란 한 치 앞도 예측할 수가 없는 게 현실이다. 더욱이 남녀 간의 문제란 더욱 그러한 것이다. 학창시절 한 때는 그도 은숙과 헤어지리라곤 꿈에도 상상해보지 못했잖는가. 그런데 어느날, 그것은 모든 신뢰를 깨뜨리며 운명처럼 그에게 다가온 것이었다. 그에게 이런 변화가 다시 일어나지 않으리란 보장은 없다. 더구나 한때 가까이 했던 관계가 아니었던가.

― 선배, 처제의 일을 어떻게 생각해요?

은숙이 불쑥 말을 꺼내놓았다. 처제의 문제를 꺼낸다는 건 좀 의외였는데 명재는 당황함을 감출 수가 없었다.

― 영훈이 이혼하는 문제 말예요.

― 그, 글쎄, 난 좀 더 심사숙고 했으면 하는 생각이야. 이혼만이 능사는 아니잖아?

영훈과 처제가 이미 이혼할 의사를 굳힌 것으로 짐작은 하고 있었다. 은숙이 까지 그 문제에 대해 얘기하는 걸 보면 제들끼리 많은 대화를 가졌던 모양이다.

― 혜경은 어떻게 하구요? 선밴 혜경의 입장, 한번이라도 생각해 보셨나요? 혜경이도 얼마나 힘들었겠어요? 제 남잘 세상에 다른 여자한테 빼앗긴 여자의 심정을 남자들이 알기나 할까요? 그럴라면 애초에 가까이 하질 말았어야죠? 안 그래요?

그는 고개를 쳐들 수가 없었다. 명재는 영훈과 함께 매도되는 자신이 수치스럽게 생각 되었다. 영훈이 처음 혜경을 배신하고 처제를 선택한 일과 그가 은숙을 배신하고 지금의 아내를 선택한 일에 대해 은숙은 우회적인 공격을 퍼붓고 있었다.

― 혜경이 영훈 한테 집착할 이유는 충분해요. 영훈도 한때 자신의 잘못을 인정하고 있다는 생각이 들어요. 상희,라는 처젠 이런 자신의 운명을 받아들여야 할 거예요. 영훈이가 기본적으로는 나쁜 자식이지만 처제되는 여자 역시 잘못은 있었다고 봐요. 남의 남자를 가로챈 여자라면 다른 여자의 처지도 생각해 줬어야 옳아요. 영훈이도 불행한 자식예요.

은숙은 영훈을 말할 때 노골적인 욕설을 담았다. 영훈의 행동에 대한 질책임에 틀림없었다. 혜경과의 약속을 배신해버린 파렴치한 남자로 은숙은 영훈을 생각하고 있을 것이었다. 은숙의 말에 박힌 가시를 명재는 모르지 않았다. 은숙을 배신하고 아내를 선택한 그의 치졸한 행동을 은숙은 간접적으로 비난하고 들었다. 그리고 은숙 자신의 권리를 정당하게 주장하고 있는 것이었다.

　— 선배, 영훈일 너무 매도하지 말아요. 내가 영훈이한테 이런 식으로 말한다고 선배까지 그래선 안 된다는 거죠. 결혼한 유부남이 아내 몰래 옛날 여잘 만난 거는 어떻든 잘 못된 일이에요. 하지만 영훈이도 나름대로 그럴만한 속사정이 있었을 거라는 얘깁니다. 상희,라는 처제, 선배 품에 안기고, 아늑하느니 그 품이 그립느니, 했다고 들었어요. 그리고 남편 몰래 옛날 남자 만나고 다녔다더군요. 어느 남자가 그런 아내를 곱게 보겠는가요? 영훈이도 제 아내한테 화풀이 한 거죠.

　영훈과 처제의 문제는 정말 생각하고 싶지 않는 부분인데 은숙의 입에서 다시 불거져 나왔다. 영훈은 정말 처제의 불결한 행동 때문에 혜경을 만나기 시작했을까? 처제가 남자를 만나고 다닌다면 영훈과 혜경의 관계를 알게 된 뒤부터 그리 되었을 거라고 명재는 생각했다.

　— 여자들을 사내들은 너무 매도해요. 요즘 현실은 정말 여자의 정절쯤은 마치 박물관에 박제된 희귀동물 처럼 생각해요. 한쪽에선 아무리 유행이나 패션에 길들여지고 있다 해도, 다른 쪽에선 전통을 고수하려는 움직임이 일어나죠. 그러니까 남자나 여자나 소중한 것을 지키고 간직하는 마음자세가 중요하단 얘기에요. 내가 선배와의 약속을 저버리지 않기 위해 밤낮 쓰린 가슴을 주무르면

서 소설을 썼다면 그걸 선배가 어디까지 이해할 수 있겠어요?

그리고 은숙은 낮은 목소리로 또박또박 말했다.

— 감상적으로 듣지 말아요. 선배. 혹 일이 그러려니 해서 여기까지 오게 되었다, 이런 식으로도 비하하지 말아주세요. 난 선배, 기다림 끝에 결국 선밸 만났다고 생각해요. 선배가 결혼하고 영훈이 마저 다른 여자와 결혼 했을 때, 혜경이 하고 내가 얼마나 세상을 저주했는지 알아요?

그는 정말 은숙을 똑바로 쳐다볼 수가 없었다. 커피잔을 비잉비잉 돌리며 묵묵히 그녀의 말을 경청하고 있을 뿐이었다. 은숙의 말은 글을 대하듯 조리 있고 논리적인 데가 있었다. 말의 한 구절도 이치에 그르다고 생각되는 부분이 없을 정도였다. 은숙의 말을 듣고 보니 혜경의 모습마저 달리 여겨졌다.

— 다른 남자, 더 좋은 남자 얼마든지 있다, 우린 이렇게 서로 위로했어요. 그러나 그게 그렇게 쉽게 이루어지지 않았죠. 너무 벽을 단단히 쳤던 거예요. 말은 그렇게 해도 지난날에 대한 기억, 추억들을 등져버릴 수가 없었죠. 혜경이도 그랬어요. 솔직히 혜경인 영훈이가 결혼하고서 어떤 남자를 만난 적이 있어요. 내가 근무하던 고등학교 앞에서도 만났던 경험이 있죠. 그런데요 그게 그 남자가 좋아서 만난 게 아니구요, 저를 학대하느라고 그랬던 거예요. 남자가 술만 마시면 여관 데리고 가려고 한다면서, 내 자취방에 와서 얼마나 슬피 울었던지요. 둘이 같이 밤새도록 울었어요. 난 당신을 그때 죽이고 싶었어요. 복수하겠다, 너를 반드시 무너뜨리겠다, 이렇게 다짐하면서요. 그런 제 마음, 글로써 다스리기 시작했어요. 소설을 쓰기 시작했던 건 그 무렵이죠. 선배가 날 소설가로 만든 셈이

네요.

　은숙은 비아냥을 담은 목소리로 말했다. 그가 아내와 책을 읽으며 세상의 단꿈을 꾸던 시절, 은숙은 소리없이 가슴을 주무르며 자신을 달랬구나. 혜경과 함께 밤을 지새며 사라진 약속에 대한 원망을 키웠던 적이 있었구나, 생각하니 가슴 한켠이 싸아하게 저려오는 느낌이 들었다. 은숙에게 어떤 말로 위로를 해도 부족할 것이다. 한시절의 사소한 약속 같은 것들이 이처럼 소중히 가슴을 적시게 될 줄 감히 상상도 못했었다.

　— 선배를 다시 잃지 않을 거예요. 아뇨, 그건 너무 이기적인가요? 선배는 동쪽으로 가려고 하는데 자꾸만 서쪽으로 잡아끄는…… 저번 날 그랬던가요? 한 번도 선밸 찾아 나서지 않았다? 내가 그런 깊은 생각을 하고 있는 줄 몰랐다? 그러니까 말하자면 책임을 회피하려는 거겠죠? 선배, 그 소중한 약속이 사라진 시대에 한낱 만나 어그러질 말들이 무슨 의미가 있었겠어요? 백 마디의 말보다 한 줄의 글이 마음을 전달하는 데는 효과적이라고 들었어요. 입은 침묵해도 가슴은 갈구했죠. 내가 소설을 쓰는 건 그 때문이었어요. 나는 소설에서 선배한테 무수한 얘기를 했죠. 그걸 선배가 무시했거나 아니면 의도적으로 회피했을 뿐이에요. 저는요, 앞으로도 글을 통해 계속 선배와 얘기할 거예요. 선배뿐만 아니라 한때 함께 했던 동료들의 의식과 더불어 세상을 열어나갈 거라구요. 알아요, 선배?

　은숙은 마지막 선배, 하는 대목에서 거의 끄억 목이 막히는 소리를 했다. 그녀의 눈 밑에 눈물이 길게 흘러내린 자국이 보였다. 은숙이 그처럼 깊은 생각을 가지고 있었다는 사실에 명재는 놀랍고 비통한 기분이 들었다. 그가 은숙의 인생에 얼마나 못을 박았는지 순간 얼굴이 뜨겁도록 부끄러웠다. 한 줄의 글로써 심정을 말한 은숙, 그녀의 말처럼 그는 은숙의 소설을 의도적으로 회피했다. 의식을 짓누를 것만 같은 불안함에 부러 외면했던 것이다. 명재는 은숙이 앉은 소파로 건너가서 그녀의 몸을 가볍게 끌어안았다. 자그마치 5년만의 포옹이었다. 이거야말로 진정한 포옹, 그의 마음을 송두리째 담아 보내는 진지한 포옹이라고 그는 생각했다.

은숙이 그의 가슴에 얼굴을 묻었다. 동아리 엠티를 갔을 때, 동료들로부터 이탈해 산 밑 너럭바위 아래서 은숙과 키스를 했던 기억이 있다. 그때, 명재는 몹시 당황했던 일이 생각난다. 오누이처럼 지내리란 믿음의 변화 때문에 놀랐었다. 오누이간 사랑보다 정다운 표현의 하나라고 억지생각을 했던 기억. 그때만 해도 얼마나 순진했던지, 학생의 신분으로 이성과 그런 식의 행위 자체는 스스로 부끄럽게 만드는 행위라고 생각했던 것이다. 그러면서도 은숙과의 키스는 어째 그렇게 달콤했던지, 태어나서 아마 은숙과 난생 처음 키스했을 터이다. 은숙 역시 그와 같은 생각인지 한동안 그의 얼굴을 부끄러워 쳐다보지 못하고 며칠을 그의 주위에서만 비잉비잉 돌았던 기억도 새롭다.

은숙 역시 그때의 생각에 빠져들었던 건 아닌지, 가슴에 묻었던 얼굴을 들어 그의 눈을 응시했다. 강렬히 타드는 눈빛, 그때의 눈빛이 수수함 속의 설렘을 담은 눈빛이었다면, 오늘의 눈빛은 농익은 저녁놀빛 같이 타드는 눈빛이다. 눈빛이 마주치면 파삭파삭 불타오를 것만 같은 강렬한 느낌, 명재는 자신의 입술이 타드는 것을 느끼며 혀끝으로 입술을 쓸어내렸다.

— 선배, 키스해줘요.

은숙이 말하고서 새빨간 석류 같은 강렬한 눈빛으로 그를 빨아
들였다. 그는 가슴 저 아래서 들끓어오르는 자신을 느끼면서 은숙
의 입술에 가만히 자신의 입술을 포갰다. 은숙은 기다렸다는 듯이
흐흡, 소리를 내면서 그의 입술을 통째로 삼켜버릴 듯한 기세로 그
를 빨아들였다. 그의 혀가 은숙의 혀끝에 깊숙이 빨려들고 있는 것
을 느끼며 명재는 마치 술 도가니에 빠져 사는 사람처럼 어질어질
한 자신을 느끼고 있었다. 은숙의 가슴은 팽팽하게 부풀어서 그의
정신을 혼미하게 하고 그녀의 입에서 뿜어져 나오는 기운은 그를
한 발짝도 움직이지 못하게 만들어버렸다. 은숙의 손이 그의 귀밑
머리를 만지작거리는 순간 그의 손은 은숙의 팽팽하게 부풀어 오
른 젖가슴을 움켜잡았다. 은숙의 입에서 날카로운 휘파람 소리가
빠져나왔다.

— 아아 선배, 미치겠어.

꿈속에서 들리는 듯한 소리. 명재는 정신을 차리려고 애를 썼지
만 그럴수록 동굴 속 같은 데로 자꾸만 끌려들고 있다는 느낌. 그러
다가 정수리에 떨어지는 석간수 같은 의식 한 가닥. 아내의 얼굴이
떠올랐다.

— 은숙아, 이제 그만.

— 선배, 난 5년을 기다렸어.

은숙이 귓가에 속삭이듯 말을 흘렸다. 명재의 머릿속은 혼란스
러우면서 몽롱했다. 아지랑이가 떠다니는 듯한 아스라한 절벽 같
은 데에 그가 운명처럼 매달려 존재하고 있다는 느낌이 들었다. 떨
어지면 꿈속에서 깨어날 것이나 허무하고, 매달려 있자니 무섭고

불안한 상태, 건너면 돌아오지 못할 이어도 같은 섬처럼, 그러나 건너가지 못하면 평생을 그리워하고 후회할 것만 같은 안타까움도 일었다.

은숙은 그에게 마치 저항이라도 하듯 그의 몸속으로 파고들면서 휘파람 소리를 뿜어냈다. 귓전에 느껴지는 은숙의 입김이 모락모락 뜨겁다. 그녀가 손을 뻗어 그의 목덜미를 타고 내려오는 순간 명재는 은숙의 무릎이 이미 그의 허벅지 사이에서 흔들리고 있는 것을 느꼈다. 그의 의식도 그녀의 무릎이 흔들리듯 흔들리기 시작했다. 그도 이제 돌아올 수 없는 이어도 같은 섬에 이르렀음을 깨달았다.

기대와 그리움의 대상이었던 그 섬이 다시는 돌아올 수 없는 운명 같은 섬이 되었다. 출렁이는 파도에 몸을 맡겨 표류한 침실, 은숙의 몸에 그의 남성을 깊게 밀어 넣던 순간 그는 섬이 되어 떠오르던 자신을 느끼며 깨달았다.

9

아내의 외출은 계속 되었다. 누구를 만나고 다니는지는 몰라도 아내는 화장에 몹시 신경을 쓰는 듯했고 입성도 눈에 띄게 달라졌다. 안개꽃처럼 수수한 입성이 어울리는 아내가 몰라보게 화려한 입성을 했다. 그저 길게 뻗은 머리를 곱게 빗어 넘겨 질끈 동여 멘 머리 스타일의 아내는 헤어스타일마저 바꿔버렸다. 짧지 않은 커트에 이마 양쪽으로 뽕긋 물결처럼 웨이브가 져서 우아한 자태를 뽐냈다. 몸에 매달고 걸치는 장식을 어울리지 않는 사치로 여기던 아내가 귀걸이를 둥글게 매달고 입술과 눈썹도 색상이 두드러지게 꾸몄다. 여자들의 이런 변화는 심경의 변화를 말해준다고 들었던 명재는 그러나, 크게 신경 쓰지 않았다. 이미 은숙과 생애 처음 몸을 섞었고 그 세계에서 명재는 색다른 세계를 보게 되었다.

은숙과 나누었던 밀애는 눈만 감으면 머리 속에서 풀 향기처럼 절로 피어올랐다. 아내와의 육체적 나눔도 일이 터지기 전까진 무난했고 대체로 만족했던 명재는 은숙을 통해 또 다른 세계를 보았던 것이다. 남자치고 색(色)을 즐기지 않은 사람 없다는 말도 있지만 명재는 그리 밝히는 편이 아니었다. 아내에 대한 만족감이 그렇게 하도록 만들었을 거라고 명재는 생각했다.

그런데 그러한 믿음이 깨어질 수도 있다는데 또한 그는 놀라고 있었다. 은숙의 육체는 뜨거웠다. 입을 통해 뿜어내는 열기보다 그녀의 몸은 그를 통째로 삼켜버릴 듯 강력하게 빨아들였고 빨려들수록 혼미한 그의 의식을 흔들며 은숙은 그의 모든 것을 휘감아버렸다. 은숙의 몸속에서 겨우 빠져나왔을 때에도 그의 의식은 몽롱했는데 결코 그 순간의 환희와 기쁨을 잊지 못하리라 생각했다. 은숙이 만든 덫이라면 그는 덫에 걸려 빠져나오지 못하는 승냥이 같이 여겨졌다. 덫인 줄 알면서도 자꾸만 거기에서 배회하다 다시 덫속에 갇히고 그러다가 끝내 살기를 포기하고 마는 설치류 같은 느낌이 들었던 것이다.

아내의 외출이 저번 날처럼 문제가 되지 않는 게 신기했다. 그의 머릿속은 온통 은숙의 뜨거운 몸으로 가득 찼다. 아내가 남자, 그 오현섭이란 사내를 만나고 다니는 줄도 모른다는 한편의 우려가 있었지만 이상하게도 크게 괘념하지 않아졌다. 그러면서도 은숙에게 섣불리 접근하지 못했다. 덫의 주위를 배회하는 그의 내면세계를 겨우 잠재우고 사무실과 아파트를 드나들 때, 은숙은 그를 차분하게 기다리고 있었던 모양이다. 사무실 미쓰 박,을 통해 은숙은 언제나, 편집장님, 바쁜가요? 책은 공정이 어느 정도 진행되고 있나요? 편집장님 더러 편하게 들르라 이르세요, 하며 그의 안부를 물어왔고, 그와 직접 통화가 될 때도 있었다.

— 선배, 들려요. 난 열려 있어요 언제나.

— 그, 그래. 표지 디자인 시안도 봐야지.

명재는 객쩍어 책의 표지 핑계를 대고 만다. 마음은 은숙의 곁에 수도 없이 맴돌다가 그의 의식을 잡아 메어놓은 말뚝 가운데로 겨우 돌아와서 한숨을 쉬곤 했다. 그러다가 끝내 향기의 덫에 빨려들어 은숙을 찾고 말았다. 물론 책표지 시안을 서류가방에 넣어 가지고 서지만 편집장 자격으로보다 그녀의 향기를 탐닉하려는 승냥이 같은 마음으로 그녀를 방문했던 것이다. 그의 이러한 방문을 은숙은 몹시 반기었고 은숙과 몸을 섞은 지 채 두 달이 되지 않았는데 그녀를 찾는 횟수는 배로 늘어나게 되었다. 은숙을 만날 때마다 색다른 느낌과 향기와 분위기를 통해 세상의 또 다른 의미와 세계를 맛볼 수가 있었다.

아내와는 점차 무관심의 관계로 발전했다. 은숙의 세계로 빨려들면서 아내에 대한 관심이 점점 멀어지기 시작했다. 아내 역시 안개가 햇빛 속으로 사라지듯 눈에 띄지 않는 가운데 그로부터 멀어져 있는 느낌이었다. 아내는 간혹 그를 의식하지 않고 콧노래마저 불렀다. 외모와 의복에 아내는 남달리 신경을 쓰는지 거울 앞에서 몸태를 이리저리 비춰 보고 빵긋 자신에게 미소를 짓기도 하였다. 오현섭,이란 사내한테 푹 빠져버렸는지 모른다는 생각이 들었다. 그런데 이상하게도 예전처럼 배신감이나 질투심 같은 것이 느껴지지 않는 것이었다. 그도 나름대로 은숙을 만나고 다니며 밀애를 나누면서 서로 관심 밖처럼 행동하는 것이 싫지는 않았다. 아내와의

잠자리를 하지 않은지도 오래되었다. 아내 역시 그의 곁에 오는 것
을 원하지 않는 사람처럼 보였다. 누구를 만나고 다니느냐, 퇴근이
어째서 그렇게 늦었느냐? 하는 따위의 잔소리를 듣지 못했다. 그런
데도 마치 불문율 같은 행동 하나는 그나 아내나 절대로 외박한 적
은 없다는 점이었다. 그는 은숙과 팔베개를 하고 누워 있다가도 너
무 늦었다 싶으면 자리를 박차고 일어나 귀가했고, 아내 역시 새벽
시간에 술에 취해 비트작거리며 귀가하는 경우는 있었어도 외박은
하지 않았던 것이다. 그러니까 다른 사람들의 눈에는 부부 사이에
아무런 문제가 없는 것처럼 보일 수도 있다.
　― 여전하시죠?
　실제로 아파트 입구에서 마주한 이웃집 아주머니도 이렇게 안부
를 물을 정도였다. 경비실 수위 역시 그랬다. 수위는 그를 향해 예
의 그 사람 좋은 얼굴을 하고선, 아이 소식은 없어요 한 선생? 하
고 물어오기도 했다. 아내와의 사이에 아이는 이미 생각할 수도 없
는 입장이 되었다. 임을 봐야 뽕을 따는게 아닌가. 집을 마련하고
아이를 가졌으면 하는 그들의 바램이 어쩌면 명재는 잘 되었는지
도 모른다는 생각이 들었다. 아이라도 생겨가지고 이런 일이 생겼
다면 그 또한 감당하기 어려운 일이었을 것이다. 내 집을 마련하면
가지겠다던 아이의 꿈은 이제 물거품이 되어버렸다. 내 집이라면
그도 어느 정도 자신은 있었다. 은숙의 책이 예상대로 베스트셀러
에 올라주었고 사장은 애초에 그와 약속한 내용을 어기지 않았다.
은숙의 책 판매수익금의 3%를 그에게 꼬박꼬박 지급했는데 상당
한 액수가 적립되어 있었다. 그의 출판사에서 출간한 은숙의 소설
은 '동행'이었다. 명재는 은숙의 소설을 읽어보지 않았다. 책을 출

판한 출판사의 편집장으로서 작가의 소설읽기는 당연한 일인데 그
는 결코 그럴 수가 없었다. 은숙과 깊은 관계가 되고서도 그러지 못
했다. 사무실 미쓰 박,에의하면 이번 소설 '동행'은 역시 자전적 소
설로 볼 수가 있는데 작가가 초기에 발표했던 소설의 연장선에서
전개 되는 작품이라고 했다. 그런 말을 듣고서 명재는 결코 소설을
읽어볼 엄두가 나지 않았다. 은숙의 내면세계, 특히 그를 향한 그
세계가 두렵고 불안했기 때문이다. 독자의 반응은 뜨겁게 달아오
르고 있었다. 여류작가들의 대중적 관심도가 높아지기 시작하면서
은숙이 그 여류작가의 한 사람으로 부상했고 은숙이 소설을 출판
하자 독자들의 반응은 즉각적이었다. 특히 여성들의 지위, 어쩌고
하면서 실린 각종 신문과 잡지 등의 인터뷰 기사가 그 정도를 말해
주고 있었다. 여성지위 향상에 기여한 소설, 여성의 권리, 페미니즘
의 선봉적 작품, 자전적 체험을 형상화한 페미니스트 소설, 등이 신
문, 잡지 등에 실린 표제였다.

　책이 출간되어 5개월이 채 되지 못했는데 판매량에 있어서 기대
이상이었다. 종이책을 외면하는 대중의 경향에도 불구하고 은숙의
소설 '동행'은 많은 독자층을 형성했다. 십여 년 전만 해도 밀리언
셀러가 가능한 출판계에 그럴 가능성은 희박함에도 불구하고, 출간
5개월 이전에 무려 삼 십여 만부 이상의 판매량을 보였다. 출판사
의 광고와 매스컴의 띄워주기식 인터뷰 혹은 작품 소개 기사 때문
만은 아니었다. 독자들이 갈구하던, 특히 사회적으로 그간 소외받
아온 여성들의 지위향상에 대한 메시지를 담은 내용이어서 그 같
은 관심을 불러 일으켰으리라 생각했다. 은숙은 지명도가 더욱 높
아졌고 여기저기 강의에 불려다녔다. 특히 은숙은 경제적으로 감

히 생각하기 어려운 부(富)를 축적했다. 10% 인세 계약에 보너스마저 지급했으니 만만찮은 돈이 들어온 셈이다. 정가 8,500원에 대한 10%는 1권 판매시마다 850원이 저자한테 지급된다. 일 만부면 850만원, 십 만부면 8,500만원, 삼 십 만부면 2억 5천이 넘는 인세가 책정된다. 보너스에 앞으로 계속 팔려나갈 것까지 감안하면 은숙은 평생 먹고살 돈을 벌어버린 셈이었다. 그에게 할당된 3%의 배당도 무시할 수 없다. 1권당 255원의 할당이니 월급쟁이로선 역시 환상적인 액수가 책정되는 것이다. 책을 출간할 때만 해도 기대는 했지만 그 정도의 호반응은 기대하지 않았다. 적어도 사장과는 달리 그는 그랬었다.

여러모로 엄청난 변화를 가져다 준 은숙의 소설 '동행'은 소설 '축배'의 연장선에 놓여 있다고 했다. 문단의 평이 그랬고 문학적 조예가 깊은 사무실 미쓰 박,의 말도 그랬다. 소설 '동행'이 진행되는 시기는 매우 짧다고 했다. 등장인물의 설정은 소설 '축배'의 인물유형과 같지만 동일인물로 묘사하고 있지는 않으며, 다만 작가 자신이 주동인물이라는 점이다. 소설 '축배'에서 자신을 배신한 남자를 '동행'에선 다시 만나 옛날을 회상하며 애틋한 밀애를 나눈다는 스토리 라인의 진행은 명재로선 매우 대수로운 일이 아닐 수가 없는 것이었다.

― 편집장님, 소설처럼 작가님 만나 밀애를 나누는 건 아닌가요?

하고 사무실 미쓰 박,이 얘기 끝에 물었다. 명재는 갑자기 가슴이 철렁 내려앉는 듯이 놀랐으나 태연한 기색을 보이려고 애를 썼다. 은숙과의 사이가 소설처럼 진행되어 간다면 긴장하지 않을 수가 없잖은가 말이다.

— 유명 작가가 고작 나 같은 월급쟁이한테 마음을 주겠어?

명재는 이렇게 위기를 넘기곤 했다. 입을 실죽거리는 미쓰 박,은 그의 비밀을 알고나 있는 듯이 알 듯 모를 듯 이빨을 가지런히 드러내고 웃었다.

은숙이 지방 강연을 다녀와서 급히 불렀다. 그녀의 오피스텔로 늦어도 저녁 7시까지는 들어오라는 것이었다. 명재는 정리하던 서류들을 거듬거듬 치워놓고 퇴근을 서둘렀다. 요즘 사장은 기분이 좋아져서 편집장의 일에 거의 간섭하지 않았다. 애초에도 사장은 명재의 업무에 관한 한 크게 개입하지 않고 자유스럽게 내버려두었다. 그런 가운데서 출판에 대한 훌륭한 기획 아이디어가 생산될 거라고 믿었기 때문이다.

사무실을 나와 은숙의 오피스텔로 승용차를 몰았다. 은숙의 소설출간과 더불어 나아진 경제사정은 그를 당장 자가운전자로 만들었다. 출퇴근이나 출장 시 대중교통은 기동성은 승용차보다 낮지만 매우 불편했다. 승용차를 새로 구입해서 출퇴근을 하고 다녀도 아내의 동승은 아직 한 번도 이루어지지 않았다. 아내와는 거의 대화를 하지 않고 사는 터에 그럴 가능성은 희박했다. 그런데도 희한한 점은 아내와 더 이상 부딪히는 일이 없고 서로 자유롭게 살아간다는 점이다. 아내 역시 외출해서 밤이 이슥해서야 귀가하는 일은 비일비재하지만 외박을 하는 경우는 없었다. 명재 역시 마찬가지였는데 집이라는 같은 공간에서 그런 식의 생활을 무리 없이 유지하며 다른 사람들의 눈에는 적어도 옛날과 하나도 다름없이 비춰진다는 얘기다. 둘 사이에 서로 간섭하지 않는 까닭모를 불문율 같

은 것이 어느새 만들어진 모양이었다. 은숙과 밀애를 나누는 데는
아내의 불간섭이 몹시 편했다. 아내 역시 남편의 불간섭이 밖에서
행동하고 다니는 데 편리하게 여겨졌는지 모른다.

오피스텔 지하에 차를 주차시키고 은숙의 작업실에 들어섰을
때, 명재는 몹시 당황했다. 영훈과 혜경이 거기 나란히 앉아 있었던
것이다. 은숙과 그가 가까워지고서 명재는 되도록 영훈과 혜경을
마주치지 않으려고 노력했다. 은숙이 소설을 출간하고서 간단하게
출판 파티를 열자고 했을 때도 그는 거절했다. 영훈이나 혜경이를
만나게 될까봐 두려웠던 것이다. 이들의 부정함을 탓하며 질타를
보냈던 그가 어떻게 얼굴을 내밀고 나설 수가 있겠는가 말이다.

— 선배, 어서와요.

— 오랜만입니다, 선배.

영훈과 혜경이 부러 자연스런 태도를 보이려고 노력했지만 명재
의 생각에는 이들이 그를 은근히 비아냥거리고 있는 느낌이 들었
다. 그는 이들에게 어정쩡한 웃음을 보내며 은숙을 쳐다보았다. 은
숙은 앞가슴이 둥그렇게 패인 니트로 된 셔츠를 입고 있었는데 몹
시 상기되어 있는 듯이 보였다.

— 선배, 오늘 좋은 날이예요.

하고 은숙이 말했다. 은숙의 말에 영훈과 혜경이 서로 번갈아 쳐
다보며 웃음을 머금었고, 명재는 무슨 말인지 몰라 어리둥절했다.
은숙이 한층 여유로운 표정을 지으면서 설명을 덧붙인다.

— 영훈이 독립한 날이예요.

그는 처음에 은숙의 말뜻을 알아듣지 못했다. 독립? 대체 무슨
독립을 했다는 말인가? 하고 은숙과 영훈을 번갈아 쳐다보았는데

은숙이 알아듣기 쉽게 말했던 것이다.

— 영훈이가 법적으로 이혼을 했다니까요.

명재는 그제서야 독립의 의미를 알아들었다. 결국 영훈은 이혼을 선택했구나, 하고 생각하는 순간 처제의 얼굴이 떠올랐다. 아내와 대화를 끊은 지 오래, 서로 불간섭의 암묵적 불문율을 만들면서 처제에 대한 관심도 차츰 멀어지게 되었다.

— 선배님, 죄송합니다.

영훈이 그를 쳐다보며 말했다. 명재는 고개를 끄덕이며 입술을 꽈악 깨물었다. 혜경이 영훈의 곁에 당당하게 앉아 하얀 이를 드러내며 웃는 순간 명재는 현실임을 깨달았다. 처제의 근황이 갑자기 궁금해지기 시작했다.

— 상희 쪽에서 먼저 원했던 일입니다.

영훈이 그의 눈치를 살피며 변명하듯 말했다. 혜경이 영훈의 말 끝에 시무룩한 표정을 하고 나선다.

— 그런 태도 보이지 말아요 선배. 당당하게 그냥 내가 원해서 그렇게 되었다고 사실대로 말해요. 이제야말로 그 여자 눈치 볼 필요 없잖아요?

혜경의 말에 영훈은 대꾸하지 않고 고개를 숙여버렸다. 은숙이 이상기류를 인식했는지 분위기를 살리려고 애를 쓴다.

— 자, 이제 과거는 물 건너갔어요. 앞으로 우리들이 열어나갈 좋은 세상만 생각해요. 우리가 옛날처럼 넷이서 의기투합 할 수 있는 현실이 열렸다는 게 중요해요. 안 그래요, 선배?

은숙이 목을 빼늘이며 그를 바라보면서 말했지만 그는 입을 열지 않았다. 착잡한 심사란 지금 같은 심정을 두고 일컫는 모양이었

다. 의기투합, 이라니 대체 무슨 목적의식을 향해 의기투합 한다는
말인가? 은숙의 말에 혜경은 노골적으로 그가 보라는 듯이 영훈을
이윽히 쳐다보며 팔을 둘렀다. 영훈이 처제와 이혼한 건 사실인 모
양이었다. 그는 은근히 염려하고 있었지만 막상 그런 소식을 접하
니 놀라운 일이었다. 은숙의 오피스텔에서 말하자면 영훈의 이혼
을 축하하는 모임을 갖고 있는 셈이었다. 명재는 정말 이러한 현실
에 어리둥절했다. 은숙은 영훈이 이혼하고 혜경과 정당한 모습으
로 나란히 앉아 팔짱을 두른 모습에 감탄을 하는지 연신 오, 축하,
축하,를 입에 매달았다. 소위 학부를 마친 지식인들이 이런 자리를
마련하고 있다는 사실을 사람들이 알게 되면 어떤 반응들을 보일
까, 하는 의구심마저 들었다. 더구나 그는 시인이요 은숙은 베스트
셀러 여류작가다.

　계획을 철저히 세웠는지 케익과 양초, 음식과 샴페인 등이 배달
되었다. 은숙은 의례건 대학시절 카페에서 듣던 음악을 실내에 웅
장하게 켜놓았다. 명재는 생각할수록 얼굴이 굼실굼실 달아올라
어디든지 숨어버리고 싶은 충동을 느꼈다. 응접실 탁자에 보기 좋
게 진열하고 넷이서 자리에 앉았는데 은숙은 그의 곁으로 와서 나
란히 앉으며 혜경처럼 그의 어깨에 팔을 둘렀다.

　― 선배, 보기 좋아요.

　혜경은 은숙이 그의 어깨에 팔을 두른 모습을 보고 말했다. 영훈
은 이빨이 드러나지 않게 가만가만 웃는 것 같았고, 명재는 얼굴이
화끈거려 미칠 지경이었다. 그럼에도 은숙의 체온을 느끼는 순간
가슴 속에서 불이 탔다. 지방 강연이다 뭐다 해서 은숙을 가까이 하
지 못한 지가 꽤나 되었던 것이다. 그런 순간에도 형편없는 생각을

젊은 날의 약속　191

하고 있는 자신이 한없이 못나고 부끄럽다는 생각이 들었다. 그는 은숙이 두른 팔을 조심스럽게 떼어놓았다.

— 선배님, 왜 그러세요?

그의 행동을 보고 혜경이 투정을 부려보았다. 은숙은 그의 이러한 태도에도 그닥 괘념치 않고 앞에 놓인 음식거리들을 제상의 차례를 지내듯 만지작거리며 놓인 순서를 이리저리 바꾸어 놓고 있었다. 그는 영훈과 눈이 마주치는 순간 자리에서 곧장 일어섰다. 이제 아니겠지만, 한때 서로 동서간인 그들이 이렇게 온당하지 못한 방법으로 마주하고 있다는 게 자존심상 허락하지 않았다. 이런 사실을 사람들이 알고 있다면 정말 남우세스러운 일이 아닐 수가 없는 것이다. 공교로운 일이다. 대학시절 캠퍼스 선후배간의 만남, 캠퍼스 커플을 배신하며 동료들의 기대를 저버린 선후배가 다시 아내를 배신하고 캠퍼스 커플을 찾아 새로 시작하는 소설 같은 얘기, 아니 삼류 멜로드라마 같은 일이 지금 벌어지고 있다는 생각을 하니 명재는 그들 자신이 한없이 부끄럽고 한심하게 느껴졌던 것이다. 그가 불끈 일어서자 모두 그를 바라보았다. 그도 오랜만에 예전의 분위기 속에 젖어 보는 것도 괜찮을 것 같다는 생각은 했지만 영훈이 처제와 이혼을 했다는 사실에 적잖은 충격을 받았던 것이다.

— 선배, 갑자기 왜 그러세요?

하고 혜경이 쏘는 소리로 말했지만 명재는 대꾸하지 않았다. 영훈은 이미 그의 내면을 읽었는지 고개를 숙여버렸고, 은숙은 착잡한 심정으로 입술 끝을 잘근잘근 씹고 있었다. 은숙에게는 미안하다는 생각이 들었다. 은숙과 함께 오붓한 시간을 기대하고 왔었는데 일이 전혀 다른 쪽으로 흘러버렸다. 그는 은숙의 말이라면 어떤 것도 들을 준비가 되어 있었다. 소설의 히트는 그에게도 경제적 도움을 적잖이 주었던 게 사실이고 앞으로도 계속 도움이 되어줄 것이라 믿었다. 그런 까닭이 아니라도 은숙이 그를 원망하며 보냈던 지난 시간들을 생각하면 애석하고 안타까운 마음이 들었다. 아내와도 상당히 소원해져 있었고 무관심한 상태에 빠져있었기 때문에 은숙을 만나 함께한 시간들이 그전처럼 죄책감 같은 느낌은 들지 않았다. 이제 은숙과의 만남은 자연스러운 하나의 행사 같은 것이었고 그런 행위에 부담되지 않았다. 은숙 역시 그와 같은 생각일 거라고 명재는 믿었다. 은숙을 향한 그의 열정이 얼마나 강렬한 것인지, 누구보다 은숙 스스로 더 잘 알고 있을 것이었다. 은숙을 만나 사랑의 행위를 하면서 과거의 죄스러움과 잘못을 뉘우치며 이제 불타오르는 사랑의 화살을 받아달라고, 사랑한다, 사랑한다, 수없이 속삭이는 목소리로 고백했던 것이다. 그는 정말 은숙을 뜨겁게 사랑하고 있었다. 은숙을 이제 결코 놓치고 싶지 않았다. 은숙이 유명작가에 경제적 성공을 했기 때문은 아니다. 지난시절 가슴 한켠에 앙금처럼 남아있던 것들이 부유해 그의 가슴을 불태우며 휘젓고 다니는 것이었다. 아내와 관계가 지금처럼 멀어져 있지 않았어도 그는 은숙의 가슴 속으로 결국 빠져들었을지 모른다.

그는 오피스텔의 복도에 나와 담배를 피워 물고 있었다. 저만치 달리는 차량들의 기세처럼 불타오르기 시작한 은숙과의 사랑 가운데 영훈과 혜경이 자리 잡고 있다는 사실에 마음이 편치를 못했다. 그들이 한때 공유했던 젊음과 지성과 사랑, 이미 사회에 발을 들여놓은 그들에게 그때 함께한 젊음과 지성과 사랑을 여전히 공유해야 하는가, 하는 저항감이 불쑥 솟아올랐다. 둘만의 애틋하고 오묘한 세계를 만끽하고 싶은 게 그의 심정이었다.

— 선배님, 면목 없습니다.

마음에 걸렸던지 영훈이 복도로 나오면서 말했다. 그는 영훈을 날카롭게 일별하고서 복도 끝에 자리 잡고 있는 길쭉한 레자 의자에 앉았다. 영훈이 쭈볏거리는 걸음으로 걸어와서 그의 곁에 앉았다. 그는 담배를 빼서 영훈에게 건넸다. 영훈의 심사도 착잡할 것이었다. 영훈이 고개를 주억거리며 담배를 받으면서 깊은 숨을 내쉬었다. 라이터를 꺼내 명재는 불을 붙여 주었다.

— 그렇게 까지 할 줄 몰랐는데……

명재는 말끝을 흐렸다. 영훈의 대답을 듣고 싶은 것은 아니었다. 주위에서 이혼하는 사람들을 많이 보아왔지만 막상 가장 가까운 데서 일어나고 보니 놀랍고 믿어지지 않았다. 힘들고 슬픈 일이라고 생각했다. 이혼은 헤어지는 둘만의 문제는 아니다. 그들과 맺고 있는 모든 이들 관계의 문제이다. 그들의 이웃과 그들의 친구와 그들의 부모와 그들의 인생의 모든 과정의 문제가 되는 것이다.

— 용서하십시오. 하지만 제 인생이니 선배님이 너무 관여하진 말아주십시오. 저 역시 좋아서 이러는 건 아닙니다. 어쩔 수가 없어서 이 길을 선택한 거예요. 선배님도 저처럼 되지 말라는 법 없을 겁니다. 당사자가 아니고선 속 내막 모르는 법이죠. 부부 사이의 일은 더욱 그렇습니다.

영훈은 마치 그를 만나면 해둘 말을 준비나 한 것처럼 말했다. 영훈 처럼 되지는 말아야지,하고 생각했지만 한쪽에선 자꾸만 불길한 마음이 앞섰다. 사람의 일은 정말 모르는 법이다. 영훈의 말처럼 부부의 일은 정말 그런 것이다. 은숙을 다시 만나 사랑을 나누면서 명재는 그런 생각을 부쩍 많이 했다. 아내가 외모와 입성에 남달리 신경을 쓰고 거의 매일 누구를 만나러 다니는지(십중팔구 오현섭이란 사내겠지만) 외출했다가 밤늦게 귀가하기 시작하면서 이런 생각은 더욱 잦아들게 되었던 것이다.

— 혜경이 하곤 어떻게 할 거냐?

— 글쎄요. 아무래도 새 출발을 해야 될 거 같습니다.

명재는 영훈이 뻔뻔스럽다는 생각을 했다. 처제와 이혼한 지 얼마 되었다고 벌써 그런 생각을 하는가 말이다. 하긴 처제와 살면서도 버젓이 혜경을 만나고 다닌 장본인이니까 이상할 것도 없을지 모른다.

— 그건 누구 생각이야? 혜경이도 같은 생각해?

혜경은 결혼을 아직 하지 않은 통념상의 처녀이다. 이혼한 남자와 서슴없이 혜경이 결혼할까? 아무리 사랑하는 사이라 해도 혜경이도 부모와 가족이 있는데 그게 쉽게 결정될 일은 아닐 것이다.

— 그건 아직 확실히 모르겠어요. 내 생각에 그렇게 해야 도리가 아닐까 싶어서……

— 뭐, 도리, 지금 도리라고 했냐?

그가 가시 돋친 소리를 하자 영훈이 뜻밖이라는 듯한 표정을 하고 쳐다보았다. 영훈이 입장에 감히 도리,를 입에 올려서는 안되는 거였다. 아내를 배신하고 대체 어디서 도리를 운운하는가 말이다.

— 선배는 은숙이 어떻게 할 겁니까?

영훈이 이제 역으로 그를 공격하고 나섰다. 은숙의 말만 꺼내면 그도 사실상 떳떳하지 못한 몸이었다. 영훈의 말처럼, 그 역시 은숙을 어떻게 할까? 생각해 보지 못했다. 그럴 마음의 여유도 없었고 아내의 존재는 아직도 그에게 유효했기 때문이다. 설령 헤어지는 경우라도 그때 가서 일이지 당장은 뭐라고 말할 입장은 못 되었다. 어떻게 하냐고? 묻자, 내가 어떻게 한다고 해서 은숙이가 예, 알겠습니다, 하고 따라나설 여자냐? 너는 은숙이를 그렇게 몰라? 게다가 지금 여성 인권, 어쩌고 페미니스트 어쩌고 하는 사람한테 내가 뭘 어떻게 할 수 있다는 말이냐?

그의 생각은 진심이었다. 은숙이 비록 지금은 예전 캠퍼스 시절의 감상을 그리워하며 그 앞에서 고개를 숙인다 해도 언제까지 그러지는 않을 것이었다. 그는 은숙이 소설 '축배'에서 인물들의 입을 빌어 말한 것처럼, 세상에서 자신을 배신한 남자를 한편으론 증오하면서 결국 댓가를 치르게 할지도 모른다는 우려를 하고 있기도 했다. 그의 정곡을 찌르는 말에 영훈은 더 이상 대꾸하지 못했다. 침묵을 지키며 길쭉한 의자에 어정쩡하게 앉아 있는데 은숙이 문을 열고 슬리퍼 소리를 치익치익 매달고 나오면서, 거기서 뭣들 해요? 시위라도 하겠다는 건가요? 남자들이 사위스럽게 무슨 비밀스런 얘기들을 나누고 그래요? 하고 말했다. 은숙이 나오자 명재는 자리에서 일어서며 창문틀에 담배를 비벼서 껐다. 차린 음식을 먹는 둥 마는 둥 심드렁한 표정을 그는 감추지 못했다. 갑자기 처제가 보고 싶은 생각이 들었다. 처제를 만나는데 이제 영훈의 눈치도 아내의 눈치도 살필 필요가 없다. 처제가 언뜻 봐선 괄괄한 여자처럼 보일런지는 몰라도 가만 보면 정감 있고 따뜻한 가슴을 지닌 여자라는 생각이 들었다. 영훈의 말대로 처제가 먼저 사내를 만나는 행동은 하지 않았을 것이다. 혜경을 노골적으로 만나고 다니는 걸 보고 홧김에 서방질한다는 격으로 사내를 만나기 시작했을지 모르는 일이다. 그러나 이제 생각하면 무슨 소용이 있으랴. 이미 건너버린 강둑 언덕에 그들은 서있는 것이었다.

영훈과 혜경이 오피스텔을 나간 다음 그는 은숙과 단둘이 있었다. 그러나 그의 기분은 젬병이었다. 오피스텔에 들를 때는 애틋하고 감회 절로 넘치는 사랑의 행위를 하고 싶은 강렬한 충동을 가지고 있었다. 그런데 이상하게도 그런 기분은 간데없고 괜히 은숙을 은근히 경계하는 심정이 되어갔다. 은숙은 영훈과 혜경이 부러 자리를 피해주듯 나가버리자, 아주 자연스런 태도로 그의 가슴으로 파고들었다.

— 선배, 아니 명재씨, 어쩜 사람이 그래요? 강의하러 지방에 가 있는데 전화 한 통화 없고 말예요. 저 말고 다른 여자 있어요? 선뱀, 충분히 그럴 수 있는 사람예요. 그전에도 그랬으니까요.

하면서 그의 입술을 강렬하게 애무했던 것이다. 은숙아, 제발 이러지 마라, 하고 그녀의 입술에서 그의 입술을 떼 내면서 그가 야유하듯 말을 하는데도 은숙은 그를 놓아주지 않았다. 은숙의 열정에 그는 결국 녹아버렸다. 그녀가 이끄는 대로 몸을 내맡겼고 끝내 그녀의 깊숙한 세계로 그의 몸을 밀어 넣으며 가늘게 고꾸라지는 소리를 흘렸다.

은숙을 그가 범했다는 생각보다 그가 은숙에게 당했다는 생각이 들었다. 그래서 은숙과의 섹스도 사실 달갑지가 않았다. 은숙은 관계를 마치고 노곤한 수면에 빠져버렸다. 그는 갑자기 은숙이 무서운 존재처럼 여겨졌다. 그를 빨아들이는 강렬한 힘이 어디에서 솟구칠까? 은숙을 그가 언제까지 지금처럼 상대해 줄 수가 있을까?

하는 엉뚱한 생각마저 들기 시작했다.

　세상은 어디로 가는가? 그는 어디에 있는가? 그의 존재는 대체 무엇인가? 하는 생각들이 신기루처럼 떠올랐다가 사라졌다. 은숙의 잠든 모습을 한동안 아무런 뜻 없이 물끄러미 지켜보다가 침대에서 미끄러져 내려왔다. 생애에 이처럼 혼곤한 섹스는 처음이다. 은숙의 얼굴을 내려다보면서 주섬주섬 옷을 챙겨 입었다. 그는 서둘러서 은숙의 오피스텔을 빠져나왔다. 그리고 처제한테 승용차 운전석에 앉아 전화를 걸었다.

10

고요의 경지에 이르고자 하는 사람은 온갖
속된 즐거움과 탐욕을 억제함으로써 과거,
현재, 미래의 번뇌를 모두 없이하여 아무
것에도 집착하지 말아야 한다. 〈 수타니파타 〉

　― 형부, 왜 그렇게 말랐어요?

　그를 만난 처제의 첫마디 인사였다. 처제는 훨씬 명랑한 모습을 하고 있었다. 머리를 짧게 잘라 무쓰를 바르고 뒤로 갸름하게 빗어 넘긴 폼이 깜찍하고 발랄한 숙녀를 보는듯한 느낌이 들었다. 그의

전화를 받고 반가워하며 당장 만나자고 말했을 때에 명재는 싱싱
한 햇과일 같다는 생각이 들었다. 깨물기도 전에 침을 뿜어내게 만
드는 흡인력 같은 게 처제한테 느껴졌다. 처제는 그에게 여전히 형
부,라는 호칭을 사용했다. 그도 역시 처제,라고 호칭했다.

— 처제, 오랜만이네요.

— 그러게요. 알고 있으시죠?

그는 대답 대신에 여린 미소를 지어보이는 것으로 응대했다.

— 누구한테 들었던가요?

— 오늘 들었어요. 다른 사람한테. 영훈이도 함께 있었죠.

그는 굳이 처제를 속이려고 하지 않았다. 사실대로 말했는데 처
제의 입에서 대번에 된 발음이 흘러나왔다.

— 나쁜 자식. 겨우 혜경이 그딴 가시나 한테 허우적대고 있어.
잘난 여자들도 수두룩한데 하필 그깟 쇼 호스트야. 적어도 나보다
괜찮은 여자였다면 내가 이렇게 속상하진 않을 거예요 형부.

처제는 몹시 속이 상한 모양이었다. 명재는 처제의 입장을 이해
할 수 있을 것 같았다. 남편을 바람둥이로 둔 세상의 아내들이 한
결같이 말하는 게 그런 내용이었다. 남편이 허우적대던 여자를 만
나보면 그닥 볼품도 없고 내세울 것도 없다는 것이었다. 겨우 그런
여자한테 남편이 한눈을 팔았다는 사실에 체면이 망가진다고들 했
다. 처제의 경우도 그런 모양이었다.

처제를 위로하는 태도로 고개를 끄덕여주었다.

— 형분 정말 멋있어요. 세상의 모든 남자들이 형부처럼 이해심
이 넓고 깊다면 얼마나 좋겠어요.

— 아냐, 처제. 알고 보면 나도 독선이 있어요. 나만의 독선. 내

가 언니하고 사는걸 보면 처 제 느낄 거에요.

맞는 말이었다. 그들 부부 역시 이렇게 된 데는 독선적 성격 탓도 있었다. 서로의 고집과 자존심을 꺾지 못하고 죽어도 서로 양보하지 않는 철두철미한 독선, 바로 그것 때문에 얼마나 많은 사람들이 파경을 맞는가 말이다. 그들 부부도 세상 사람들과 같은 부류에 속한다고 볼 수 있었다.

— 형부, 늦었지만 축하해요.

— 뭘 축하해?

— 그 소설 말예요. 형부 애인이라고 해야 되나요?

— 쓸데없는 소리. 처제까지 놀릴 셈 이예요?

그런 말을 할 자격이 없는 그였는데 자연스럽게 흘러나왔다. 은숙을 만나 허우적대고 있는 자신의 모습이 처제보다 오히려 초라하게 보일지도 모른다고 명재는 생각했다.

— 놀리는 건 아니에요. 형부가 아무리 부인해도 내 눈은 속이지 못해요. 형부 얼굴에 지금 들뜬 기분이 쓰여 있어요. 돈도 많이 생겼다면서요? 좋겠어요. 박은숙이란 작가는 미모에 돈도 상상외로 많이 벌고 있다던데…… 쳇, 영훈이 자식이 그런 여자하고만 눈 맞았어도 내가 덜 억울했을 거예요.

처제는 계속 영훈을 헐뜯고 싶은 모양이었다. 그러면서도 표정은 발랄했다. 이마에 걸린 구름 그늘을 모두 걷어내고 화사한 목련 꽃의 부품과 설렘을 심고자 하는 의연함이 느껴졌다.

— 다 지나간 일이야 처제. 처제도 좋아 뵈는데요 뭐. 마음 정리는 된 거야?

— 됐죠. 그런 자식 무슨 미련이 있겠어요. 세상에 잘난 남자들

이 얼마나 많은데 고작 바람둥이 자식한테 미련을 가져요.

　— 처제가 그렇게 마음을 비우니까 걱정 없네. 이제 영훈이 일은 잊어버려요 처제. 어째 하고 있는 일은 마음에 들어요?

　처제를 만나고 있는데도 그전처럼 불안한 생각이 들지 않았다. 영훈과 처제 사이에 이제 아무런 관계가 없기 때문이다. 처제를 만나면 영훈의 얼굴이 먼저 떠올랐었다. 처제와의 사이에 오해를 받으면서 더욱 그러했다. 아내의 눈치도 이제 볼 필요가 없었다. 그가 부러 처제를 만났다고 말을 해도 아내는 관심을 보이지 않을 것이다. 아내의 무관심이 한편 두렵기도 하지만 그보다는 편리한 데가 더 많았다.

　— 마음에 드는 일이 어디 있겠어요. 일자리 옮길 생각예요.

　— 그래, 마음에 두고 있는 데는 있어요?

　— 예, 하지만 얘기하고 싶진 않아요.

　처제도 나름대로 체면이 있을 것이다. 일자리 잡는 게 쉬운 일도 아닌데 어떻든 마음에 두고 있는 데가 있다면 다행스런 일이었다. 그는 말없이 고개를 끄덕여주었다.

　— 언제든 처제, 힘들면 형부한테 얘기해요.

　— 고마워요, 형부. 우리 나가서 술이나 한잔 하실래요?

　커피숍에서 나와 처제를 차에 태우고 강변을 달렸다. 불빛들이 강변을 따라 휘황하게 밝았는데 강변을 따라 음식점과 술집들이 즐비하게 늘어서 있었다. 한참을 달려 어느 카페 앞에 차를 세우고 안으로 들어갔는데 젊은 쌍의 남녀들이 가득했다. 라이브 카페인 모양으로 장발의 청년 하나가 기타를 치며 노래하고 있었다. 처제는 얼굴 가득 만족한 표정이 흠씬 했다.

— 분위기 죽인데요 형부.

— 그래, 옛날 생각나네. 학교 다닐 때, 이런 카페 많이 드나들었죠.

처제와 눈이 마주치자 서로 싱긋 웃었다. 안주와 맥주를 시켜서 처제의 글라스에 맥주를 흰 거품이 넘치도록 따라주었다. 처제 역시 그의 글라스에 거품이 일도록 맥주를 따랐는데 기분이 한껏 좋았다. 그가 앉은 건너 테이블의 남녀는 주위를 의식하지 않고 뜨거운 포옹을 하고 있었다. 군데군데 담배를 태우는 여학생들이 많았다. 가수는 상체를 흔들며 높은 톤으로 노래를 부르고 있었다. 머리가 어지럽게 흔들렸는데 여기 모인 모든 이들이 약간은 취해 기분마저 흔들거리며 어디론가 빨려들고 있는 것처럼 보였다.

— 형부, 상숙 언니하곤 어떻게 될 거 같아요?

술잔이 몇 순배 돌고나서 처제가 꺼낸 말이었다.

— 글쎄, 나도 모르겠어요. 그저 아슬아슬 떠가는 목선 같다고나 할까? 언니하고 침묵하고 산지 오래 됐어요. 이게 편하기도 하고……

— 한집에 살면서도 언니 근황은 모르죠? 이제 이런 것들이 부질없는 줄 알지만 형부를 위해서 도움이 된다면 해드릴 얘기가 있어요.

처제가 술잔을 비우면서 말했는데 그를 만난 목적이 바로 여기에 있는 모양이었다. 그는 몽롱한 의식의 끝을 바로 붙잡으려고 애를 쓰는 사람처럼 상체를 흔들며 정신을 가다듬었다. 처제를 의아스럽게 쳐다보았다.

— 상숙 언니가 현모양처이길 바라셨겠죠, 첨엔? 누구나 자기 상대만큼 그럴 거라고 믿는 사람들이 많으니까요. 언닐 헐뜯자는 얘긴 아니에요. 형부가 진실은 알고 있어야 한다고 생각하기 때문이

죠. 한잔 더 마실게요.

처제는 스스로 맥주병을 집어 들어 자기 글라스에 가득 맥주를 따랐다. 물거품이 넘치자 입을 가져다 대서 그 거품을 훌훌 들이마셨다. 처제의 행동이 그에게 긴장하게 만들었다. 처제를 통해 대단한 아내의 비밀 같은 것을 알게 될 것 같은 순간의 조마조마함을 어떻게 표현할 수 있단 말인가.

— 상숙 언니한텐 형부를 만나기전에 다른 남자가 있었어요. 형부한테 은숙이란 여자가 있었던 것처럼 언니도 그랬죠. 형부를 만나서 결국 그 남잘 배신한 셈이죠. 형부도 언니를 만나 그 여잘 배신하지 않았나요?

아내한테 혼전 남자가 있었다는 사실은 처음 듣는 얘기였다. 그토록 청순하던 아내한테 감히 다른 남자가 있었다? 오현섭,을 두고 일컫는 얘기라면 그도 이해할 수 있을 것 같았다.

— 배신? 난 그저 학창시절 동생처럼 지냈던 여학생이었을 뿐이야. 언니의 남자라면 오현섭, 이란 사내를 두고 말하는 건가요?

— 오현섭,이라면 내가 이러겠어요 형부한테? 형부 말처럼 오현섭은 사춘기 때 추억같은 거죠. 최근에 다시 만나게 되기는 했지만요.

처제는 이제 여유를 보였다. 말을 꺼내고서 서두르지 않고 그의 표정을 살피며 하나하나 주머니 속의 얘기를 꺼내려는 사람처럼 보였다. 은근히 그걸 즐기려는지 그의 표정 하나하나를 주시했다. 오현섭,이 아니라는 말에 그의 머리끝이 밤송이 가시처럼 날카롭게 일어서는 느낌이었다. 그럼, 또 다른 남자 누구? 아내의 남자에 대한 비밀을 알게 된다는 비참함 속에서도 자극적인 호기심 같은 게 가슴 한켠에서 들썽인다는 사실 때문에 그는 당혹스러웠다.

— 동생처럼 지낸 여학생이라고 했나요? 지금 그럼, 형부가 그 은숙이란 여자와 어떤 관계를 맺고 있죠?

처제의 돌연한 공격에 그는 할 말을 잊어버렸다. 얼굴이 갑자기 화끈화끈 달아올라 근질거리는 느낌이 들었다. 은숙과 그의 관계를 생각하면 처제 앞에서 감히 얼굴을 드러내놓을 수 없는 일이 아닌가 말이다. 처제가 그런 내막까지 벌써 알고 있을까, 하는 의구심이 들었으나 뻔뻔스럽게 토를 달지 못했다. 그는 양심까지 속일 위인은 아직 되지 못했던 것이다.

— 미안해 처제. 세상이 나를 이렇게 만들었어요. 처제도 알잖아, 내가 처음부터 이런 삶을 살았던 거 아니라는 걸……

— 네 알아요. 이제 피장파장이죠. 상숙 언니 남자, 이런 말씀 어쩔 수 없이 드려야 될 것 같은데요. 형부 만나기 전에 결혼을 약속한 남자가 있었죠. 키가 훤칠하고 인물, 집안, 학벌 모두 내놓을 만한 사람였어요. 그런데 어째서 헤어졌느냐구요?

처제는 글라스 맥주를 마저 들이킨 다음 내처 말하기 시작했다.

— 그쪽에서 어른들이 반대했죠. 형부 될 사람, 나한테도 소개시켰으니까 물론 잘 알죠. 그 남잔 언닐 절대 포기하지 않는다, 기다려라, 뭐 이러다가 시간이 흘러간 거예요. 남자한테 연락도 없고 하니까 그냥 포기해버린 거죠. 그러다가, 홀로 바닷가에서 아픈 마음 달래다가 형부를 만난 거 아니에요? 지금 그 남잔, 대학 교수로 있어요.

그는 길게 숨을 내쉬었다. 아내의 과거라면 과거, 처제한테 이런 얘기를 듣게 된 것도 놀랄 일이지만, 그런 과거가 아내한테 있었다는 사실이 믿어지지 않았다. 처제는 마치 술을 즐기는 사람처럼 술잔을 기울이며 아주 자연스럽게 말을 이어나갔다.

　― 아마 지금 언니가 누굴 만난다면 그 남잘 거예요. 처음 형부를 바닷가에서 만났을 때에 상숙 언니 얼굴 창백한 거 봤죠? 내가 자기 과거 알고 있으니까 노심초사 했던 거예요. 그러면서도 자기 남자 과시하려고 절 형부한테 소개시켜준 거구요. 순전히 나한테 과시하기 위해서요. 언니는 그런 사람이죠.

　처제의 말이 거짓이란 생각은 들지 않았다. 그가 아내를 처음 모래사장에서 만났을 때에 생각해 보니 아내의 눈빛엔 그리움이 가득 차 있었다. 그 남자에 대한 그리움이었을까? 아내는 우연히 이루어진 그와의 만남을 통해 그 남자를 잊으려고 했던 것은 아닐까? 그러나 당시 아내에 대한 느낌은 몹시 순수하고 고상한 성품을 지닌 발랄해 보이는 숙녀 정도였다는 생각이 들었다. 처제의 말대로라면, 아내가 상희를 끔찍이 싫어하는 이유는 자명했다. 자신의 과거를 알고 있기 때문. 어렸을 적부터 경쟁의 대상이던 사촌 동생이 자신의 아픈 과거까지 알고 있다는 것이 아내는 몹시 신경에 거슬렸을 것이다.

　― 고깝게 생각 말고 들으세요. 형부는 날 아주 나쁜 사람 취급 했죠? 사촌인 내가 언니한테 형부의 비밀 들춰내고, 그 은숙이란 작가 소설책 보내고 했을 때요. 난 아직도 내 행동을 후회하지 않아요. 형부가 불쌍해 보였어요. 은근히 질투도 났죠. 책을 만들고 책을 읽는 마음으로 살겠다고 했나요? 웃음이 나왔어요. 형부가 세상을 한참 몰라도 모르는구나. 아니 정확히 언니를 한참 몰라도 모르는구나. 저러다 우리 형부 발등 찍히겠지. 걱정 됐어요.

　명재는 처제의 얘기에 귀를 기울이면서 어지러웠다. 아내에 대한 좋은 감정, 여전히 기대했던 훗날의 바람들이 공기 속으로 사라지는 비누방울 처럼 여겨졌다. 목이 바싹 타들고 목구멍 저 깊숙이 갈증을 느꼈다. 그는 글라스를 가득 채워 물을 마시듯 꿀꺽꿀꺽 맥주를 들이켰다. 처제가 글라스를 눈높이로 들어 건배를 제의했고 그는 무의식적으로 쨍그랑 잔을 부딪쳤는데 내심 기분은 떨떠름했다. 은숙이와 그런 관계로 발전되긴 했지만 그는 아내에 대한 막연한 기대를 저버린 건 아니었다. 햇볕 좋은 봄날, 아지랑이 굼실대는 목련 아래서 한바탕 흐드러진 낮 꿈에 취해 잠시 이성을 잃어버렸을 뿐이다, 라고 스스로 위로했다.

　— 형부, 묻겠어요. 감히 이런 부끄러운 얘기 한다고 질책하지 말아요. 상숙 언니하고 언제 잠자리 가졌죠? 부부간 잠자리 말예요.

　처제가 낯부끄러운 얘기를 꺼내자 그는 얼굴이 화끈 달아올랐다. 그러면서 냉정을 찾으려고 애썼다. 아내와의 잠자리, 그게 언제였더라. 정말 상당한 시간이 흘렀다. 시간을 넘어 세월이라 해야 옳다. 서먹한 관계를 벗어나기 위해 살짝 아내의 젖가슴을 건드렸다가 ,지금 어딜 만져요? 하고 퉁바리를 맞았다. 그 후, 아내 옆에 얼씬도 하지 못했다. 그가 은숙을 받아들인 데도 아내의 이런 태도가 일조를 했을 거라며 은숙을 범하고서 자책했던 기억도 있다.그는 고개를 숙이는 것으로 대답을 대신했다.

　— 알만해요.

　처제는 그가 고개 숙이는 것을 보고 단정하듯 말을 이었다.

　— 여자가 거절하는 건 무슨 의미겠어요?

　그적에서야 명재는 숙였던 고개를 쳐들었다. 아내의 거절은 정말 무슨 의미였을까? 단순히 부부간에 허물어진 신뢰의 문제만은 아닐지도 모른다. 그렇다면 대체?

— 부끄러운 얘기지만요. 내 경우는 그랬어요. 영훈이 자식 말예요. 혜경이란 여자 만나고 들오는 날은 언제나 잠자릴 피했어요. 양심의 문제죠. 더러운 몸으로 감히 어떻게 아내와 결합할 수 있었겠어요. 당연한 일이죠.

— 처제, 너무 비약하지 마세요. 그럼, 집사람이 다른 남자 만나 나쁜 짓 하고 다녀서 남편과 잠자릴 거절했다 이 말인가요?

처제의 말이 충분히 설득력은 있었지만 처제 앞에서 무너지는 자존심을 반문하는 것으로 지키려고 애를 썼다. 그의 강렬한 눈빛을 처제가 맞받아 쳐다보다가 싱겁게 웃음을 지었다. 그런 웃음이 그의 말을 비하하는 것처럼 보였다.

— 형부, 굳이 내 입으로 얘기하지 않겠어요. 이제 형부의 판단이 필요하다는 거죠. 형부를 만난 건 바로 그 점 때문이었어요. 나는 형부, 영훈이 자식한테 이혼을 당한 게 아니구요. 내가 영훈을 먼저 버린 거예요. 나는 형부가 저처럼 용기 있는 사람이 되었으면 하고 바래요. 상숙 언닐 시기하고 질투해서가 아니라, 형부를 진정 걱정하기 때문에 그런 거예요.

처제는 이렇게 말을 했지만 그런 대목에선 진실처럼 들리지 않았다. 처제는 아직도 아내를 은근히 시기하고 있는 것처럼 들렸다. 그는 이제 아내의 문제를 처제와 더 이상 얘기하고 싶지 않았다. 그는 자리에서 일어서기 몇 분전, 입속에 담아둔 얘기를 부러 꺼내놓았다. 처제를 만나 내심 자존심만 뭉개진 분함 같은 것이 있었기 때문이다. 영훈이 혜경이와 결혼을 하려는 생각을 갖고 있다고 전했다. 그의 전하는 말에 처제는 일순 놀라는 모습을 보였으나 애써 평

상심을 찾으려고 했다.

— 형부, 그 자식 신경 끊었어요. 모든 관계가 끝났는데 그게 무슨 대순가요? 형부도 너무 신경 쓰지 말아요. 동서가 아닌 옛날 대학 후배로 대하세요. 은숙이란 여류작가 만나는데도 그게 이로울 거예요.

처제는 마지막 까지도 기가 죽지 않으려고 말했다. 그러나 처제는 그가 알아차리지 못한다고 생각하는지 어금니를 꾸욱 깨물고 있는 게 보였다. 처제는 그의 승용차에 오르지 않고 지나가는 택시를 잡아타고 훌쩍 그에게 작별인사만 떨구고 떠나버렸다. 그는 음주운전인데도 술기운에 용기를 내어 승용차에 올랐다. 그리고 한강 강변을 향해 달리기 시작했다. 앞쪽 창유리를 완전히 내리고 강바람을 쐈다. 한강의 어두운 물살위에 휘황한 도깨비 불같은 불빛들이 떠서 흘러가고 있었다. 피곤한 기운이 몸의 전체로 잠입해들고 있는 느낌이었다. 한강 둔치에 승용차를 세우고 차에서 내려 갈대밭을 젖히고 들어갔다. 양복을 입은 채로 갈대밭에 눕자 차가운 별들이 눈을 시리도록 만들었다. 시린 별빛 속에서 눈을 감았다. 아내를 처음 만나서 나눈 사랑의 기쁨과 희열들이 머릿속에 떠올랐다.

11

사랑과 미움의 흐름을 끊고 미혹의 그물과 자물쇠를
벗어나며, 어둠의 장벽을 허물어뜨리고, 연잎의 물방울
처럼 바늘 끝의 겨자씨처럼 뱀이 허물을 벗듯이 세상의
즐거움을 버린 사람이 바라문이다. 〈 법구경 〉

처제를 만나고 석 달이 지났을 것이다. 아내와의 대화는 여전히 단절되고 그 단절의 사이는 고통스러울 뿐이었다. 소설 '동행'은 최고의 절정에 달아 독자들을 사로잡았고, 출판계에 신선한 변화를 만들어 가고 있는 중이었다. 은숙의 지명도가 크게 상승하고 그에 따른 은숙의 가치도 대단히 뛰었다. 그의 출판사는 출판의 불황에도 불구하고 호황을 누렸고 경제적으로도 상당한 이문을 남겼다. 그에게도 책정한 3%가 차질 없이 입금이 되어 그의 통장에는 월급쟁이로선 축적하기 어려운 돈이 모아졌다. 이제 아담한 아파트 정도 마련할 수 있을 거라고 명재는 생각했다. 예전 같으면, 이제 아내와 자신의 아파트를 마련해 아이를 낳을 준비를 서서히 해야 될 시기였다. 그는 아내한테 그의 통장을 보여주며 모든 것을 서로 이해하고 이제 그전처럼 새롭게 책을 읽는 마음으로 살기를 간절히 청해보았다. 그런 청을 하는데도 그의 마음은 편하지를 못했다.

그는 은숙을 떠나야 할 대상으로 생각하고 있었다. 은숙은 대외적인 지명도가 오르고 상당한 돈을 벌자 그를 천천히 무시하기 시작했다. 특히 그가 은숙의 소설을 섭외한 대가로 출판사로부터 3%의 이문을 남기고 있다는 사실을 알고서 정도를 넘어서고 있었다. 명재씨가 출판사에서 어떻게 이런 돈을 벌 수 있겠어요. 이건 조금 억울한데요. 결국 내 책 판매한 돈 아닌가요? 하며 그의 자존심을 짓밟아버렸다. 그는 은숙의 말에 아무런 대꾸도 하지 못했다. 슬프다는 생각과 더불어 아내의 모습이 간절히 떠올랐다. 그는 여전히 자신이 정착할 사람은 아내,라는 생각에는 변함이 없다. 은숙과 잠시 아지랑이 속에서 나비가 희롱하듯 낮 꿈을 꾸었던 거라고 생각했다. 그럴수록 아내의 품이 그리워졌던 것인데 아내는 새롭게 시작하자는 그의 말을 단 한 마디로 묵살 내버렸던 것이다. 그 여자 돈으로 아이를 만들자구요? 아내는 입을 하마처럼 벌려 놀라는 표정을 지어보였다. 그는 아내한테도 더 이상의 얘기를 꺼내지 못했다. 세상에 갑자기 고립된 기분, 사람들이 붐비는 데일수록 자신만이 고독한 굴뚝새 같다는 마음이 들었다. 굴뚝의 어둠 속에서 평생을 외롭게 지내야 하는 그런 초라한 모습이 떠올라 마음을 어지럽게 결박해버렸다.

은숙이 소설쓰기를 하는 작업실 공간에 그는 얼씬도 하지 못했다. 오피스텔에서도 그가 만나는 공간은 침대가 있는 방이다. 그녀의 글 쓰는 공간에 어쩌다 들어가면, 당장 여기서 나가줘요. 신경쓰여요, 하고 핀잔을 주었다. 그가 사나흘 모습을 비추지 않는데도 이제 호출하지도 않았다. 그가 오피스텔로 방문해 그녀의 가슴을 만지작거리는 데도 눈치를 보아야 했다. 한번은 그녀의 성감대인 귓불을 만지며 성적 분위기를 만들어 내려고 했다가 무안만 당했다. 명재씨, 유치하게 왜이래요? 그전 같으면 은숙은 이렇게 말하지 않았을 것이다. 오, 그래 거기, 너무 좋아 명재씨. 더 세게 세게, 아 그냥 꼬집어버려 명재씨, 이렇게 속삭였을 것이었다.

은숙은 오피스텔 비우는 날이 늘어갔다. 그가 예고 없이 들를 때 현관문 외벽에, 잠시 외출중, 하는 팻말이 붙었고, 하루 종일 기다려도 귀가하지 않았다. 노골적으로, 3박4일 지방 출장 중, 이런 팻말도 붙었다. 그가 은숙을 며칠 만에 만나, 대체 어딜 그렇게 돌아다니는 거야? 정말 취재하고 다녔어? 하고 성화를 대면, 어이없어 하는 표정으로 그를 날카롭게 쳐다보았다. 그러면서, 내가 선배 부속물인가요? 눈치보고 어디 다녀야 하게, 선배 착각하지 말아요. 난 누구의 간섭도 싫은 사람예요, 하고 구두 굽에 징을 박듯 못을 박았던 것이다.

은숙의 달라진 태도를 실감하면서 아내한테 하루빨리 돌아가야지, 하고 마음을 먹었는데 아내 역시 그를 단칼에 무시해 버렸다. 모든 게 그의 업보라고 생각했다. 한때 은숙을 배신하고 그런 은숙을 다시 만남으로써 아내를 다시 배신하게 되는 악순환, 이제 그의 마음을 누가 위로해줄까? 처제를 만나면 그래도 마음이 풀릴까,하는 기대에 전화를 걸었는데 처제 역시 전화번호마저 바뀌어버렸다.

그런 중에 전혀 뜻밖에도 처제의 전화를 받게 되었다. 처제는 술에 취한 목소리로 형부, 나좀 만나줘요, 하고 말했다. 처제, 거기 지금 어딥니까? 하고 묻자, 처제는, 형부, 아, 아니에요. 그냥 됐어요, 하며 전화를 끊어버렸다. 공중전화가 분명했는데 왁자지껄 어수선한 분위기였다. 그는 처제한테 다시 전화가 걸려오기를 목을 빼고 기다리며 사무실 창가에 심드렁히 앉아 있었다. 밤이 깊었는데도 퇴근하고 싶은 마음이 생기지 않았다. 사장은 그가 새로운 작품을 기획하는 줄 알았을 것이다. 그러나 작품 기획에 대한 구상은커녕 그는 아무 생각 없이 바보처럼 물끄러미 창밖의 노을과 창문을 넘어오는 무서운 어둠의 기세를 바라보았을 뿐이다. 머리가 텅 비어 있는 상태를 난생 처음 경험했다. 틀림없이 그를 올바른 눈으로 바라본다면 그가 얼이 빠진 바보처럼 보였을 것이다. 은숙이도 아내도 이제 생각하기 싫었다. 이제 그의 영혼도 지쳐서 그저 어디든지 편히 눕고 싶다는 마음 뿐, 일에 흥미조차 느끼지 못했다. 그는 출판사를 떠날 생각을 하고 있었다. 어디든지 발길 닿는 대로 떠나버리고 싶었다. 세상 사람들이 보이지 않는 데로 되도록 멀리 가서 죽은 듯 소리 없이 지내고 싶었다.

세상에 눌려 잊고 지낸 시(詩)를 그때 발견했다. 사람들이 한때 시를 뭐 하러 쓰느냐고 물었다. 시를 쓰면 굶어죽는다. 세상 사람들이 그렇게 말했지만 그는 시를 쓰기 때문에 살고 있다는 사실을 사람들에게 통보하듯 말했다. 그런 시를 상당히 오래 잊고 지냈다. 먹고 살기위해 돈을 벌어야 했기 때문이다. 살자고, 한번 인간답게 살아보자고 선택한 시인의 길, 이 세상에 치여 땅속으로 곤두박질 칠 때의 참담함이란 경험하지 못한 사람은 알지 못할 것이었다.

사장은 은숙의 다음 작품도 자신의 출판사에서 출판하기를 바라고 있었다. 사장은 이제 그런 문제쯤 신경 쓸 필요조차 없다고 생각하는지 느긋하다가 간혹 툭, 툭 심심파적으로 던지곤 했다. 한 선생, 다음 작품도 한번 잘 만들어 봐요. 그러나 명재는 생각이 달랐다. 이제 은숙이 순순히 작품을 허락할 지도 의문이거니와 그가 싫었기 때문이다. 은숙에게 몇 달 새에 받은 수치는 아무도 모를 것이다. 그는 은숙에게 이제 미련도 갖지 않았다. 아내 역시 설득할 자신이 서지 않았다. 아내는 사내한테 단단히 빠져 있는지 입성만 화려하고 예전의 소박하고 여자다운 구석이라곤 사라졌다. 그가 아내한테 느낀 매력의 사소한 것조차 아내는 사내를 만나면서 탕진했다. 사내한테 길들여지는 아내를 보면 안타까웠다. 그럼에도 대화의 발판을 마련하지 못했다. 너는 너, 나는 나, 였다.

아내는 더욱 노골적이 되어갔다. 처제의 말처럼, 그가 아내를 잘못 보았다는 사실을 그는 하나씩 하나씩 깨닫게 되었다. 그를 만나기 전에 사내가 있었다는 아내가 어떻게 책을 만들고 책을 읽는 마음으로 세상을 살자고 맹세했는지, 그리고 함께 지낸 몇 년의 꿈같던 시절, 수수하고 차분한 심성과 알 듯 말 듯 느껴지는 은근한 향기와 그를 향한 아내의 지순한 사랑, 그건 아내의 작위적 행동이었을까? 아무려나 그럴 수는 없는 법이었다. 여자들이 아무리 흔들리는 갈대, 라고 해도 그렇게 변한다는 건 대단히 놀라운 일이 아닌가. 모든 것들이 어지럽고 혼란스러웠다. 아내가 그처럼 변하게 된 데는 그의 책임도 무시할 수는 없을 것이었다.

아내는 휴대폰도 가지고 다녔다. 그가 아내한테 돈을 주지 않는데도 아내는 전혀 돈에 얽메이는 구석이 없었다. 한때 아무리 사이가 나빴어도 생활비는 요구한 아내였는데 이제 그런 기본적인 것도 이루어지지 않았다. 그런데도 아내는 발랄하고 입성이 화려하

게 변하고 혼자서 콧노래 까지 흥얼거리는 것을 명재가 들을 정도
였다. 부러 그가 들어라는 행동이었는지도 모른다. 아파트 응접실
에 있을 때, 휴대폰 전화가 걸려오면 안방으로 곧장 문을 닫고 들
어갔다. 그러고는 한참동안 누구와 통화를 했다. 그는 처제가 말한
교수, 직업의 사내거나 아니면, 오현섭, 이란 사내일 거라고 짐작했
다. 전화통화의 내용은 정확히 들을 수는 없었으나 잘잘 개울물이
흐르듯 속삭이는 느낌을 풍겼다. 그런 아내를 대놓고 나무랄 수도
없었고 아내 역시 그의 새벽 귀가나 외박조차 아무런 관심을 보이
지 않았다. 서로의 이 같은 무관심이 얼마나 슬프고 힘겨운지 명재
는 깨닫기 시작했다. 차라리 이것저것 따져 물며 말다툼이라도 했
으면 덜했을 터이지만, 이건 숫제 무감각한 파충류 같은 암담함이
나 처참함과 다르지 않았다. 은숙이와 마치 흘러가버린 세월의 아
득함 같은 거리가 느껴질수록 그의 마음은 더욱 상처가 깊고 컸던
것이다.

　— 교수, 라는 사낼 만나러 가는 거요?
　하고 아내한테 물었는데, 아내는 그를 신경질적으로 쳐다보며,
상희 가시나 만났군요. 신경 쓰지 말아요. 내가 무슨 짓을 하든요.
　하며 찬바람을 만들면서 나가버렸다. 예전의 아내다운 기색은
어디에서도 찾아볼 수가 없었다. 사람이 이렇게 완벽하게 변할 수
도 있을까? 대체 어디서부터 일이 이처럼 어그러졌는가? 그의 생각
은 밤새 한 치 앞도 건너가지 못했다.
　그는 사표를 제출했다. 이제 도시를 떠나고 싶었기 때문이다. 첩
첩산중 언덕배기에 오두막이라도 짓고 시를 쓰고 싶었다. 그동안
세상에 억눌려 쓰지 못했던 시들을 위해 뭔가 결단을 내려야 할 때

가 되었다고 생각했다. 시심(詩心)을 되찾고 과거 힘들지만 시를 쓰며 행복했던 시절로 돌아가고자 하는 마음 간절했다. 사장은 그의 사표를 반려한다고 펄쩍펄쩍 뛰었지만 그는 마음을 돌리지 않았다. 그도 책을 만드는 일에 자부심 느끼며 장인으로 살고 싶었으나 그렇지 못한 점은 두고두고 아쉬울 것이었다. 그렇지만 책을 만드는 대신에 책을 읽는 독자들을 위한 시를 쓰는 일도 보람 있는 일이 될 거라고 믿어 의심치 않았다.

사장은 끝내 그의 사표를 수리했다. 그럼에도 책정한 3%의 약속은 계속 유효하다고 그에게 말하면서 언제든 마음이 바뀌면 출판사로 돌아올 것을 부탁했다. 출판사에 적(籍)을 두지 않고서도 출판의 기획에 참여할 수 있도록 배려했다. 그는 사장의 뜻을 고맙게 받아들이며 그동안 베풀어준 은혜에 감사한다는 말을 남기고 편집부 동료들과 마지막 악수를 나눈 다음 미련 없이 출판사를 빠져나왔다. 몸담았던 직장을 뒤도 돌아보지 않고 걸어 나오는 그의 가슴은 찢어지는 듯했지만 그는 태연한 척했다. 그 스스로 결정한 행위였기 때문에 정말 서운하긴 해도 미련 같은 것은 없었다. 미쓰 박, 이 창가에 서서 한없이 손을 흔들고 있었음을 골목의 커브를 트는 순간 사무실 창 쪽을 일별하며 알아차렸다. 그는 손을 들어 흔들어주었는데 미쓰 박,은 그것을 알아차리지 못하고 물끄러미 바라만 보고 있었다.

12

처제로부터 전화가 걸려온 것은 사무실을 정리하고서 이틀이 지난 뒤였다. 그때처럼 떠들썩한 분위기에서 전화를 걸어온 처제는 대뜸, 형부, 사무실을 그만두셨다구요? 무슨 일이 있었던가요? 하고 재촉하듯 물어왔는데 사무실에 전화를 넣었던 모양이었다. 그래 처제, 대체 어떻게 된 거예요? 전화도 없애고, 거기는 지금 어디에요? 저번 날의 어수선한 분위기와 취한 듯한 처제의 목소리가 의아해서 물었다.

— 사무실을 어째서 그만 두셨냐구요?

그의 물음에 대답은 하지 않고 처제가 거듭 물었다. 약간 술에 취한 목소리로 다그치듯 물어왔던 것이다.

— 그냥 지겨워서 그만 뒀어요.

— 지겨워서요? 그런 대답이 어딨어요? 상숙 언니하고 지금 심각하죠?

그는 대답하지 못했다. 그의 침묵이 아니더라도 처제는 이미 간파하고 있을 것이었다. 잠자리마저 담을 쌓고 사는 부부 사이. 이게 지속되면 결국 파경에 이르고 마는 것이 세상의 이치이다.

— 알만 해요. 형부, 그럼 은숙이란 작가하곤 어때요?

그의 난처한 처지에도 불구하고 처제의 묻는 태도는 의외로 활달했다. 그의 이러한 처지를 처제는 마치 바라고 있었던 듯한 태도였다. 그는 차마 은숙과의 사이마저 심상치 않다고 대답하지 못했다. 잠깐 사이를 두었다가 그가 말했다.

— 그건 처제가 알 거 없고, 지금 거기 어디에요 처제?

처제 쪽은 계속 왁자지껄한 소리로 혼란스러웠다. 밴드소리, 사람들 웃는 소리, 접시 부딪치는 소리, 그리고 까닭모를 잡음들이 한데 섞여 어수선했다. 그의 개인사에 너무 관심 갖지 말라는 투로 말하자 처제는 단념하듯 말했다.

— 그래요, 내가 형부 지아비도 아닌데 그 이상 알아서 뭐하겠어요. 난 그저 우리 형부 가 불행하지 않았으면 바랄 뿐이죠. 불행이다 뭐예요. 행복하기를 바라는 거죠.

— 그래 처제 고마워요. 형부 역시 처제가 불행하지 않았으면 해요. 아니, 이제 좋은 일만 처제한테 생겼으면 하고 바라죠.

— 고마워요 형부, 근데 사무실을 그만두면 어떡해요? 사람이 어린애도 아니고 다니던 직장을 그만두면 뭐해서 먹고 살아요?

처제의 지금 말은 진심으로 걱정해서 하는 말처럼 들렸다. 그는 처제가 볼 수는 없겠지만 그런 물음에 빙긋 웃었다. 사는 문제, 사람이 정말 간사하다는 생각이 들었다. 은숙의 소설이 아니었다면 사표를 제출할 생각, 꿈에도 못했을 것이다. 소설 판매 수익금의

3%는 그에게 커다란 용기가 되었다. 앞으로도 계속 그의 통장으로 3%의 수익금이 적립될 것이다.

— 무슨 수가 있겠죠 처제. 근데 처제 지금 거기 어딥니까?

— 시끄럽죠. 내가 일하는 데예요.

그 소리에 깜짝 놀랐다. 처제와 통화를 하면서 아무리 생각해 봐도 처제가 있는 데는 술집 같았기 때문이다. 거기에서 일을 한다니, 놀랄 일이었다. 보습학원에서 자리를 옮길 거라는 얘기는 들었지만, 술집에서 일하게 되리라곤 생각지도 못했다.

— 술집 아니에요? 처제가 지금 술집서 일을 하고 있는 겁니까?

— 예, 형부. 먹고 살자고 하는 일예요. 그럼, 뭐해서 먹고 살아요. 보습학원 쥐꼬리만 한 월급 가지고 못살아요. 원장하고 다툰 김에 나도 그만두었죠.

— 그렇다고 처제가 그런데서 일을 하면 어떡해요. 동서 보란 듯이 살아야지, 사람이 허물어지기 시작하면 금방 망가져요. 거기 어떻게 찾아가야 되죠?

그는 마음 한구석이 미어졌다. 처제와 그의 처지가 길을 잃은 새처럼 애처롭게 여겨졌다. 그는 남자니까 그렇다 쳐도, 처제는 연약한 여자가 아닌가. 여자가 한번 질펀한 데에 몸을 담그면 걷잡을 수 없이 더럽혀진다는 것을 그는 누구보다 잘 알고 있었다. 처제를 술집에서 나오게 하는 게 급선무였다.

— 형부, 아직은 오지 마세요. 내가 전화 드릴 때에 한번 들르세요. 너무 걱정 말아요. 영훈이 자식한테 이런 얘기 절대 비밀로 해주세요. 그리고 형부, 난 다른 여자하고 달라요. 독하게 살 거예요. 절대 망가지지 않는 다구요. 그럼, 이만 끊을게요.

― 처, 처제……

처제는 전화를 끊어버렸다. 연락처라도 물어볼 걸 전화가 끊기고 보니 먼저 물어두지 않은 게 후회가 되었다.

아내는 아까부터 몸단장을 하느라 그러는지 안방과 화장실을 연신 들락거린다. 그는 소파에 비스듬히 등을 기대고 앉아 눈을 지그시 감고 있었다. 사표를 제출할 때 마음 먹었던 대로 어디든지 시골로 내려갈 생각을 하고 있었다. 세상의 모든 것들이 한꺼번에 그를 향해 삿대질을 하고 덤비는 것처럼 자괴감에 견디기가 어려웠다. 그런 중에도 그간 잊고 지낸 시심을 떠올렸다. 낙향해서 시를 쓰고 싶었다. 시뿐만 아니라 가능하다면 장르 구분 없이 소설이나 에세이, 희곡과 시나리오 등도 쓰고 싶은 마음 간절했다. 학창시절, 문학 동아리에서 틈틈히 익히고 습작했던 것이 자신감을 불어넣어 주었다. 은숙이 보다 문학적 재능이 떨어진다고 명재는 생각하지 않았다. 동아리 때는 그쪽에서 은숙이한테 오히려 많은 영향을 미쳤던 것이다. 세상에 휘둘리면서 문학에서 조금 멀어졌을 뿐이라고 생각했다. 은숙이 보다 문학에 대한 열정이 강렬하지 않았던 것이었다. 그러나 이제 그는 충분히 은숙을 능가할 문학적 열정이 생겨났다. 지금 그가 기대어 살 수 있는 것은 문학에 빠져드는 삶뿐, 어떤 것도 없었다. 그가 사는 길은, 인간답고 조금은 가치 있게 사는 길은 문학의 길이라고 생각했다.

아내의 단장이 눈이 부시다. 저녁 시간인데 화려한 몸단장을 했다. 그를 쳐다보지도 않고 옆을 스쳐 가는데 명재는 눈을 부릅뜨고 아내를 쳐다보며 자리에서 일어섰다.

― 얘기 좀 합시다.

실로 오랜만에 아내한테 말을 건넸다. 아내는 그의 말에 뒤도 돌아보지도 않고 가던 자세로 서서 그의 다음 말을 기다리고 있었다.

― 이틀 전에 회사를 그만 두었소.

― 나한테 그 사실을 무엇 때문에 알리나요?

아내는 여전히 걸음을 떼던 바로 그 자세를 하고 있었다.

― 시골로 내려갈 생각이요.

― 꼭 나한테 허락을 맡아야 하나요?

아내의 퉁명스런 어투에 그는 무안했다. 아내한테 조심조심 말을 붙이면서 아내의 마음이 예전처럼 돌아올 가능성을 가늠하고 있었는데 이내 값비싼 기대가 되고 말았다. 그는 가만히 눈을 감고 그런 값비싼 기대를 접었다. 아내의 진정한 마음이 그렇다면 정령 아쉬움도 미련도 모두 떨쳐버릴 준비가 되어 있었다. 낙향을 한다면 이제 조금 가벼운 마음으로 할 수도 있을 것이었다.

― 당신, 정말 이렇게 끝낼 셈이요? 대체 누굴 만나러 다니는 거요?

― 그야 당신이 더 잘 아는 거 아닌가요? 내가 누굴 만나든 상관하지 마세요. 당신이 감히 무슨 자격으로 날……

아내는 휙 몸을 틀어 젖히며 쏘는 듯한 태도로 말 했다. 그는 더 이상 아내한테 대꾸할 엄두를 내지 못했다. 아내는 가슴을 헤집는 말을 떨구어놓고 쏜살같이 사라져버렸다.

― 은숙이란 여자가 부자가 되었다구요? 이제 걱정 없겠군요.

― 당신, 저, 정말 이럴 거요?

그의 말은 아내의 뒤꼭지에도 미치지 못했을 것이다. 할 말 만을

떨구어놓고 아내는 황급히 빠져나갔던 것이다. 그는 허허로운 가
슴을 가누기 어려웠다. 처제의 연락처는 알 수가 없고 사무실 미쓰
박한테 괜히 전화질하기도 민망스러웠다. 하는 수 없이 은숙에게
전화를 넣어보았다. 오피스텔 전화는 메시지를 남겨두었고 휴대폰
역시 전화를 받지 않았다. 그가 전화를 걸었다는 사실을 알고 있을
터이지만 은숙은 부러 전화를 받지 않는지도 모른다.

그는 간단히 짐을 꾸렸다. 옷가지와 노트북 컴퓨터, 그리고 국어
대사전, 우리말 용서사전과 문학실제에 관한 서적들을 거듭거듭 챙
겨 소파 아래에 놓아두었다. 아내와 같은 공간에 더 이상 함께 있을
수가 없었다. 모든 사람들의 삿대질을 감히 받아낼 자신도 없었다.
사람들이 없는, 자신의 존재가 드러나지 않도록, 아주 멀리, 깊숙한
시골이나 산속으로 들어가 버리고 싶었다. 가능한 빨리 그렇게 하
고 싶었던 것이다.

아내가 집을 나간 뒤, 짐을 챙기고서 은숙의 오피스텔에 들러보
았는데 은숙은 작업실에 없었다. 현관문에 취재 중,이라고만 써놓
았을 뿐, 정확한 행선지 및 일정 등을 알아낼 수 없었다. 그런데 뜻
밖에도 은숙의 오피스텔 복도에서 영훈을 만나지 않았겠는가. 영
훈은 당황해 하면서도 이내 평정을 되찾고서 말했다.

— 선배, 오셨군요.

— 혜경이 하고 여기서 약속했냐?

영훈을 은숙의 오피스텔 복도에서 만나리라고는 전혀 예상하지
못했다. 영훈이 여기에 들른 이유라면 당연히 혜경일 만나기 위해
서일 거라고 생각했다.

― 아, 아닙니다. 선배는?

― 글쎄, 지나는 길에 들렀다.

그는 얼굴이 갑자기 뜨겁게 달아올랐다. 은숙과의 관계가 서먹해진 사실을 영훈이 눈치챌까봐 조마조마 했기 때문이다.

― 은숙이 요즘 좀 변했죠?

뜻밖에 영훈이 쪽에서 이렇게 물었다. 그는 대답대신 고개를 쳐들어 영훈을 바라보았다. 영훈의 모습도 예전보다 추레해 보였다. 체격이 여윈 듯 해보였고 얼굴의 피부는 거칠어서 마른버짐이 눈에 띄었다. 수심이 가득 찬 표정을 하고 있었다.

― 여자도 어쩔 수 없는 모양입니다. 돈을 만지니까 그래요.

― 그건 무슨 소리냐?

명재는 영훈의 말이 무엇을 의미하는지 이해할 수는 있었으나 귀에 거슬렸기 때문에 토를 달고 나왔다. 영훈의 입에서 은숙을 비아냥거리는 태도 역시 마음에 들지 않는다.

― 선배가 그걸 몰라요? 사람이 거만해졌어요. 그전같이 정적이고 우리를 봐도 반기는 기색도 없잖아요. 그전엔 먼저 전화해서 오라마라 호들갑 떨더니 유명해지고 돈을 버니까 그런 자잘한 정들이 모두 달아나버렸어요. 혜경이도 그래요. 쇼호스트로 잘 나가서 그러는지 사람이 뜻밖에 깐깐하게 굴어요. 선배, 내 맘 모릅니다.

영훈이 복도 끝 의자에 앉아 담배를 피워 물었다. 그는 영훈의 말에 의아한 태도로 바라보았다. 영훈의 표정 역시 심상치가 않았던 것이다. 영훈과 혜경은 그 앞에서도 노골적으로 사랑의 표시를 할 정도로 돈독한 사이였다. 영훈이 처제와 결혼을 하고서도 계속 만남을 유지했다면 그 관계는 남달랐을 것이다. 고속버스 터미널 커피숍에서 그들을 보았을 때도 명재는 부러울 정도로 둘의 사이가 끈끈한 것임을 알았다. 그런데 영훈의 지금 표정을 보면, 감히 이해할 수 없는 일이다. 그를 만나고서 영훈이 자신의 이 같은 감정을 드러내기는 처음있는 일이다.

― 너, 혜경이하고 무슨 문제 있냐?

명재는 좀체 떨어지지 않는 입을 놀렸다. 그의 입에서 이 같은 물음을 하고 있다니 정말 낯설고 생소한 느낌이었다. 말을 하면서 은숙이 그에게 보여주고 있는 저간의 태도들을 떠올렸을 것이다.

― 예, 선배. 죄송합니다. 아내하고 이혼하고서부터 혜경이 분명 달라졌어요. 노골적으로 그러더군요. 당신도 한번 당해보라고. 배신당한다는 게 얼마나 절망적이고 사람을 치명적이게 하는지 아느냐고……

영훈의 표정은 거의 굳어 있었다. 날씨로 말하면 금새 빗줄기가 쏟아질 것처럼 어둡고 암울했다. 명재는 영훈의 얼굴을 바라보며 까닭모를 동료의식 같은 것을 느끼게 되었다. 그들이 갑자기 같은 처지가 되어버린 느낌이었다. 그도 역시 은숙으로부터 배신감을 느끼고 있지 않는가 말이다. 그가 은숙과 깊은 관계가 되고서 은숙은 조금씩 변한 느낌을 풍겼다. 그녀 쪽에서 그를 마음껏 농락하는 듯한 느낌. 은숙은 정말이지 섹스를 하면서 그를 바로 눕힌 다음 그의 배와 풍만한 젖가슴으로 그를 조이며 마음껏 농락했던 것이다. 그는 수차례 그런 경험을 통해서 은숙이 그를 노골적으로 짓밟고 있는지도 모른다는 생각을 불현 듯 떠올렸었다. 그가 아내와 결혼함으로서 은숙을 배신했던 것처럼, 이제 그녀 쪽에서 그를 농락하고 결국 배신, 이란 딱지를 그의 머리맡에 훈장처럼 내려놓을지도 모른다고 생각할수록 자꾸만 은숙의 의도대로 그가 움직여주었구나 하는 생각마저 들었다.

— 선배, 처형하고 요즘 문제 많죠?

영훈이 예의를 갖추며 물었다. 명재는 영훈의 물음에 부정하지
못하고 고개를 끄덕여주었다. 무엇을 숨길 게 더 있겠는가.

— 선배는 이혼 같은 거 생각하지 마세요. 그리고 개인적인 얘깁
니다만, 은숙이 정리하십시오. 걔 분명 많이 달라졌습니다. 선배나
저나 여자들한테 농락당하고 있는지도 몰라요. 요즘 부쩍 그런 생
각이 들어요. 선배 역시 문제 있는걸 보니까 더욱 그런 마음이 듭니
다. 은숙이나 혜경이나 소위 여성인권, 페미니스트 어쩌고 떠드는
위인들이잖습니까. 세상 참 웃깁니다.

그도 역시 영훈의 생각에 공감을 가지고 있었다. 은숙과 정리하
는 일이야 크게 대수로울 것도 없다. 명재는 자신이 은숙에게 전화
하지 않으면 그만이라고 생각했다. 이제 짐까지 꾸려놓았으니 서
울을 떠나면 모든 게 정리가 될 것이었다. 은숙이 쪽에서 그를 회
피하는 걸로 보면, 그녀가 먼저 전화를 해오지는 않을 것이다. 그를
수소문해서 찾으려고 들지도 않을 것이다. 그의 예감이 맞는다면
은숙이 노골적으로 그에게 시련과 상처를 안겨주고 있는지도 모른
다는 생각이 들었다.

— 그래, 어쩌다가 우리가 요지경이 됐는지 모르겠다. 그나저나
여기서 계속 기다릴 작정이냐?

— 나는 좀 더 기다려 볼 랍니다. 오면 전화 드릴까요?

— 아, 아냐. 그럴 필요 없어. 그럼, 나 먼저 간다.

은숙의 오피스텔 건물에서 영훈과 헤어졌다. 아무데도 갈 데가
없었다. 근처 서점에 들러 은숙의 소설 '동행'의 독자반응을 알아보

왔다. 여전히 몰라보게 많이 팔려나가고 있다고 사 십대의 주인사
내가 말했다. 그는 청하출판사에서 번역한 J.피츠제럴드와 R.메레
디트 공저의 「소설작법」을 사가지고 아파트로 돌아왔다. 소파에
아무렇게나 앉아서 그 책을 훑어보았다. 학창시절 도서관에서 틈
나면 보았던 책이라 쉬이 이해할 수가 있었다. 그가 소설을 쓴다해
도 그리 무리는 아닐 거라는 생각이 들었는데 갑자기 은숙이를 납
작하게 뭉개버릴 수 있는 소설작품을 집필할 수도 있을 것 같은 자
신감이 한편에서 샘솟듯 우러나왔다. 그러다가 노곤한 기운에 눈
꺼풀이 내려와 꽃잠이 들었던 모양이었다. 잠에서 깨어보니 새벽
이었는데 아내는 그때 마악 귀가하던 중이었다. 베란다 너머가 벌
써 뿌우옇게 밝아오고 있었다. 아내의 입에서 술 냄새가 번져서 날
아왔다. 여전히 짙은 화장냄새, 화려한 입성의 치마를 입고 찬바람
일으키며 그의 곁을 지나가던 아내는 그가 꾸려놓은 짐을 보고 한
마디 내 뱉았다.

　— 언제 떠나실 건가요?

　그는 선뜻 대답하지 못했다. 아내의 태도에 따라 실은 떠나고 안
떠나고를 결정할 계획이었다. 아내가 그에게 진정 무엇을 원하는
지 그는 마지막으로 알고 싶었다. 예전처럼 돌아올 가능성이 있다
면 떠나는 것쯤 얼마든지 취소할 수가 있었다.

　— 먼저 물읍시다. 당신이 내게 진짜 원하는 게 뭐요?

　— 그야 나보다 더 잘 알고 있지 않나요?

　아내는 비스듬히 몸을 틀고 서서 말했다. 새벽의 적막감 속에서
대치하고 있는 아내와의 대화는 가슴이 미어지도록 슬프고 허무하
다는 생각이 들었다.

— 내가 잘못 했다면 용서할 수 있나요?

— 그럴 수는 없어요. 우리는 이미 돌아올 수 없는 강을 건너버렸어요. 나는 당신을 절대로 용서 못해요. 그새 은숙이란 작가 오피스텔에 가셨더군요.

아내가 어떻게 이런 사실을 알고 있을까? 그의 뇌리에 영훈이가 번개처럼 스쳐갔다.

— 영훈이 이 자식……

그는 아주 작은 소리로 이렇게 말했다. 아내가 충분히 들었을 것이다. 영훈이 밖에 모르는 일을 아내가 알고 있으니 아내와 영훈이 만났던지 전화통화라도 했을 터이었다. 그는 입술을 지그시 깨어 물었다.

— 둘 다 똑같은 사람예요. 아내 몰래 딴 여자나 만나고 다니는 위인들. 내가 얼마나 그런 사람을 경멸하는지 당신 모르죠?

아내는 그가 있는 쪽으로 서너 발짝 옮기면서 몹시 화가 난 목소리로 말했다. 아내의 말에 그는 대꾸할 용기가 없었다. 솔직히 말해 체면이 서지 않았던 것이다. 아내는 갑자기 핸드백을 열더니 부시럭 거리며 무언가 꺼냈다. 보아하니 담배였다. 담배를 꺼내 피워 물고 있었는데 그는 눈이 휘둥그레졌다. 아내가 담배까지 피우다니, 정말 놀랄 일이었다.

— 다, 당신……

— 놀랄 거 없어요. 누구나 타락할 수 있는 거죠. 그런 걸 타고나던가요? 이성으로 억누르며 안했던 것뿐이죠. 인간답게 살려구요. 그러나 세상이 나를 이렇게 만들고 있어요. 정확히 당신이란 남자가요. 내말 틀렸나요?

그는 대답하지 못한 채 고개만 주억거리고 있었다. 아내를 생각하면 여전히 가슴 한켠이 아려오는 느낌이 들었다. 천사처럼 맑던 눈빛의 아내, 새벽에 깊은 산속 풀잎에 영그는 이슬방울처럼 고왔던 마음씨, 가는 봄날의 미풍처럼 설레게 했던 짜릿한 추억들, 이제 남의 나라 얘기처럼 여겨진다.

— 제발 이러지 말아요. 당신답지 않아요. 우리가 어떤 부부였어요. 책을 만들고 책을 읽는 마음으로 살자고 맹세까지 했어요.

— 예, 아주 훌륭하군요. 그런 맹세를 기억하고 있다니요. 그런 사람이……

아내는 스스로 기가 막히다는지 말을 잇지 못했다. 내면의 화가 입에서 튀어나오는 말보다 급해서 약간 버벅거리는 느낌마저 들었다.

— 물어요. 내 앞에서 사실대로 말해줄 수 있어요?

그는 아내의 이글거리는 눈빛을 똑바로 쳐다보지 못했다. 아내는 여전히 버벅거리는 듯한 느낌을 풍기며 말하고 있었다. 그는 회한의 여운으로 절로 반쯤 벌려진 입을 가누며 아내를 쳐다보았다.

— 그래요. 뭐든지 물어봐요.

— 네, 그러죠. 당신, 은숙이란 여자하고 잠을 잤나요?

그는 아내의 다그치듯 한 물음에 대답을 하지 못했다. 은숙과의 처음 짜릿했던 순간들이 디지털 필름처럼 선명하게 떠올랐다. 그의 얼굴이 붉어지기 시작했다. 은숙의 화려한 몸뚱이, 뱀처럼 그의 몸을 휘감고 들어오던 은숙의 나신, 참지 못해 내뿜던 신음소리의 교합, 온몸의 찌꺼기가 한꺼번에 분출되던 순간의 기억, 은숙의 몸속에서 새로운 신화 같은 신비로운 세상을 꿈꾸던 기억들이 떠올랐다. 아내가 이런 물음을 물어 오리라곤 설마하니 상상도 못했다. 그는 아내한테 어떤 대답을 해야 할 것인가 망설여졌다. 사실대로 말을 해버려? 아니, 죽어도 아니라고 딱 잡아떼? 순간 이런 생각들이 수없이 스쳐갔다. 세상의 모든 아내는 그런다고 했다. 남편이 설령 다른 여자하고 바람을 피웠더라도 아내 앞에서 부인(否認)하라고 말이다. 아내 앞에서 사실대로 말을 하면 아내가 남편의 곁에 머물 수 있는 기회를 박탈하는 거라고 했다. 아내는 남편이 바람피운 사실을 안다더라도 남편이 부인하면 그 곁에 머물 체면을 최소한 갖추게 되는 것이다. 말하자면, 바람피웠다고 노골적으로 드러내는 남편의 옆에 자존심을 허물며 지켜줄 아내는 없다는 것이었다.

  ― 아니요. 잠을 자지 않았소. 당신 말고 다른 여자의 몸을 만져본 적이 없어요. 이건 사실이에요. 믿어줘요 여보.

  그는 순간 아내를 속였다. 속이는 도리 밖에 없었다. 그는 정말 아내를 여전히 사랑하고 아내와 하루하루 세상을 열어가고 싶은 사람이었다. 그의 말에 아내는 기가 막히다는 표정을 하고 있었다.

  ― 당신, 정말 나쁘군요. 아내를 두 번 속일 셈인가요?

  ― 아, 아니요. 정말 몸 같은 거 섞지 않았소. 믿어줘요.

  그는 계속 거짓을 말했다. 아내한테 이렇게 해서라도 그의 곁에 머물 수 있는 자존심을 가지게 하고 싶었기 때문이다.

  ― 당신, 내 체면 세워줄 필요 없어요. 사실대로 얘기해요.

  아내는 이미 그의 모든 것을 알고나 있는 듯이 생각마저 그를 앞질렀다. 그는 입을 굳게 다물어버렸다.

  ― 그 여자 입으로 그랬어요. 당신하고 잠을 잤다고. 당신의 뜨거운 기운을 몸속깊이 받아들였다고, 기다리다 지친 여자가 겨우 생의 마지막 고비에서 그 남자를 만나 나누는 사랑이 얼마나 슬프

고 잔인한 짓거린 줄 아느냐고 하대요. 당신, 이래도 나를 속일 건가요?

아내의 말에 그는 고개를 숙인 채 입을 다물고 있을 수밖에 없었다. 이제 더는 아내를 속이지 못할 것만 같았다. 아내가 어떻게 이런 사실을 알고 있을까? 아내가 은숙을 만났으리라곤 생각되지 않았다. 그럼 어떻게? 전화라도 했다는 말인가? 그러나 모든 사실이 명백히 드러나 버린 마당에 그런 것을 따져 무얼 한단 말인가. 아내의 처분만을 기다릴 수밖에 없다는 생각이 들었다.

— 언제 떠나겠어요?

— 내일 당장 떠나겠소. 멀리, 당신 곁에서 아주 멀리요.

그는 혀끝을 윗 이빨로 지그시 깨물며 말했다. 아내를 회유할 가능성은 희박해 보였다. 그렇다면 하루빨리 서울을 떠나고 싶었다. 세상이 싫어지는 느낌, 이런 기분을 느낀 사람들은 어떤 식으로 행동할까? 아내의 종잇장처럼 차가운 마음을 읽고 난 이상, 구차한 변명 따위 하고 싶지 않았다. 비겁한 남자로 아내한테 인식되게 하기는 정말 싫었다. 아내의 바램이라면 무슨 일이든지 해야 한다고 생각했다.

— 함께 동행 하나요? 그 소설을 실현시키려는 거군요.

— 당신 마음대로 생각해요. 당신은 얼마나 깨끗한 여자요?

그는 처제한테 들은 얘기를 생각하며 아내한테 비아냥거리듯 말했다. 아내의 얼굴에서 마치 노련한 연극배우의 표정연기를 보는 것처럼 아내는 표정이 바뀌었다. 아내한텐 충분히 모욕적인 말처럼 들렸을 것이다.

— 그래요. 당신을 만나기 전에 나도 세상의 모든 여자들처럼 한

남자를 사랑했죠. 그 게 뭐가 문제가 되나요? 당신 만나기 전의 일
이에요.

— 예, 아주 말 잘했어요. 나를 만나기 전이라구...... 당신을 만
나기 전에 내가 만났던 여자가 바로 은숙이예요. 당신을 만나기 전
에, 그게 무슨 문제가 돼요? 당신은 나를 어째서 타박하고 냉갈령
했던 가요? 당신 만나기 전의 일이었는데......

명재는 이제야말로 아내한테 체면을 세울 기회를 잡았다고 생
각했다. 아내가 남자가 있었듯 그도 역시 여자가 있었던 것뿐이다.
그들 사이에 무슨 문제가 있었던 것도 아니다. 세상 사람들이 생각
하는 그런 불경스런 일은 적어도 없었잖은가. 그러나 아내는 결혼
을 약속한 사내라고 했다. 세상의 잣대로 보면 그보다 아내가 더욱
비난받아 마땅한 일이 아닌가 말이다.

— 당신은 언제나 그 여자를 그리워했죠. 해지는 저녁놀 창가에
서 책을 읽는 당신의 모습은 그리움 그 자체였죠. 저 남잔 대체 누
굴 그리워할까? 이게 당신과 사는 이 여자의 화두였어요. 나를 껴
안으면서도 당신의 눈 속엔 다른 여자에 대한 그리움이 가득 찼어
요. 그뿐인가요. 당신과 섹스를 할 때, 그건 더욱 심하죠. 당신, 기
억나요. 흐드러지게 섹스를 치르던 언젠가 한번 그랬죠. 은숙아,
날 세상에 은숙이라고 했어요. 당신 설마 그걸 부인하지는 않겠죠.
나는 마음으로 당신의 입속에 매달려 밖으로 나오지 못하고 덜렁
거리고 있는 소리를 모두 들을 수가 있단 말예요. 그래, 그 여자 하
고 실제로 자니까 어떻든가요?

아내는 거의 이성을 잃어버린 사람처럼 보였다. 핸드백을 이미
저쪽 구석에 집어던진 아내는 소파에 다리를 꼬고 비스듬히 앉아

서 천장을 물끄러미 바라보며 말했다. 그러다가 그를 화살시위처럼 날렵한 동작으로 노려보곤 했는데 아내의 시선과 마주치는 그의 시선은 주눅이 들어버렸다.

— 사흘에 한번은 나를 안았죠. 그게 모두 은숙이란 여자가 그리워서 했던 짓이던가요? 정말 그랬어요? 나를 뚫어지게 바라보던 당신의 눈 속에 다른 여자가 있었죠. 그러면서도 설마 아니겠지, 했던 거예요. 세상에 시를 쓰고 책을 만드는 사람이, 첫날밤에 책을 만들고 책을 읽는 마음으로 살자고 철통같은 약속을 했던 사람이, 그럴 리가 없지, 하고 자위했죠. 은숙이란 여자의 존재를 알고서 그게 구체화 되었어요. 세상에 나를 그런 식으로 배신하다니, 당신이 그런 사람이라구요. 아주 나쁜 사람......

아내는 끝에 거의 흐느끼는 소리가 되었다. 말을 매듭짓지 못하고 종종걸음으로 걸어 안방으로 들어가 버렸다. 그는 길게 숨을 내쉬었다. 여전히 세상은 안개에 싸여 여명을 드러내고 있었다. 동은 뿌우옇게 밝았는데 그의 마음은 안개로 가득차서 한치 앞도 제대로 바라볼 수가 없었다. 이제 어떻게 해야 한단 말인가? 그의 모든 생각과 모든 행위들이 일시에 정지한 듯한 느낌, 날이 제발 새지 말았으면 하고 바랬다. 더 이상 밝은 세상이 두려웠다. 세상이 밝을수록 그의 나쁜 존재가 극명히 드러나리라는 불안함이 그를 더욱 안절부절 못하게 만들었다.

아내의 투정은 사실이었다. 그는 아내의 얼굴에서 문득문득 떠오르는 새로운 이미지를 발견했다. 은숙의 이미지였을 것이다. 특히 섹스를 하는 은밀한 순간에 아내의 이미지는 통채로 은숙의 이미지가 되어 나타나기도 했던 것을 부인할 수가 없다.

13

마을과 숲속 낮은 곳이나 높은 곳 어디든
성자가 머무시는 곳에는 기쁨이 있다. 〈법구경〉
모든 속된 즐거움과 사랑, 아집에 초연하고
매사에 있어 극단에 흐르지 않는 사람이 위인이다. 〈수타니파타〉

승용차를 몰고 강변을 따라 도심을 벗어났다. 한강을 따라 펼쳐진 외곽의 낯선 풍경들을 음미하며 창유리를 모두 내리고 가슴 저 밑켠에서 맑은 공기를 받아들였다. 도시를 벗어나본 지가 얼마만인가? 세상의 질항아리 속에 빠져 허우적이며 겨우 목만 빼내 숨을 쉬며 살았던 모진 지난날들이 허허롭다. 한 번도 뒤돌아보지 않은 채 바삐 달려만 왔던 나날들, 그의 어둡고 투박한 날들의 깊이만큼 시원하게 펼쳐진 푸른창공, 모든 생각을 정지하고 그저 눈앞의 분위기에만 빠져들고 싶었다.

차의 엑셀러레이터를 지그시 밟아 일정하게 느린 속력을 유지했다. 각양각색의 음식점과 술집들이 강변을 따라 달리기 하듯 지나간다. 이렇게 하루쯤 가면 그의 고향에 이를 수가 있을까? 갑자기 상상을 펼쳐나갔다. 그는 너무도 고향에서 멀어져 있었다. 산과 들과 자연, 그 사이 군데군데 나타났다 사라지는 작은 토마토 같은 집들이 고향의 향수를 불러 일으켰다. 마음의 고향. 부모님들과 형제자매들, 그리고 잊지 못할 친구들의 모습마저 스크린의 흐린 영상처럼 아물거린다. 야트막한 산들, 구릉을 끼고 이어지는 널따란 들판, 바람과 나무와 새들과 거기 사는 모든 사람들이 한꺼번에 잃었던 감정의 울타리를 여미도록 만들었다. 그러나 이런 축복도 그리 오래가지 못했다. 생각을 조금만 안쪽으로 끌어당기면 당장 앞에 놓인 문제들이 다투어 조여들어온다. 그는 지금 한가하게 여유나 부릴 정신적 여유가 없는 것이다. 그의 목적은 그가 은신할 시골집을 마련하는 일이다. 되도록 세상에서, 도시에서 멀수록 좋을 거라고 생각했다. 잡념과 번뇌를 끊고 오직 시심을 불러오는 일과 상상의 충만함이 필요했다. 흐트러진 생각들을 모아 가지런히 정돈하고 새로운 삶의 의미와 가치를 깨닫는 일도 그에게 몹시 중요한 의무 같은 것이었다.

강변을 따돌리고 산 쪽을 향해 달리기 시작했다. 속력은 여전히 마라톤 선수가 모든 힘을 다해 뛰어갈 정도의 속력. 산 쪽을 향해 하얗게 뻗은 신작로를 따라 달렸다. 길은 구불구불 이어지며 계속되었다. 산비탈과 능선의 교접 같은 모습이 눈에 들어오며 그는 고향 가는 길을 떠올렸다. 그의 고향도 그랬다. 면소재지 역사(驛舍)에서 내려 산과 들판을 끼고 계속 뻗으며 이어나간 데의 끝, 그 끝에 서서 고개 들어 보면 산의 능선이 논둑에서 시작되어 하늘을 따라 완만히 올라가고 있는 듯한 모습을 하고 있었다. 그는 정말 운전을 하며 하늘로 올라가는 듯한 착각에 빠졌다. 새들이 창공에서 날개 치며 그를 반기는 모습, 농부들이 웃통을 벗고 논둑배미에 앉아 땀을 식히는 모습도 보기 드문 풍경이었다.

  ― 아아, 당신들은 이런 산과 들을 밟을 수 있다는 것으로도 행복합니다.

  그는 실제로 소리를 밖으로 내어서 말했다. 세상에 혼자 이러한 독백을 할 수 있는 것만으로도 그는 행복하다는 생각이 들었다. 산자락을 끼고 나타난 마을과 마을, 산과 산, 들과 들, 작은 개울들의 교차로에서 삶의 환희 같은 것을 보았다. 그는 차를 멈춰 세우고 정겨운 풍경을 음미하며 한참 만에 차를 다시 몰기도 했다. 그러다가 아담한 농가가 보이면 머뭇대지 않고 들어가서 마을 사람들에게 빈농가를 구할 수 있는지 물었다. 생각보다 시골에는, 특히 깊은 산골일수록 비어있는 농가가 많았다. 사람이 오랫동안 살지 않아 묵혀버린 집들도 여럿 볼 수 있었는데 굽이굽이 이어진 신작로가 정말 다하는 데의 마을에서 할머니의 안내로 그는 마음속에 그리던 집을 만나게 되었다.

  빛바랜 아담한 회색 기와집, 주인은 서울에 있는데 마을주민이 틈틈이 관리하고 있다고 했다. 다락방 같은 느낌을 풍기는 방은 벽도 비교적 깨끗해 쓸만했고, 무엇보다 집의 바로 뒤로 아늑한 어머니 젖무덤 같은 야산과 그 곁으로 잘 잘 잘 쉼 없이 흘러내리는 개울, 당산나무들이 소곤거리듯 대숲에선 새들이 앞 다퉈 재잘거리고 세상의 소식을 누구보다 먼저 알리는 전령사처럼 한가로이 높게 떠서 새털구름이 떠가고 있었다.

  ― 아름다운 마을이로구나.

  그는 속에서 연신 탄성을 질렀을 것이다. 혼자 평생을 살아도 외롭지 않을 것 같은 자연들을 정겹게 받아들였다. 지나가는 주민들도 동네 강아지도 낯선 그의 출현을 반기는 모양이었다.

　― 그럼, 언제 올 거유? 내가 대강은 치워놓을 테니 준비해서 들오시유. 고향이 따로 있는가요? 정붙이고 살면 고향이지요. 젊은 사람들이 마을에 없어 적적해요. 참 잘 생각했네요. 여게 만큼 조용하고 인심 좋고 물도 맑고, 어디가도 이만한 덴 못 찾을 거요. 내가 열아홉에 시집왔지만 볼수록 정 깊은 데가 이 배내미 마을이라요. 영감 죽어 북망에 간 지 십 년도 넘었지만 여길 떠날 수가 있어야지요. 허허허……

　할머니는 당장 굴뚝에 불을 지필 생각인지 부엌으로 들어가서 나무찌꺼기를 긁어모았다. 다른 데와 달리, 나무를 땔감으로 사용한다는 것도 그의 관심을 붙든 하나의 이유였다. 나무향, 솔가지향, 기름진 관솔향을 느끼며 저녁을 맞고 아침을 맞는 생활을 생각하니 절로 가슴이 벅차올랐다. 아내와 함께라면 더욱 좋을 거라는 생각을 하며 그는 마을 사람들과 작별했다. 늦어도 이틀 내로 짐을 꾸려 들어오리라는 약속을 주민들과 했다. 그저 집세도 필요 없고 동네 사람들과 우애 좋게 살기를 마을 사람들은 바라고 있었다. 여전히 시골에선 인심이 나는구나, 명재는 속으로 생각하며 차의 시동을 걸고 브레이크를 풀었다. 해가 지는데 해를 등지고 미끄러지는 백미러에 저녁놀이 낮게 내려와 마음마저 흠뻑 물들이고 있었다. 멀리 마을 사람들이 멀어져 한 점 점이될 때 그는 카세트를 켰다. 이브 몽땅의 '고엽'이 황혼에 부드럽게 젖어들고 있는 것을 보았다. 세상은 이처럼 아름다운 거야. 그는 생각하며 속력을 내어 달리기 시작했다. 그의 백미러로 떨어진다. 저녁놀이 계속 애무하듯 한 분위기 속으로 노을과 푸른 이내가 함께 섞여 떨어지고 있었다.

그는 필요한 집기와 노트북 컴퓨터, 간단한 세간 들을 한 번 더 점검했다. 아내는 집에 없었는데 크게 신경 쓰지 않으려고 애썼다. 베내미 마을의 이미지를 뇌리에서 걷어내고 싶지 않았다. 아직도 그의 귓가에 재재거리던 새들의 합창과 타악기 같은 소리로 잘 잘 잘 흘러내리던 개울물 소리가 들리는 듯하다. 마중 나온 듯 반가운 마을 주민들의 모습도 마치 훌륭한 음악소리 처럼 감미롭게 느껴진다. 그는 지하 주차장에 넣어둔 승용차에 모든 짐들을 싣고 홀가분한 마음이 되었다. 이제 내일, 혹은 모레쯤 아니 여차직하면 당장이라도 떠날 마음의 준비와 더불어 실제적인 제반의 준비를 마쳤다고 생각하니 한결 마음이 가뿟했다.

은숙의 오피스텔로 전화를 넣었다. 다행히 은숙은 작업실에 있었다. 그가 들렀을 때에 '취재 중'이라는 팻말을 보았다고 말했더니, 지방에 다녀왔다고 했다. 휴대폰으로 전화 넣었더니 받지 않더라는 말까지 하려다가 그만두었다. 괜히 자존심이 상했기 때문이다. 그가 은숙을 만나려고 안달을 한다, 라는 이미지는 적어도 주고 싶지 않았던 것이다. 솔직히 이제 은숙을 떠날 마음의 준비까지 되어 있었다. 아주 짧은 기간, 마치 목숨을 내걸고 한순간 짝짓기에 도전하는 숫사마귀 같다는 생각이 들었다. 은숙의 명예도 돈과 명성도 한낱 부질없음을 그는 깨닫게 되었다. 진정 그가 살고 싶은 삶을 산자락을 이불삼아, 달과 별을 벗 삼아 때 묻지 않은 사람들과 함께 하는 것도 무척 보람 있는 일처럼 여겨졌다. 그래서 은숙에게 걸었던 전화가 저번 날과 달리 부담스럽지 않고 오히려 경지에 오른 도공처럼 미련 없이 부숴낼 수 있을 것 같았다.

― 선배, 지금 들려요. 기다릴게요.

은숙이 말했을 때에 그는 한참동안 신중히 생각해 보았다. 마음의 여유자적을 되찾아 흐르는 물처럼 맑고 고른 마음을 가지고 싶었다. 그래서 서두르지 않은 청아한 목소리로 말했다.

― 글쎄, 시간이 유할지 모르겠다.

이렇게 말해놓고 보니 자신이 벌써 세상의 모든 이치와 우주와 자연과 일체가 되어버린 느낌이 들었다. 너무 갑작스런 마음의 변화를 느끼자 얼굴이 제풀에 붉어 올랐는데 마음 한구석엔 여전히 은숙이 그를 기다리겠다고 말한 사실에 위안을 삼고 있기도 했던 것이다. 아무리 부정하려 해도 은숙을 멀리하진 못할 것만 같았다. 더욱이 이제 내일 아니면 모레, 그는 서울을 떠나 산과 들과 강과 하늘에 닿는다. 은숙을 만날 시간적 여유가 그리 많지 않으리라는 아쉬움이 남는 것이었다.

― 무슨 일이 있나요, 선배? 참, 사표를 냈다면서요?

― 그렇게 되었어. 근데 은숙아, 요즘 일부러 나를 피한 느낌을 받았다. 얘기해라. 그 까닭이 뭐니?

명재는 마음에 둔 말을 꺼냈다. 그전처럼 미적미적 머뭇거리는 일은 하지 않을 것이다. 빨리 느끼고 빨리 깨닫고 빨리 행동할 것이다. 세상 사람들과의 일은 그래야 된다는 느낌을 지금껏 살아오면서 받았었다. 이제 사람들과의 일도 길어야 이틀 정도, 그런 중에도 모든 판단과 행동은 신중하고 신속해야 한다는 게 그의 지론이다. 특히 남녀 간의 일은 더욱 그럴 것이었다. 미적대다간 아까운 시간만 천리를 간다. 명재가 은숙을 다그친 것도 그런 점에서다. 그녀의 진심을 파악해야 한다. 그를 향한 그녀의 본심이 무엇인지 그 항아리 두껑을 열어봐야 한다.

— 선배가 그렇게 느낀 것도 무리는 아니죠. 하여간 전화상으로 얘기하기 힘들어요. 이리로 와요. 얼굴보고 얘기해요 선배.

은숙의 말에 그는 고개를 끄덕였다. 은숙이도 내심 인정하고 있구나. 그토록 그를 갈구하고 원했다던 은숙이 하루아침에 그를 같은 극의 자석처럼 밀어내려 하던 그녀의 황당한 태도를 이해하기 힘들었다. 명재는 그러마고, 약속하고 아파트를 나섰다. 주차장에 그를 기다리고 있을 짐칸의 짐들을 생각하면 마음 한구석이 뿌듯해 온다. 은숙이도 좀 더 용기 있고 자신 있게 대할 수가 있을 것이었다. 그는 택시를 잡아타고 고개를 넘어 은숙의 오피스텔로 향했다.

은숙은 곱게 단장하고 그를 기다리고 있었다. 가슴이 깊게 파인 홈스웨터에 짙은 화장이 눈에 띄었다. 여전히 맑고 고운 눈빛, 그를 보자 흰빛 도자기 같은 갸름한 치아를 드러내며 웃어보였다.

— 선배, 어서 와요. 기분 좋아 보이는데요?

그럴 것이었다. 그는 베내미 마을의 청동 빛 맑은 하늘과 거문고 소리 같던 청아한 바람소리, 나무들 나란나란 도란거리며 흐르던 개울의 속삭임, 두엄자리 밑의 싹터 나오던 잔디풀 처럼 투박하며 질긴 주민들을 생각하면 절로 눈, 코, 입, 귀, 피부 모든 것들이 생명의 울림을 지니고 있는 듯한 느낌을 받는다. 그러니 우울의 껍질들도 두껑을 열고 나와 묵은 때를 버리고 새 기쁨과 희망에 도취될 것이다.

— 그래 다행이다.

— 어디 다녀왔던가요?

시골에 다녀왔다고 말하자 은숙은 턱을 치켜들고 쳐다보았다.

그는 숨김없이 회사를 그만둔 배경과 그녀에 대한 순화된 감정, 앞으로 그의 삶의 궤도 등에 대해 간략하게 설명했다.

— 은숙아, 나를 어떻게 생각하냐?

— 그게 무슨 뜻이죠, 선배?

은숙이 여전히 깡깡한 톤으로 말했다. 그는 은숙의 말에 당혹스러웠다. 모든 게 그의 의도와 빗나가고 있는 느낌.

— 내 말은 나에 대한 감정, 네가 오랜 시간 날 기다린 만큼 지금도 그 열정을 지니고 있느냐고 묻고 있다.

— 감정에 굴곡이 있는 건 당연한 거예요. 선배도 나에 대한 감정의 굴곡으로 나를 쉽게 버리고 다른 여잘 택할 수 있었던 거 아네요? 내가 영원히 선배를 지배할 수 없는 것처럼 선배 역시 날 영원히 지배할 수 없다고 생각해요. 날, 함부로 막 생각하지 말아요. 여자들은, 작은 것에 상처가 큰 법이에요. 그리고 선배, 난 말예요. 새로운 도전을 좋아해요. 헤밍웨이가 작품을 시작할 때 새로운 여성을 원했던 것처럼 저도 새로움을 원해요. 그게 내 방식의 자유죠.

명재는 황당한 마음을 속으로 다스렸다. 여성이란 모를 존재다, 라고 생각했다. 그토록 그리워하며 기다리던 세월은 무어란 말인가? 혜경이 은숙에 대한 그의 존재를 그렇게 강조만 하지 않았더라도 이처럼 놀라지는 않았을 터이다. 소설에서의 표현들 역시 이해할 수 없는 대목이었다. 그와 만나 축배를 들고 동행의 터전을 일구어 나가는 의미는 무어란 말인가?

— 새로운 남자를 원한다는 의미야?

— 해석하는 거야 또한 선배의 자유 아닌가요? 내가 어떤 행동을 해도 중요한 건 선배가 간섭할 일은 아니라는 거예요. 내말 무슨 말

인지 아시겠어요?

　─ 은숙아, 짧은 시간에 많이 변했구나. 너만은 변하지 않을 줄 알았는데 내 생각이 너무 어리석었다. 아, 이게 대체 어떻게 되어가고 있는 거야.

　─ 세상에 변하지 않는 것은 없어요 선배. 모든 것이 변한다는 그 믿음만이 변하지 않을 뿐이죠. 선배도 변하고 나도 변해요. 혜경이도 변하고 영훈이도 변해요. 선배의 아내도 변할 거예요. 모든 사람은 변해야 해요. 특히 우리 여성들은 더욱 더 변해야 하죠. 더 이상 조선시대 여성들이어선 안 돼는 거예요. 우리들도 세상의 권력 앞으로 나설 수 있고 인간의 권리라는 것을 누릴 권리도 있는 법이예요.

　은숙에게 대꾸할 자신이 서지 않았다. 세상에 변하지 않는 것이 어디 있으랴. 그도 편집장으로 있으면서 여성들의 지위와 권익의 향상을 위한 교양서들을 출간해야 한다는 필요성을 느꼈던 적이 있다. 여성들도 깨어야 한다고 생각했다. 사회의 다방면에 걸쳐 여성들이 진출해서 남성들과 동등하게 겨루고 경쟁해서 소외받은 영역의 보상과 구축을 하기 바랐다. 은숙의 말은 그른 데가 없었기 때문에 그는 응대하지 못했던 것이다. 깊게 숨을 내쉬며 자리에서 일어섰다.

　─ 네 생각은 옳다. 나도 동감한다. 그런데 내 마음이 왜 이렇게 슬프고 허무하지? 뱃 속의 내용물이 휑 비었다 해도 이런 느낌은 아닐 거야. 아내를 배신하고 은숙이 널 가슴에 안은 내가 얻은 게 대체 뭐니? 세상이 왜 나를 한꺼번에 내리치는 거지?

　─ 선배가 아내를 배신했다구요?

그의 말을 자르며 은숙이 끼어들었다. 은숙은 그전처럼 턱을 날카롭게 치켜들고 그를 직시하고 있었는데 명재는 자신이 말을 잘못해 실수를 했는지도 모른다고 생각했다. 아무튼 모든 게 엉망이었다. 그는 은숙의 시선을 피해 고개를 창문 쪽으로 틀어버렸다.

— 나를 받아들인 게 아내를 배신했다 이거군요. 선배, 그 정도로 배신이란 말을 사용해선 안 된다고 생각해요. 선배가 나를 어떻게 했게요? 옛날 애인 만나, 예, 선배 애인 맞죠. 오랜만에 회포 한 번 풀었던 거라고 생각해요. 그런 행위가 누굴 구속해선 안 된다고 봐요. 나도 선배를 구속할 수 없고 선배도 날 구속할 수 없어요. 봄날의 아지랑이처럼 아른거리다 떠나가 없어져버릴 신기루 같은 거라고 생각해요. 우리는 무엇에 얽매어선 안돼요. 세상에 널린 자유, 네 그게 바로 권리죠. 그걸 누리고 빼앗겼다면 되찾아야죠.

은숙의 태도는 단호했다. 의식으로 오랜 시간 무장한 듯한 느낌의 은숙을 보는 명재는 더 이상 대꾸하지 못했다. 그러나 마지막으로 한 가지 물어볼 말이 있었다.

— 하나 묻자. 처음 내게 보인 태도는 뭐였니? 처음 만났을 때, 내 옆에서 책을 읽고 글을 쓰고 싶다고 했지? 너는 5년이나 나를 기다려왔다고 했어. 세월이 흘렀다고 약속마저 사라진 건 아니라고 말했다. 날 바보처럼 이제 놔주지 않을 것이다, 네 입으로 분명히 말했어. 그런 말들이 나를 혼란스럽게 했던 게 사실이야. 그래서 너를 받아들인 거고. 대체 지금 너의 변한 행동, 난 이해가 안 돼.

명재는 가슴 속에 품어둔 말을 쏟아냈다. 그의 내면 한쪽에는 아내와 최악의 경우도 가정하고 있었다. 모난 저간의 행동을 보면 아내와의 관계도 순탄치 않을 거라고 믿었기 때문에 은숙을 염두에 두었던 것이다.

― 선배, 내가 변한 것처럼 보일 뿐이지, 선배에 대한 내 태도가
변한 건 아니에요. 난 다만 선배한테 얽매이지 않는다는 거죠. 내
가 여행하고 내가 사색하고 내 모든 의지, 선배한테 구속 받아선 안
된다는 얘길 하고 있는 거예요. 바쁜 가운데 한가로움이 있고, 고요
함 속에 움직임이 있다는 거 선배 알죠? 마찬가지예요. 변화 속에
서도 지키고 변치 말아야 할 것들이 우리 세상엔 많죠. 선배와 나
사이에도 그런 것들이 있는 거예요. 그러다가 때 되면 다시 변하
고……

은숙은 그를 쳐다보았다. 그녀의 눈은 처음 그를 만났을 때처럼
강렬했다. 그는 머리가 생각할수록 복잡하고 혼란스러웠다. 어디
에 기준을 두고 행동을 해야 할지 망설여졌다. 은숙에 대한 그의 믿
음, 확신할 수 없었다. 서울을 떠나 베내미 마을로 들어갈 생각 속
에는 그런 불확실함에 대한 우려가 담겨 있었다. 모든 것과의 관계
를 접고 새로움에 대한 미지의 세계를 탐닉해 보고 싶었다. 하늘에
닿을 듯한 산과 들판의 꽃과 풀과 나무, 거기서 노니는 새들과 티
없이 맑은 촌부를 통해 신비의 세계를 열어가고 싶은 마음이었다.
아내도 은숙도 돈과 명예도 맑은 공기처럼 소중할 수는 없었다. 맑
은 공기, 그 속에서 싹틔우는 인간과 삶의 의미처럼 값진 것은 없을
것이다.

― 은숙아, 묻자. 나 말고 만나는 남자 또 있니?

― 어떤 의미로 묻는 거죠? 만나는 남자야 많죠.

― 내 말은, 만나는 남자 중에 몸을 허락하면서 만나는 남자가
있느냐는 거지. 나처럼 흥건히 네 몸속에 젖는 남자가 있느냐 이 말

이다.

　— 세상에, 어떻게 그런 모욕적인 말을 할 수가 있어요. 선배, 내가 창년가요? 지금 그 말은 내가 양다리 걸치고 있는 거냐, 이런 식으로 받아들여져요. 천만에요. 난 선배 말고 가까이 하는 남자는 없어요. 그렇다고 내가 요조숙녀를 자처한 건 아니죠. 많은 사내들한테 관심은 가지고 있어요. 나도 여자니까 괜찮은 사내보면 마음이 충분히 동할 수도 있잖아요?

　은숙이 거짓을 말하고 있다는 생각은 들지 않았다. 그는 담배를 꺼내 피워 물고 깊숙이 빨아들였다. 여전히 모든 것들이 어지럽고 혼란스럽게 느껴졌다. 은숙이 계속 말을 이어나갔다.

　— 더욱 솔직히 말하겠어요. 선배를 잊을 수 없었던 건 사실이었죠. 5년을 기다렸다고, 네, 선배를 만나기까지 꼬박 5년이 걸렸어요. 만나기 이전에 선배는 언제나 마음속에 부푼 기대와 설렘을 심어주었죠. 기다림의 세월이 클수록 선배를 만나 나눌 회포는 감동적일 것이다, 이런 생각을 했어요. 사실 그랬어요. 지난날, 우리들이 이룩한 약속과 추억들이 언제나 가슴에 훈장처럼 남아 있었죠. 소중하고 빛나는 훈장이요. 그런데 참 이상도 하죠. 선배를 만나 회포를 풀고 사랑을 속삭이면서, 내가 여적 가슴에 소중하게 간직해 오던 그 훈장이 어쩌면 거짓일지도 모른다는 생각이 들었어요. 한낱 환상 속에서 내가 살았던 건 아닌가? 뭐 그런 생각도 들었죠.

　그는 은숙의 말을 들으면서 갑자기 비애감을 느끼기 시작했다. 그 앞에 펼쳐진 것들이 신기루 같은 것은 아니었는지 여겨졌다. 깨고 나면 허무한 꿈처럼, 시간이 가면 사라져버릴 신기루 같은 현상.

　— 선배를 너무 큰 존재로 생각했어요. 내가 맹목적으로 선배를

바라보고 있었구나, 선배가 나한테 큰 존재로 남아 있었던 만큼, 선배가 내 정신의 공간에 많은 것들을 베풀어 주리라 믿었죠. 그런데 솔직히 아니었어요. 선배 역시 세상의 남자들과 하나도 다르지 않았어요. 약속을 저버리고 세상에 얽매이고 결국 이건 이율배반적인 얘기긴 하지만, 아내를 배신하고 나를 받아 들였어요. 옛날 여자 친구를요. 나도 선배 만나 이러한 감정의 굴곡들이 믿기지 않았어요.

은숙은 소파에서 일어나 작업실로 들어가더니 담배를 집어 들고 나왔다. 손가락 사이에 끼워진 가늘고 길쭉한 담배를 보니 갑자기 선정적인 느낌이 들었다. 은숙과 논쟁 중에 그녀한테 관능적 욕구가 일어나는 자신을 그는 책망했다. 은숙의 말처럼 그도 역시 세상의 남자들과 하나도 다르지 않다는 생각이 들었다. 속되고 맥없고 무력하고 신비함이란 한 군데도 찾아볼 수 없는 돌자루 같은 존재. 세상의 사내들에게 씌워진 포장을 벗겨내면 은숙의 말처럼 사내들이 보여줄 수 있는 것은 대체 무어겠는가?

— 그래, 은숙이 말처럼 나 역시 속된 세상의 남자중 한 사람에 불과하다. 네가 나한테 어떤 환상을 가졌다면 일찍 깨버리는 게 좋을 거야. 예수의 영광도 삼손의 힘도 안토니우스의 권력도 나는 없다. 교황의 성스러움도 게오르규의 시심도 없어. 그저 형편없이 사라지고 말 촌부에 지나지 않는다. 그런 나한테 환상을 가졌단 말이냐, 넌 정말 어리석은 천재로구나. 최고의 베스트를 낼 수 있는 어리석은 천재말이야.

그는 갑자기 감정이 격해지기 시작했다. 담배를 탁자 위에 짓이겨버리고서 불쑥 일어섰다. 이제 미련 없이 떠날 때가 되었다고 생각했다. 아내도 떠나고 은숙도 떠나고 관계한 모든 사람과 일과 사물들과도 떠나버리자.

— 선배, 오오, 너무 자책하지 말아요. 난 선배 무능력을 탓하는 게 아니에요. 세상의 남자들을 욕하려는 것도 아니고요. 그저 안이한 여성들을 나무랐을 뿐이에요. 오오, 그 게 좀 비뚤비뚤 전달되었을 뿐이죠. 내가 선배를 사랑하는 마음, 변함없어요. 나를 그런 식으로 노려보지 말아요. 선배에 대한 믿음이 더 나빠지기 전에 어서 그 표정부터 거두란 말예요.

은숙이 울먹이는 소리로 말했다. 은숙이 피우던 담배는 탁자위에 절반쯤 타다말고 놓여 있었다. 그는 은숙의 어깨를 다둑여 주었다. 은숙이 처음 그랬던 것처럼 그의 가슴에 얼굴을 묻으며 파고들었다. 은숙은 여전히 그를 사랑하고 있는 모양이었다. 그럼에도 그는 은숙에 대한 자신이 서지 않았다. 이러다가도 변덕을 부리지 않는다는 보장이 없기 때문이었다. 아내의 변화 역시 충분히 이유 있는 변화지만, 정도를 넘어서는 것을 보고 여성의 히스테리컬한 성격에 대해 생각해 보았던 적이 있었다. 은숙은 그를 요구했다. 그도 은숙을 갈구한 만큼 깊게 빨려들었다. 한데 몸을 섞고 있을 때는 은숙이 영원히 그의 품에서 새처럼 보금자리를 떠나지 않을 것처럼 여겨졌다. 그도 은숙을 영원히 놓치지 않고 품에 오래도록 간직할 수 있을 것처럼 생각됐다.

은숙의 몸은 단단하지만 부드럽고 탄력 있었다. 그의 남성을 받아들여 몸을 흔들 때마다 부드러움과 탄력이 동시에 느껴졌다. 이마의 절규는 그때보다 야릇하고 신음소리는 가야금 산조처럼 리듬을 타고 넘어온다. 땀에 젖도록 은숙의 몸을 탐닉했다. 머리가 어질어질, 마치 뱀이 똬리를 틀고 있는 듯한 느낌. 그가 은숙의 몸을

구석구석 애무하자 은숙은 시녀처럼 오롯이 그의 행동을 받아들였
다. 깊은 거기 옹달샘의 향기, 아무리 빨려들어도 끝이 없을 듯한
아늑함과 신비로움과 설렘과 모든 기꺼움의 자리, 밤새 그의 남성
을 담그고 있고 싶은 은숙의 샘을 그는 음미하며 천천히, 아주 조심
스럽다가도 빠른 강도로 휘저었다. 샘에서 나오는 향기, 그녀도 향
기에 빠져 스스로 몸을 비틀다가 그의 온몸을 뱀처럼 휘감아들였
다. 은숙의 몸에서 떨어져 나왔을 때에 그는 어질어질 했다. 아직
도 은숙의 몸에 명재는 자신의 몸이 휘감겨 있는 듯한 착각을 하고
있었다. 은숙이 아아, 신음을 토해내며 나른한 몸을 그의 몸에 기대
어 왔다.

　― 선배, 아아 부웅 떠있어요 내가.

　― 그래, 나도. 그러나 이건 일시적이지. 육체의 기쁨이 클수록
그 끝은 허무한 거야. 네가 나에 대해 가졌던 환상도 이런 거였을
거야. 나를 만나게 되리라는 설렘과 기대와 지난날에 대한 그리움
이 간절할수록 실제는 그런 느낌들이 크게 줄어드는 것이지. 우리
는 모두 그렇게들 살고 있어. 그건 누구의 탓도 잘못도 아니야. 그
게 세상이고 현실인 거지. 내가 소유했다는 만족감은 소유하기 이
전의 설렘과 신비와 환상 같은 것들을 정확히 반으로 이등분 하지.
적어도 내 생각은 그래.

　그는 은숙의 젖무덤에 뜨거운 키스를 퍼부었다. 은숙의 몸은 여
전히 뜨거운 기운을 오롯이 지니고 있었다. 실 한 오라기 걸치지 않
은 은숙의 몸을 그는 뚫어져라 바라보았다. 네가 아무리 잘나고 고
상한 척해도…… 생각이 여기까지 가지를 치자 그의 입술을 은숙
의 허벅지 밑으로 가져갔다. 은숙의 최후의 보루, 그는 이렇게 까

지 하고 싶지는 않았으나 그의 입술을 은숙의 은밀한 샘에 가져다 애무하기 시작했다. 은숙은 온몸을 파르르 떨면서 그의 머리를 움켜쥐었다. 아아, 그녀의 신음소리가 그의 정수리를 타고 넘어온다. 그는 눈을 지그시 감고 미친 듯이 혀를 놀려대기 시작했다. 이제 다시 너를 가까이 하지 않을 것이다. 그는 마음속으로 수도 없이 다짐을 했다. 은숙이 알몸인 채로 나른한 잠속에 빠져있는 것을 확인하고서 그는 주섬주섬 챙겨 옷을 입고 오피스텔을 빠져나왔다. 서울의 하늘에도 휘영청 달이 떠서 지친 도시의 이마를 어루만지고 그 안에 사는 사람들의 머리 위를 비추며 커다랗게 포물선을 만들며 저물어가고 있었다.

새벽 1시가 넘어 귀가한 아내한테 서울을 떠나겠다고 말했다. 아내는 놀라는 기색이 전혀 없이 그의 결정에 이의를 달지 않았으나 시골이면 어디로 가는지 물었다. 그는 머물게 될 베내미의 주소와 약도를 건네주었다. 아내의 시큰둥한 반응이 그는 서운했다. 펄쩍 뛰며,그래서는 안 된다고 옷자락을 붙잡고 놓아주지 않는 행동은 아니라도 놀라는 기색이라도 보여주었으면 하고 바랐다.

　― 주소는 알아서 뭐한다는 말이요?

아내의 태도가 괘씸해서 퉁명스럽게 말했다. 서울을 떠날 때는 이미 아내와의 관계는 각오를 하고 있는 것이었다.

　― 여기서 헤어져도 한번은 만나야 하지 않겠어요?

　― 그건 무슨 의미요?

그는 퍼뜩 정신이 들었다. 아내의 말은 심상찮은 말이 분명했기 때문이다. 결국 아내는 그와 이혼을 생각하고 있었던 모양이다. 아내는 바로 대답을 하지 못했다. 그에게서 거둔 시선은 이미 남 같은 느낌을 풍겼다. 그는 아내와 갈 데 까지 가는 생각을 하고 있었지만 이혼, 이란 단어는 몹시 낯설었다. 이혼이라니, 결국 그도 이혼이란 꼬리표를 달게 된다는 게 믿어지지 않았다. 이제 세상의 울타리 밖, 이란 타이틀이 그를 옭아매는 느낌이 들었다. 밑바닥에서 자신이 무너지는 상상을 했다. 세상의 낙오자 대열에 합류해 영영 그늘을 드리우고 살아야 하는 자신이 한없이 안타깝고 가여워 보였던 것이다.

　— 우리가 예전으로 돌아갈 수 있다고 생각해요?

　아내는 한참 사이를 두었다가 반문하듯 말했다. 책을 만들고 책을 읽는 마음으로 살자던 아내와의 약속이 제자리를 잡기에는 너무 엉망이 되었다. 엉클어진 삶을 추스리는 일이 소꿉장난도 아닌 바에 얼마나 어려운 일이겠는가 말이다. 엎질러진 물을 바가지에 퍼 담는 일만큼 불가능한 일 일런지도 모른다. 그가 은숙을 만나 펼치기 시작한 황홀한 은비단의 기억을 지워버릴 수는 없을 것이다. 아내 역시 그를 괘념치 않고 사내들을 만나 펼쳤을 일들에서 자유롭지 못할 것이다. 서로의 가슴에 비문처럼 새겨졌을 유희의 얼룩들, 우리들의 상식으로 구제되지 못할, 머나먼 정글 속의 더럽고 때묻는 훈장을 누가 감히 찾아올 수 있다는 말인가?

　아내의 말에 그는 어떤 대답도 해주지 못했다. 세월의 길고 짧음에 관계없이 가정이란 울타리가 거둬질 수도 있다는 사실에 놀랄 뿐이었다. 그 울타리를 지키는 일이 얼마나 힘든 일인가 실감할 것 같았다. 사람이 가정을 이루고 세상을 살아가는 데는 울타리를 지켜야 하는 병사와 같은 의무가 부여되어 있는지도 모른다. 아내와

남편이 단단히 울타리가 되고, 그 울타리 안에 자식의 나무와 새를
불러와 쉴 그늘을 만들고, 노래가 있게 하여 더불어 기쁨과 풍요를
누려야 하는, 인간의 의무와 권리, 세상은 그리 간단하고 만만치 않
은 거였다.

　— 우리는 너무 멀리 왔어요.

　— 알고 있소. 그래서 서류에 도장을 찍어 달라, 이거 아니요?

　그는 내처 속엣 말을 해버렸다. 아내는 기다렸다는 듯이 응대했다.

　— 네, 맞아요. 당장 떠난다니 수속할 수는 없고, 내가 일체 서류
를 갖출테니 도장이나 찍어주세요. 위자료 같은 건 필요 없고, 하루
정도야 같이 법원에 가야할 테구요.

　— 아, 알겠소. 위자료, 내가 주겠소. 우리가 헤어지는데 정정당
당히 합시다. 아파트는 당신이 마음대로 처리해요. 계속 눌러 살든
지, 아니면 전세금을 빼서 당신 통장을 만들든지 말이요. 내가 인감
을 주겠소.

　그는 서재의 서랍에 넣어둔 인감을 꺼내 와서 아내한테 건넸다.
그리고 그의 신분증까지 아내한테 주었다. 인감의 위임을 해준다
는 의미였다. 그는 갑자기 일사천리로 아내와의 이혼절차가 진행
되는 느낌에 다시 한 번 놀랐다. 일이 이렇게 번개 치듯 진행되기도
하는구나, 생각하며 울렁거리는 가슴을 지그시 눌러보았다.

　— 아니요, 됐어요. 세상 여자들처럼 구질구질 끝내고 싶지 않
아요. 그냥 아파트는 당신이 마음대로 하세요. 난 그냥 내 짐만 가
지고 나갈 테니까요. 깨끗이 헤어지는 거예요. 당신을 만나 이렇게
인생이 어그러지리라곤 생각 못했어요. 나쁜 사람, 세상에 어떻게
다른 여자를 볼 수가 있어요. 아내가, 여기 이렇게 시퍼렇게 살아

있는데...

아내는 흐느끼기 시작했다. 그는 아내의 옷자락을 정말 붙잡아 보고 싶었다. 그러나 도저히 용기가 서지 않았다. 아니, 그렇게 뻔뻔한 남자가 되기 싫었다. 무슨 낯짝으로 아내한테 돌아갈 수 있단 말인가? 일이 참으로 공교롭게 되었구나, 그는 생각했다. 정말 아내와의 아름다운 봄날은 갔구나, 유행가 가사까지 머릿속에 떠올라 비잉비잉 돌아다녔다. 이제 누구와 책을 만들고 누구와 책을 읽는 마음으로 세상을 살아가나, 그의 이런 꿈이 아직도 가슴에 남아있는데 말이다.

— 미안해요, 여보.

실로 오랜만에 여보, 라고 말을 했다. 온몸이 파르르 전율하는 듯했다. 아내가 그를 용서한다면 그는 이제 새로운 마음으로 시작할 자신이 있었다. 그런데도 이상하게 아내를 구차하게 붙들고 싶은 마음도 일어나지 않았다. 이게 자신의 운명이 아닌가, 하고 명재는 생각했다. 아내한테 정말로 미안했다. 처제의 말처럼 아내한테 과거가 있다 해도 그런 마음에는 변함이 없었다. 그를 만나서 아내는 정말 순종하고 눈금 하나 오차 없는 시계바늘처럼 제 의무를 다하고 자리를 지켜주었는데, 그가 어쩌다 처제와 영훈과 혜경과 은숙을 만나게 되었는지, 원망스러웠다. 모두가 피해갈 수 없었던 일이라면 그건 정말 운명이었을 것이다. 운명을 받아들이지 않을 수는 없다고 생각했다. 아주 작은 불씨 같은 게 운명을 만들어 간다는 사실을 분명히 깨닫게 되었다. 그리고 약간은 자신의 의지로 운명을 다듬어 나갈 수 있다는 사실을.

— 나도 고백할 게 있어요.

아내의 갑작스런 말에 명재는 고개를 쳐들어 바라보았다. 아내의 눈가에 적신 눈물, 그는 오랜만에 아내의 손을 꼬옥 잡아주었다.

— 당신 만나기 전에 만났던 남자가 있었어요. 우리는 서로 사랑했고 결혼을 하기로 마음을 먹었죠. 그런데 남자 쪽 집안 어른들이 우리들 결혼을 반대했어요. 그게 너무 심해서 결혼을 서두르지 않고 나는 그냥 집에 내려와 있었죠. 그 남자한테 연락도 뜸하고 끝내 전화마저 두절 됐어요. 그땐 죽고 싶었죠. 모든 것들이 싫었어요. 하루는 바다에 나가 몸을 파도 속에 던져버리고 싶은 충동을 느꼈죠. 바로 그날예요. 당신이 회사 사람들하고 바닷가에 내려와서 족구를 했던가요. 죽을 작정을 하고 바닷가를 나는 서성이고 있었죠. 그런데 당신이 발로 찬 축구공이 내 가슴에 맞았어요. 당신 아마 기억하고 있겠죠?

그는 아내의 얘기를 들으며 그때의 순간을 기억했다. 죽음을 생각하고 있던 표정을 그때 아내의 얼굴에서 찾아보지 못했던 것 같았다. 그저 발랄하고 청순한 이미지를 지닌 청순한 아가씨 정도의 느낌을 받았던 기억이 떠올랐다.

— 물론 기억하고 있소. 당신의 얼굴에서 그런 기운은 전혀 발견하지 못했는데, 그때 서울에서 친구들이 내려와 함께 민박집에 묵고 있다고 했어요.

— 그 말은 맞아요. 내가 남자 쪽 집안의 반대로 집에 내려와 있는 줄 알고 몇몇 친구들이 위로 차 찾아 왔죠. 친구들의 방문이 어떻게 내 모든 상처를 치유할 수 있겠어요. 제들끼리 깔깔대고 노느라고 정신들 없던 친구들이었죠. 나는 친구들과 상관없이 바닷가를 거닐며 죽음에 대해 생각했어요. 친구들이 돌아가고 나면 그 공

백이 너무 크다고 생각했을까요? 내가 파도에 몸을 던지는 상상을 진짜 밀려오는 파도를 보며 상상했었죠. 자꾸만 불안하고 한편에 선 무섭다는 생각이 들었어요. 그런데 당신이 발로 찬 공에 젖가슴을 얻어맞은 기분이 정말 거짓말 않고 그렇게 통쾌할 수가 없었어요. 당신 쩔쩔매는 얼굴 보니까 재미도 있고 갑자기 살고 싶다, 김상숙이 여기서 인생 종칠 수 없다, 뭐 이런 생각들이 번개처럼 지나가대요.

그는 담배를 꺼내 불을 붙여 아내의 손가락에 끼워주었다. 아내는 담배를 전혀 거부하지 않고 흐흡, 폼 나지 않게 빨아들이다 콜록, 콜록 가득 찬 물병의 물이 뒤채이듯 기침을 하더니 계속 말을 이어나갔다. 그는 아내의 말을 한마디도 소홀히 듣지 않고 경청해주었다. 오늘 같은 밤이 언제 다시 오겠는가?

— 당신을 속이고 싶지는 않았어요. 결혼하려고 했던 남자가 있었다, 그 말 한마디 하기가 정말 얼마나 끔찍이 여겨지던지 몇 번을 망설이다 함구하기로 마음먹었죠. 당신한테 상처주기 싫었어요. 이건 정말이예요. 당신, 어딘지 속이 깊어보이던 사람 좋은 당신을 아프게 하기 싫었어요. 한편으론 내가 잡은 행운을 그냥 개밥 주듯 훌쩍 던져버리고 싶지도 않았죠.

아내의 손에 타든 담배에서 연기가 피어오르자 아내는 손으로 연기를 휘이휘이 휘두르며 말을 했다. 세상에 누가 이런 장면을 목격한다면 두 사람의 이혼 같은 건 저무는 황혼녘에 내려오는 노을이라 해도 믿지 않을 것이었다. 아내와 나란히 앉아 이처럼 도란도란 얘기를 하던 기억이 언제던가? 그는 크게 움직임을 주어 고개를 끄덕이며 아내의 얘기를 진지하게 들어주었다.

― 당신과의 생활은 늘 행복했어요. 당신이 출근 하고나면 베란다에 해바라기 하고 앉아 단지 내의 사람들이 살아가는 모습을 지켜보곤 했죠. 해가 뜨고 해가 저무는 속에서 시간이 이렇게 흘러가는구나, 생각했어요. 책을 읽으면, 당신 얼굴이 떠올랐어요. 결혼 초기에는 당신 얼굴이 생각나지 않을 때가 있었죠. 아무리 떠올리려 애를 써도 또렷이 생각이 안나는 거예요. 결혼사진을 꺼내 확인하고서야 빙긋 웃는 당신 얼굴이 떠오른 적도 있었죠. 책을 읽다가 졸리면 당신이 사준 곰 인형을 껴안고 잠을 자기도 했죠. 그러다가 당신이 걸어온 전화벨 소리에 화들짝 놀라 깨어난 적도 있구요.

― 그건 나도 생각나요. 여러 번 그랬어요. 당신 낮잠 잤군요? 하면, 예, 곰 인형 하고 낮잠자는 중예요. 몇 시에 퇴근하실 건가요? 이렇게 물어왔어요. 당신 목소리는 언제나 행복에 차있었죠. 나는 어서 퇴근해야지, 당신 맛있는 거 잔뜩 사가지고 퇴근하는 생각하면 일이 손에 안 잡히고, 사무실 미쓰 박,이 그래요. 편집장님, 결혼하면 그렇게 좋은 거예요? 그러면 언제나 똑같이 대답해 줬지요. 우리 집사람한테 물어보라 구요.

명재의 뇌리에는 정말 그때의 기억들이 필름처럼 스쳐지나갔다. 행복한 시절, 아내를 생각하는 일만으로도 가슴 설레었던 지난 몇 해, 이제 아이만 얻으면 세상에 대통령도 부러울 게 없다고 생각했다.

― 그래요. 당신은 참 자상한 사람이었죠. 내가 당신처럼 따뜻한 남자를 만난 걸 상희가 시기할 만큼 포근한 사람이었구요. 이제야 상희 얘기를 꺼내내요. 당신 바닷가에서 처음보고서 그래요. 언니, 형부가 토끼털처럼 푹신한 인상을 가졌어. 어떻게 저런 남잘 만났어? 그때 까지만 해도 기분 썩 괜찮았죠. 걔가 당신만 껴안지 않았어도

내가 상희를 미워할 이유는 없어요. 얘기가 나왔으니 마저 하지요. 어쩌면, 상희보다 내가 더 열등감에 빠졌을 거예요. 상희는 서울의 괜찮은 대학엘 갔는데, 난 지방대학에 머물렀어요. 집안 어른들 기대를 저버렸죠. 상희가 미쓰 강원 최종후보에 선발 되면서 상휜 높던 콧대가 하늘 높은 줄 몰랐고 내 기분 엉망된 건 당연했죠.

— 당신 맘 이해할 수 있어요. 처제 얘기는 듣지 않아도 짐작할 만 해요. 거북하면 얘기 멈춰도 되구요. 당신, 많이 힘들어 보이는데 우선 잠을 청하는 게 낫겠어요. 우리가 아직도 남은 얘기는 충분히 할 수 있을 거예요.

아내가 차츰 울먹이는 목소리가 되어 그는 아내를 쉬게 하고 싶었다. 더욱이 상희처제 얘기라면 이득 될 게 없을 것 같았다. 그러나 아내는 고개를 내저었다. 피곤한 기색을 보이지 않으려고 애를 쓰는 모습이 역력했다.

— 아니에요. 마저 하고 싶어요. 이렇게 당신과 마주하고 얘기하던 게 언제였나요? 당신, 상희한테 나쁜 맘 품은 적 있나요?

명재는 갑자기 머리를 망치로 얻어맞은 듯 황당했다. 어이가 없어 말은 나오지 않고 눈을 휘둥그레히 떴다.

— 당신을 믿어요. 당신 성품이 어떠리라는 것도요. 상희 가시나가 부러 모함을 하고 있다는 것도 짐작할 수 있구요. 걘, 사촌이니까 그렇겠죠? 내가 당신과 행복하게 살고 있는 게 배가 아픈 애였어요. 당신을 만나고서부터 괜히 오기를 부리고 나한테 부러 신경질을 냈어요. 걘 전에도 히스테릭한 데가 있는 애에요. 얘기했죠? 고등학교 때 만난 남자친굴 걔가 낚워채 갔다구요.

명재는 정신이 퍼뜩 들었다. 그 남자라면, 바로 오현섭이란 사내

가 아닌가 말이다. 아내가 만나고 다닐 가능성의 50%를 가지고 있
는 남자, 아내 입에서 그런 얘기가 흘러나오다니 놀라웠다.

　― 당신의 숨겨둔 여자, 은숙이란 여자의 소설을 내게 등기로 보
낸 가시나도 바로 상희였어요. 나를 어떻게든 기죽일 작정인 셈이
죠. 당신과 내가 헤어지게 된 데는 상희 개가 분명 큰 역할을 했어
요. 제부더러, 아니 이제 제부가 아니겠죠. 당신 후배더러 형부가
술 사주고 여관 잡아 잠까지 재워줬다고 지껄인 가시나죠. 그게 말
이나 되는 소린가요? 당신이 그 정도 밖에 안 되는 인물였던가요?

　그는 펄쩍 뛰었다. 턱을 쭈뼛 치켜들며 입을 쩍, 소리가 나게 벌
렸다. 황당하고 어이없는 표정을 지어보였는데 아내 역시 처제의
말을 소귀에 경을 읽는 걸로 치부해버린 모양이었다.

　― 당신, 그렇게 놀라실 거 없어요. 내가 믿지 않으니까요. 개 얘
기는 콩으로 메주를 쑨다 해도 믿고 싶지 않아요. 눈앞에 벌어진 사
실이라도 그냥요. 상희 가시나 한테 내가 할 수 있는 건 그것뿐이거
든요. 당신한테 투정 부린 건 미안했어요. 그건 내 자신이 싫어서
그랬어요. 내 주위에서 일어나고 있는 잡스런 일들이 정말 지겹도
록 싫었어요. 하루가 다르게 들려오는 당신에 대한 이러쿵저러쿵
소문들이 어느 순간 무서웠어요. 은숙이란 여자 소설 읽고 죽고 싶
었죠. 사람이 그렇게 태연할 수도 있다는 사실에 놀랐어요. 나 역
시 당신에 대해 떳떳하지 못한 사실도 나를 자꾸만 억압했죠.

　아내는 한참동안 말없이 천장을 바라보았다. 천장 벽에 붙은 전
등이 가늘게 흔들리는 듯한 느낌이었다. 그의 눈자위도 파르르 떨
렸다. 아내는 천천히 자리에서 일어서며 마치 모든 것을 포기한 여
자처럼 힘없이 걸어가 주방 쪽으로 갔다. 글라스에 주스를 가득 채

워들고 소파로 걸어와서 그에게 권했으나 그는 사양했다. 아내가
글라스의 주스를 한꺼번에 비워내며 다시 말하기 시작했다.

　― 이제 정말 당신한테 들려주고 싶은 얘길 할 때가 되었네요.
당신이 은숙이란 여잘 만나 사랑에 빠졌다는 소식을 들었어요. 그
때 당신 행동도 그런 느낌이 들었구요. 솔직히 그 은숙이란 여자 오
피스텔 입구까지 갔던 적이 있어요. 대체 어떤 여자가 명재씨하고
그런 인연을 맺고 있을까, 몹시 궁금했기 때문에요. 그런데 정말 자
신이 없었어요. 그 여자 얼굴 보면 더 미쳐버릴 것만 같았지요. 당
신이 그 여자 오피스텔에 가던 날은 이상하게 제부나 상희나 혜경
씨 한테 전화가 와요. 모두들 미쳐있었죠. 나를 죽이려고 작정들
한 사람들이었다구요. 그걸 나한테 일러서 뭘 얻겠다는 것인지 이
해가 가지 않다가도 당신을 죽이고 싶었어요. 대체 다른 여자 만나
는 남자들 기분은 어떤 걸까? 옛날 여자 만나 사랑에 빠지는 그 기
분이란? 별의별 상상에 빠졌어요. 나는 혹시 옛날 남자 소식 들을
까, 어떻게 거처를 알게 될까? 가슴을 조이며 제발 그런 불행한 일
은 나타나지 말아야지 수도 없이 기도했는데, 당신에 대한 소문은,
무성히 들려왔어요.

　아내는 오기가 생기던 차에 오현섭이란 남자의 전화를 받았다고
했다. 처제가 그런 식으로 일을 꾸몄을 것이다. 호텔에서 만나 차
를 마시고 고급 음식을 먹으며 추억을 떠올렸다고. 그러나 불행한
일은 뒤에 일어났다고 했다. 한때, 결혼 상대였던 남자를 다시 만나
게 되었다는 것이다. 그 만남은 처제와 관련된 게 아니라 아내 스스
로 남자를 만날 생각을 하게 되었다고. 가족의 알 만한 사람들은 그
남자가 국내에서 교수로 활동하고 있다는 정도는 알고 있다고 했

다. 남자를 만나는 건 어렵지 않았는데 P대학에 재직하고 있다는 사실을 알아냈고 아내가 직접 전화해서 그를 만났다고 했다.

　― 그런데 어떻게 일이 그렇게 되었는지 모르겠어요. 세상에 인홍 씨가 여적 결혼을 하지 않았던 거예요. 만났는데 예전 그 모습 그대로였어요. 나를 기다렸던 거냐고 물었는데 그냥 풀없이 웃기만 했어요. 당신이 그런 기분이었을까요? 옛날 애인을 만나 눈빛 마주보고 앉은 기분, 눈물이 쏟아졌어요. 인홍 씨가 마구 눈물을 흘리는 거예요.

　아내의 눈가에 눈물이 글썽글썽 맺혀 있었다. 아내는 이미 그의 기분은 아랑곳하지 않고 제 기분에 도취되어 얘기하고 있는 듯했다. 명재는 아내의 얘기를 모든 마음을 비우고 진지하게 들어주었는데 아내를 설득하거나 다시 잘해보자는 제안 같은 것을 하고 싶은 생각은 없었다. 마음을 비우니 아내의 어떤 얘기에도 놀라지 않을 자신이 섰는데 아내 역시 이런 얘기를 서슴없이 하는걸 보면 마음의 모든 준비는 이미 완벽하게 하고 있었던 모양이었다.

　― 같이 울었어요. 제 설움에 울었나 봐요. 인홍 씨가 나를 얼마나 그리워하고 있었는지 그 눈물을 통해 읽을 수 있었어요. 내가 당신만나 결혼한 사실을 상희한테 전해 들었다고 해요. 나를 이렇게 다시 만난 게 꿈만 같다고, 이게 꿈은 아니냐고, 물으면서 거짓말 않고 한 시간은 눈물만 흘렸어요. 그런 인홍 씨 생각하니까 가슴이 아려왔어요. 내가 이 남자한테 뭘 해줄 수 있을까, 그것만 생각했죠. 인홍 씬, 정말 예의가 여전했어요. 날 자기 차로 꼭 집 앞 까지 바래다 주었구요. 술을 마신 날은 택시를 몸소 타고 여기 앞까지 함께 왔죠. 당신한텐 미안했어요.

아내의 얘기에 그는 씁쓸한 기분이 되었지만 괘념하지 않았다. 이미 마음을 작정했고 그도 역시 은숙을 만나 회포를 풀고 밀애의 시간들을 함께 나누었던 생각을 하면 아내를 탓할 명분도 서지 않았다.

— 여기까지 말씀 드릴게요. 이게 당신에 대한 최소한의 예의, 라고 생각해요. 그 이상은 당신이 그랬던 것처럼 나도 말로 하고 싶지 않아요. 내가 은숙이란 여자와의 일을 더 이상 탓하지 않는 것처럼 당신도 나를 그렇게 탓하지 말고 내버려둬요. 이런 고백을 통해 내 허물을 조금은 벗고 싶었구요. 당신에 대한 최소한의 예의를 지키고 싶었던 거예요. 약속할 수 있는 거는, 내가 당신과 이혼해도 반드시 인홍 씨를 만난다는 보장 같은 건 없어요. 오해하지 말아 주세요. 이 여자가 믿는 데가 있으니까 이혼하자고 하겠지? 그런 상상은 하지 마시란 얘기에요. 그저 새롭게 거듭나고 싶어요. 당신과의 기억, 지울 수 없겠죠 물론. 당신도 은숙이란 여잘 지울 수 없었듯이 마찬가지예요. 이제 어떤 구속에서 벗어나고 싶어요. 당신이 나를 속일 때 힘들었던 것처럼 나 역시 당신을 속였던 사실이 언제나 마음에 맺혔죠. 이제 그런 모든 얽매임에서 자유롭고 싶어요.

아내의 얘기는 거기서 끝이 났다. 뜻밖에 아내의 표정은 얘기를 마치더니 평온해 보였는데 머리를 소파의 등받이에 붙여 눈을 감고 있었다. 그는 자리에서 일어나 현관문을 열고 밖으로 나왔다. 단지 내의 가로등이 희미하게 밝았다. 산 쪽 등성이를 보면 희부윰한 기운이 하늘과 맞닿아 있었다. 아늑한 안개가 땅 밑에서 올라와 단지 사이를 맴돌며 나무들을 어루다가 툭, 툭 물방울처럼 터진다. 이렇게 터진 안개의 작은 입자들이 흔적을 감추면 하늘에서 문이 열리고 빛살이 희번덕거린다. 사람들이 빛살의 무리 속으로 분주히 왕래하며 세상을 시작한다.

명재는 아파트 정원의 벤치에서 안개가 피어오르고 빛살과 함께 세상이 열리는 모습을 지켜보았다. 그를 둘러싼 이러한 움직임들이 신비롭게 여겨졌다. 여적 이런 모습을 감명 깊게 지켜보았던 적은 없었을 것이다. 현관문을 열고 들어가니 아내는 여전히 소파에 등을 기댄 채로 잠들어 있었다. 그도 서재로 들어가 몰려오는 피로에 몸을 눕혔다. 괘종시계가 댕, 댕, 댕 일곱 시를 알리기 시작했을 때에 그는 잠속으로 빨려들며 생각의 끈을 서서히 놓기 시작했다.

14

히말라야 산에 내린 빗물이 바위와 자갈과
나무 뿌리의 애를 뚫고 갠지즈 강으로 흘러들 듯
고통은 윤회하는 모든 사람의 생활에 침투하여
괴롭힌다. 〈 미란타왕문경 〉

— 형부, 생각 잘 하셨어요.

처제의 전화를 받고 달려갔는데 꽤나 넓어 보인 룸카페였다. 대기실에 늘씬늘씬한 여자 종업원들이 저만의 미모를 뽐내며 껌을

질겅거리고 있는 게 보였다. 처제는 더욱 진한 화장을 하고 몸에 꽈악 달라붙은 니트 풍의 원피스를 입고 있었다. 처제의 미모는 종업원들 중 단연 돋보였다. 미쓰 강원 후보에 오른 이력이 전혀 무색하지 않을 만큼 빼어났고 그를 대하는 표정도 발랄해 보였다. 그를 룸으로 안내해 자리에 앉자마자 처제가 말했는데 그의 양복 상의를 몸소 벗기며 방긋 웃었다. 처제의 말에 대꾸하지 않고 그도 역시 입가에 주름이 잡히지 않도록 엷은 미소를 보냈다.

— 헤어지기로 하셨다면서요?

— 언니가 그걸 원했어요, 처제.

객쩍어 담배를 꺼내 입에 물며 변명처럼 말했다. 처제가 벌써 이런 사실을 알고 있다는 게 신기했다. 이른 저녁시간이라선지 술집 안은 조용했고, 처제는 조금도 서두르거나 당황해 하는 기색이 없었다. 처제가 술집에서 일을 하게 되리라곤 생각하지 못했다. 그런데 처제의 이런 모습이 하나도 초라해 보이거나 속되 보이지 않았다. 오히려 품격 높은 귀족의 스타일을 보는 느낌이었는데 아무려나 보습학원 선생노릇 하는 것보단 우아하게 보이는 건 사실이었다.

— 상숙 언니도 별 수 없군요. 고상한 척 해도 딱질 하나 달게 됐으니 참……

— 처제가 이런 데서 일할 줄은 몰랐어요.

그는 화제를 돌려버렸다. 아내의 얘길 해봐야 처제의 입에서 좋은 소리 나올 리는 만무했기 때문이다. 아내를 비아냥거리는 처제의 행위가 내심 못마땅했는데 처제는 여전히 아내를 시기하고 있는 게 분명했다.

— 보습학원에서 어떻게 돈을 벌어요? 쥐꼬리만 한 월급 가지고

겨우 의식주 해결인데 그걸 비전 있다고 생각해요?

— 그래도 술집 보단 남들 보기도 좋고……

— 남한테 내보이기 위해 직장을 잡진 않을 거예요. 형부는 출판사 내보이려고 들어간 거예요, 처음에? 아니잖아요. 내가 좋아서 들어간 거 아닌가요? 나도 그래요. 내가 좋아서 들어온 거죠. 남들보다 돈도 많이 벌수 있다면 금상첨화 아닌가요?

그는 처제의 말에 아무런 대꾸를 하지 못했다. 남자 종업원이 들어와 주문을 받아갔고 처제의 폰으로 전화가 걸려왔다. 이제 핸드폰을 마련한 모양이었다. 처제는 전화벨이 울리자 황급히 일어나서 밖으로 나갔는데 밖에서 전화를 받는 소리가 들렸다.

— 미안해요 형부, 오늘 술은 내가 살게요.

통화를 끝내고 들어오면서 처제가 말했다.

— 처제, 돈 많아요?

— 그건 아니지만 돈 벌 자신은 있어요.

처제는 까르륵 웃었다. 처제라면 충분히 그럴 수도 있을 거라는 생각이 들었다. 처제를 찾는 단골 고객들이 다른 종업원보다 많을 것은 자명했다. 사내들이란, 특히 술집을 찾는 사내들이란 미모가 빼어난 아가씨라면 사족을 못 쓰지 않던가? 은숙의 소설이 반응을 보이기 시작하면서 사장과 룸쌀롱에 갔는데 미모의 아가씨가 사장을 맞았다.

사장은 꽤 가까운 사이처럼 보였고 오랜 단골대접을 받고 있었다. 출판사 사장의 위치에서 세상의 이목도 있고, 특히 사장의 경우, 한때 글을 썼던 작가의 신분임에도 불구하고 룸살롱의 단골이 됐다면 거기엔 미모의 아가씨에 빠져드는 남성들의 속성이 작용하고 있는 것이었다.

　— 처제한테 도움 된다면 내가 살게요. 이런 덴 우리한테 어울리
지 않지만, 한번쯤 호기 정도 부릴 수는 있지.

　양주와 안주가 들어왔고, 처제는 그의 옆에 나란히 앉았다. 처제
가 그의 글라스에 술을 따랐다. 그도 처제의 잔에 술을 쳐주었는데
처제는 곧장 잔을 집어 들어 건배를 제의해 오고 있었다.

　— 형부, 우리 처지가 비슷하죠?

　그는 술잔을 입에 가져가려다 말고 처제를 바라보았다.

　— 한번의 이력이 있는 사람들이잖아요.

　— 그, 글쎄, 그렇게 되었나?

　술잔을 한입에 털어 부었다. 아내가 작성해 가져온 서류에 도장
을 찍어주었는데 아내는 몹시 상기되어 있는 표정이었다. 모든 서
류를 아내가 꾸몄고, 법원에도 아내가 제출한 모양이었는데 이제
아내와 같이 법원에만 한번 다녀오면 이혼에 대한 법적 절차는 마
무리 되는 모양이었다. 아내의 뜻이 이혼을 원하고 있다는 사실을
저번 날의 대화를 통해 알게 되고서 그는 베내미 마을로 내려가는
일정을 보류했다. 아파트 지하 주차장에 악어처럼 엎드려 있는 그
의 승용차엔 시골로 내려갈 그의 짐들이 숨을 죽여 그가 오기만을
기다리고 있을 것이었다.

　술잔이 몇 순배 돌고나서 그가 물었다.

　— 처제, 영훈이 한텐 연락해 봤어요?

　— 내가 미쳤어요. 무슨 미련이 남아 있다고 그 자식 한테 연락
을 해요?

　처제는 집어든 술잔을 탁자에 탁, 소리가 나게 내려놓으면서 반

문하듯 말했다.

— 처제한테 이런 얘기 어떻게 들릴지 모르겠네요. 혜경이란 여자하고 사이가 많이 멀어진 모양이에요.

— 형부, 그게 나한테 무슨 의미가 있어요? 그치들이 지지고 볶든 말든 이제 나와 아무 상관 없는 일예요. 난 차라리 이렇게 된 게 너무 편합니다, 형부. 바람이나 피운 자식, 그걸 서방이라고 한때 아껴주고 했던 내가 억울하고 분할 뿐이예요. 이제 더 이상 내 앞에서 그놈 얘기 하지 마세요, 형부.

처제는 악담을 늘어놓았다. 그런 처제의 입장을 그는 충분히 이해할 수는 있을 것 같았다. 영훈과 혜경의 사이가 아무려나 심상치가 않아서 했던 얘기인데 처제는 아예 싹을 자르듯 싹둑 잘라버렸다.

— 형부, 언니한테 미련 있어요?

— 글쎄, 그런 마음 가져서 뭐해요. 이제 스스로 갈 길들 가야죠.

— 네, 그래요. 형부한테야 상숙 언니가 가당찮죠. 끔찍하지 않나요? 언니가 형부를 평생 속이고 살았다고 생각해 봐요. 차라리 잘 된 일이죠. 형부도 은숙이란 여자, 은밀히 숨겨 논 건 나빠요.

— 처제, 그건 오햅니다. 은밀히 숨겨논 게 아니에요. 집 사람하고 사이가 벌어지고서 만나게 된 겁니다. 만나다 보니 어쩔 수 없이 감정이 동하고 말았지만, 적어도 영훈이 처럼 그랬던 건 아니죠. 난 은숙이 만난 거 솔직히 최근의 일이예요.

그는 처제가 그를 이해해 주기를 바랐다. 그가 아내와 아무런 문제가 없는데도 바람을 피운 파렴치한 사람은 되기 싫었다.

— 어떻든 형부도 나쁜 사람예요. 세상에 그렇게 애절하게 사랑했던 여자를 어째서 버렸나요? 대체 상숙 언니 어디가 좋아서 그런

일을 저질렀느냐구요. 난 도저히 이해가 안돼. 은숙이란 여류작가, 인물도 괜찮던데요. 형부하고 같은 대학이니 그만하면 학벌도 일류급이고요. 세상에 남자들은 여자 볼 줄 모르나봐.

처제는 술잔을 거푸 비워냈다. 벌겋게 달아오른 얼굴은 매력적이었다. 처제만 아니면 아마 그의 마음도 미모의 여자를 앞에 둔 술꾼들처럼 동했을 것이다. 그런데도 자꾸만 솟구치기 시작한 욕정을 그는 얼굴을 붉히며 잠재웠다. 처제를 앞에 두고 그런 생각을 할 수는 없는 노릇 아닌가.

한 시간 이상 술을 마셨을 것이다. 남자 종업원이 들어와서 처제한테 남자 손님이 찾아왔다고 말했다. 처제는 그에게 실례한다는 제스처를 남기고 밖으로 나갔다. 그는 술잔을 치워내고 음료수를 쭈욱 들이켰다. 뱃속이 화끈거렸다. 이제 술을 더는 마시지 말아야지 생각했다. 담배를 피워 물고 있는데 처제가 들어왔다.

— 형부, 혼자 드실 수 있어요?

— 아냐 처제. 나도 나가 봐야죠. 오늘 많이 마셨어요.

그는 계산서를 가져오게 했다. 처제는 예의상 그러는지 계산은 자기가 하겠다고 말했으나 명재는 수표 석 장을 꺼내 처제의 손에 건네주었다.

— 처제, 잘 살아야 돼요.

— 형부, 무슨 말씀을 그렇게 해요? 다시 못 볼 사람처럼……

그는 자리에서 일어섰다. 처제의 배웅을 받으며 술집을 나왔다. 처제는 그를 밖에까지 배웅하고서 쏜살같이 안으로 들어갔다. 손님을 접대하기 위해서일 것이다. 그는 터벅터벅 걸어 나와 근처 슈퍼마켓에서 이온음료를 마셨다. 이상하게 갈증이 올라왔다. 담배를 꺼내려고 손을 집어넣었더니 비어있었다. 가게에 들러 담배를 사는데 처제 술집에서 보았던 나이 어린 종업원이 마치 담배를 사러 왔다가 꾸벅 인사를 했다.

— 담배 사러 왔니?

— 예, 선생님. 미쓰 장, 하곤 아시는 사인가요?

종업원이 물었는데 그는 대답 대신에 고개를 끄덕여주었다. 그러면서 처제가 미쓰 장, 이라는 이니셜을 사용하고 있다는 사실을 알았다. 처제는 철저히 자신의 성(姓)까지 위장하며 돈벌이에 나섰던 모양이다. 처제 입장에서 충분히 그러고도 남을 것이었다.

— 미쓰 장, 을 찾아오는 손님이 많아요.

— 아 그래? 많이 도와줘 자네가.

그는 종업원의 손에 만 원권 지폐 하나를 얹어주었다. 종업원은 허리를 깊게 숙이면서 연신 고맙다고 말했다.

— 고맙습니다. 선생님. 아까 찾아온 손님은 아마 세 번째 찾아오는 손님일 거예요. 첫날 찾아와선 미쓰 장, 하고 싸움까지 했어요.

그는 퍼뜩 정신이 들었다. 처제의 사생활에 대한 얘기를 종업원한테 듣는다는 게 믿어지지 않았는데 신선한 느낌이 들었다.

— 싸움을 했어?

— 예, 듣자니까 결혼할 사이 같던데요?

— 그래?

그는 담배를 꺼내 불을 붙였다. 종업원의 말이 정말 믿어지지 않았다.

— 손님이 그랬어요. 상희야, 우리 결혼해 버릴래? 이렇게요. 미쓰 장,이름이 상휜가 봐요? 여기선 혜경으로 부르는데……

처제의 이름을 알고 있을 정도라면 보통 사이는 아닐 것이다. 대체 종업원의 눈에 결혼할 상대로 보이는 사내는 누구일까? 처제가 여기서 혜경,으로 불리고 있다는 게 또한 의아했다. 혜경, 처제가 그런 가명을 쓰고 있다는 건 예사로운 일이 아니다. 남편의 애인이 장혜경인데, 장혜경이란 여자 때문에 결국 남편과 헤어졌는데, 술집에서 처제가 장혜경,이란 가명을 사용하고 있다는 게 상식 밖의 일이었다.

명재는 뒤통수를 후려치고 쏜살같이 달아나는 종업원을 멀뚱히 바라보다가 다시 처제가 일하는 술집으로 걸음을 옮겼다. 처제에 대해 정보를 제공한 종업원을 시켜 처제를 룸으로 오게 했다. 처제는 한참 만에 룸의 문을 노크하고 들어왔다. 얼굴이 화들짝 붉어졌는데 취기가 많이 느껴졌다.

— 형부, 다시 오셨어요?

— 처제, 몸 좀 생각해서 술을 마셔요. 취기가 많이 올라와 보이는데……

— 예, 형부. 술을 더 마시려구요?

처제는 정말 혀가 구부러지는 소리로 말했다.

— 아니, 그게 아니고, 처제 혹시 지금 같이 룸에서 술마시고 있는 사람, 누군지 내가 물어도 돼요?

명재는 조심스럽게 허두를 꺼냈다.

— 그건 왜요? 형부가 그걸 알아서 어디에 쓰려구요?

처제는 부러 삐딱하게 말했다.

— 처제하고 가까운 사람인 거 같아서 그래요. 결혼할 사이 아닌가?

― 누가 그딴 소리해요? 내가 아무렴 오현섭, 같은 남자하고 새출발을 하겠어요?

처제는 제풀에 오현섭,이란 이름을 입에 뇌었다. 그는 순간 머리가 혼란스러웠다. 처제가 오현섭을 결국 술집에 끌어들인 셈이기 때문이었다. 아내를 불러내 한식집에서 음식을 먹고 추억의 시간을 가졌을 오현섭,이란 사내가 지금 이 술집 룸에 앉아 있다는 생각을 하니 기분이 묘해졌다.

― 그러면 다행이요 처제. 형부 입장도 처제와 같아요. 아내하고도 별로 유쾌한 관계가 아닌 사람이 처제하고 이루어지면 그 또한 부담되는 일이에요. 근데, 저 사람이 어떻게 처제를 이리로 찾아왔던 거요?

명재는 나름대로 짐작하고 있었지만 직접 물어보았다. 처제가 모든 수단을 빌어 술손님을 유치하고 있는지도 모른다고 생각했다. 아내의 한때 결혼 상대자였던 인홍,이란 사내도 그렇다면 충분히 처제는 미끼를 던졌을 런지도 모를 일이다.

― 저 사람이 날 만나기 원했어요. 실은요 형부, 저 사람이 상숙 언니 만나다가 마음대로 안되니까 나한테 손을 뻗친 거예요. 사내들이란 왜 그러는지 모르겠어요. 속셈 뻔히 드러나는데 자존심도 없나봐.

― 그랬어요? 근데 마음대로 안되다니 무슨 뜻인가요?

― 나한테 했던 것처럼 뭐, 짬 내서 사랑도 하고, 그러다가 정들면 살림 차리자, 이거 아니에요? 세상에 저놈 말하는 것 좀 봐요. 나만 좋으면 당장 마누라하고 이혼해 주겠다나요? 여자들이 무슨 놀이개예요? 자기 맘대로 버리고 사고하게요. 형편없는 자식, 오늘

봐라, 된통 바가지를 뒤집어 씌워버릴 테니까……

처제가 오현섭, 이란 사내를 깔아뭉갰는데 진심에서 우러나온 말 같았다. 오현섭,이란 사내가 아내한테 그런 얘기를 지껄였을 생각을 하니 기분이 나빴다. 한 남자가 두 여자를 추근대는 일이나, 두 여자가 한 남자를 사이에 두고 이상한 관계를 맺고 있는 일이, 꼴사납게 여겨졌다. 이런 이상한 경우를 아내와 불협화음이 생기고서 처음 겪어보는 것이다.

— 그래도 처제가 한 때 좋아했던 사람 아니에요? 언니 남자친구를 빼앗았을 만큼 저돌적으로……

명재가 비아냥거리 듯한 마음으로 말했다. 한때, 가가이 했던 사람을 뜻밖에 냉대하는 처제의 태도가 그는 못 마땅했던 것이다.

— 형부, 그땐 철없던 시절예요. 내가 저 남자가 좋아서 그랬던 것도 아니구요. 상숙언니 시기해서 그런 거라구요. 이제 모두 부질없어요. 상숙 언니나 나나 결국 끝까지 왔으니까요. 하하, 이혼녀, 언니도 참 되게 폼 나네. 그 착한 우리 형부한테 이혼을 당하고……

처제는 그의 비아냥에 답례라도 하듯 아내한테 비아냥의 화살을 날렸다. 양복을 말쑥하게 빼입은 남자 종업원이 노크를 하고 들어왔고, 명재는 자리에서 일어서며 처제한테 말했다.

— 처제, 언니가 이혼 당한거 아닙니다. 내가 잘못해서 언니한테 이혼을 당한 거예요. 언니를, 아니 내 집사람 함부로 험담하지 말아요, 처제. 나도 이제 두 사람 그런 식으로 모함하고 서로 앙숙되는 거 질색입니다. 제발, 남들처럼 사이좋은 자매 좀 되세요.

그의 말을 듣고 처제는 멀뚱히 바라보고 있었다. 순간, 처제의 얼굴에 비치는 고독하고 어두운 그늘을 보았다. 사막의 낙타처럼 지친 표정, 갈 길은 멀었는데 날은 저물고 모래바람 무성히 일어서는 고도(孤島), 그 외로운 섬처럼 보였다.

그의 말이 끝나기를 기다렸다가 종업원은 처제한테 손님이 룸에서 찾는다고 말했다. 처제는 그에게 무슨 말인가를 하려다가 종업원의 눈치를 보며 멈칫거렸다. 그는 처제를 위로하러 왔다가 늘상 상처만 주고 가는 자신이 머쓱했다. 그가 처제를 만나는 것은 어쩌면 처제로부터 자신이 위로받기 위해서인지도 모르는데 만나면 이상하게 그것도 여의치 않고 자꾸 부딪치기만 할 뿐이었다.

— 처제, 미안해요. 형부가 처제 위로 해주러 왔는데 또 이렇게 마음만 아프게 하네요. 그냥, 어떻든 처제 생각해서 하는 말인 줄 알고 마음에 두지 말아요.

종업원이 상황을 알아차렸는지 전할 말만 전하고 자리를 피해주자 그가 말했다. 처제는 룸으로 옮길 태세를 하고 걸음을 떼어놓으면서, 고마워요. 형부 맘 알아요. 내 성깔이 못돼서 이런 걸 누구 탓을 해요, 라고 말했다. 그는 처제의 폰 번호를 받아서 포켓에 넣은 뒤 밖으로 나왔다. 처제는 역시 출입문 밖까지 그를 배웅했다.

— 형부, 힘을 내세요.

처제가 이번에 그를 위로하고 나선다. 그의 모습이 처제의 눈에 안 돼 보였던 모양이었다. 그는 네온의 간판들이 만들어내는 울뚝불뚝한 음영들을 오롯이 받은 얼굴에 표정모를 미소를 지어보였다. 작별인사를 하고 등을 보이고 돌아서는 길, 이제 처제를 만날 일도, 만나야 할 필요성도 없을 것이다. 아내와 법적으로 완전히 정리되면 처제도 생판 남이 되어버리는 것이다. 그는 뒤도 돌아보지 않고 터벅터벅 밤길 위에 쓸쓸한 자취를 남기며 걸어 오르기 시작했다.

15

내가 멸도하더라도 슬퍼하지 말라
만난 자는 반드시 헤어진다. 〈유교경〉

이제 미련없이 서울을 떠나자. 아파트 주차장에 웅크리고 있는 승용차 짐칸의 짐들이 벌떡벌떡 트렁크를 열고나와 재촉하는 느낌이 들었다. 아내와 될 수록 모든 절차를 마치고 떠나고 싶은 마음이 들었으나 마음의 여유가 기다려주지 못했다. 아내는 함께 법원에 한번 들르기만 하면 된다고 말했는데 아직 구체적인 날짜를 받지 못한 모양이었다. 그는 베내미가 정말 무척 그리웠다. 그에게 보여준 마을 사람들의 끈끈함은 그의 마음을 재촉했지만 이상하게 아직 떠나지를 못하고 있었다.

여전히 정리되지 않은 기분, 떠나면 세상의 일이 더욱 그리워질지도 모르리라는 우려와 불안감이 그를 긴장시켰다. 그런 마음의 이면에는 아내와 은숙과 처제, 영훈과 혜경이가 깊숙히 박혀 있었다. 마음을 비우고 훌쩍 떠나버리자, 하고 마음먹었다가도 아내를 생각하면 짠한 마음이 일고 은숙은 이상하게 그의 발목을 붙들었다. 강렬하게 빨아들이는 은숙의 달궈진 몸의 기억에서 명재는 떨쳐나올 수가 없다. 처제의 얼굴에 드리워진 그늘도 그를 자유롭지 못하게 만든다. 처제가 자꾸만 흙탕물 속으로 빠져들어 허우적이고 있는 꿈도 꾸었다. 믿었던 영훈과 혜경 사이에 생기기 시작한 보이지 않는 금은 자신 앞에도 나타날 것처럼 자꾸 혼란스럽다.

— 여보, 모레 함께 법원에 가면 돼요.

아내한테 막상 그런 말을 들으니 몸이 떨렸다. 이제 정말 올 것이 왔구나,하고 생각했다. 아내는 표정없는 얼굴로 그렇게 말했다.

— 당신, 꼭 그렇게 해야 돼요?

그가 약간 상기된 목소리로 말했다. 아내한테 마지막까지 선택할 기회를 주고 싶은 마음 때문이었다. 아내에 대한 그의 미련도 충분히 전달될 것이었다.

— 말씀 드렸잖아요. 우리는 서로 이해하고 받아들일 수 없을 정도로 강을 건너버렸다구요.가슴에 그런 흔적을 가지고 가정을 원만하게 살아갈 수 있다고 생각해요? 나는 아무리 생각해도 가능한 일이 아니예요.

그는 더 이상 대꾸하지 못하고 고개를 끄덕거렸다. 그때, 바로 그 순간, 알 수 없는 분노 같은게 치밀어 올라오는 것을 느꼈다. 누구에 대한 분노인지 모를 분노가 턱밑까지 차올랐다.

가슴 두근거리며 은숙의 오피스텔을 찾았는데 은숙마저 출장 중이라는 팻말을 현관문에 걸어놓았다. 그는 은숙의 오피스텔 근처에서 두 시간 가량 술을 마셨다. 아내의 말이 아직도 귓전을 때리는 느낌이었다.

술에 취해 언덕길을 오르다 처제가 생각났다. 처제를 더 이상 만나지 말아야지 했던 다짐이 술을 마시자 아무 의미가 없어져버렸다. 처제가 일하는 술집 앞에서 가쁜 숨을 가누며 마음을 가다듬었다. 그의 감정이 너무 고조되어 있기 때문이었다.

― 미쓰 장좀 불러줘요.

그는 약간 취기오른 목소리로 종업원한테 말했다. 그때 그 종업원은 보이지 않았는데 머리에 무쓰를 범벅한 듯한 다른 종업원이 그의 위아래를 살펴보더니, 미쓰 장,하고 어떻게 되세요? 하고 물었다. 그는, 형부된다는 말을 꺼내지 못했다. 종업원 한테 감히 그런 말을 내뱉을 수가 없었던 것이다. 그냥 고객이라고 말했더니, 손님 하고 밖에 나갔어요, 하고 비아냥거리듯 말했다. 그는 가늘게 한숨이 새어 나왔다. 처제가 손님하고 이제 외박까지 나가는지도 모른다는 생각이 종업원의 말투를 통해 번쩍 머리에 스쳐올랐다. 그는 간단히 맥주와 안주를 시켜놓고 처제가 돌아오기를 룸에서 기다렸다. 저번날 그에게 처제에 관한 정보를 제공해 주었던 종업원을 다른 종업원을 통해 그의 룸으로 불렀다. 종업원은 사글거리는 태도로 그를 보자 반색을 표했다. 그도 씨익 눈인사를 하며 술잔을 종업원한테 들이밀었다. 처음엔 사양했으나 재차 권하자 거절하지 않고 잔을 받아 쭈욱 한잔 들이키고 있었다.

― 미쓰 장,이 밖에 나갔다던데……

― 예,선생님. 멀리 가진 않았을 거예요.

― 어떤 손님하고 나간 건가?

― 그건 모릅니다. 미쓰 장,누난 단골들이 많으니까요.

― 외박을 나간 건가?

그는 담배를 꺼내 불을 붙이면서 물었다.

— 그야 모르죠. 큰 손님이 나가기를 원하면 나가야 하는게 여종업원들이니까요. 미쓰 장,누난 큰손님이 많아요.

그는 고개를 끄덕여 종업원의 말을 알아들었다는 시늉을 했다. 지갑에서 만원짜리 지폐 두 장을 꺼내 종업원한테 건넸다. 청년은 굽실 허리를 굽히며 고마움을 표하고 있었는데, 미쓰 장,이 들어오면 곧장 룸으로 보내라고 지시하자, 만족한 표정을 지며 문을 열고 나갔다. 그는 담배를 쭈욱 빨아들인 다음 천천히 뿜어냈다. 고개를 지그시 푹신한 소파에 기대고 눈을 감았다.

처제가 들어온 것은 한참 지난 뒤였다. 처제는 정장 차림에 화려한 입성을 하고 있었는데 얼굴은 약간 술기운이 내비쳤다. 그를 보고 놀라면서도 반색을 표했다.

— 형부 연락도 없이 어쩐 일이세요?

— 처제하고 술한잔하고 싶어서요. 손님하고 밖에 나갔다고……

그는 말끝을 흐렸다. 말을 하다보니 뉴앙스가 이상했다. 처제를 난처하게 하고 싶지 않았다. 처제는 처음엔 당황한 표정을 보이다가 이내 손 탁,탁 털고 일어서는 사람처럼 말했다.

— 일하다 보면 그럴 때가 있어요. 돈을 벌자는 일인데 못할 일도 없죠. 근데 형부, 안색이 안좋아 보여요.

처제는 천진난만한 애들처럼 그의 얼굴을 요모조모 살핀다. 그는 처제한테 사실대로 말할 결심을 했다.

— 실혼 처제, 언니하고 모레 법원에 가요.

— 그렇게 되었군요. 예상한 일인데도 떨떠름하네요.

그는 이빨이 드러나지 않도록 맥없이 웃어 보였다. 처제의 태도마저 그를 우울하게 만들었다. 이제 정말 아내와 끝장이 나는구나, 현실감이 느껴졌다.

— 세상이 허허롭고 외로워요. 법원에 나갈 자신이 없어요, 처제.

— 형부, 그렇게 못났나요? 아무렇지도 않아요. 막상 가봐요, 잘했구나, 홀가분하구나, 뭐 이런 느낌이 들거예요. 그래서 헤어지는 것도 해본 사람이 잘하는 거예요. 형부, 용기를 내세요. 모레, 내가 형부 따라 나갈게요.

처제의 성의를 그는 거절하지 못했다. 아내와 헤어지는데 처제의 위로가 커다란 힘이 되어줄 것만 같았다. 처제도 한번 이혼 경력이 있지 않는가. 그는 처제의 배려를 고맙게 여기며 맥주를 마셨다. 처제는 종업원의 말대로 인기가 대단한 모양이었다. 그와 앉아 술을 마시는 중에도 처제를 찾는 손님이 많았다. 그는 처제한테 부담을 주기 싫어 자리에서 일어섰다. 처제는 그의 팔짱을 허심탄회하게 두르면서 밖까지 배웅했다.

그러면서 시간에 맞춰 법원에 들르마고 했다. 그는 처제의 손을 꼬옥 쥐며 고맙다는 시늉을 했다. 처제가 씨익 웃으며 손을 흔들어주었다. 뒷모습을 보이며 올라서던 언덕길에 수은등이 떠서 그를 슬픈 얼굴로 내려다보고 있었다.

은숙에게 전화를 넣었다. 그녀는 오피스텔에 금방 돌아왔다고 말했다.

— 내일 법원에 간다. 이제 끝났어. 완전히 끝나게 되었다고.

은숙한테 아무런 반응이 없었다. 그는 내일이면 법원 판사 앞에서 아내와 헤어지는 선서를 하게 된다고 또박또박 말했다.

— 은숙아, 내말 듣고 있니?

— 예, 선배. 듣고 있어요. 내가 무슨 말을 해야 돼죠?

은숙의 말투는 심드렁했다. 그는 은숙이 반색을 할줄 알았다. 그런데 은숙은 뜻밖에도 무덤덤한 태도를 보였다.

— 너한테 실망했다.

— 내가 선배한테 뭘 실망시켰나요?

은숙의 말투에 가시가 돋혀 있었다. 그는 어이가 없어 한참동안 아무런 대답도 하지 않고 있다가 풀죽은 목소리로 말했다.

— 그렇게 무관심 할 줄 몰랐다. 나를 만나기 전에 나에게 향했던 너의 열정이 정말 믿어지지 않아.

그는 은숙에게 섭섭한 마음을 사실대로 말했다. 은숙이 곧장 대꾸하지 않자 상기된 목소리로 그가 말을 이었다.

— 네가 정말 나를 기다렸던 거니? 영훈이나 혜경이 말처럼 나와의 약속 때문에 날 잊지 못하고 그렇게 오래도록 혼자서 지낸 거 정말 맞아?

— 선배, 그건 과장이예요. 그들이 선입견을 가지고 있었던 거라구요. 내가 5년 동안 선배를 잊지 않았던 건 사실예요. 예, 5년을 기다려서 난 선배를 안아봤죠. 하지만 선배한테 내가 어떤 의무 같은 건 느끼지 않아요. 저번날 말했듯이 난 그냥 여전히 자유롭고 싶어요. 선배와 5년 만에 만나 회포를 푼건 아직도 후회하지 않아요. 근데 선밴 나를 마치 소유물처럼 여기나 봐요. 내가 선배 옆에 당연히 있어야 하고, 선배가 원하는 대로 해줘야 하고, 날 마치 장난감처럼 생각하고 있어요. 남자들은 모두 그래요?

　그는 전화를 끊어버리고 싶었다. 여자들이란 정말 알다가도 모를 존재다, 그는 생각하며 한숨을 길게 내쉬었다.

　— 많이 변했구나. 유명인사가 되었다 이거냐? 아니면, 별만큼 돈을 벌었다 이거니? 네 입으로 분명히 그랬다. 내 사무실에서 넷이 만났을 때, 앞으로 우리들이 열어나갈 좋은 세상만 생각하라고. 넷이서 다시 의기투합 했다는 의미가 중요하다고, 너도 생각나지? 근데 지금 너는 너무 변했다. 혜경이하고 약속이라도 한 거냐? 네 입으로 뭐라고 했니? 과거는 물 건너 갔다고 그랬다. 근데 이제와서 네들 영훈이 하고 나한테 시위 하는 거냐?

　명재는 그렇게 생각했다. 혜경이도 영훈이를 그전처럼 대하지 않는다고 했다. 은숙이 역시 그에 대한 태도가 예전과 달랐다. 영훈과 혜경은 금새 살림이라도 차릴 사람들처럼 보이더니 영훈의 표정을 보니 단단히 매듭이 맺힌 모양 같았다. 은숙과 혜경이야말로 그들을 장난감 처럼 여기고 있는 거라고 명재는 생각했지만 밖으로 생각을 표출하지는 않았다. 갑자기 머리를 한 방 얻어맞은 기분이었다.

　— 선배, 그런 식으로 매도하지 말아요. 누가 누구한테 시월한다는 거예요? 넷이 그전처럼 만난 의미에 대해 다른 생각 가져본 적 없어요. 선배가 오버하고 있는 거죠. 영훈이도 마찬가지예요. 선배가 나한테 한마디 말도 없이 결혼한 것처럼, 나도 그럴 수 있어요. 선배하고 사람들이 생각하는 그런식의 출발, 나는 못해요. 선배가 옆에 있으면서 간혹 만날 수는 있어요. 그렇게 되면 좋은 일이죠. 서로 마음을 비워야 해요. 남자들은 여자하고 잠만 자면 그날부터 이 여자는 내 거다,이런 식이죠. 영훈이도 혜경일 너무 소유하려 하

니까 혜경이 튀어오르는 거예요. 걔야 워낙 마구발방 날뛰는 애니까 내가 뭐라고 간섭할 수도 없지만, 영훈이도 마음을 비워야 해요. 세상에 쇼호스트가 제품 상사하고 만나 술한잔 마실 수 있는 거죠. 주먹까지 휘두를 건 없잖아요?

은숙은 전화를 탁, 끊어버렸다. 은숙이 전화를 끊었다는 사실은 그에게 어치피 문제되지 않았다. 영훈이가 혜경이한테 주먹을 휘둘렀다는 은숙의 말에 그는 쥐덫에 걸린 쥐처럼 옴짝달싹 하지 못하고 숨을 죽이고 있었다. 어떤 경우에든, 여자한테 주먹질은 하지 말아야 한다고 명재는 생각했다. 특히 부부나 연인 간에 주먹다짐이 오가면 그때부터 관계는 벌어지기 시작하는 것이다. 아무리 가까운 사이라도 인격이나 존경하는 마음이 전제 되지 않으면, 허물어질 염려가 항존하고 있는 거라고 그는 생각했다.

법원에서 모든 절차를 마쳤다. 마지막으로 집행관은 후회할 자신 없느냐고 물었는데 아내는 또박, 또박 대답했다. 그에게도 똑같이 물었지만 그는 사람들 앞에서 짜잔한 모습을 보이지 않으려고 후회 없습니다, 하고 또렷하게 대답했다. 서명을 하고 법정에서 걸어 나오는 길은 허망하고 초라했다. 아내한테 그간 마음고생 시킨 게 마음에 걸려 끝나는 마당이지만 말로서나마 용서를 빌었다. 아내 역시 마음이 착잡했던지 누그러진 태도로, 좋은 사람 만나 잘 살기를 바란다,고 말했다. 그는 묵묵히 고개를 끄덕여주었다. 아내와 나란히 법정에 들어왔다가 나란히 나갈 수 없는 처지, 이제 완벽하게 아내와 남이 되어버렸던 것이다.

법원 앞에서 처제가 그를 기다리고 있었다. 사촌처제가 까닭없

이 고마웠다. 이제 생판 남이 되었는데 제 일처럼 걱정해주는 처제
가 어찌 고맙지 않겠는가?

— 형부, 지금 기분 엿같죠?

— 처, 처제. 와줘서 고마워요.

그는 처제라는 호칭이 아무리 생각해도 낯설었지만 딱히 좋은
호칭이 생각나지 않았다. 처제는 발랄하게 웃어 보이며 차도의 저
쪽을 뚫어지게 바라보았다.

— 형부, 지금 언니가 누구 차를 타고 간줄 알아요?

처제의 갑작스런 물음에 명재는 대답 대신 차들이 삑, 삑거리며
분주히 왕래하는 도로를 바라보았다.

— 세상에, 언니가 그런 사람예요. 인홍이란 그 옛날 결혼 상대
자 승용차를 타고 갔어요. 그 남자가 마중을 나온 거예요. 형부, 언
닌 그런 사람예요. 미련 따위 절대 갖지 말아요. 형부만 마음 다치
고 시간 낭비 하는 거예요. 여자들은요, 그래요. 신랑이 죽어 누워
있어도 영안실 화장실에서 화장을 고친대요. 적당히 타협하며 사
는 방법도 알아야 해요. 형부, 내가 술집에서 일하면서 깨달은 게
있다면 그거예요. 너무 집착하면 자기만 힘들어진다는 거예요.

그는 온몸의 기운이 일시에 완전히 달아나버리는 듯한 느낌이었
다. 처제의 팔에 거의 매달리듯 차도 쪽으로 걸어나오면서 죽음, 같
은걸 생각했다. 세상의 모든 남자들이 이혼하고 나오는 순간 이런
기분일까? 처제의 말처럼 기분 한번 엿 같았다. 세상을 살면서 이처
럼 엿같은 기분은 처음 느낄 것이다. 처제라도 옆에 있으니 다행이
다는 생각이 들었다. 보도블럭의 가쪽, 화단가에 앉아 담배를 꺼내
물었다. 처제 역시 그의 곁에 다소곳이 앉았다. 처제한테 그런 소리

만 듣지 않았어도, 이처럼 맥 빠지진 않았을 것이다. 아내가 사내를 끌어 들이다니, 대학교수라는 인흥이란 사내의 존재가 아내의 이혼 결정에 영향을 미쳤는지 모른다는 생각이 퍼뜩 스쳐갔다. 그런 생각에서 빠져나오려고 그는 애를 썼다. 절로 비애감이 느껴졌다.

— 아파튼 어떻게 하기로 했나요?

— 언니한테 마음대로 처분하라고 했더니 싫대요. 아내한테 마음고생 시킨 게 걸려서 그랬는데 필요 없다네요.

그가 자리에서 일어서며 말했다. 햇살이 머리위로 강렬하게 내리비쳤는데 그의 마음과는 정반대였다. 시골의 부모님께 아내와의 이혼에 대해 설명할 일도 끔직했다. 올해쯤, 아이를 가졌다는 소식을 기다리던 부모님인데 이혼이라면 넉장거리로 놀라 자빠지실 것이었다.

— 형부, 그렇게 사람좋은 소리 하지 말아요. 형부가 언니한테 당한 거예요. 내가 언닐 시기하고 질투한 건 사실이지만, 언니가 미워서 정작 은숙이란 여자의 존재에 대해 말했던 것만은 아니예요. 순한 형부가 안돼 보여서 그랬던 거라구요. 정말 믿어주세요. 난 형부가 한 인간으로서 행복하게 살았으면 하고 바래요. 형부라면, 얼마든지 좋은 사람 만나 새출발 할 수 있어요.

그는 처제를 원망하지 않았다. 그의 운명이 그러려니 했다. 이리 된 빌미는 물론 처제가 제공했다. 아내한테 은숙의 존재를 처음 드러낸 사람이 처제였다. 그러기 이전에도 무례한 행동을 보여 아내의 체면을 짓밟았고, 아내의 바르지 못한 사생활을 그에게 꼬집어 준 사람도 처제였던 것이다. 그는 처제를 원망하지 않는 것처럼 처제의 지금 내뱉은 말을 믿으려고도 하지 않았다. 처제가 정말 그의

행복을 원했다면 그런 식의 행동은 보이지 않았을 것이다. 얻는 것
보다 잃는 것이 크다면 무슨 의미가 있겠는가 말이다. 그는 아내와
헤어짐으로서 얻는 것보다 잃는 것이 훨씬 많을 거라고 생각했다.

― 형부, 박은숙,이란 작가하고 시작할 수도 있잖아요?

길을 따라 걸으면서 처제가 말했다. 그는 이미 은숙한테 마음을
비웠기 때문에 크게 당황하지 않았다. 걷는 중에 처제를 슬쩍 일별
하는 걸로 가당찮음을 표했다. 은숙의 말대로 그는 오버했던 거였
다. 은숙이가 당연히 그의 옆에 있어야 하고 그가 원하면 들어주고
다른 사내를 만나서도 안 된다고 생각했던 것이다.

― 결혼도 않고 형부를 5년씩이나 기다렸으면 대단한 열의예요.
형부가 가정을 정리하고 돌아오기만을 기다렸는지도 모르죠. 세상
에 그런 여자들, 혼치 않아요. 글을 쓰는 사람이라 감성이 남달라서
그럴 거예요. 형부, 그 여자한테 이제 잘 해주세요.

신경 쓸 아내도 없겠다, 젊겠다, 뭐가 문제예요? 그리고 돈도 많죠.

처제는 새처럼 지저거렸으나 그의 정신을 사로잡지 못했다. 그
는 어서 서울생활을 청산하고 베내미에 들어갈 궁리를 하고 있었
다. 아파트는 아쉬운 대로 그냥 비워놔 버려도 된다는 생각이 들었
다. 그가 응대하지 않자 처제 역시 입을 다물어버렸다. 그는 택시
승강장에 서서 택시를 기다렸다. 법원에 오면서 도저히 떨려 운전
을 할 수 없을 것 같아 승용차를 지하 주차장에 그대로 두고 나왔
다. 처제가 오겠다고 말은 했지만 지나가는 말로 들었기 때문에 더
욱 차를 가지고 나오지 않았다. 처제가 기다리고 있을 줄 알았다면
차를 가져왔을 것을, 하는 아쉬움이 일었다. 한강 강변을 따라 가속
페달을 힘껏 밟으며 질주를 하면 지금의 허기진 가슴이 채워질 것

만 같았다. 그런데 처제와 통한 구석이 있었을까?

　― 형부, 우리 드라이브나 해요. 땅끝까지 한번 달려보는 거예요. 영훈이 자식하고 끝내던 날, 난 하루종일 고속도로를 달렸어요. 접때 술집에서 만났던 그 친구 불러내서 영동고속도를 질주했죠. 그러면 막힌 가슴이 뻥 뚫려요 형부.

　― 그럽시다 처제. 우선 아파트로 가서 옷도 좀 캐쥬얼로 갈아입고 차도 주차장에서 꺼내와야죠. 은행에 들러 현금도 좀 마련하구요.

　― 좋아요, 형부. 오늘 한번 세상을 만끽해 보는 거예요. 이상하죠? 기쁠 때보다 슬프고 힘들 때, 더 세상을 느껴보고 싶어져요.

　하고 처제가 말했다. 처제의 말에 빙긋 웃어주며 택시를 잡아타고 아파트로 돌아왔다. 처제와 함께 아파트에 오는 것이 약간 신경이 쓰였으나 아내가 지금 여기에 있을 리는 만무했다. 법원에서 나오자마자, 옛날 애인의 차에 동승한 아내가 아닌가? 아니, 이제 아내,라는 호칭도 사치고 틀린 호칭이다. 아내와는 이제 완전히 남이 되어버렸다. 둘의 사이에 2세도 없으니 억지로도 연관시킬 일도 없을 것이다. 다만 기억 속에 남아 있을 뿐, 그러나 그런 기억도 세월이 흐르면서 서서히 잊혀져 가리라.

　그는 여행복 차림으로 갈아입었다. 집안이 엉망이었다. 처제가 거듬거듬 어지러진 물건들을 치운다. 아내가 시집올 때 가지고 들어온 원목의 모던풍 장롱과 킹사이즈의 아늑한 침대가 거대하게 보인다. 그는 옷을 갈아입고 매무시를 하면서 잠깐 장롱 앞에서 생각에 잠겼다.

　― 형부, 무슨 생각을 그렇게 해요?

　― 아, 아냐, 처제.

— 그 장롱 어떻게 하실 거예요? 언니가 들여온 거 맞죠? 이혼하는 부부들, 제일 먼저 처분하는게 뭔지 알아요?

그가 대답이 없자, 패물이예요. 기억을 지우려는 거죠. 패물을 정리한 다음, 대개 장롱을 처분해요. 텔레비전, 냉장고, 세탁기 순이죠. 그 다음이 뭔줄 알아요?

그가 처제를 물끄러미 쳐다보자, 자동차예요. 서로의 때가 묻어 있는 자동차를 누가 좋아하겠어요? 다른 사람을 새로 만나더라도 자동차는 신경 쓰이죠. 형부가 새로 만난 애인을 이 자동차에 태우고 다닐 수가 있겠어요? 문득문득 차를 타고 내리는 여자가 옛날 아내로 보일 걸요? 그래서 자동차도 정리하는 거예요. 형부도 가능하면 정리하세요, 하고 씨익 웃어 보인다. 그럴까? 하고 그도 아까와는 달리 안정되고 누그러진 태도로 응대했다. 그러잖아도 베내미 마을에 들어가면 자동차를 처분할 생각을 하고 있었다. 자동차야말로 문명의 이기 가운데 하나지만, 현재 그로선 도움되지 않는 것이었다. 이제 산골 마을로 내려가면 전혀 쓸모없는 물건이 될 것이다. 그는 베내미에 돌아가 자연에 묻혀 시와 수필과 소설 속에 인생의 의미를 담으며 살고 싶었다. 다시 서울에 올라오지 않을 생각이었다.

모든 준비를 끝내고 밖으로 나왔다. 그는 처제를 아파트 입구에 기다리게 하고 지하주차장으로 향했다. 그의 승용차가 누렇게 먼지를 뒤집어쓰고 있었다. 그를 아주 오래 기다렸을 것이다. 짐승처럼 웅크리고 어두운 지하공간에서 그가 와서 답답한 짐 트렁크를 훌렁 열어주기를 바랐을 것이다. 그는 씁쓸한 미소를 지으며 트렁크를 훌떡 열어 환기를 시켰다. 마른 걸레로 쓱삭 먼지를 닦아내고 운전석에 앉아 담배를 피워 물었다.

아내는 이런 경우, 당신, 운전석에 앉아 담배 태우고 있죠? 하고 묻곤 했다. 아내와 주말여행을 가거나 외출을 할 때, 그가 조금 늑장을 부리면 아내는 전화를 해서 그렇게 물어오곤 했다. 아내의 음성이 귓전에 들리는 느낌이 들었다. 담배를 비벼끄고 그는 천천히 차를 몰아나갔다. 그가 운전을 할 때, 아내는 그의 옆에 다소곳이 앉아 책을 읽는 것을 좋아했다. 그러다가 경치가 좋은 곳을 행여 보게되면, 아아, 그림 같네요. 누가 저토록 아름다운 경치를 빚어냈을까요? 하며 벙싯 웃곤 했다. 그런 추억도 이제 명재는 돌이키고 싶지 않았다. 그는 아내와의 모든 기억을 지우고 싶었다. 그런 기억이 그의 삶에 어떤 도움이 될지 몰라도 상처의 멍에가 될 수도 있을 것이었다.

처제가 기다리고 있을 아파트 출입구, 명재는 지하를 벗어나 지상에 도착했을 때에 출입구 쪽의 상황에 당황했다. 아뿔사, 아내의 모습이 보였는데 처제와 목청을 높여 다투고 있는 게 아닌가? 그는 잠깐 궁리하다가 차를 그대로 출입구 쪽으로 몰았다. 그는 차를 입구에 세우고 운전석에 그대로 앉아 있었다. 아내는 대뜸 그에게로 걸어와서 손 삿대질을 하며 소리쳤다.

— 당신, 역시 그런 존재 밖에 되지 않았어요. 세상에, 이혼 첫날, 처제를 데리고 다녀요? 제부가 당신을 정말 의심할 수밖에 없었겠군요. 난 그래도 당신 인격을 믿었는데, 오늘 보니 형편없어요. 정말 우리 이혼, 잘 된 거 같아요.

— 언니, 고상한 척하지 마, 지금 누가 누굴 나무라고 있어? 내가 남이야? 당연히 형부 위로해주러 올만한 사람이야 난. 언닌, 세상

에 기가 막혀. 그 인홍이란 남자, 법정까지 불러들인게 누군데, 되레 큰소릴 쳐. 언니가 그 사람 차를 타고 법원을 나가는 거 이 두 눈으로 똑똑히 봤단 말이야.

처제가 목소리를 높여 소리치듯 말했다. 그는 객쩍어 승용차 문을 쾅, 닫아버렸다. 이마를 운전대에 쿵,하고 가져다 대는데 삑, 경적이 울려버렸다. 그는 재게 이마를 떼어내고 고개를 쳐들어 밖을 바라보았다. 아내와 처제는 한판 붙을 사람들처럼 상대를 노려보고 있었다. 그는 앞쪽 창유리를 내리고 소리쳤다.

— 당신도 잘한 거 없어. 사내를 숨겨두고 고상한 척 나를 속였지. 내가 당신을 속였던 것처럼 당신도 그랬어. 그러니까 피장파장이야. 그래서 없었던 일로 하자고 오늘 이혼을 한 거고. 그런데 더 무슨 말들이 필요해? 처제 어서 타요.

그가 소리치듯 말하자, 처제는 마치 상대를 넙죽하게 눌러버린 승리자의 의기양양한 모습으로 조수석에 올랐다. 아내는 어이가 없는 표정으로 허리춤에 손을 올리고 씩, 씩, 숨을 몰아쉬고 있었다. 아내 역시 그에게 배신감을 느꼈을 것이다. 그도 아내가 인홍이란 사내의 차에 동승하고 법원을 빠져나갔다는 사실을 생각하면 이상하게 분이 가시지 않았다. 끝나는 마당에, 이제 서로 내 반려자,란 권위 같은 것도 없는데 한때 살을 맞대고 피를 섞은 관계였다는 사실이 그런 마음을 들게 하는지도 몰랐다. 형부, 정말 잘하셨어요. 어서 차를 몰아요, 하고 처제가 상기된 표정으로 말했다. 그는 새어나오려던 한숨을 어금니를 꽈악 깨물어 잠재우고 천천히 브레이크를 풀었다. 휘둥그레 놀라고 분한 모습의 아내가 백미러 속에서 뒤로뒤로 밀려나고 있었다.

톨게이트를 지나자 차량들이 뜨음했다. 여기까지 오면서 그는 안절부절 못했다. 담배를 절반도 태우지 않고 버리고 피워 물기를 여러차례, 처제는 그의 기분을 이해하고 있다는지 말을 시키지 않았다. 침묵 속에 한참을 달리자 영동고속을 알리는 표지판이 눈에 들어온다. 아내와 동해바다로 신혼여행을 떠날 때에도 마주치던 알림판, 아내 같으면, 여보, 벌써 동해바다에 온거 같아요. 난 강릉, 속초 써진 표지판만 보면 이상하게 마음이 들썽거려요, 내가 바닷가 출신이라 그러는가요? 하고 말했을 것이다. 당신만 그러는 게 아니예요. 나도 지금 몹시 설레이는데요. 벌써 파도소리가 들리는 거 같아요.

우리 도착하자마자 회를 먹읍시다. 그의 말에 아내는 바닷가 출신답게 항구의 이름들을 주워삼킨다. 주문진 소돌도 좋고, 물치도 좋지요. 설악산 오르는 길에 베이스캠프에 들러 커피 마시면서 당신 듣기 좋아하는 샹송을 들어요. 하산길엔 대포항에 들러야죠. 거기 보면 사람들 사는 냄새가 진동하죠. 퍼덕퍼덕 튀어 오르는 물고기 보는 일도 제법 그만이에요. 동명항에 들르면 훑치기 낚시꾼들한테 숭어를 싸게 살 수 있어요. 난전 아주머니한테 회를 부탁하면 금새 숭어들이 접시위에 미끈하게 오르죠. 초장을 듬뿍 발라 한입에 털어넣는거예요, 아내는 그의 어깨에 몸을 기대어 왔을 것이다. 당신 하고 싶은 대로 모두 해요. 난 당신이 끄는 대로 따라갈 자신 있으니까요. 우린 사진을 많이 못 찍었죠. 이번엔 사진도 좀 찍어요, 그가 이렇게 말하면, 좋지요. 사진은 영금정 기도 바위 위에서 찍는 거예요. 원래 신혼부부들이 거기서 사진을 찍는다고 해요. 경치가 얼마나 좋든지 사진 찍다 파도에 쓸려가도 모른대요, 아내는 하얀 이를 드러내며 백합처럼 웃어주었던 기억이 새롭다.

— 형부, 지금 무슨 생각해요?

처제가 그의 생각을 차단시켰다. 그는 아내와 이룩한 추억의 다리 중간에서 우뚝 멈출 수밖에 없었다.

— 고속도로에서 이게 뭐예요? 오늘 같은 날은 있는 힘껏 질주하는 거예요. 내가 그랬잖아요 형부. 오늘은 세상을 한번 즐겨보자고……

처제가 그의 어깨에 슬며시 기대어왔다. 그는 처제와 괜히 이상한 분위기에 휘감기는 기분이 들어 객쩍게 마른기침을 토해내며 상체를 흔들었다. 그는 도로의 상황을 살피며 서서히 엑셀러레이터를 밟기 시작했다. 해는 아직 남아 있어서 강렬한 빛살이 창유리를 통해 굴절되어 왔다. 태양반이를 내리며 더욱 가속페달을 밟았다. 계기판을 보니 속도 게이지 눈금이 150을 가리키고 있었다. 처제가 창유리를 내리자 시원한 바람이 태풍처럼 일시에 내부를 점령했다.

— 와아, 이 바람좀 봐, 통쾌해요, 형부.

처제가 그의 옆얼굴을 바라보며 말했다. 바람에 처제의 머리가 어지럽게 날렸는데 처제는 그냥 내버려두었다.

— 그래 처제. 근데 이렇게 열 시간쯤 달리면 어디에 닿을까?

— 열 시간이요? 대체 이런 비좁은 땅덩이에서 어떻게 열 시간을 달려요. 형부, 다섯 시간이면 통일 전망대, 끝이라구요. 오늘 형부, 무조건 끝까지 달리는 거예요. 바퀴가 굴러갈 자리만 있으면 들어가 보는 거예요. 그럴 거죠?

그걸 모르는 바도 아닌데 공연히 뱉어본 질문이었다. 그도 처제처럼 끝까지 달려보고 싶었다. 아내와 도로의 끝까지, 달려본 적은 없다. 통일 전망대 가는 길에 하조대, 낙산사, 삼포, 화진포 등을 들르는 맛이 그만이라던 친구의 권유에도 불구하고 여적 생활에 겨 시도를 못했다. 그런데 아내와 이혼하고 처제를 태우고 바람처럼 달려가는 길이었다. 모양새가 웃긴다는 생각이 들자 피식, 웃음이 삐져나왔다. 이런 순간에도 사람이 웃을 수 있다는 게 잘 믿어지지 않았는데 그의 잇새로 정말 웃음이 새어나왔던 것이다. 아아, 모를 삶의 의미.

— 웃었어요, 지금?

— 예, 처제. 괜히 웃음이 나오네요.

그는 말하면서 처제를 슬쩍 쳐다보았다. 고속도로가 뜻밖에 한가했다. 주말엔 이런 속도로 고속도로를 절대 질주할 수 없을 것이다.

— 큭,큭,큭……

처제가 키득거리며 웃었다. 처제가 웃는 것을 보자 그도 이상하게 웃음이 나왔다. 그들은 까닭모를 웃음을 차안이 들썩거릴 정도로 웃고 있었다.

— 아아,웃겨요 정말. 형부, 더 밟아요 더요 더 더 와아……

그가 속도를 더욱 올리자 처제가 입을 활짝 벌려 감탄을 뿜어내고 있었다. 휴게소를 알리는 이정표가 눈에 들어오면서 서서히 속력을 줄였다. 처제는 더 이상 속도를 부추기지 않고 머리를 등받이에 지그시 기댄채로 눈을 감고 있었다. 문막,을 알리는 표지판이 눈에 가까이 들어왔다.

— 처제, 문막인데 들를 거야?

― 아이 형부, 계속 달려요 달려. 신나잖아요.

그는 휴게소를 지나쳐서 계속 달렸다. 그러나 이제 속도는 현저히 떨어졌다. 휴게소에서 빠져나가는 차량들이 도로에 많은 탓도 있었지만, 사고의 위험도 무시할 수가 없기 때문이었다.

― 형부, 내가 서울에서 대학 다닐 때요, 두 달에 한 번은 집에 내려갔어요. 고속버스를 타고 가면 눈에 제일 잘 들어오는게 뭔 줄 알아요? 바로 휴게소 이정표예요. 휴게소에 들러 오뎅국물, 잔치국수, 사천짜장, 사먹는 맛이 그만이었죠. 그뿐인가요? 감자송편에 안홍찐빵을 베지밀 곁들여 먹어봐요. 대통령 영부인 부럽지 않아요.

처제는 입맛을 정말 쩍,쩍 다셨다. 그도 갑자기 허기가 느껴졌다. 아침도 걸렀는데 여적 정신이 빠져 있어서 의식도 하지 못했던 것이다. 그는 다음 휴게소에 들러 간단히 요기나 하자고 처제한테 제의했다. 처제는 흔쾌히 승낙하며 기뻐했다.

새말 휴게소 까지는 십 오분 남짓 소요됐다. 휴게소에는 여행객들이 생각보다 많았다. 휴게소가 위로 갈수록 붐빈다고 처제는 말했다. 새말에서 처제가 말한대로 오뎅 국물과 잔치국수를 먹고 사천짜장을 먹었다. 매콤한 사천짜장 맛은 여적 먹어본 짜장 맛 중에 단연 최고였다. 차에 다시 오르면서 감자송편과 안홍찐빵, 그리고 베지밀을 함께 사가지고 왔다. 포만감이 느껴지는데도 계속 입맛이 당긴다. 서서히 차를 몰아 고속도로에 접어드는데 처제가 그의 입에 감자송편을 쑤욱 밀어넣었다.

― 형부, 맛있죠?

― 예,아주 입에 달라붙네요.

그는 얼굴을 붉히며 어눌하게 말했다. 고속도로에 접어들자 처제가 소화를 시킬 셈인지 입을 열었다.

— 영훈이 자식하고 이 길로 드라이브 하곤 했어요. 우리가 두해 서울에 살때, 두 달에 한번, 아니 세달쯤, 어떻든 자주 다녔죠. 휴게소 마다 들러 군것질 하는 재미가 좋았죠. 사람들 구경하는 것도 제법 괜찮았구요. 우리는 동해까지 가면서, 휴게소를 머리속에 입력했어요.

처제는 손에든 베지밀 우유병을 한 모금 마셨다. 그에게 한 모금 마시겠느냐고 물었지만 그는 고개를 내저었다. 처제가 계속 말했다.

— 형부, 이 길로 가다보면, 소사가 먼저예요 아니면 둔내가 먼저예요?

— 글쎄, 잘 모르겠는데……

그의 기억을 정말 더듬어 보았는데 헛갈렸다. 대체 이런 것을 알아서 어디에 쓴다는 말인가? 하며 명재는 처제를 바라보았다.

— 소사가 먼저예요. 이제 다음 휴게소는 소사죠. 그 다음이 둔내구요, 좀더 가면 평창이 나오고 대관령, 38선 휴게소, 공항휴게소, 뭐 이런 순서예요.

그는 카세트 테잎을 밀어넣었다. 이브 몽땅의 고엽,이 흘러나왔다. 떨어지는 석양을 뒷배경 삼아 흘러나오는 고엽이 낭만적이라는 생각이 들었다.

— 웃기죠. 이게 대체 무슨 의미가 있겠어요? 그런데 영훈이 자식이 바람피우기 시작하면서 부턴가요? 자꾸만 이런 순서가 헛갈리는 거예요. 강릉 쪽에서 오다보면 문막이 먼저인가, 원주가 먼저인가? 제일 길었던 터널이 둔내 터널인가, 아니면 진부터널인가?

뭐, 이런 식으로요.

　처제의 머릿속에는 언제나 휴게소들이 질서정연한 순서로 자리
하고 있었다고 했다. 통일 전망대에 이르는 도로도 고개까지 아주
질서정연하게 말이다. 서울에서 가다보면 문막― 원주― 새말―
소사― 둔내, 이런 순서로 배열되어 있고, 대관령 넘으면 강릉, 미
시령을 넘으면 속초, 한계령을 넘으면 양양, 진부령을 넘으면 고성,
이렇게 그녀의 머릿속에 정리되어 있었다는 것이었다.
　여행을 하거나 할 때, 이러한 순서와 규칙들은 언제나 그녀에게
안정적인 느낌을 제공해 주었다는 것인데 영훈이 바람을 피우기
시작하면서 머리 속에 입력된 모든 질서들이 허물어지고 뒤죽박죽
이 되어버렸다고 했다. 진부령이 어떨 때는 진고개로 둔갑하기도
하고, 해돋는 마을 정동진이 정도령이 되어 뉘엿뉘엿 석양길을 넘
어가더라는 것이었다. 그는 처제의 말을 들으며 속력을 내기 시작
했다. 처제의 말대로 소사 다음에 둔내휴게소가 나타났는데 그냥
지나쳐버렸다.

　몇 시간을 달려 어둠 속에 도착한 곳은 명파였다. 산비탈을 끼고
흐르는 개울이 맑은 명파는 해안을 끼고 나타나는 올망졸망한 마
을들이 정겨웠다. 명파 흙돼지 특산물, 하고 쓰여 있는 음식점에 들
어가 요기를 한 다음 모래사장에서 걸었다. 여기까지 올라오고 보
니 이상하게 처제는 말 수가 많이 적어졌다. 그는 처제한테 부러 말
을 시키지 않았다. 바닷가에 오니 아내와 함께한 주옥같은 순간들
이 떠올랐다. 모든 것들이 덧없다는 생각이 들었다.
　― 형부, 세상이 참 우습죠?
　파도가 어둠 속에서 하얗게 거품을 물고 모래사장 쪽으로 밀려

오는 순간에 처제가 이윽고 입을 열었다. 바다 멀리로 고기잡이 하는 배들의 불빛들이 검은 천위에 찍힌 꽃잎처럼 선명하게 보였다. 쏴아, 파도가 밀려간다.

— 글쎄, 우리가 지금 세상 끝에 서 있는 건가요 처제?

— 보셨잖아요. 우리를 막는 사람들, 밤이 지나면 통제도 풀릴 거예요.

처제는 그가 묻는 의미를 알아차렸을 터이지만 직접적으로 받아들였다. 그는 피식, 웃으며 바닷바람의 감촉을 느껴보려 애썼다. 아내의 생각이 감미롭게 귀밑머리를 어루만지는데 마음은 이상하게도 휑하게 비어 있었다.

— 어디까지 가야 우리가 짐을 내려놓을 수 있을까요, 처제?

— 그야 형부 마음이죠. 법칙 있어요? 어디든 흘러가다 머무는 데서 짐을 내려놓는 거죠.

그는 어둠 속에서 처제를 바라보았다. 바다 바람이 처제의 등 뒤쪽에서 불어와 그녀의 머리를 어지럽게 날렸다. 세상을 살면서 이런 기분 처음이었다. 아내와 이혼하고 역시 이혼한 처제와 함께 여행을 떠난 셈이었다. 그는 피식, 웃음이 새어나왔다. 파도가 쓰르렁거리고 달빛에 출렁출렁 떠가는 백색의 물결, 만지면 부드러운 감촉을 떨어뜨릴 것만 같은 적당히 어둔 달빛 속에서 마주선 느낌이 처제의 말처럼 웃기다는 생각이 들었다.

— 형부, 웃었어요 지금?

— 예, 처제. 우리가 우스워서요.

그들은 동시에 키득키득 웃었다. 한 무리의 파도가 쏴아아 밀려와서 빠져나가는 소리가 사르륵 사르륵 들렸다. 모래 알갱이들이

거품에 밀려나지 않으려고 버팅기며 내는 소리처럼 들린다.

　─ 형부, 우리가 마치 동지 같은 느낌 안 드나요?

　─ 글쎄, 그렇군. 처지가 같은 사람?

　그들은 또 키들키들 웃었다. 명재는 갑자기 아내의 얼굴이 떠올라 낯이 붉었다. 비록 이혼은 했지만 처제와 이런 시간을 가지고 있다는 사실을 알면 망연자실 할 것이다.

　낮에 아파트 앞에서도 얼마나 당황해 하던가? 그러나 그는 처제와 이런 시간이 매우 자연스럽게 여겨졌다.

　─ 형부. 한번 안아주실 수 있어요?

　처제의 말에 그는 당황했다. 좀 전까지 자연스러웠던 분위기가 갑자기 서먹해졌지만 그는 어려울 것도 없다고 생각했다. 안돼 보이는 처제를 위해 형부가 따스한 포옹 한번 못해준단 말인가?

　─ 그래요 처제. 이리와요.

　그는 가만히 처제를 몸 쪽으로 끌어당겼다. 여자의 체취를 느끼지 않으려고 나름대로 애를 썼을 것이다.

　─ 아, 형부. 너무 좋아요. 형부 품 따뜻한대요?

　─ 고마워 처제. 이제 서울 올라가면 힘좀 내요. 내가 처제를 얼마나 아끼고 염려하는지 알아요? 언니하고 헤어지긴 했지만 처제는 영원한 내 처제에요. 나는 처제를 잘 알아요. 술집에서 처제가 얼마나 자학하고 있다는 것도요. 겉으론 안 그런 척 해도 처제 깊은 눈을 보면 쓰여 있어요. 앞으로 언니하고도 사이좋게 지내길 바래요. 그래도 사촌이에요. 서로 아껴주고 격려해주고 그럴 사이라구요.

　처제는 그의 품에 바짝 달라붙어 숨을 죽이고 있었다. 그는 처제를 더욱 꼬옥 끌어안아주었다. 이제 처제와도 이런 시간, 서로 대화

를 나누며 인생에 대해 진지하게 얘기할 시간을 갖기는 어려울 거
라고 생각했다.

　─ 그래요. 형부, 이제 그만요. 이렇게 있으니까 형부가 마치 내
애인 같잖아요. 형부의 품에 처음 안겨보았을 때보다 더 정겨워요.
바닷가라 그런가요? 아님, 달빛이 좋아서 그런가요? 난 아직도 세
상에 헷갈리는게 많아요.

　그는 처제를 품에서 가볍게 밀쳐냈다. 처제도 만족한 태도로 그
의 품에서 벗어나며 아아, 달빛 좋아요. 형부, 이제 어디로 가죠? 하
고 말했다. 처제, 이제야말로 달려 봅시다. 서울까지 한번도 멈추지
말고 달려가는 거예요. 저 달빛이 사라지기 전에요, 하고 말하면서
그는 성큼성큼 모래사장을 걸어 올라왔다. 처제가 사각사각 작고
감미로운 발자국 소리를 달빛에 찍으며 따라올라 오고 있었다.

　차를 몰아 해안도로를 달렸다. 창문을 모두 열고 처제는 차창 밖
의 반짝이는 불빛들을 쳐다보면서, 형부, 저런 데서 한번 원 없이
살고 싶어요. 서울이란 데 정말 살데 못 되죠. 세상에 사내들이 얼
마나 닳고 닳은지 알아요? 어떤 자식은 옆에 앉자마자 더듬기부터
해요. 팁 주기는 아까워하면서 잘난 척은 혼자 다하죠. 정말 지겨
워…… 하고 말했다. 그야 처제가 자청한 거 아니에요? 다른 자리
버리고 술집 찾아간 게 처제의 의지 아니었던가요? 처제는 한참동
안 대답하지 못했다. 짠바람이 들어와 코를 시큼하게 후비고 나간
다. 멀리 이따금씩 나타났다 사라지는 고깃배들의 불빛이 서러울
정도로 정겹다. 돈을 벌고 싶었어요. 형부. 그래도 영훈이 자식이
돈 벌어다 줄 때가 생활은 좋았죠.

강릉에 살면서 서울 같은 데는 가고 싶지 않았어요. 그자식이 날 그런 식으로 배신하게 될줄 감히 생각이나 했겠어요? 난 정말 돈을 많이 벌 거예요, 하고 말했다. 처제는 정말 돈을 많이 벌려고 작정을 했던 모양이었다. 결연한 그녀의 태도에 그는 대꾸하지 않고 더욱 속도를 올렸다. 차량들이 거의 뜨음했다. 이대로 달리면 두 시간 못돼 강릉에 도착할 수가 있을 것 같았다. 그래요, 처제. 돈은 필요해요. 그런데 처제가 몸을 함부로 놀리는 것은 옳은 일이 아니라고 생각해요. 여자는 망가질수록 만신창이가 된다는 말도 있어요. 돈이 필요하다면 형부한테 얘기해요. 처제가 하고 싶은 일을 할 만큼은 도와드릴 수가 있을 거예요, 하고 말하자 처제는, 아니요. 내가 왜 형부 도움을 받아요? 상숙 언니 덕분에 도움 받는 그런 사람 돼기 싫어요. 난 혼자 일어설 거예요, 하며 상체를 곧게 펴보였다. 명재는 괜한 소리를 했구나, 생각하며 운전에만 몰입했다. 처제와 이렇게 드라이브를 하는 일도 마지막이겠지. 처제는 여전히 언니에 대한 자존심은 지키려 하고 있었다. 남자와 여자의 차이, 라고 명재는 생각했다. 그가 더 이상 말을 하지 않자, 처제 역시 눈을 지그시 감은 채 좌석 시트커버에 머리를 기댄다. 그러더니 곧장 잠이 들어버렸다. 처제는 가늘게 코까지 곯아가면서 잠 속으로 빠져들고 있었다.

명재는 닫았던 창문을 조금 열고 담배를 피워 물었다. 해안을 끼고 나타나는 마을들이 미치도록 정겹게 느껴진다. 멀리 불빛들, 고기를 잡는 어부의 불빛들이 바다 속에 가라앉아 있다가 서서히 떠오른다. 보이지 않지만 배가 출렁거릴 정도로 파도가 일고 있나 보다. 명재는 불현 듯 배가 검푸레한 해수면 아래에 잠겨있는 것을 곁

눈질로 보면서, 그래, 지구는 둥글지, 세상도 둥글고, 그러니까 둥
글둥글 살아야해, 혼잣말을 가만가만한 소리로 뱉아내고 있었다.

강릉을 지나면서 아내를 처음 만났던 그 바닷가에 들러보고 싶
었지만 그냥 지나쳐 버렸다. 이제 아내와의 기억은 모두 지워야 한
다. 아내를 태우고 달밤에 대관령을 굽이굽이 돌아 넘으면서, 여보
저 아래 좀 봐요. 아름다운 세상이죠? 바닷물에 유황불이 둥둥 떠
가는 거 같아요, 하던 것이 벌써 추억처럼 어룽거린다. 어머, 저쪽
나뭇잎들 좀 봐요. 달빛이 흔들려 눈이 부셔요. 당신과 영원히, 아
주 오래오래 이 고개를 넘으면서 달빛의 향기 느끼고 싶어요, 했던
아내의 음성이 들리는 듯하다. 이제 아련한 추억이 되었다. 아내의
말에 그는, 그래요. 아주 오래오래, 당신과 내가 오늘처럼 나란히
눈부신 달빛도 보고 바람소리 푸른 언덕도 봅시다. 아주 오래오래
머리가 허옇게 되는 날까지요, 하고 말했다. 달빛처럼 하얗게 눈부
시던 아내의 사랑스런 눈빛을 잊기 어려울 것이다. 그는 생각을 접
는다. 그 추억의 대관령도 이제 터널 속에 묻혔다. 아내와 추억을
만들며 굽이굽이 아흔 아홉 고개 넘던 밤도 단숨에 뻗은 세월의 뒤
란으로 사라져버렸다. 대관령을 지나는데 소요된 시간 10여분 남
짓, 10여분 빠른 문명의 이기 속으로 아내와의 모든 추억은 묻혀버
렸다. 생애 1막 1장의 끝이라고 명재는 생각했다. 터널 밖은 또 다
른 세계와 의미가 담겨 있을 것이었다.

대관령 터널을 모두 통과했을 때에 처제는 잠에서 깨어났다. 아
주 오랜 잠에서 몸을 툴, 툴 털고 일어나는 사람처럼 처제가 상큼한
목소리로 말했다.

— 아아, 시원해요. 형부, 지금 어디쯤 달리고 있는 거죠?

— 대관령을 지났어요. 터널을 모두 통과했죠. 이제 정말 앞만 보고 달리면 되는 거예요. 길이 뻗은 대로, 서두를 것도 없어요.

명재는 정말 그랬다. 그간 정신없이 달려온 길이다. 이제 마음의 여유를 가질 생각이었다. 세상을 외면하지도 세상에 떠 밀려 가지도 않고 관조하는 자세를 가지고 싶었다.

베내미가 그런 공간이 되리라 믿었다. 한 몇 넌간,자연과 더불어 그간 마음속에 갈무리 해둔 문학을 세상과 연결하는 교량으로 삶고자 했다. 인파 넘치는 도시의 복판에서 사람과 일들 더불어 북적대면서도 마음에 문학을 희구하는 열병은 깊어 도시를 떠나고 싶은데도 그럴 수가 없었다. 그런데 이제 홀가분한 마음으로 꿈꿨던 세계에 한층 다가갈 수 있게 되었다는 게 믿어지지 않는다. 제대로 되는 일인지, 인생의 한 부분을 싹뚝 잘라 내버리는 우매함인지도 모르지만, 아무려나 지금의 심정은 홀가분하다. 뻥 뚫린 고속도로를 이렇게 매끄럽게 질주하는 기분처럼 시원시원하다. 처제와의 사이에 만들었던 추억을 가지고도 석 달 열흘은 베내미에서 쓸쓸하지 않을 것이다. 어쩌면 처제와 더불어 길의 끝까지 가려고 했던 것은 그의 내면에 잠재하고 있었던 것인지도 모를 일이다. 가슴의 상처를 동시에 지닌 동료같은 의식에서였을까? 아니면, 처제의 위로를 받고 싶었던 걸까? 아무려나 달빛 둥둥 떠서 출렁이는 바닷가 모래사장에서 처제와의 포옹은 인상 깊었다. 아니라고, 아니라고 아무리 도리질을 해도,이제 고백하거니와, 아내 아니, 상숙이란 여자한텐 미안하지만, 황홀했던 시간을 그는 또한 잊을 수가 없을 것만 같다.

— 형부, 생각 많이 했어요. 이상해요. 내가 분명 코를 가르릉거

린거 같은데 의식이 남아 있었어요. 형부가 그랬죠? 지구는 둥글
다, 그래서 둥글둥글 살아야 해, 이렇게 혼잣소리 했잖아요?

— 그래요, 처제. 그렇게 생각했죠. 난 처제가 피곤해 잠을 자는
줄 알았는데 정말 의식이 있었군요?

— 예, 우린 대기실에서 눈을 감고 자는데 분명 남아있는 의식이
있어요. 나만해도 웨이터가 미쓰 장, 하고 부르면 투둑투둑 나팔꽃
꽃씨처럼 튀어나오죠.

처제는 말을 해놓고도 겸연쩍은지 어쩔 줄 몰라했다. 술집에서
장혜경,이란 가명을 사용하고 있기 때문이었다. 그는 담배를 피워
물면서 한참동안 묵묵히 운전에 몰두했다. 산굽이를 완만하게 돌
아 쭈욱 뻗은 도로로 접어들면서 입을 열었다.

— 처제, 멋적어 할거 없어요. 난 처제가 그 술집서 장혜경,이란
이름을 쓰는 것까지 알고 있어요. 왜 그랬어요?

— 형부, 죄송해요. 아주 웃기죠? 난, 그 여잘 버릇없고 되바라
진 여자로 여기죠. 거기다가 값싼 창녀나 다름없다고 생각해요. 형
부도 눈치챘죠? 혜경씨가 영훈이 만만하게 보고 있는거. 이혼하고
돌아오니까 그렇게 본 거예요. 영훈이 자식은 병신, 머저리라니까
요. 세상에, 그런 년 어디가 좋아서, 세상에 우리 결혼기념일에도
만나고 제 마누라 생일날도 만나고 그랬을까요? 생각하면, 기가 막
혀...... 하지만 이제 모두 끝난 일이예요. 혜경씬, 또 딴 남잘 만날
거예요. 여자들 직감이거든요. 형부, 내가 그년한테 전화 했잖겠어
요?

명재는 처제의 말에 잠깐 고개를 돌려 처제를 쳐다보았다. 화물차
한 대가 대포처럼 쏜살같이 삐익 소리를 내며 그의 차를 지나쳤다.

— 그랬더니 뭐랬는줄 알아요? 세상에, 그년 나한테 하는 말좀 봐요. 야, 가시나야, 너 김상희 맞지? 내한테 느이 남편 단속할 일 아직도 남았냐? 세상이 웃기네. 한때 날 버린 자식, 내가 책임까지 지란 말이냐? 난 보따리 싸가지고 내한테 오라고 한 적은 없다 이 가시나야. 세상에 형부, 혜경이란 년이 이렇게 싸가지 없는 년이에요. 명색 얼굴 내놓고 물건 파는 쇼호스트가 말예요. 영훈이 꼬드겨서 이혼하게 만들어놓고 돼가는 꼴 구경하자, 이 얘기 아네요? 그렇다고 이자식한테 미련 같은 거는 없어요.

형부. 난 애초에도 영훈이 같은 타입은 아니었어요. 아이만 해도 그래요. 영훈이 바람이 아니었어도 내쪽에서 아이 낳는 거 보류했을 거예요. 형부, 세 쌍에 한 쌍 꼴로 이혼한대요. 그런데 어떻게 함부로 아이를 저지를 수가 있겠는가요? 난, 그자식 혜경이 가시나하고 바람 피운거 알았을 때, 분한 것도 분한 거지만, 얼마나 안도했는지 몰라요. 아이 저지르지 않길 잘했다, 이거죠. 오오, 어쩔뻔했어요?

처제는 정말 휴우 숨을 내쉬며 말을 하고 있는 지금도 안도의 빛이 역력했다. 요즘 젊은 신혼부부들은 결혼을 하고서도 선불리 아이를 갖지 않는 경우가 많았다. 대개 맞벌이들의 직장문제 때문에 그럴 거라고 생각했는데 처제의 말을 듣고 보니 이혼율이 높아 어느 기간까진 탐색하는 경우의 수도 있는 모양이었다. 영훈이 바람을 피운 사실을 알았을 때 처제는 이미 이혼을 생각하고 있었던 모양이다.

— 형부, 믿어지지 않을 거예요. 난 장혜경이란 이름이 얼마나 저주스럽고 미웠는지 몰라요. 물어뜯고 싶었죠. 장혜경,이란 이름

으로 살면서 괜히 학대하고 싶어지대요. 그래서 이름을 그렇게 써 봤어요. 그 여자 주민등록 번호도 외우고 있죠.

처제는 말하면서 입술을 가늘게 떨었다. 운전을 하는 명재에게 입술이 떨린다는 게 보이지 않았지만 말이 가늘게 떨려나오는 것으로 짐작할 수 있었다. 혜경이를 증오하면서 주민등록 번호까지 알아둔 처제의 치밀함에 명재는 놀라지 않을 수 없었다.

— 누구를 학대하고 싶었는데요. 처제 자신? 아니면 혜경이?

— 둘 다요. 내 스스로 남자 건사 못한게 한스러워서 미웠어요. 그 혜경이란 여자야 당연히 치욕스러운 존재였구요. 같은 여자끼리 상처를 주고받는 다는 게 얼마나 불행한 일인지나 아세요, 형부?

— 그래 알아요. 나 역시 인홍이란 사내한테 질투가 나요. 내 아내를 데려갈 수 있는 남자라고 생각하기 때문에요. 상숙씨의 사랑을 그 사내가 받게 될 줄도 모른다고 생각하니까 미칠 것 같았어요. 법원에서 걸어나오면서 정말 쓰러질 것 같았죠. 그래서 길가 화단에 앉아버린 거예요.

— 형부 맘 이해해요. 그런 생각도 무리 아니죠. 미안한 얘기지만, 언닌 어쩌면 그 남잘 형부 보다 더 사랑했는지 몰라요. 여자들은 대개 그러죠. 첫 남잘 언제나 자신의 남편보다 그리워하죠. 그러다 기회가 되면 폭발하는 거예요. 상숙 언니처럼요. 근데 지금 형부, 언니한테 미련있다 이 건가요?

— 아, 아니요. 그건 아니에요. 그냥 씁쓸한 그런 기분인 거 같아요. 아, 나도 비로소 세상 사람들이 말하는 이혼남이 되었구나, 뭐 이런 생각하는 것도 착잡하구요.

― 그래도 남자들은 괜찮죠. 여자들은 모든 책임을 뒤집어 써야 해요. 남편의 바람기가 이혼사유여도 근본은 여자가 잘못 됐다고 사람들은 생각하는 거죠. 그런다잖아요. 남자들은 이혼한 게 훈장이 되고 여자들은 만신창이 되는 거래요. 술집에서도 그래요. 이혼남은 인기 좋거든요. 우리 같은 이혼녀 한물간 걸레 취급하구요. 그러니까 악착같이 돈이라도 벌어야죠. 세상이 원래 이렇게 불공평 하다면 난 세상에 태어나지 않았을 거예요, 형부.

처제는 말을 마치고 묵묵히 밖으로 시선을 돌렸다.

서울로 돌아올수록 고속도로의 가등(街燈)이 밝아지는 느낌이었다. 실내등을 켜지 않은 승용차 내부로 울뚝불뚝 미끄러지는 가등이 그림자를 만들어냈다. 도로는 한적한데 달리는 운전석에서 달빛의 향기는 느끼지 못했다.

아직도 달빛은 수면 위에 떠서 출렁출렁 물이랑을 만들어내고 있을 것이었다. 처제는 다시 머리를 좌석의 등받이에 푸욱 묻고 가늘게 코를 곯고 있었다. 다음에 나타날 휴게소 팻말이 보였고 서울까지는 이제 한 시간이면 충분할 것이었다. 함께 달리는 차량들이 무서운 속력으로 달렸다. 마치 달밤에 달리기 경주를 하고 있는지도 모른다는 별쫑같은 생각이 들었다. 그의 차를 앞지른 차량들이 채 1분도 안돼 저만큼 꼬리를 감추자 도로의 앞이 뻥 뚫려 있었다. 그는 자신이 마치 경주를 하는 선수처럼 엑셀러레이터를 점차 세게 밟아가기 시작했다. 더욱 많아진 가등이 도열한 채로 서서 그의 앞길을 비추고 있었다. 처제의 모습이 생각났다. 와아, 형부, 통쾌해요, 더 밟아요 더, 더…… 하는 처제의 목소리가 실제로 들리는 듯했다. 그는 곤히 잠든 처제의 아름다운 옆모습을 씨익 바라보며,

엑셀러레이터를 통쾌하게 더욱, 더욱 밟기 시작했다.

16

베내미로 떠나기 전에 해결할 일들이 많았다. 아내는 아직도 아파트를 들락날락 하며 나름대로 준비를 하는 모양이었다. 법적으로 완전한 남이 되었다는 생각을 하니 이제 정말 남이로구나, 실감이 났다. 아내는 필요한 물건들을 하나하나 밖으로 내어갔는데 명재는 크게 신경쓰지 않았다. 밖에 누가 아내를 기다리고 있는지 모른다는 생각도 했지만 관계없는 일이다. 설령 인홍이란 사내가 승용차를 대기하고 있다 해도 이제 눈썹하나 흔들리지 않을 자신이셨다.

— 당신, 상희 데리고 여행 다녀 온 거예요?

아내가 한쪽 손에 보자기로 꾸린 짐을 들고 현관문 앞에 서서 대차게 물었다. 그는 소파에 다리를 꼬고 앉아 책에 눈을 박은 채 대꾸하지 않았다. 아내와 이런 일로 더 이상 실갱이하고 싶지 않을 뿐더러 이제 그럴 필요성마저 없다고 생각했기 때문이다.

— 길래 속을 썩이는군요 당신. 차라리 은숙이란 여자 데리고 여행을 다녀왔다면 내가 이러지 않겠어요. 그런데 상희라니요. 아주 날 땅바닥에 패댕이 칠려고 작정을 했군요 당신.

명재는 그적에서야 아내한테 시선을 돌리면서 한 마디 대꾸했다. 이제와서 소득없는 소모전이 되겠지만 적반하장이란 생각이 들었다.

— 그런 식으로 말할 자격 없어요 당신도. 손아래 처제하고 드라이브 좀 했기로서니 뭐가 문제된다는 거요? 그러는 당신은 이혼 당일 날 아예 옛날 남자를 법원 안으로 불러 들였잖소? 그 인홍이란 사내......

— 알만 해요. 상희 가시나가 당신 앞에서 얼마나 나를 찢고 까불었을지. 인홍씨 얘기 물론 들었겠지요. 오해하지 마세요. 인홍씨가 나를 위로해주러 온 거예요. 내가 당신한테 마저 버림 받은 줄 알고 불쌍해 죽겠다고, 강의시간 까지 빼먹고 달려온 거라구요.

— 이제 다 끝난 얘기지만 당신이 인홍이란 사내하고 다시 연결됐다는 그 자체가 난 기분 나빠요. 당신도 그래서 별 수 없는 여자다, 이거죠. 그런 여자가 어떻게 그렇게 자신을 위장하고 베란다에 사뿐히 앉아 책을 읽었을까요?

명재는 말이 나온 김에 섭섭한 마음을 밖으로 뿜어냈다. 그는 아직도 아내의 그런 천연덕스러움을 생각하면 백년 묵은 여우한테라도 홀려서 살았던 느낌이 들었다.

— 당신은 그럼 혼자 고상한척 다해놓고 맘속에 그래 은숙이란

여잘 간직하고 있었던가요? 책을 만들고 책을 읽는 마음으로 살겠다는 당신 말에 내가 눈이 어두웠던가 봐요. 이런 사람이면 날 행복하게 해주겠지. 인홍씰 마음속에서 완전히 거둬내 줄만한 남자겠거니 생각했죠. 근데 역시 본성이 드러나 버린 거죠. 그리고 세상에 상희 가시나 하고 이혼 당일 날 여행을 떠나다니요?

　— 하나 물읍시다. 끝난 마당에 뭐가 문제 되겠소.내가 한번 그랬죠. 내 집 마련하는데 시간이 걸릴 수도 있으니 아이를 그냥 갖자구요. 그런데 당신이 극구 안된다 이랬어요. 남의 집에서 내 소중한 아이를 낳아 기를 순 없다, 생각나죠? 근데 그게 진심이었든가요? 요즘 신혼부부들처럼 세 쌍에 한 쌍 이혼 뭐, 그런 부담 때문에 못미더워서 그랬던 거 아닌가요? 그랬다면, 당신 가슴 한구석엔 그 인홍이란 사내가 자리잡고 있었겠죠?

　— 대체 무슨 소리 듣고싶어 그러는 거예요. 아이 낳는 얘기까지 상희 가시나 하고 지껄였나요? 저는 어째서 아이 갖지 않았대요? 제부가 싫어서, 저 맘속에 딴 남자 품고 살아서 그랬다고 하던가요? 하하하……

아내는 제풀에 까르륵 웃었지만 의도적으로 꾸며낸 웃음이었다. 그는 더 이상 대꾸하지 않았다. 아내는 짐을 툭,바닥에 떨치더니 허리춤에 폼을 잡는 식으로 어이없다는 듯이 손을 올리고서 말했다.

　— 당신도 별수 없어요. 아무리 똑똑한 척해도 그것밖에 안돼죠. 내 가슴에 인홍씨가 자리잡고 있었냐구요? 당신이 아직 소설은 쓰지 않는 걸로 알고 있는데 …… 그럼 내가 사실대로 말해 드리죠. 인홍씨가 아니라 오현섭,이란 남잘 가슴에 품었죠. 왜 그랬을까요? 첫사랑이었거든요. 그리고 또 있죠. 상희 한테만은 질 수가 없었

죠. 내 첫사랑을 훔쳤으니까, 내가 그 남잘 훔쳐야 했죠. 마음속에
품었던 사람은 인홍씨가 아니라 현섭씨였어요. 당신 기막힌 얘기
하나 더하고 떠날게요. 끝나는 마당인데 무슨 얘길 못해요. 당신이
상희 데리고 여행 가던날, 제부를 만났어요. 우리도 당신들처럼 드
라이브 했죠. 달빛이 목화솜처럼 밝던 월미도 앞바다 난간에서 제
부를 껴안았어요. 오오, 너무 황홀했어요. 게다가 제부가 울기까지
합디다. 우린 서로 꼭 끌어안고 위로했어요. 이제 됐나요? 당신이
그런 마음이었을까요?

　아내는 그를 날카롭게 쏘아보다가 문을 쾅 닫고 나가버렸다. 그
는 머리가 어질어질했다. 안정을 되찾으려 해도 자꾸만 몸이 부들
부들 떨렸다. 아내의 얘기가 그의 모든 살아있는 기능들을 일시에
실로 꽁꽁 동여매버린 느낌이 들었다. 아내, 아니 상숙이가 영훈이
를 만나 월미도에 갔다는게 믿어지지 않고 유쾌하지도 않았다. 영
훈이도 아내한테 들었을 것이다. 그가 처제를 차에 태우고 가더라
는 얘기를 분명히 전해 들었을 것이었다. 그는 소파에 등을 기대고
눈을 감은채로 머리를 텅 비워 두었다. 이런 기분정말 젬병이라고
생각했다. 일순간에 자신의 존재가 없어지는 상상을 했다. 이처럼
혼란스런 생활 속에서 그는 존재하고 있다는 사실이 더욱 고통스
러웠다. 모든 과거에 대한 기억과 현재의 일들과 미래에 대한 기대
가 한꺼번에 흔적조차 없어져 버리기를 절실히 바라고 있었는지도
모른다.

　아내의 짐이 모두 빠져나갔다. 명재가 그걸 확인한 건 아니다.
다만 아내가, 이제 짐은 모두 처리했어요. 아파트는 당신 마음대로
처리 하세요.누구를 만나든 행복하게 살기를 바래요, 하고 말한 것

으로 미루어짐이 완전히 빠져나간 걸로 믿는 것이었다. 그리고 더 이상 아내가 나타나지 않는 점으로 봐서 분명한 것 같았다. 그는 아파트 소유주한테 전화를 걸어 집을 나가겠노라고 말했다. 그랬더니, 부동산에 바로 내놓겠다고 말하면서, 전세금은 새로 들어온 사람한테 받아야 줄수 있다고 했다. 그러라고 이르고, 재활용 센터에 연락해 집안에 있는 모든 물건을 가져가기 희망한다고 밝혔다. 몇 시간 뒤에 센터에서 사람이 나와 요모조모 살펴보았다. 컴퓨터만 남기고 아내가 남기고간 모든 짐들을 처분해 달라고 부탁했다. 일단 짐부터 빼놓아야 새로 들어온 사람이 오는데도 부담이 없을 것이었다.

마지막이라고 생각하며 은숙을 찾아갔다. 은숙은 마치 오피스텔에 있었는데 그가 벨을 누르자 몹시 화가 나있는 상태였다.

— 선배, 여기 올 자격 있는 사람이야?

은숙의 말에 아연 놀란 것은 그였다. 대체 무슨 의미로 불청객 취급을 하고 있는가 말이다. 은숙이 이미 그를 환영할 태도는 아니라고 믿었지만 막상 그런 말을 듣고 보니 치욕스러운 느낌이 들었다. 그냥 소리 없이 서울을 떠나버릴 걸 그랬나, 하는 아쉬운 후회마저 남았다. 그래도 마지막으로 은숙과 회포를 풀고자 하는 욕망이 강했던 때문일 것이다. 무슨 말을 그렇게 하니? 하고 그가 빈정 섞인 투로 말하자 은숙이 뜻밖에도 이렇게 말했다.

— 처제하고 여행을 갔다구요?

은숙이 입수한 이러한 정보는 아내→영훈→혜경→은숙의 통로를 거쳤을 것이다. 어떤 정보를 그들이 알고 있다 해도 명재는 이제

하나도 이상하지 않았다.

　― 간섭하는 거니?

　그더러 자신을 간섭하지 말라던 사람이 오히려 그를 간섭한다고 생각했다.

　― 간섭이라고 생각하지 말아요. 이건 도덕적인 문제예요. 선배가 정말 그런 사람밖에 안된 사람인가요? 세상에 누구를 잡고 물어봐도 옳지 못한 짓 이예요. 내가 한때 그런 사람을 추억하고 기다렸다니 스스로 한심하군요.

　― 은숙아, 그러지 마라. 이제 나도 지겹다. 내가 널 찾아온 건 마지막 정리하는 마음에서 온거야. 옛날 정의를 생각해서 그래도 널 한번 보고 갈려고 말이야. 나, 서울을 떠난다. 내가 말하지 않았니? 제발, 이제 편하게 살자. 너도 이제 가정도 일구고 새 삶을 시작해야지. 생각하고 있는 남자가 있다면 정당히 결혼도 하고 말이야.

　그는 속에 있는 말을 뱉어냈다. 은숙을 붙잡을 입장도 아니고 그런다고 붙잡힐 은숙이도 아니라는 걸 그는 누구보다 잘 알고 있었다.

　― 그런 식으로 말하지 말아요 선배. 난 누구의 여자도 되지 않아요. 그냥 이렇게 글을 쓰면서 자유롭고 싶어요. 선배도 자유롭게 만날 수 있었으면 좋겠어요. 서로 그걸 빌미로 구속하지 않고 말예요.

　― 그러니까 만나면서 즐기기는 하겠다 이런 의미냐? 남자는 몰라도 여자가 그러면 추하게 보인다. 당장은 또 모르겠지. 하지만 너도 나이가 서른 아니냐? 나이 들수록 든든한 울타리가 있어야 해. 가족이 말이야. 난 은숙이 네가 그렇게 제대로 되는 길을 걸어 갔으면 좋겠다. 나야, 이미 한번은 실패한 인생이니까 그렇다치고. 그래도 난 희망을 잃진 않아. 너처럼 자유롭게 나도 생활할 거야.

적어도 지금 생각은 그래.

명재는 말하고서 등을 보이고 돌아섰다. 속에 묵혀둔 말을 하고 나니 마음이 의외로 홀가분했다. 서울을 이제 미련없이 떠날 수가 있을 것 같았다.

— 즐긴다는 말은 취소해요, 당장에. 내가 사내한테 환장했나요, 즐기게. 내가 선배를 허락한 거는 그리움이 너무 컸던 때문이에요. 사실 선배하고 함께 있으면 느낌도 좋구요. 난 지금도 선배에 대한 감정 좋아요. 그렇다고 서로 구속받는 그런 관계가 싫다, 이뿐이죠. 남자들은 여자가 허락하면 하녀로 생각해요. 난 그게 싫어요. 선배를 만나면서 내가 다른 남잘 만난다면 죄악인가요? 난 그렇게 생각하지 않아요. 적어도 가정을 일궜다면 몰라도 그건 아니잖아요. 작품을 쓰는데도 그게 도움이 될 것 같아요. 사실 처음 선배를 경계했죠. 선배를 받아들이고서, 선배가 나를 구속하면 어떻나? 내가 선배한테 너무 빠지면 어떡하나? 내가 선배 조금 피한다 싶은 마음 들었을 거예요.

그땐 미안했지만 나도 내 인생이 있잖아요? 너무 섭섭해 하지 말아요. 내가 선배를 싫어하거나 해선 아니니까.

명재는 몸을 돌려 은숙을 바라보았다. 은숙이 천천히 그를 향해 다가왔다. 그가 팔을 벌려 은숙의 탐스런 육체를 감싸 안았다.

— 그래 무슨 얘긴지 알겠다. 네가 그런 말을 해주니 내 마음이 오히려 편하구나. 내가 너를 감히 어떻게 잊을 수 있겠니? 나도 때로 은숙이가 그리울 거야. 하지만 세상을 살면서 그런 애틋한 그리움 하나쯤 간직하고 사는 것도 나쁘진 않을 것 같아. 더구나 네가 훌륭한 작가로 자리매김 되는 모습을 본다면 더더욱……

은숙이 가볍게 그의 가슴을 밀쳐내며 말했다.

— 정말 서울을 떠날 사람 같군요. 그게 선배의 인생에 중요하다면 그렇게 해야죠. 나 역시 간섭할 일도 아니구요. 나이 서른인데 가정을 일궈야 한다구요? 그야 생각의 차이죠. 남자만나 아이낳고 살지 않는다 해서 인생을 실패한 건 아니라고 생각해요. 나이 들면 추해질 수도 있다구요? 그건 여자 나름이죠. 혼자여서 우아할 수 있는 경우도 있을 수 있겠죠. 난 작가로서 지금의 방식이 가장 올바른 방식이라고 믿어요. 내가 누구한테 피해주는 삶도 사는거 아니고. 선배한테 노심초사 말하는데요. 선배, 내가 선배 가정을 파경으로 몰았다고 생각하는건 아니죠? 난 선배한테 이혼을 하라고 종용한 적도 없고, 선밸 내 남편처럼 받아들일 마음도 없어요. 이건 분명히 했으면 고맙겠네요. 혜경 후배나 영훈이 문제와는 다르다고 봐야죠.

그는 은숙의 말에 고개를 끄덕거렸다. 은숙이 어떤 삶을 살기 원하는지도 이제 알 수 있을 듯했다. 그는 이런 은숙의 삶을 존중해주고 싶었다. 그가 아내와 이혼한 배경에 은숙이 존재하고 있었던 건 사실이다. 그의 마음 한 구석엔 분명 그런 점도 존재하고 있었다. 은숙이와 새롭게 출발할 수도 있지 않을까? 하는 기대, 조금 성급한 생각이었다는 사실을 깨닫긴 했지만, 그래도 후회하지 않았다. 아내와의 문제는 어디서부터 어떻게 얽혀졌는지 몰라도 그는 운명처럼 받아들이고 있었다. 오늘날, 대부분의 이혼하는 부부들처럼 그렇게 사소한 것들이 뭉쳐서 말이다.

은숙의 눈빛이 타들었다. 그는 은숙의 가슴 뒤로 손을 돌려 손깎지를 하고 끌어당겼다. 은숙의 젖무덤이 그의 양쪽 가슴 아래쪽에 부드럽게 느껴졌다. 그전보다 강렬한 욕망이 그의 내부에서 밖으로 튀어나오려고 애를 썼다. 그는 이런 상황에서 은숙이한테 내면을 들키는게 싫어 어금니를 꼭 깨물며 몸을 뒤로 빼내려고 했다. 그런데 은숙이 오히려 그의 등쪽으로 팔을 두르며 그의 입술을 덮어왔다. 저번 날 보다 더욱 강렬한 입맞춤과 열정적인 몸짓이 오고 갔다. 이제 은숙이를 다시 만나기 어려울 듯한 아쉬움은 더욱 몸을 뜨겁게 달아오르게 만들었다. 마지막이 될지도 모른다고 생각하니 그녀의 눈빛 하나, 몸짓 하나가 소중히 생각되었다. 그는 한순간 한순간을 정말 내용을 생각하며 책을 읽어 나가듯 최선을 다해 은숙과 열정적인 사랑의 행위를 나누었다. 목이 바싹 타들었고 눈빛이 영혼을 깊숙이 빨아들였다. 온몸이 한데 엉킨 사랑의 행위는 천년을 가도 끝나지 않을 듯이 맹렬하고 질긴 것이었다. 아아, 선배, 황홀해요. 정말 아름다운 추억이 될 거예요. 아아, 선배, 너무, 너무…… 오오, 뜨거워…… 그는 은숙의 절규에 한가닥 정신을, 혼미한 가운데서 붙들었다.

은숙아, 제발, 제발, 아아, 그래, 그렇게, 아주 좋아, 이제, 제발, 날 일으켜 세워줘 …이런 말들이 거의 입술 끝에서 가늘게 떨려 나왔다.

17

아파트 전세금을 돌려받았다. 승용차 트렁크에 실어놓은 기본세간을 제외하고 나머지는 웃돈을 주고 재활용 센터에 연락해 처리하도록 했다. 아내는 전세금 전혀 필요치 않다고 마지막까지 거절했으므로 편안한 마음으로 통장을 만들어 저축해두니 마음이 한결 가뿐했다. 이제 정말 승용차만 몰고 떠나면 서울을 떠나게 된다. 베내미가 그를 또한 어서 돌아오기를 기다리고 있을 것이다.

영훈을 꽤나 오랜만에 만나는 셈이다. 서로 만남 자체가 멋쩍은 그들은 그렇게라도 만나야 또한 서로 위로가 된다고 생각했는지 모른다. 영훈이 연락을 취하지 않았더라도 명재쪽에서도 서울을 떠나기 전 한번은 만날 생각이었다.

— 선배, 이제 떠날 준비가 되었다구요?

— 그래. 떠난다는 게 생각처럼 쉽지 않네.

영훈의 시선을 똑바로 쳐다볼 수가 없어 가슴께에 시선을 둔채 말했다. 영훈이 뜻밖에 초췌해져 있었다. 지나치게 깔끔했던 영훈의 이런 모습에서 명재는 또한 자신의 모습을 발견했다. 그도 다른 사람의 눈에 이처럼 초라해 보일 것이다. 정상적인 생활을 영위하지 못하고 이혼이란 낙인을 찍었다는 것만으로도 충분히 초라한 것이다.

　― 그래도 선밴 다행이예요. 돈이라도 있잖습니까?

　― 그래. 욕심 많은 자들한텐 아무 것도 아니지만, 글을 쓰러 들어가는 나한텐 제법 큰돈이지. 나도 돈에 목매다는 비계 살은 아니니까.

　― 어떻든 선배가 부럽습니다. 돌아갈 데까지 마련해 놓았으니 얼마나…… 난, 어디로 가야할지 모르겠어요.

　영훈이 커피잔을 천천히 돌리면서 말했다. 영훈의 얼굴에 정말 수심이 가득했는데 혜경이와 사이가 더욱 벌어졌던 모양이었다. 명재는 될 수록 영훈의 마음을 건들지 않으려고 주의를 기울였다. 아내와 이혼하던 날, 아내와 함께 월미도에 동행했다는 생각을 하면 은근히 쾌씸하게 느껴지기도 했지만, 이제 그렇게 얽힌 감정의 굴곡들도 모두 정리해야 했다. 서울을 떠날 때는 정말 맺힌 데 없이, 홀가분한 마음으로 떠나고 싶었던 것이다.

　― 어디로 떠나다니? 회사는 어쩌고 떠난다는 말을 해.

　― 선배, 저도 회사 나왔어요. 아니, 내 쪽에서 그냥 짤린 거죠.

　영훈에게 희망적인 구석이라곤 보이지 않았다. 영훈의 말에 명재는 심드렁히 바라보았다. 그의 마음 한쪽에선 고소한 느낌도 들었다. 영훈이야 말로 죄를 받아도 달갑지 않다는 생각이 들었던 것이다. 일이 어찌됐든, 아내의 존재를 무시하고 은숙을 범한 사실 하나만을 가지고도, 명재는 이렇게 대가를 치렀는데, 결혼하고서도 계속 혜경과 은밀한 관계를 누려온 영훈으로선 더한 벌을 받아야 마땅했다.

　― 안됐구나. 그래 앞으로 어쩔 셈이냐? 혜경이 하곤 어떡하

고……

— 모르겠어요. 고향에 돌아갈 수도 없고, 그간 벌어놓은 돈도 없으니……

영훈의 입장을 생각하면 마음이 저렸다. 지방에 세 들었던 소형 아파트, 고작해야 이삼천 만원인데, 그것도 처제한테 모두 주고나온 모양이었다.

— 혜경이 하곤?

— 선배, 우리가 어쩌다가 이렇게 되었죠? 혜경이 저더러 그럽니다. 자기를 구속하지 말라구요. 사내들이란 은밀한 관계를 통해서 여자들을 소유하려고 든다나요? 나 참, 기가 막혀서……

명재는 마음이 착잡해서 담배를 피워 물었다. 영훈에게 하나를 뽑아 건네면서 그가 말했다.

— 맞는 말인지도 몰라. 아내와 이혼을 생각하면서 나도 때로 꿈을 꿨다. 은숙이를 이제 내 품안에 넣었구나, 하는 꿈. 하지만, 이건 착각이었다. 나만의 착각이 아니고 모든 사내들의 착각이겠지. 은숙이 말처럼, 난 어쩌면 은숙을 소유물로 생각했는지 모른다. 내 말에 복종하고 내 맘대로 조종할 수 있는 걸로 말야.

— 선배, 이해가 안돼요. 은숙인 그렇다 칩시다. 선배가 은숙이 다시 만나 겨우 얼마나 됐습니까? 난 선배, 부끄러운 얘깁니다만, 학교 다닐 때부터 쭈욱입니다. 혜경이 하고 결혼만 안했을 뿐이지, 쭈욱 같이 지냈다구요. 그런데 내가 이혼하니까, 이게 뭐예요. 날 아주 가지고 놀고 있잖아요?

— 그래, 영훈이 너도 그러겠지만, 나도 황당한 건 마찬가지다. 너도 이미 눈치 챘겠지만 나 이혼하고서 은숙이하고 사이 많이 멀

어졌다. 날 의도적으로 은숙이 피한다는 느낌을 받은 적이 한 두 번이 아냐. 내가 차라리 이혼하지 않았더라면 은숙이 일로 이렇게 상처받진 않았을 거야. 아내한테 상처도 안줬겠고……

명재는 담배를 질끈 재떨이에 비벼서 꺼버렸다.

— 선밴, 좀더 신중했어야 해요. 처형이 아무려면 선배한테 이혼을 바랐겠어요? 여자들이 해보는 소리를 선배가 오버해서 들은 거예요.

— 영훈아, 모르는 소리 마라. 여자란 말야, 어떤 이유로든 다른 사낼 만나게 되면 한 번쯤 이혼을 꿈꿀 수 있다고 생각한다. 아내 역시 그랬을 거야. 은숙이 문제가 불거지지 않았다 해도, 아내는 다른 남자를 만나게끔 환경이 돼어 있었더라. 네가 혜경이를 잊지 못하고 계속 만났던 것처럼, 그리고 내가 결국 은숙이 하고 일이 그리된 것처럼 말이야. 난 모두 내 탓이라고 돌려. 오히려 마음이 편하지. 그간 잘해주지도 못했는데, 아내한테 좋은 사람이 있는 것같아 오히려 다행이라는 생각이 든다.

명재는 마음에 없는 소리를 했다. 그의 내면에는 오히려 인홍이란 사내에 대한 질투심이 가득차 있었다. 그런데도 영훈에게 선배로서 의연한 모습을 보여주고 싶었는지도 모른다. 이미 엎질러진 물을 탓하는 것보다 처연히 그런 상황을 받아들이는 모습이 훨씬 의미깊을 거라는 생각이 들었다.

— 선밴 참 마음이 넓어서 좋습니다. 난, 혜경일 죽이고 싶어요. 요즘은 내 앞에서 다른 남자한테 걸려오는 전활, 거리낌없이 받을 정도니요. 선배, 아무래도 선배나 저나 놀림감 돼버린 느낌이 들어요. 그렇잖습니까? 은숙이도 다른 남자, 만나는 걸로 알고 있는

데......

영훈이 조심스레 꺼낸 얘기에 명재는 뜨끔하게 놀라면서도 그런 내색을 하지 않았다. 그도 은숙이 충분히 그러리라는 생각은 했지만 막상 영훈에게 듣고 보니 기분이 썩 좋지 않았다.

— 업보라고 생각해야지. 은숙이 말처럼, 내가 저한테 한마디 상의없이 결혼해버리고서 상심이 몹시 컸다고 하대. 이제 그 죄 값을 치르고 있는 거지. 그렇게 생각하니까 아주 마음이 편해. 그래서 서울을 홀가분하게 떠날 마음의 준비도 되는 거 같고......

영훈의 초췌한 얼굴 위로 담배 연기가 흔들린다. 영훈의 입에서 연신 깊은 숨소리가 휴우, 가늘게 새어나오고, 명재는 입안에 맴돌고 있는 그 한마디를 꺼내지 못하고 목울대에서 빙글빙글 돌리고 있었다. 영훈이 헤어진 아내를 만나 월미도 까지 드라이브 하고 다녔다는 게 희안하게도 머리 속에서 어지럽게 떠다녔다. 물어서 이득 될 것도 없을 것인데 한번 확인하지 않으면 일이 손에 잡히지 않을 듯한 불안감은 무어란 말인가?

— 선배, 물읍시다. 이혼하던 날, 상희하고 여행을 떠났나요?

처음서부터 영훈이도 그게 가장 궁금했을 터이다. 여적 눈치를 살피다가 꺼내는 말임에 틀림없다. 그도 내내 기회를 엿보고 있다가 이제서야 각오를 다진 셈인데 영훈의 입에서 먼저 터져 나오니 당황한 느낌마저 들었다.

— 그래, 너도 내 아내하고 여행을 간 거니, 월미도로?

— 그런 셈이네요. 처형한테 연락이 왔어요. 선배가 상희 데리고 여행을 가는 거 같다구요. 상희가 법원에 마중 나왔더라면서요? 처형 기분이 그때 몹시 상했던가 봐요. 그대로 두면 아파트에서 무슨

일 저지를 사람처럼 보였어요. 내 쪽에서 처형한테 그랬습니다. 처형, 우리도 가까운 데로 머리 식히러 나갑시다, 그래서 렌트해서 그렇게 된 거예요.

영훈은 말하면서도 그의 눈을 똑바로 쳐다보지 못했다. 아내와의 포옹에 대한 자책감에 그러는지 모른다고 명재는 생각했다. 그러면서도 설마, 아내가 영훈이와 그런 식의 포옹을 했을까? 하는 의구심이 들었다. 아내가 홧김에 그 앞에서 지껄이는 소리였겠지, 하면서도 영훈의 회피하는 듯한 시선이 마음에 강렬하게 맺혔다. 이미 끝난 아내와의 관계지만, 한때 아내였다는 사실이 이렇게 자신을 옭아메고 있었다. 그래서 처형하고 달빛 받으며 포옹을 했냐? 내 아내처럼 너도 임마, 황홀하고 짜릿하더냐? 하는 말이 입가에 비잉비잉 맴돌았지만, 차마 꺼내지 못했다. 그도 달빛 아래서, 출렁출렁 눈부신 달빛 아래서 처제와 포옹을 하지 않았는가 말이다. 엄밀히 따지면 영훈이 보다 그 자신이 더욱 나쁘다고 명재는 생각했다. 영훈의 행동은 그에 대한 반감에서 비롯되었을 수도 있지만, 그는 처제를 마치 연인이나 되듯이 자연스럽게 동행하고 포옹까지 했던 것이었다. 그리고 정말 짜릿하고 황홀한 순간을 맛보았지 않는가?

— 그래, 잘했네. 처제한테 연락은 있어?

— 선배, 다 끝난 여잡니다. 상희하고 헤어진 건 아직도 후회하지 않아요. 물론 내가 먼저 잘못을 저지르긴 했지만, 상희도 나보다 덜하진 않아요.

그는 영훈을 고개를 쳐들어 바라보았다.

— 상희, 돈밖에 몰랐죠. 내가 월급쟁이 밖에 못되는걸 몹시 원

망했어요. 혜경이 하고의 관계, 들통나기 전부터 상훤 다른 남자 만나고 있었는지도 몰라요. 내가 서울 출장 올라왔을 때, 아내도 집을 비운 적이 많았거든요.

— 처제를 탓할 입장, 아니잖나? 영훈이 네가 서울 출장와서 했던 일이 무슨 일이니?

혜경이 만나 뒹굴 셈으로 출장온 거 아니냐? 그전 회사 사람들이 그러더래는데, 어떤 여잘, 강릉에서까지 만난 것 같더라고. 네가 사표내고서 처제한테 회사 사람들이 그러더래. 영훈아, 이제 정신 좀 차려라. 처제한테 무슨 말로도 용서 받지 못해 너는. 그의 따끔한 충고 같은 말에 영훈은 대꾸하지 않았다. 물끄러미 천장만 바라보았다.

명재는 이제 자리에서 일어설 생각이었다. 영훈이도 만나 어느 정도 마음의 정리를 했으니 아까보다 훨씬 홀가분했다.

— 먼저 일어서야겠다. 이제 정말 한가하게 머물 시간이 없어.

— 그러십시오, 선배. 난, 누굴좀 만나기로 했어요 여기서.

그가 고개를 끄덕이는데 저쪽에서 혜경이 이쪽으로 걸어오고 있는 게 보였다. 그는 일어서려던 마음을 접었다. 혜경이 그들을 보고 예전의 모습으로 손을 흔들며 가까이 와서 의자에 앉았다. 이런 외관상의 드러난 모습은 영락 대학시절의 모습들을 보는 것과 다름이 없었다. 그럼에도 서로 간에 쌓인 앙금과 벗어나기 시작한 기대의 상실을 생각하면 덧없다는 마음뿐이었다.

— 선배, 이제 홀가분해요?

— 함부로 지껄이지 마라.

혜경의 말에 명재가 날카롭게 쏘아 붙였다. 혜경은 그의 태도가 뜻밖이라는 듯 당혹스런 표정으로 쳐다보았다. 영훈이 난처한 얼굴로 그를 바라보았다.

― 네들이 사람을 가지고 노는 거냐?

― 그, 그게 무슨 말이예요, 선배?

혜경이 늘씬한 상체를 펴 늘이며 말했다. 그는 마음을 더 이상 숨기지 않고 내 뱉았다.

― 영훈이 하곤 어떡할 거냐?

― 그건 선배가 나설 일이 아니에요. 우리 둘의 문제죠.

― 그럼 묻자, 은숙이 일도 우리 둘만의 일이었다. 그런데 혜경이 네가 얼마나 간섭을 했어? 너만 아니었어도 내가 아내와 이혼까지 가진 않았을 거야.

― 집어쳐요 선배. 마누라하고 멀어진 관계는 따지지 않겠어요. 은숙 선배하고 다시 결합한 건 선배 의지 아니였나요? 은숙 언니가 탐나니까 결국 이혼도 자유롭게 진행 되었던 거 아니에요?

― 그래 그렇다치자, 영훈인 뭐냐? 내가 은숙이 범한 건 용서받지 못할 일이라 쳐도, 너희들은? 영훈이 넌, 처제한테 상처주고 대체 얻는 게 뭐니? 혜경이 너도 그렇다. 영훈이 이혼을 네가 요구했던 거 아니냐?

― 그건 아니죠. 선배가 한참 모르고 있는 거예요. 상희란 여자, 그래요, 선배가 처제, 처제하는 바로 그 여자말예요. 영훈 선배가 이혼한 건 나 때문이 아니라, 여자 처신 때문이에요. 영훈씨, 어서 얘기해 봐요. 아내가 명재 선배하고 어쨌다구요?

명재는 얼굴이 화끈 달아올랐다. 혜경의 입에서 그런 비열한 소리를 듣다니, 영훈이 혜경이나 은숙이 앞에서 그를 얼마나 비하시

켜 말했는지 이해할 만했다. 은숙이 그에게 냉갈령을 보이는 것도
이처럼 비하되고 과장된 말들 때문에 그랬던 것인지도 모른다는
생각이 들었다. 처제와는 누구의 비난도 들을 만한 행동을 하지 않
았잖은가. 이혼한 사람끼리, 바닷가에서 서로 위로하며 포옹을 했
기로서니 그게 문제가 되리라는 생각은 들지 않았다. 한때, 처제와
형부였다는 사실은 누구라도 그 상황을 짐작할 수가 있을 것이었
다. 더욱이 아내와 처제와 동서와 자신의 얽힌 관계를 생각하면 말
이다.

— 영훈이 너 입 좀 조심해라. 결국 너한테 상처가 되어 돌아올
말들을 생각없이 그렇게 지껄여서 너한테 이로울 게 뭐 있니? 지금
네가 어떤 상황에 처해있어? 혜경이가 살림이라도 내주겠다던?

— 어머, 선배, 무슨 말을 그렇게 해요? 누가 누구하고 살림을 내
요? 아니, 내가 영훈이만 바라보고 살아요? 일은 이렇게 얽혀 있어
도 각자 갈 길이 다른데요. 은숙 선배는 선배하고 결혼하겠대요?
아니잖아요. 그냥 구속은 하지 말고 옛날의 정서를 유지하자, 그거
아니예요? 그런데 남자들은 자꾸 오버해서 소유물로 생각하고 있
잖아요? 난, 그건 절대 받아들일 수 없어요.

혜경은 제풀에 어깨를 들썩들썩 했다. 명재는 자리에서 이제 일
어서야 하리라고 생각했다. 그런데 혜경의 입에서 불쑥 튀어나온
말 한마디가 그의 발목을 다시 붙들어버렸던 것이다.

— 선배, 상희,라는 처제 지금 어디 있어요?

— 그건 혜경이 네가 알아서 뭐하려고?

혜경에게 명재가 삐딱하게 말했고 영훈은 영문 모를 표정으로
둘을 번차례로 바라보았다. 대체 혜경이 무슨 말을 하려고 처제를

들먹이는가?

　― 영훈씨는 몰라요?

　― 갑자기 그건 왜그래, 내가 그걸 어떻게 알아?

　― 그럴테죠. 나 참, 기가 막혀, 아니 선배, 그런 사기꾼 어디가 좋아서 날 배신하고 결혼을 했던가요?

　혜경의 말에 명재는 귀가 번쩍 뜨였다. 영훈이도 허리를 길게 펴고 긴장의 눈초리로 혜경을 바라보고 있었다.

　― 세상에, 이것 봐요.

　혜경은 핸드백에서 봉투를 꺼내 서류들을 꺼내 펼치기 시작했다. 대체 무슨 일이기에 혜경이 이러는가?

　― 내가 썼다는 비씨카드예요. 일 천만원이 넘어요. 그리고 이게 뭔지 알아요? 인터넷에 올린 글이라구요.

　그적에서야 명재의 머리에 스쳐오는 것이 있었다. 처제가 술집에서 장혜경,이란 이름으로 행세하고 있지 않던가? 혜경의 주민등록 번호까지 숙지하고 있는 처제가 충분히 저지르고도 남을 만한 일이었다. 막상 혜경한테 얘기를 듣고 보니 처제가 그렇게 쉽게 이러한 일을 벌인 것이 믿어지지 않았다.

　쇼호스트 장혜경이 밤에 술집에서 몸을 판다,는 내용의 글로써 이처럼 불순한 여자가 선전하는 제품의 불매운동에 나서야 한다는 취지였다. 쇼호스트 장혜경은 당장 회사에서　겨나야 하며, 이런 여자가 계속 제품을 선전하는 한, 장기적으로 회사에 막대한 영향을 끼칠 거라는 내용이었다. 장혜경이 몸을 팔던 행적과 만났던 사내들의 명단은 이니셜을 사용하긴 했지만, 네티즌들에게 충분히 설득력을 지닐 만은 했다. 그런데 혜경은 어떻게 이런 일들이 처제의 행위라고 단정하고 있을까?

　－ 경찰들이 밝혀낸 거에요. 세상에 어떻게 남의 신분을 도용해, 카드를 태연히 만들어 제것처럼 사용할 수가 있죠? 이건 완전히 의도적이라구요. 날 골탕먹이겠다 이거 아니에요?

　혜경에게 명재는 아무런 대꾸도 하지 못했다. 마치 함께 죄를 범한 듯한 기분이었다. 영훈이도 어이가 없는지 눈만 멀뚱멀뚱 천장에 박고 있었다. 회사로 비씨카드 회사사람이 찾아와서 카드대금 결제에 관한 얘기를 듣고 혜경은 곧장 경찰에 신고했다고 한다. 경찰은 카드 사용 장소를 조회해서 감시회로에 잡힌 여자를 탐문수사한 끝에 술집,에서 일했던 장혜경,이란 가명의 여자였음을 밝혀냈고, 술집 내에 있는 전화로 통화한 손님들과의 통화내역이 단서가 되어 신원을 확보했다고 한다.

　－ 어떻게 그런 유치한 짓거릴 벌일 수가 있어요? 정말 한심한 여자예요. 아니, 겨우 술집 밖에 나가지 못한 주제에…… 나하고 대결을 하겠다는 거예요 뭐예요? 선배, 그 여자 어디 있는지 알고 있죠? 경찰한테 협조해야 해요. 경찰이 선배한테 연락을 할 거예요. 그 여자에 대해 아는 대로 말해 주서야 해요. 언제까지 피해 다니게 할 수는 없잖아요? 얼른 죄 값을 치러야 저도 새 출발 하잖겠느냐구요.

　명재는 자리에서 불쑥 일어섰다. 혜경한테 처제의 일로 무차별 공격을 당한 느낌이 들었다. 영훈이도 마찬가지 느낌이었을 것이다. 그가 자리에서 일어나는 것을 보고 영훈은 우수 가득한 얼굴로 명재를 그윽히 바라보았다. 명재의 눈에서 순간 뜨겁게 눈물이 흘러내렸다. 까닭모를 눈물의 의미도 모른 채 그저 서글프고 애잖한 마음, 영훈을 생각하면 더욱 그런 마음이 깊게 용솟음쳤다. 한때, 대학의 후배동료였고 한때, 피를 나눈 것과 마찬가지인 동서의 관계였던 그들이 이렇게 무력한 처지가 되어버렸다는 사실에 명재는 정말 서글펐다. 처제를 생각해도 마찬가지였다. 이제 처제야말로 안타까운 처지가 아니고 뭔가? 인터넷에 올린 글은 그렇다쳐도 비씨카드를 도용해 사용했다면, 정말 꼼짝없이 형사처벌을 받게 되는 게 아닌가.

― 선배, 면목 없습니다.

― 이제 누구의 자 잘못을 따져 무얼 하겠냐. 이건 우리 모두가 떠안아야 할 책임이라고 나는 생각한다. 혜경이 너도 잘한 일은 없어. 처제 입장에서 한번 생각해 보기 바란다. 그리고 카드 대금은 내가 변제해줄 테니까 그런 일로 왈가왈부 하지 말자. 어느 선까지 보고 됐는지 모르겠는데, 처제를 구해야지. 처제도 제정신 아니었을 거야. 정말 돈이 필요해서 그러지 않았을 거고. 돈이 필요하면, 나한테 말하라고 했는데 처제가 돈 때문에 그런 일을 저지르진 않았을 거라고 믿는다. 그러니 일을 크게 벌이지 말고, 영훈이 너도 어서 모든 걸 훌훌 털어버리고 네 인생을 시작해야지.

명재는 혜경에게 카드대금 명세서를 낚아채듯 하며 상의 안주머니에 넣었다. 혜경이 어이가 없다는 듯한 표정으로 그를 바라보았다.

― 내가 당장 결제 해준다는데 무슨 문제 있냐?

― 선배가 왜 결제를 해요?

혜경이 물고기 튀어 오르듯 톡, 쏘는 소리를 했다.

― 말했잖아? 이건 우리 모두의 죄 값이라고. 그러니 더 이상 그 일로 왈가왈부 하지 말라니까. 인터넷에서 네 명예가 손상 됐다면

어렵겠지만 복구하는 방법을 모색해 봐야지. 내가 대신해서 사과
문이라도 쓸게. 됐냐? 너도 잘한 거 없어.

　― 뭐요? 아니, 선배는 지금 누구 편을 들고 있는 거죠? 상희라는
여자가 선배 애인이라도 되는가요? 은숙 선배 말처럼 선배, 형편없
는 사람였어요? 그 여잔, 한때 영훈씨 아내였던 사람예요. 그거 알
아요? 그런 여잘, 뭐, 이혼 하던 그날, 차에 태우고 여행을 가셨다?
그것도 부족해 카드빚 천만 원을 변제해 주겠다? 당신들 정말 웃기
는 사람들이군요. 영훈씨도 그렇죠. 한때 선배의 아내하고 렌트해
서 여행을 갔다? 하하, 지금 무슨 소꿉장난 하고 있는 짓들인가요?

　혜경의 말이 고개턱처럼 가파르게 처들었을 때, 영훈의 손이 혜
경의 뺨을 사정없이 갈겨버리고 있었다. 명재는 착잡한 심정임에
도 순간 통쾌했다. 혜경이 넋이 빠진 사람처럼 영훈을 노려보고 있
을 때, 그는 자리를 빠져나와버렸다.

　카드회사에 들러 담당자를 만났다. 명재는 자신의 신분을 밝히
고 대신해서 변제를 하겠노라고 말했다. 카드회사 측에선 마다할
이유가 없었다. 그럼에도 경찰서로 보고된 처제의 범죄행위는 어
려울 거라고 했다. 그는 사정하다 시피해서 저간의 일들을 이해하
기 쉽게 설명하고서 제발 형사적인 문제로 비약되지 않기를 바란
다고 말했다.

　카드회사 측에선 고소를 취하하고 한번 힘을 써보겠노라고 했
다. 그는 자신의 통장을 가지고 이자까지 모두 변제해 주었다. 그
러니 마음이 한결 홀가분했다. 처제한테 전화를 넣어보았으나 이
미 없어진 전화번호였다. 제발 처제가 전화를 넣어주기를 바랬다.
천 만 원의 문제로 처제가 숨어 지내지 않았으면 싶었다.

18

　서울을 떠나는 길, 강변 휴게소에서 은숙에게 전화를 넣어 보았
다. 혹시 그와 처제에 대한 오해를 은숙이 가지고 있다면 풀어주고
싶었기 때문이다. 사람의 일이란, 아무렇지도 않은 것처럼 생각되
는 것들이, 때로 심상한 상처가 되고 인생의 소중한 부분을 잃어버
릴 수도 있다는 생각이 들었기 때문이다.

　― 선배, 지금 어디예요?

　― 떠나는 길이야, 지금 서울을 떠나는 중이라고……

　그가 거의 울먹이는 목소리로 말했다. 서울을 떠나는 것은 모든
사람들과의 관계를 정리하고 떠난다는 의미였다. 몸을 섞고 떠나
는 은숙을 생각하면 특히 마음이 애잔하게 저며들었다. 그가 은숙
에게 또 다른 상처를 주고 떠나는 건 아닌지? 하는 사치스런 생각
마저 풀썩 일어났다.

　― 결국 떠나는군요.

　― 은숙아, 처제에 대해 네가 오해를 하고 있는 거 아닌가 모르
겠다.

　그는 마음을 억지로 진정시키면서 또박또박 말하려고 애를 썼
다. 은숙은 그의 말에 아무런 반응이 없었다.

─ 내가 처제와 여행을 떠난 일이나, 영훈이한테 들었던 여관에서 잠을 재워줬느니 어쨌느니 하는 얘기들 말이야. 여행을 함께 다녀온 건 사실이지만, 그건 그저 같은 처지의 형부와 처제가 서로 위로받자고 떠난 여행이야. 당일 날 가서 당일 날 넘어온 여행이고, 세상이 아무리 추악한 세상이라 해도 어떻게 처제한테 딴 맘 먹는 게 가능하다고 생각하니? 그럴 수는 없지. 인간이길 포기한 사람이 아니고서야 어떻게. 여관에서 잠을 재워줬느니 어쨌느니 하는 거는 가당찮은 얘기다. 처제가 홧김에 영훈이한테 그렇게 지껄인 모양인데 영훈인 또 나름대로 나를 비하시켰을 터이고.

─ 선배, 믿어요. 내가 그런 문제로 선배한테 뭐라고 그랬던 적 있나요?

─ 아, 그건 아냐. 근데 너하고 사이에 뭐가 문제니? 내 어떤 점이 너를 실망시켰던 건지 그게 궁금하다. 넌 분명히 변했거든. 아주 많이 변했어. 네가 유명한 여류작가의 반열에 들어서 나한테 관심이 없어졌다는 건지 말이야.

─ 그런 식의 비하는 마세요 선배. 그냥 저번 날 말했듯이 구속받고 싶지 않다고 그랬잖아요. 내가 선배한테 마음을 닫은 건 아니라고, 선배가 여기 오피스텔에 온다고 내가 뭐라고 그런 적이 있어요? 우리 저번 날에도 서로 좋았잖아요? 그럼 된 거예요. 그 이상 뭘 바래요? 선배나 나나 자기 일 열심히 하면 되는 거죠. 안 그래요?

─ 하긴 그래. 근데 난 사실, 아내와 이혼하면서 너한테 기댈 걸었거든. 너도 이혼을 원하고 있었잖니? 내가 너무 오버한 건가? 어쨌든 지금 나는 서울 떠난다. 이제 내 맘도 전했으니 됐고......

― 선배, 내가 한번 찾아갈게요. 머물 데 위치나 가르쳐줘요. 선
배도 글 쓰러 가는 거잖아요? 내가 도움을 줄 수 있는 부분도 있을
테고……

― 아, 아냐. 그럴 필요 없어. 나도 혼자 해나갈 수 있으니까 염
려하지 마라. 다만 네가 작가로서 생명이 오래 길었으면 싶다. 너
처럼 한 순간에 유명해진 사람들은 까딱 잘못하면, 실패하기 십상
이거든. 항상 겸손하고 진지한 자세를 잃지 말아야 해. 마지막으로
하나만 묻자. 은숙아, 나 말고 네가 만나는 남자 있니?

그의 가슴에 언제나 들썩거리는 게 이런 물음이었다. 생각할 때
마다 얼마나 자존심이 상했는지 모른다. 그도 별 수 없는 사내라는
것을 깨닫게 해준 내면의 얼굴, 서울을 떠나는 마당에 마지막으로
궁금한 대목이었다.

― 선배가 그걸 어떻게 나한테 물을 수가 있죠?

― 나도 그만한 자격은 있다고 생각한다. 한때 너를 배신했지만,
다시 너를 선택했고, 이제 이렇게 다시 너를 떨치고 마지막으로 떠
나는 길이야. 내가 정말 알고 싶은 건 바로 그점이다.

그는 숙연한 느낌마저 들도록 말했다. 은숙의 변화 가운데는 분
명히 다른 남자가 있을 거라고 그는 믿었다. 그도 예감이란 걸 느끼
는 사람이고 세상을 살아오면서 그가 지닌 예감이 거의 틀리지 않
았던 점을 생각하면 은숙에게도 분명 그 말고 만나는 다른 남자가
있으리라 믿었던 것이다.

― 말할 게요. 있어요. 만나는 남자가 있다구요. 그게 그렇게 선
배한테 중요한가요?

― 알았다. 적어도 나한텐 그게 중요한 문제야. 넌 아직도 사랑

을 제대로 모르고 있는 모양인데, 사랑도 내리사랑이고 사랑의 줄기는 하나라고 했지. 너 그 남자, 사랑하는구나? 사랑이 열이라도 줄기는 하나라는 걸 알아. 나는, 네가 한때 잊지 못했던 가지에 불과했던 거고.그래, 네 말처럼 숭고한 우리들의 이상, 우리들의 젊음을 빙자해 그런 소설의 연결고리를 만들지 말기 바란다. 넌 진정한 작가가 아니야. 넌 그냥 글을 만드는 기술자일 뿐이지. 네 소설 속의 인물은 과장된 너, 변장된 너일 뿐이고……

은숙은 입을 열지 못했다. 그도 더 이상 입을 열지 못하고 전화를 끊어버렸다. 온몸이 파르르 떨리고 있었다. 은숙의 입에서 진지하게 빠져나온 그 소리, 그의 짐작처럼 은숙은 다른 남자를 만나고 있었던 것이다. 그런 것들이 그를 이렇게 멀어지게 했는지도 모른다는 생각이 들었다. 이제 마음을 모질게 정리하지 않으면 안 될 것이다. 이렇게까지 하고서 은숙에게 다시 전화를 넣어서도 안 되는 일이다. 그는 오직 은숙이 못지않은 작품을 써내야만 한다고 생각했다.

강변을 따라 천천히 차를 몰았다. 마음 한구석이 착잡했지만 되도록 안정을 찾으려고 애를 썼다. 한강의 푸른 수면위에 떨어지는 햇빛이 눈이 부실정도로 파랗게 빛났다.

서울에서 멀어져 베내미에 다가갈수록 이상하게 기억들이 되살아온다. 아내의 화난 얼굴과 은숙의 화려한 몸뚱이, 영훈의 놀라던 초췌한 얼굴, 혜경의 되바라지던 태도, 그리고 처제와 짧았던 여행길의 황홀함과 어둠 속에서 고개를 푹 숙이고 있는 처제의 모습이 떠올랐다.

베내미에 도착하기 까지 마음을 가다듬었다. 도착해서 마을 사람들의 환영을 받을 때까지 그는 의연한 태도를 잃지 않았다. 그가 우거할 아담한 집의 전등이 꽃처럼 피어났고, 집을 감싸고 들어오는 은은한 시골의 향기로움에 가슴이 벅찼다.

달빛이 토담에 떨어져 개울을 흐르는 물소리가 마치 자장가처럼 들렸다. 구들에 불을 넣어 등짝을 녹이고 싶던 밤에는 밤새들이 지저거린다. 안개도 가만히 옷깃을 세우고 내려와서 그의 사립문을 넘느라 분주한 느낌이다. 멀리 뒷산에서 소쩍새가 운다.

마을의 한쪽에서 개짖는 소리가 들린다. 그의 처지를 생각하니 괜히 서글픈 느낌이다. 아내는 지금 무얼 하고 있을까? 모든 사람들의 모습이 떠올랐다 사라진다. 그는 새벽이 내려오는 모습을 마당가에 서서 지켜보다가 방으로 들어왔다. 시골에서 듣는 닭울음 소리가 신비스럽게 여겨진다. 이제 하루 이틀 지나면 그도 산골 마을에 익숙해지리 라고 생각했다.

옛날 선비처럼, 자연과 더불어 살고 싶었다. 인정 많은 마을 사람들을 생각하면 그가 못할 것도 없을 듯싶었다.

그렇게 자연과 더불어 하루하루를 보냈다. 볕 좋은 담벽에 몸을 모로 틀고 앉아 햇살 눈부신 언덕을 바라보는 일도 그만이다. 처음 얼마간, 명재는 주위환경에 취해 거의 글을 쓰는 일도 하지 못했다. 그저 짤막한 단상들만 메모지에 메모하는 형식으로 소일하다가 최초로 시를 쓰기 시작했다. 실로 오랜만에 쓰게 되는 시라서 그런지 한 줄 한 줄 써나가는 시행을 음미하는 일만으로도 감격스러웠다.

그러다가, 거의 두세 달이 되었을 무렵, 처제로부터 영훈에 대한 소식을 전해 들었다. 실로 바라던 처제로부터 폰으로 전화가 걸려왔을 때에 그는 너무 반갑고 놀랐을 뿐이었는데, 처제의 음성이 몹시 다급했던 것이다.

— 형부, 미안해요. 내가 저지른 일을 형부가 해결했다구요? 어떻든 고마워요.

— 그래, 처제. 대체 지금 어디 있는 겁니까? 어서 얘기해 봐요. 이리로 오든지요 당장.

— 형부, 그럴 시간 없어요. 형부, 놀라지 말아요.

그적에서야 처제가 울고 있었다는 사실을 깨달았다.

— 아니, 처제 지금 무슨 얘길 하려고……

— 형부, 영훈씨가 죽었어요. 영훈씨가……

그는 처제의 말에 갑자기 모든 생각들이 일시에 멈추면서 온몸의 피가 거꾸로 치솟는 듯한 느낌이었다. 그는 한참동안 생각을 하지 못하고 멍하니 있었다. 지금 처제가 뭐라고 했던가? 한참 지난 뒤에 겨우 정신을 가다듬었다.

처제는 영훈이 스스로 목숨을 끊은 것이라고 말했다. 영훈이 여러 가지 문제로 몹시 상심한 처지였을 거라는 사실을 인정하지만 그렇게 무모하게 목숨까지 저버릴 줄은 정말 상상도 하지 못한 일이었다. 처제한테 영훈이 안치되어 있다는 서울 모(某)병원의 약도를 받아 적고서 집을 서둘러 나섰다.

영훈의 장례식에서 많은 얼굴들을 만났다. 대학 선후배들의 얼굴들이 보였고, 혜경과 은숙, 아내와 처제의 얼굴도 보였다. 그는 아직 젊어 보이는 영훈의 부모님 볼 낯이 없었다. 장례지 까지 가면서 그의 얼굴을 부모님께 내보이지 못했다.

그들이 합세하여 영훈을 죽음으로 몰아넣었다는 자책감이 일었다. 그들은 모두 공범자란 생각이 들었다. 장례식을 마치고 처제를 설득해 그가 있는 산골로 당분간 데려오고 싶었는데 그러지 못했다. 처제 역시 무슨 일을 저지르지 않을지 염려되었던 것인데, 불행은 몰아서 온다고 했던 것처럼 장례식이 끝나고 처제와 산길을 걸어내려 오는데 형사 두 명이 들이닥쳤다. 그는 대관절 일이 어떻게 되어가는 것인지 어리둥절했을 뿐이었다.

　— 형사님, 모두 끝난 일, 아니었던가요?

　— 상부에 보고된 사항이라 무마하기 어려웠습니다.

　— 그래도 그렇죠. 어떻게 하필 이런 날……

　— 형부, 걱정 말아요. 제가 연락을 했어요. 이제 영훈씨 마저 저 세상 사람이 되었는데 내가 무슨 낯짝으로요. 형사님, 다른 사람들이 알면 안돼요. 그냥 가만히 뒤를 따를 테니 앞서 가세요.

　— 그러죠. 저쪽입니다. 승용차를 대기시켜 놓았으니까 그리로 오세요. 선생님과 함께 오셔도 상관하지 않겠습니다. 고맙습니다.

　형사들이 앞서고 처제와 나란히 그들 뒤를 따랐다. 처제는 얼굴이 퉁퉁 부어 있었다. 영훈이 마지막 가는데 그래도 한때 아내였던 처제가 함께 해주는 모습을 보니 고맙고 마음이 찡했다. 그는 처제와 팔짱을 끼었다. 사람들이 쳐다보는 데도 아랑곳하지 않았다. 이제 모든 질투와 시기는 끝났다. 사랑같은 것은 사치일 뿐이다, 생각하며 처제의 등을 다독이며 아주 천천히 내려왔다.

　— 영훈이 자식, 형부 미워하지 말아요. 불쌍한 사람예요. 고작 이런 모습 보일려고 이혼하고, 여자들한테 버림받고 그랬던 아주 불쌍한 사람요. 기죽긴 싫어서 언제나 큰소릴 치고, 오오, 이 일을 어째……

처제는 형사들 기다리는 데까지 가는 동안 연신 울음을 울었다. 그는 처제의 울음을 굳이 말리지 않았다. 실컷 울어 처제, 하고 마음속으로 말했다.

처제가 형사의 승용차에 올랐다. 그가 함께 오르려고 하자, 처제가 극구 말렸다.

— 형부, 아니에요. 이제 내버려둬요. 내가 지고 갈 짐은 내가 지고 갈게요. 형부도 이제 잊어버려요. 혜경씨나 은숙이란 작가 일 모두 말예요. 그게 인생에 도움이 되리라고 믿어요. 형부, 잊지 않을게요. 형부의 따스한 품만큼 내게 자상하던 모습, 영원히 잊지 않을게요. 상숙 언니 만나거든 전해요. 너무 철없이 굴었다고, 부질없는 시기, 질투 부린게 너무 한심하고 괴롭다는 생각이 들어요.

— 그래요, 처제. 염려 말아요. 언니도 모두 이해할 거예요. 처제가 진짜 본심이 나쁜 사람이 아니란 건 알고 있을 거예요. 마음 편히 다녀와요. 형부한테 언제든 전화 넣어요.

— 자, 갑시다. 이게 내 명함입니다. 선생님, 이분에 대해 궁금하신 거 있으면 저한테 직접 전화 넣으세요. 자세히 말씀해 드리겠습니다.

— 고맙습니다.

처제를 태운 승용차가 멀어지기 시작했다. 석양의 떨어지는 저녁놀이 그때처럼 슬퍼 보인 적은 없었다. 영훈의 영혼이, 떨어지는 저녁놀이 되어 그의 주위에 둥둥 떠다니는 느낌이 들었다. 아아, 참으로 허허롭구나, 그는 속으로 중얼거렸다. 처제를 태우고 멀어지던 여운이 눈에 밟혀 천천히 발길을 돌렸다.

은숙이 그에게로 걸어왔다. 석양의 비끼는 노을을 등지고 산새

가 구슬피 울었다. 영훈이가 마치 그를 향해 울고 있다는 느낌이 들
었다.

　— 놀랐겠군요?

　— 그래. 세상에 우리한테 이런 일이 닥치는구나.

　— 오늘 시골로 갈 건가요?

　은숙이 물었다. 은숙이도 영훈의 죽음에 몹시 휘둘린 모양인지
반쯤 넋을 잃은 모습을 하고 있었다.

　— 그래야지. 처제, 아까 봤니?

　— 네, 봤어요. 승용차를 타고 가는 것도 봤구요. 선배하고 팔짱
을 하고 내려가던 모습도 보았구요.

　은숙이 약간 퉁명스런 목소리로 말했다. 이런 마당에도 은숙은
그가 처제하고 팔짱을 두른 사실이 신경에 거슬렸던 모양이다.

　— 그래, 정말 의미있는 팔짱이었어. 그렇게 기억에 남을 수 있
는 팔짱은 아마 없을 거야. 정말로……

　— 아예, 내놓고 포옹을 하지 그랬어요?

　그는 차마 그러지는 못했다. 그도 혜경이나 은숙의 눈을 의심하
지 않을 수가 없었다. 상황이 아무리 급박한 상황이라도 그는 처제
를 꼬옥 안아주고 싶었지만 그러지를 못했던 것이다. 그런 소심함
이 오히려 후회가 된다. 처제를 한번 따스하게 안아줘야 옳았을 것
이다.

　— 잘 가라. 이제 우리들도 막을 내리는구나.

　— 그렇게 생각해도 좋아요. 난, 이제부터 정말 나처럼 살 거예
요. 선배하고 좋았던 감정만 생각할게요. 선배도 그러세요. 우리들
이, 뒤늦게 다시 만나 그 황홀하고 뜨거운 순간을 함께 했던 생각만

요. 난 아직도 선배가 좋은 사람이라는 걸 믿어요. 선배도 이왕 글을 쓰기로 했다면, 좋은 글을 발표할 수 있었으면 좋겠어요. 우리 이제 좀 더 진지하게 문학을 통해서 얘기할 수 있는 성숙한 만남이 되었으면 해요.

그는 은숙을 쳐다보았다. 은숙이 그에게로 가까이 다가왔다. 말 없이 고개를 끄덕이며 은숙을 가슴에 끌어안았다. 노을이 은숙의 등 뒤로 떨어져 내렸다. 검은 정장 차림위로 강렬하게 떨어져 내리는 듯한 노을빛이 곱다고 생각하는 순간 은숙이 그의 가슴을 의도적인 느낌이 들도록 밀쳐냈다. 그가 영훈의 장례 터에 까지 와서 황홀한 순간을 음미하려는 의도는 전혀 없는데 은숙은 차갑게 그를 떼쳐냈던 것이다. 그리고 눈빛으로 이제 끝이다, 라는 표정을 담아 말하고 있었는데 그의 기분은 참담했다. 은숙과 아까부터 동행한 남자가 명재의 눈에 거슬렸는데 은숙이 그에게서 벗어나 그 사내가 있는 쪽으로 미끄러지듯 걸어가고 있었다. 그도 마음을 굳게 다지면서 잘 가라, 은숙아. 누구를 만나든 행복하게 살기 바란다, 하고 속삭였다. 나도 이제 봄날 같은 꿈에서 깨어나 현실을 직시하며 살겠다, 글을 쓰는 일이야말로 치열한 현실이겠지, 하며 천천히 걸음을 어두워가는 서녘을 향해 옮겨놓기 시작했다.

혜경이 그에게 손을 흔들어주었다. 혜경은 자리에 그대로 붙박힌 채로 그가 멀어지는 장면을 지켜보면서 계속해서 손을 흔들어주었다. 그녀가 보이지 않을 때쯤, 명재도 뒤를 돌아 손을 흔들어주었다. 영훈이 노을 속에 서서 그를 향해 손을 흔들어주는 환영을 보았던 것 같았다.

베내미를 향해 한강변을 달리는 그의 마음이 의외로 가뿐했다. 그의 힘으로 느낄 수 없는 어떤 힘이 그를 편안하게 해준다는 생각이 들었다. 그는 정말 모든 마음을 비우고 베내미에 도착했다. 모든 그리움, 모든 미움, 모든 애욕과 감상의 찌꺼기마저 그는 훨훨 털어버렸다. 이제 남은 것은 오직 글을 쓰는 일이다.

달빛과 사소한 것들, 이렇게 원고지 위에 적어놓고 세월이 흘러가는 소리를 느끼러 밖으로 나왔다. 콧등을 간지럽히는 산들바람 속에 세월이 흘러가는 소리를 듣는다.

개울가 언덕진 개밥나무 따라 달빛이 흐르는데 산새들이 졸음에 겨운 꿈을 꾸는 모습을 본다. 나무들 사이에서 칭얼거리듯 새들이 재재거린다.

멀리 마을 머리위로 개짖는 소리가 시간을 재촉하고 달빛 그림자 따라 자신이 움직이는 모습을 한눈에 바라보며 그는 걷는다. 그가 만들어갈 세상이 이렇게만 고요하다면 얼마나 좋을까? 세상이 지금처럼만 차분하고 지금처럼만 아늑하다면 얼마나 감미로울까? 소나무들 모여 마을을 빛낸 뒷배기에서 달이 차츰차츰 기우는 모습을 본다. 시간은 삼경을 훨씬 넘었는데 생각은 멀고, 자꾸만 그리운 얼굴들이 달보다 탐스럽게 떠오른다.

사소한 것들, 그의 손끝에서 만들어내는 글은 자꾸만 사소한 것들, 이라고 쓴다. 사소한 것들이 대체 어떻다는 건가? 새롭게 다지기 시작한 시심(詩心)을 젊은 이장 집의 황소가 여물을 되새김질 하듯 되새기기 시작했다. 그리고 시심에서 비롯된 그의 생각의 한

자락을 최초로 원고지에 채워 넣었다.

　가볍고 사소한 것들의 반란

　달빛이 사그락 거리는 소리에 더 이상 생각을 진행시키지 못하는데 뜻밖에 휴대폰이 울린다. 처제와 단절되지 않으려고 여전히 지니고 있는 휴대폰, 두껍을 떨리는 마음으로 열어보았다.
　― 여보, 저예요.
　뜻밖에 아내였다. 아내의 목소리가 달빛보다 곱고 감미롭게 들려왔다.
　― 아니, 여보. 대체 이 밤에……
　― 아무 말씀 말아요. 나 지금 시를 읽고 있어요. 제부 장례식장에서 당신 뒷모습 보았어요. 당신이 상희하고 승용차 쪽으로 걸어가던 모습, 은숙이란 여류작가하고 어색하게 포옹하던 모습, 혜경이란 여자가 당신에게 오래오래 손을 흔들어주던 모습, 다 지켜보았어요. 당신 그렇게 가시면서, 세상에 어쩌면 나만 외면하고 가셨나요? 얼마 나 서운했다구요. 내말 들어요, 당신?
　아내의 목소리에 물기가 묻어 있었다. 그도 거의 목이 메어왔다.
　― 듣고 있어요. 당신 볼 자신 없었어요. 내가 감히 어떻게 당신을……
　― 여보, 나 지금 당신이 그전 날 써둔 시를 읽어요. 당신과 살았던 몇 년이 정말 행복했다는 얘길 해드리고 싶어 전화 했어요.
　― 그래요. 고마워요. 나도 당신만나 행복했어요. 생애 아름다운 추억이 될 거예요. 당신은 행복하게 살아야 해요. 그럴 자격 있어

요 당신.

— 당신도 행복하게 살아야죠. 밥 거르지 말구요. 속옷 같은 건 자주 빨아 입어요. 꼭 행복하게 살아야 해요 당신?

아내는 축축히 젖은 소리로 전화를 끊었다. 가슴에 맺힌 모든 서운함 들이 일시에 풀려버린 느낌이 들었다. 원고지를 밀어놓고 밖으로 나왔다. 벌써 마당 가득 안개가 뿌우옇게 내려쌓이고 있었다. 먼데서 동이 터서 제법 마당이 훤하게 밝아졌을 때까지 그는 아내를 만나 좋았던 순간들을 기억에 떠올리고 있었다. 그러면서 혼자 소리로 중얼거렸다.

꽃은 피고 지고
그래도 세상은 아름답구나.
어디서 무엇이 되어 다시 만나랴.

내일은 처제를 찾아가리라고 명재는 생각했다. 푸른 대밭머리 위로 해가 쑤욱쑤욱 키를 키우며 올라온다. 하루의 세상이 다시 시작되고 있었다. 심장이 고동치는 소리처럼 개울물이 흘러 그의 가슴속에 맑게 떨어진다.

끝.